AF235079

Es sind bereits erschienen:

Kein Ort für einen Mord
Der 1. Fall von Thomas Sprengel und Lene Huscher

Mitgefühl kann tödlich sein
Der 2. Fall von Thomas Sprengel und Lene Huscher

Der Teufel lauert auch im Paradies
Der 3. Fall von Thomas Sprengel und Lene Huscher

Verehrte Leserinnen, verehrte Leser,

der vierte Fall von Thomas Sprengel und Lene Huscher wird aufgrund wiederholter Anfragen auch als »richtiges« Buch veröffentlicht; baldmöglichst ergänzt durch Printversionen ihrer ersten Fälle. Obwohl die hier vorliegende, in sich abgeschlossene Episode selbst ohne Vorwissen volles Lesevergnügen gewährleistet, soll der folgende Überblick den Einstieg erleichtern:

Im Verlaufe der Ermittlungen zum ersten Fall gelingt es Thomas Sprengel nach einer Beleidigung seiner Kollegin Lene Huscher doch noch, deren Herz für sich zu erobern. Zudem finden Heiko Gans, Hausmeister des Sportinstituts sowie ehemaliger Koch, und die damals Sport studierende Susanne Adam zusammen, weil er sich in einer pikanten Situation als Gentleman erweist. Nach einer Feier ihrer Freundin Susanne entdeckt Ariane Dreieich, zu ihrer Studienzeit eine von drei Physikstudentinnen unter fünfhundert Erstsemestern, Kai Haferkamps sie betreffendes Geheimnis.

Während der Ermittlungen zum zweiten Fall wird Sprengels Mitarbeiter Franz Hilpertsauer mit seiner Vergangenheit konfrontiert. Dennoch erweisen sich die Umstände als günstig für ihn. Im Zuge eines notwendig werdenden Personenschutzes lernt er Ekaterina kennen, in der er die Liebe seines Lebens zu sehen glaubt. Weniger glücklich ist sein Kollege Heiner Janetzky, der im »Peppers«, dem Stammlokal der Beamten, der Barfrau Bea sein Leid klagt, nachdem er von seiner Frau verlassen wurde.

Im dritten Fall zieht Heiner Janetzky dann doch eine fesche Engländerin an Land, während Lene Huscher nach Ermittlungen in Indien Ardas und Narindar aus dem Land schmuggelt, die dort gefährdet erscheinen. Nachdem sie Asyl erhalten, kommt Lene eine Idee, wie die beiden jungen Leute einer Arbeit nachgehen können: Es entsteht das Restaurant »Mallory« – in Anlehnung an den charmanten Film »Madame Mallory«.

Henning Marx

Politik kennt keine Skrupel

Kriminalroman

Thomas Sprengel und Lene Huscher ermitteln

Bibliografische Information der Deutschen Nationalbibliothek:
Die Deutsche Nationalbibliothek verzeichnet diese Publikation in
der Deutschen Nationalbibliografie; detaillierte bibliografische
Daten sind im Internet über http://dnb.d-nb.de abrufbar.

Zwei Monate zuvor ...

Viktoria und Philipp Dunkerbeek fuhren entspannt nach Hause. Sie hatten den Abend bei Freunden in Bad Reichenhall verbracht. Als sie die Serpentinen hinter sich gelassen hatten, über die sich hinter Bayrisch Gmain die B 20 zum Hallthurmgraben nach oben schraubt, freuten sie sich über den Anblick der sich scharf gegen den vom Vollmond erleuchteten Himmel abzeichnenden Bergspitzen. Sie hatten es bisher keinen Tag bereut, von Hamburg nach Berchtesgaden gezogen zu sein. Im Gegenteil, sie liebten die Landschaft. Außerdem tat ihnen das Klima in den Bergen ausgesprochen gut. Nicht wenige ihrer Freunde, die ihnen auf diversen Messen und Unternehmertagungen begegnet waren, lebten im Chiemgau; manche verfügten über eine Ferienwohnung in Salzburg oder dem Berchtesgadener Land. So waren sie von Anfang an auch sozial gut eingebunden gewesen. Ein Umstand, der ihnen wichtig war, weil beide ein geselliges Naturell auszeichnete.

»Ist es nicht schön hier!«, seufzte Viktoria Dunkerbeek beim Anblick der nächtlichen Bergwelt.

Philipp Dunkerbeek reduzierte das Tempo, bevor sie den Bahnübergang überquerten, dessen Schienen die Straße in spitzem Winkel kreuzten. »Du sagst es«, bestätigte ihr Mann sie. »Nur die Tabledance-Bar hätte es nicht unbedingt wieder gebraucht, quasi direkt gegenüber vom sozialtherapeutischen Zentrum.«

»Ach, was du nur hast«, schüttelte seine Frau den Kopf. »Lass den Männern doch ihr harmloses Vergnügen. Mir ist lieber, wenn die ausschließlich schauen wollen. Das tut noch keinem weh.«

»Wenn du meinst«, vermied er eine längere Diskussion. Gemächlich beschleunigte er den Golf, der B 20 weiter Richtung Bischofswiesen folgend. »Was hat denn da vorne zwischen den Bäumen so geleuchtet?«, wunderte er sich. »Das sah fast so aus, als sei ein Auto von der Straße abgekommen.«

»Das wird der Zug gewesen sein.«

»Dann müsste der uns aber inzwischen hinter der Kurve hervor entgegenkommen«, widersprach ihr Philipp Dunkerbeek. Er stutzte: »Außerdem kommt der um diese Zeit aus Reichenhall.«

»Stimmt«, gab ihm Viktoria recht. »Fahr mal langsamer! Vielleicht sehen wir etwas.«

»Vermutlich habe ich mich geirrt«, wiegelte ihr Mann ab, »und es war nur eine Lichtreflexion.«

»Fahr bitte langsam!«

Stirnrunzelnd ging Philipp Dunkerbeek vom Gas. Außer ihnen war kein weiterer Verkehrsteilnehmer in der Nähe. Wenn sie ihn dermaßen bestimmt aufforderte, sagte ihr Gefühl, dass es doch keine Einbildung gewesen sein könnte. Der siebte Sinn seiner Frau hatte ihn in all den Jahren immer wieder erstaunt.

Nach knapp einem Kilometer zog sich die Straße weiterhin parallel zu den Bahngleisen verlaufend am bewaldeten Hang nach oben.

»Da!«, zeigte Viktoria auf die Leitplanken auf der anderen Straßenseite. »Du hattest recht!«

Zwei kurze schwarze Streifen auf der Fahrbahn hielten direkt auf die verbogene und teilweise fehlende Straßensicherung zu, bevor sie in der Dunkelheit dahinter verschwanden.

»Um Gottes Willen«, entfuhr es Philipp, während er den Wagen mit eingeschaltetem Warnblinker auf die linke Fahrbahnhälfte lenkte, damit sie in der Rechtskurve aus beiden Richtungen frühzeitig gesehen wurden. Neben der beschädigten Leitplanke brachte er das Auto schließlich zum Stehen.

»Hast du den Schatten bemerkt, der hinter der Kurve dort vorne verschwunden ist?«, erkundigte sich seine Frau aufgeregt.

Philipp Dunkerbeek zog die Augenbrauen zusammen. »Was für einen Schatten?«

»Ich hätte schwören können, ein Auto ohne Licht wahrgenommen zu haben«, erklärte sie ihm nachdenklich.

»Ich habe nichts gesehen«, verneinte er, während er ausstieg, um nachzusehen, ob sie helfen konnten.

Viktoria Dunkerbeek kam um das Auto herum und trat am Rand

des Abhangs zwischen den Resten der Leitplanke neben ihren Mann. Ungefähr zehn Meter unterhalb machten sie im Licht des Vollmondes einen Kleinwagen auf den Bahngleisen aus, der schwer beschädigt auf der Seite lag. Auf ihren Zuruf reagierte niemand. Doch der Hang war zu steil, um zu den Verunglückten herunterzuklettern. Auch wenn sie noch regelmäßig in den Bergen wanderten, forderte ihr Alter seinen Tribut. Sie hatten die siebzig bereits überschritten.

»Im Motorraum brennt es!«, stellte Viktoria nach einem Moment des erschrockenen Schweigens fest. »Wir müssen etwas unternehmen. Wo ist dein Telefon?«

Philipp Dunkerbeek verzog missmutig den Mund. »Das liegt mal wieder daheim. Ich hatte nicht erwartet, eines zu benötigen.« Er schnaufte. »Wir müssen nach Bischofswiesen in ein Wirtshaus. Das wird am schnellsten gehen.«

Sie warteten noch einen Augenblick. Aber nachdem sich auch auf ihr weiteres Rufen hin niemand in dem Wrack rührte, stiegen sie wieder in ihren Golf und fuhren eilig los. Doch nach gut hundert Metern bremste Philipp Dunkerbeek unvermittelt ab.

»Was ist?«, wunderte sich Viktoria.

»Wir haben ein ganz anderes Problem. Als ich gerade auf die Uhr geschaut habe, ist mir aufgefallen, dass der Zug aus Reichenhall in ein paar Minuten durchkommt. Der Zugführer kann das Auto hinter der Biegung niemals rechtzeitig sehen. Und jetzt?« Hilflos schaute er seine Frau an, der anzusehen war, wie fieberhaft es in ihr arbeitete. Nach einer endlos scheinenden Minute gab sie ihm endlich eine Antwort.

»Dreh um!«, schlug sie vor. »Wir stellen uns auf den Bahnübergang. Der Zug ist nach der Steigung noch langsam. Dort können wir den Zugführer mit dem Fernlicht auf uns aufmerksam machen. Bevor der uns erreicht, fährst du von den Gleisen runter. Los!«

Obwohl ihr Mann erhebliche Bedenken hegte, wendete er den Wagen und raste an der Unfallstelle vorbei zurück zum Bahnübergang am Hallthurmgraben. Dort stellte er sich mit der Front schräg auf die Straße, sodass die Scheinwerfer dem Zugführer relativ direkt entgegenleuchten würden. »Hoffentlich kommt jetzt kein betrunkener Autofahrer, der uns erst zu spät wahrnimmt«, war ihm nicht ganz wohl in ihrer Situation. Etwas zittrig drückte er auf die Taste mit dem Warndreieck.

Viktoria blieb äußerlich nahezu ruhig, obwohl die Minuten wie in Zeitlupe verrannen. Ihre Anspannung machte sich nur in dem Kneten ihres rechten Daumens bemerkbar. Mit dem typischen »Ping« begannen sich endlich die Bahnschranken jeweils bis zur Fahrbahnmitte zu senken. Ein lang gezogenes »Tüüüüüüt« kündigte den kommenden Zug an, der mit metallischem Reiben durch die letzte Kehre vor dem Bahnübergang schleifte. »Tüüüüüüt.«

Philipp Dunkerbeek bekam feuchte Hände, als er dessen Frontlichter im Dunkeln ausmachte. Mehrfach blendete er auf.

»Tüüüt, tüüüt, tüüüt.«

Ein letztes Mal betätigte er den Fernlichthebel.

»Tüüüüüüüüüüüt.« Die Bremsen kreischten so laut, dass sie den Motor des Golfs übertönten.

Philipp Dunkerbeek sah den riesigen Schatten auf sie zuschlittern. Nervös gab er Gas, doch das Lenkrad rutschte ihm aus seinen feuchten Händen. Hektisch bremste er, weil der Schienenstrang den Golf in der Spur gehalten hatte, sodass sie bereits kurz vor dem Straßenrand standen. »Steig aus, Vika!«, keuchte er, mit zittrigen Fingern auf Rückwärtsfahrt schaltend.

»Niemals!«, protestierte seine Frau empört aufgrund dieses aus ihrer Sicht absurden Vorschlags.

Der tonnenschwere Zug war inzwischen kaum zehn Meter vor ihnen; Funken stoben von den Bremssätteln in die dunkle Nacht. »Tüüüüüüüüüt!«, tönte dieser ein letztes Mal, scheinbar verzweifelt.

Die Zuversicht seiner Frau übertrug sich doch noch auf Philipp Dunkerbeek. Er gab kurz Gas, schlug die Räder ein, Vorwärtsfahrt, viel Gas. Der Wagen machte einen Satz nach vorne, Zentimeter bevor der Triebwagen das Heck ihres Golfs gerammt hätte. Hinter ihnen auf dem Bahnübergang kam der Zug endlich zum Stehen. Philipp Dunkerbeek bremste nach wenigen Metern. Danach stellte er den Motor erst einmal aus. Starr vor Schreck legte er die Hände auf das Lenkrad und spürte, wie ihm der Schweiß aus jeder Pore drang.

Kapitel 1

Thomas Sprengel und Lene Huscher hatten endlich Urlaub und waren doch gestresst. Auch sie hatten viel Zeit in einem fast täglich auftretenden Stau auf der A 8 bei Irschenberg verbracht. Erst als sie hinter Bischofswiesen links zum Markt Berchtesgaden abbogen, stellte sich das Gefühl der Vorfreude bei beiden wieder vollständig ein. Der Himmel war nur mit wenigen Federwolken bedeckt und die Berge luden förmlich zu einer Wanderung ein. Besonders freute Lene sich auf den Königssee, von dem Thomas ihr vorschwärmte, seit sie sich, anders als nach seinem beleidigenden Ausfall zu erwarten gewesen wäre, doch noch gefunden hatten. Sie war gespannt. Aber das Postkartenpanorama um sie herum bildete schon einmal einen vielversprechenden Vorgeschmack. Als sie durch die Stanggaß fuhren, überholte sie ein einheimisches Fahrzeug, tiefer gelegt, mit dröhnendem Röhren, obwohl die Kommissarin das Tempolimit bereits großzügig interpretierte.

»Auch wenn es hier so nett ausschaut«, kommentierte Lene lakonisch, »scheinen die Menschen doch überall gleich zu ticken.«

Thomas schmunzelte. »Da sind mir doch die Soundsysteme lieber, mit denen sich der Fahrer nur im Innenraum zusätzlich bedröhnt.« Er lachte. Sollte doch jeder machen, was er wollte, solange sie einen herrlichen Urlaub verlebten.

Wenig später fuhren sie am »Haus der Berge« vorbei.

»Gleich kommt ein Kreisverkehr. *Danach* musst du *vor* der Aral-Tankstelle scharf links den Berg hoch«, erklärte er seiner Frau, weil sie das Navigationsgerät stets ausschalteten, wenn sie es nicht unbedingt benötigten. Im Stile guter Segler wollten sie in der Kartenarbeit in Übung bleiben.

Nur zwei Minuten später bog Lene in die Kälbersteinstraße ein, die sich steil den Hang hinaufzog.

»Jetzt rechts rein«, deutete ihr Mann in den blauen Himmel.

Lene bremste verunsichert. »Hier?« Sie konnte noch nicht sehen, dass es hinter der kleinen Kuppe tatsächlich einen Abzweig in den Eberweinweg gab.

»Fahr nur«, forderte Thomas sie auf. Seine Karte zeigte ihm eindeutig, richtig zu sein.

Vorsichtig gab Lene Gas. Als der Kühler sich ein wenig abwärts neigte, bemerkte sie mit Erstaunen die schmale geteerte Straße, die genau für ein Auto Platz bot. Sie passierten ein mitten im Hang einzeln stehendes Haus, dessen Sockel bis an den Wegesrand reichte. Auf der anderen Seite fiel die Wiese sehr steil ab, ohne dass eine Begrenzung vorhanden gewesen wäre.

»Hoffentlich kommt uns keiner entgegen«, murrte Lene, der nicht ganz wohl bei dem Gedanken war, auch noch den Rückwärtsgang einlegen zu müssen, weil ausschließlich vor der Garage des Hauses Raum zum Vorbeilassen blieb.

Vor der Pension »Belvedere« ging es nochmals ein kurzes Stück scharf nach oben, bevor sie in die sehr enge Einfahrt zu ihrem Ziel einbogen. Auf dem Parkplatz unterhalb des Hauses stellte Lene den Peugeot zu guter Letzt auf einer gekennzeichneten Fläche ab.

»Da sind wir endlich«, war sie erleichtert. »Meine Güte, ist das hier schön!«, wurde sie umgehend von der herrlichen Aussicht eingefangen, die sich ihnen von dort oben bot. Staunend gingen sie kurz bis ans Geländer vor. Von dort hatten sie einen freien Blick über die Hausdächer des Marktes Berchtesgaden mit dem Schloss und seinen zwei Kirchen. Gegenüber erhob sich imposant der Göll, der sich eindrucksvoll nach Süden bis zum Jenner zog. Lene kuschelte sich an Thomas, der sie zärtlich in den Arm nahm.

»Und?«

»Absolut püppig«, war sie sofort überzeugt davon, sich in diesem Urlaub wohlzufühlen. »Komm, lass uns klingeln. Die beiden warten bestimmt schon ungeduldig.« Sie freute sich riesig, das Ehepaar Dunkerbeek wiederzusehen. Das ältere Paar hatten sie auf Barbados während ihrer Flitterwochen kennengelernt. Und Lene

Huscher war Viktoria Dunkerbeek immer noch zutiefst dankbar, wie sie Verständnis für die Situation mit Lenes Vater gezeigt und diesem vermutlich als einzige Person sogar unverklausuliert bei einem zufälligen Treffen die Meinung gesagt hatte. Insofern hatten sie die Einladung der beiden, eine Wohnung in deren Haus für ihren Urlaub zu nutzen, erfreut und von Herzen gerne angenommen.

Nur kurz nachdem sie geläutet hatten, stand Philipp Dunkerbeek in der Tür, der die Ankömmlinge herzlich begrüßte. Freudig führte er sie ins Wohnzimmer, in dem Viktoria Dunkerbeek die Hausaufgaben eines neunjährigen Mädchens kontrollierte.

Ihre Enkeltochter konnte es nicht sein, ging es Lene durch den Kopf, bevor sich die ältere Frau zu ihnen umdrehte. Dunkerbeeks hatten nie Kinder gehabt.

»Da ist ja mein Mädchen«, strahlte Viktoria sie an, bevor sie sie liebevoll an sich zog. »Es ist so schön, euch bei uns zu wissen. Ich habe dich vermisst, Lene.« Nebenbei tätschelte sie Thomas die Wange. »Dich natürlich auch.«

»Schon gut«, wehrte der lächelnd ab, weil er sich keineswegs zurückgesetzt fühlte. Vielmehr war er erleichtert, weil Lene diese Zuneigung inzwischen annehmen konnte, ohne sich jedes Mal zu fragen, warum es das für sie in ihrer Familie nicht gegeben hatte.

Einen Augenblick später löste sich die resolute kleine Frau von Lene und drehte sich wieder zu dem dünnen Mädchen mit den braunen Locken um. »Darf ich euch Annabel vorstellen? Sie wohnt derzeit bei uns. Wir haben gerade noch ihre Hausaufgaben kontrolliert, stimmt′s?«

Schüchtern nickte das Mädchen, auch wenn es die beiden Kommissare aus großen Augen neugierig musterte.

»Hallo, Annabel«, hielt Lene ihr die Hand hin.

Das Mädchen ergriff diese mit einem »Guten Tag«, wandte sich daraufhin aber sofort an Viktoria: »Darf ich in mein Zimmer gehen?«

»Natürlich, Kleines«, erwiderte sie liebevoll, »geh nur spielen. Es ist noch Zeit bis zum Abendessen.«

Nachdem das Mädchen seine Schulsachen genommen und die Tür des Wohnzimmers leise hinter sich geschlossen hatte, kam Thomas Lene zuvor: »Wer ist das?«

Philipp Dunkerbeek räusperte sich, um den anderen anzudeuten, noch einen Augenblick zu warten. Er ging durch das angrenzende Esszimmer in die Küche, um von dort in den Flur zu schauen. Erst als er sich davon überzeugt hatte, dass Annabel in ihrem Zimmer war, kehrte er mit einem kurzen Nicken zurück.

»Vor etwa zwei Monaten hat es einen Unfall gegeben. Die Mutter des Mädchens ist dabei mit dem Auto von der Straße abgekommen und verstorben. Annabel hat wie durch ein Wunder überlebt; nicht zuletzt, weil wir zufällig zur richtigen Zeit am Unfallort vorbeikamen«, begann Viktoria. »Als wir uns nach dem Kind erkundigt haben, erklärte man uns, es müsse in ein Heim«, seufzte sie.

Philipp setzte die Erklärungen nüchtern fort. »Die Mutter war Tabledancerin hier in der Nähe; der drogensüchtige Vater war bereits kurz nach der Geburt abgehauen. Weitere Verwandte gibt es nicht. Also haben wir spontan beschlossen, dem Jugendamt vorzuschlagen, Annabel bei uns aufzunehmen, um zunächst das Heim zu verhindern. Erst wollten die nicht so recht, weil wir nicht mehr die Jüngsten sind. Aber ...«

»Ich habe nicht locker gelassen«, wurde Viktoria energisch. »Ihr hättet das Würmchen sehen sollen. Anfangs hat sie kein Wort gesprochen. Bis heute kann sie sich nicht daran erinnern, wie es zu dem Unfall gekommen ist. Aber weil sie ein wenig Vertrauen zu uns gefasst zu haben schien, hat die Dame im Jugendamt ...«

»Sei ehrlich!«, unterbrach ihr Mann sie seinerseits. »Du hast ein paar Beziehungen spielen lassen, um deinen Argumenten Nachdruck zu verleihen.«

»Möglich«, schüttelte Viktoria unwirsch den Kopf. »Die Entwicklung der Kleinen gibt mir recht, findest du nicht?«

»Ich hatte zu keiner Zeit Zweifel, meine Liebe«, tätschelte er zärtlich den Unterarm seiner Frau.

Thomas und Lene wunderten sich keineswegs über die Selbstlosigkeit des älteren Paares, die sogar mitten in der Nacht nach Heidelberg aufgebrochen waren, als sie eher zufällig von Lenes Entführung erfahren hatten.

»Und sie kann jetzt tatsächlich bei euch bleiben?«, erkundigte sich Lene erstaunt.

Viktorias Gesicht wurde schlagartig sorgenvoll. »Leider nein. Auf Dauer wird uns das Jugendamt nicht zum Vormund bestellen oder uns eine Adoption erlauben. Dafür sind wir zu alt. Das sehe sogar ich ein.«

»Aber vorerst kann sie bei uns bleiben«, wollte Philipp lieber noch einmal den positiven Aspekt betonen. »Wir werden für die Kleine schon noch die beste Lösung finden. Wie gesagt, in den letzten Wochen hat sich bereits vieles zum Guten verändert.«

»Woran man nur sieht«, bestätigte sich die ältere Frau noch einmal, »dass unsere Hilfe sinnvoll ist. Sie ist ein so goldiges Kind.«

Lene war tief berührt. Für sie war es schon schwer, weil ihr Vater immer nur ungerecht gewesen war und ihren Bruder stets vorgezogen hatte. Aber im Gegensatz zu dem Schicksal der kleinen Annabel war das geradezu lachhaft. »Hoffentlich findet das Kind ein Zuhause, in dem es geliebt wird.«

»Bestimmt«, lachte Thomas. »Angesichts Viktorias ...«, er suchte nach einem unverfänglichen Wort, »... Energie habe ich diesbezüglich keinerlei Bedenken. Schön habt ihr es hier«, wechselte er das Thema, nachdem er sich in dem mit Zirbel ausgestatteten Wohnzimmer umgeschaut hatte, durch dessen Fenster er das gesamte Alpenpanorama von Göll bis Hochkalter bewundern konnte.

Philipp legte seine Hand auf Thomas´ Schulter und dirigierte den Kommissar auf die Terrasse. Der ältere Mann atmete tief ein. »Spürst du das, Thomas? Die Luft hat eine ganz andere Qualität als in der Stadt. Du glaubst gar nicht, wie oft wir uns schon beglückwünscht haben, hierher gezogen zu sein, nachdem wir das Unternehmen verkauft hatten. Das ist pure Lebensqualität.«

Thomas Sprengel nickte nur schweigend. Wie oft hatte er besonders im Sommer die stickige, staubige Luft in Heidelberg verflucht, weil sie ihm immer wieder starke Kopfschmerzen bereitete.

»Möchtet ihr auch einen Tee?«, erkundigte sich Viktoria von der

Terrassentür aus. »Das wäre der passende Zeitpunkt, meint ihr nicht?«

»Gerne«, stimmte Thomas zu.

Philipp zwinkerte, während er ihm zuflüsterte: »Wir können ja noch ein paar Prozente hinzugeben.«

»*Das* habe ich durchaus gehört«, schimpfte seine Frau. »Nicht um diese Zeit bei deinen Leberwerten.«

Ihr Mann grinste jedoch nur wie ein ertappter Schuljunge.

Kapitel 2

Horst Jung war nicht wirklich enttäuscht. Allerdings hatte er sich seinen ersten Tag als Chef anders, irgendwie chefiger vorgestellt. Thomas Sprengel hatte mit Franz Hilpertsauer und Heiner Janetzky beschlossen, ihrem Jüngsten Führungserfahrung zu verschaffen. Während der Leiter des Heidelberger Morddezernats seinen Urlaub in den Bergen verbrachte, durfte Horst die Abteilung leiten. Klar war allerdings auch, dass die beiden älteren Kollegen das letzte Wort hätten, falls es zu einer kritischen Situation kommen sollte. Doch davon waren sie derzeit meilenweit entfernt. In Heidelberg tummelten sich in diesem sonnigen Spätsommer keine Verbrecher; nur die Touristen drängelten sich wie üblich wieder in ganzen Horden durch die Altstadt, vorbei an der Heiliggeistkirche und dem Rathaus hinauf zum Schloss. Zudem hatte sich der Tagesablauf wie von selbst ergeben. Heiner und Franz waren ins Tiergartenschwimmbad gefahren, weil am Vortag eine Frau um die zwanzig Jahre zwischen einer Vielzahl von Menschen ertrunken war. Die Umstände waren bisher völlig unklar. Es stand die Frage im Raum, ob der Badeaufsicht, die zur fraglichen Zeit Dienst gehabt hatte, eine fahrlässige Tötung anzulasten war. Bei aller bereits entstandenen Routine setzten Horst Jung derartige Fälle zu. Unwillkürlich fragte er sich, warum ausgerechnet diese junge Frau das Pech gehabt hatte, dass niemandem ihre Hilfebedürftigkeit aufgefallen war. Er seufzte. Doch seine Gedanken glitten von dem Schicksal der Ertrunkenen für einen Augenblick zu einem anderen Termin spät am vergangenen Nachmittag. Er war mit seiner Frau bei Dr. McMillan gewesen, einer Frauenärztin, zu der Heike aufgrund Lene Huschers Empfehlung gewechselt war. Zum ersten Mal hatten sie dort ihren Nachwuchs auf einem Ultraschallbild bewundern können. Ein Schauer war ihm dabei über den Rücken gelaufen. Es hatte tatsächlich geklappt. Sie wussten ganz genau, wann es passiert war: an dem Morgen, an dem Heike extra später ins Rathaus gegangen war. So gerne er sich daran erinnerte, gefiel ihm weniger, dass sich ihm meist gleichzeitig geistige Bilder der wenige Tage später stattgefundenen Ermittlungen im Yoga-Ashram aufdrängten, während der er beinahe im Keller eines Hauses verbrannt wäre. In einem Yoga-Ashram! Wenn Thomas nicht alles gegeben hätte, würde das Kind bereits vaterlos zur Welt kommen. So gesehen waren er und Thomas nun quitt. Auch er hatte seinem Chef ein Mal in letzter Sekunde das Leben gerettet. Entschlossen schob er die bedrückenden Gedanken zur Seite. Auf dem Ultraschallbild war nicht zu sehen, ob sie ein Mädchen oder einen Jungen bekommen werden. Bisher hatten sie sich noch nicht abschließend darüber geeinigt, ob sie das überhaupt vor der Geburt wissen wollten. Es gab Tage, an denen er es weitaus praktischer fand, sich darauf einstellen zu können. Aber es gab auch immer wieder Momente, in denen er es viel aufregender fand, sich überraschen zu lassen. Nachdenklich kratzte er sich am Kopf. Das war eine wirklich schwierige Entscheidung, die zum Glück bis zu einem Stichtag geklärt werden musste.

Erst durch das Aufgehen der Tür wurden seine weiteren Uberlegungen unterbrochen. Seine beiden Kollegen kamen zu ihm in sein Büro, das zwischen ihrem und dem ihres Chefs lag. Es war zwar sehr klein, aber es hatte ein Fenster. Und falls er das wollte, konnte er einfach die Türen zu den anderen Räumen schließen, um ungestörter zu arbeiten. Ihre Sekretärin, Frau Stöckl, war im Übrigen so freundlich gewesen, die Pflege seines Gummibaums zu übernehmen, der angesichts von Horsts Gießverhalten ziemlich nasse Füße bekommen und kurz vor dem Ableben gestanden hatte.

»Welche schweren Probleme wälzt der Herr Trainee denn gerade?«, foppte Franz Hilpertsauer ihren Interimschef, sofort realisierend, dass der junge Kommissar sicher nicht mit Ermittlungsarbeit beschäftigt war.

»Ob ich vor der Geburt wissen will, was für ein Geschlecht unser Baby hat«, sah Horst Jung keinen Anlass, zu schwindeln.

»Oha«, grinste Heiner Janetzky, »eine extrem schwierige Frage. Was könnte es denn werden?«

»Na, Mädchen oder Junge«, stand Horst ausnahmsweise mal selbst auf der Leitung.

»Bist du dir sicher?«, scherzte sein Kollege, »biologisch vielleicht, aber identitätsmäßig?«

Horst stand auf, um in Sprengels geräumigeres Büro zu wechseln, das mehr Sitzgelegenheiten bot. »Mir genügt erst einmal die Tatsache, ob das Kleine einen Zipfel hat oder nicht. Alles Weitere kann das dann mit sich selbst ausmachen.« Selbstverständlich platzierte er sich hinter dem Schreibtisch des Chefs.

Die beiden anderen folgten ihm. Während sich Franz auf einen Stuhl fallen ließ, schlug er dem werdenden Vater vor: »Ihr solltet vielleicht einen Unisex-Namen wählen. Damit verhindert ihr dann später Probleme mit einem Namenswechsel.« Er lachte mit Heiner um die Wette.

»Ich werde es Heike vorschlagen«, grinste selbst Horst. »Was gibt es bei euch?«

Heiner wiegte seinen Kopf, in dessen blondem Haar erste graue Strähnen sichtbar wurden. »Ganz eindeutig ist die Situation nicht«, erklärte er verhalten. »Die Bademeisterin war heute immerhin vernehmungsfähig. Gestern war das Bad brechend voll. Sie sagt, immer wieder hätten sich Trauben von Menschen gebildet, die es ihr unmöglich gemacht haben, jede einzelne Person im Blick zu behalten. Allerdings gab es nach ihrer Darstellung an diesem Tag eine Gruppe Jugendlicher, die wiederholt mit anderen Badegästen in Konflikt geraten ist.«

»Und ihr denkt«, folgerte Horst, »der Spaß könnte zu weit gegangen sein?«

Franz zuckte mit den Schultern. »Es muss ja keine Absicht gewesen sein. Diese Basecap-Gangsta zeichnet selten aus, sich die Konsequenzen ihres Handelns im Vorhinein zu überlegen. Nach der Obduktion wissen wir mehr. Du hast nicht zufällig schon den Bericht vorliegen?«

»Nee«, verneinte er. »Wissen wir inzwischen, wer die Tote ist?«

»Leider nicht«, schüttelte Heiner den Kopf. »Sie war zumindest vor ihrem Ableben alleine dort. Einige Besucher haben sich an sie erinnert. Wir haben aber nirgends auf der Liegewiese Sachen von der Toten gefunden. Vielleicht hat sie die eingeschlossen, bevor sie ins Wasser gegangen ist. Morgen früh werde ich die Schließfächer überprüfen. Außerdem ist es unvermeidlich, alle Badegäste gezielt nach der Toten und dieser Gruppe zu befragen«, forderte Heiner mit entschuldigender Miene. »Dazu bräuchten wir einen Aufruf in den Medien.«

»Stimmt wohl«, schnaufte Horst betont theatralisch. »Die Befragung dürft ihr übernehmen. Fangt doch schon einmal mit denen an, von denen wir Adressen haben. Ich kümmere mich um den Aufruf und halte hier die Stellung, falls der Obduktionsbericht eintrudelt«, grinste er seine Kollegen breit an.

Die sahen sich nur kurz mit hochgezogenen Augenbrauen an. »Ja, Chef«, setzte daraufhin Franz Hilpertsauer an. »Ich müsste heute eine Stunde früher gehen, weil ich noch einen Termin mit Ekaterina habe. Geht das?«

Horst Jung kratzte sich unschlüssig hinter dem Ohr. »Klar, ...«

»Moment«, unterbrach Heiner Janetzky ihn. »Dann will ich auch eine Stunde früher heim. Theresa ist aus London zurück.«

»Äh«, zögerte Horst, »das ist jetzt ein Scherz, oder?«

»Nein«, verschränkte Heiner die Arme vor der Brust, ihn missbilligend fixierend. »Das gleiche Recht für alle!«

Kommissar Jung fühlte sich in der Zwickmühle. Bei Franz wollte er keinen Rückzieher mehr machen, konnte aber doch nicht beide gehen lassen. Als ihm keine Lösung einfiel, mit der er sich aus dem Dilemma befreien konnte, sagte er nur »Moment« und ging zu Frau Stöckl hinüber, die ein Faible für ihren Jüngsten hatte.

Heiner und Franz grinsten konspirativ, konnten aber nicht verstehen, was im Zimmer nebenan getuschelt wurde.

Wenig später kam ein zufrieden wirkender Horst Jung zu ihnen zurück. »Eine tugendhafte Führungskraft ist stets gerecht. Ich erlaube jedem, eine halbe Stunde früher zu gehen.«

»Das nützt mir aber nichts!«, protestierte Franz, kaum in der Lage, sich ein Schmunzeln zu verkneifen.

»Ist das dein letztes Wort?«, erkundigte sich Heiner, eine mürrische Miene aufsetzend.

»Yep«, wahrte ihr Interimschef eine autoritäre Haltung.

»Also gut«, lenkte er ein. »Ich verzichte natürlich zugunsten von Franz, der zuerst gefragt hat.«

»Wenn die Herren weniger Unsinn reden würden«, kam es aus Frau Stöckls Zimmer zu ihnen hereingeschallt, »dann könnten Sie alle zusammen zwei Stunden früher zuhause sein.«

Die drei brachen in Gelächter aus.

»Männer!«

Horst, Heiner und Franz brachen ihr Sit-in in Sprengels Büro ab und widmeten sich endlich wieder den anstehenden Aufgaben.

Kapitel 3

Am nächsten Morgen verschlug es Thomas wie Lene die Sprache, als sie die Fensterläden aufstießen. Der Himmel war strahlendblau, in den Straßen unter ihnen wuselten Leute im Markt zum Einkaufen, Lieferwagen fuhren ab oder hielten, während sie selbst quasi über allem schwebten. Sogar im Außenpool auf der Dachterrasse des Hotels »Edelweiß« chillten bereits erste Wellness-Gäste. Sie mussten sich regelrecht von dem romantischen Ausblick losreißen, weil sie mit Dunkerbeeks zum Frühstück verabredet waren. Viktoria hatte es sich an ihrem ersten Morgen nicht nehmen lassen, sie verwöhnen zu wollen, obwohl ihre Wohnung mit allem ausgestattet war, das man zu einem gelungenen Urlaub benötigte. Neben zwei Schlafzimmern gab es eine urige Küche, ein großes Bad sowie ein gemütliches Wohnzimmer mit einem Balkon, der den ganzen Tag Sonne hatte. Außerdem ermöglichten alle Fenster einen traumhaften Blick in die Bergwelt. Selbst vom Klo aus konnten sie über den Markt hinweg die Berggipfel bestaunen. Darüber hinaus mussten sie durch das Treppenhaus nur einen Stock hinuntergehen, um sich an einen reichhaltig gedeckten Tisch zu setzen. Das war besser als in jedem Hotel.

Obwohl das ältere Paar ihnen aufgetragen hatte, sich das Klingeln zu sparen – der Schlüssel steckte in der Wohnungstür –, läutete Lene kurz, um nicht ohne jegliche Vorwarnung in deren Wohnung hineinzuplatzen.

»Wir sind es«, rief Thomas im Flur. Als keine Antwort kam, begaben sie sich mit einem unbequemen Gefühl unter der Haut zur Wohnzimmertür, an die sie zunächst anklopften. Nachdem weiterhin keine Reaktion erfolgte, traten sie zögerlich ein. »Da ist ja doch jemand«, stellte Thomas verwundert fest. »Wir dachten schon, wir seien zu früh.«

Viktoria erhob sich. »Ihr ward nicht zu überhören«, tadelte die alte Dame sie, »aber ihr müsst euch schon daran gewöhnen, hier zuhause zu sein.«

»Und bitte«, legte Philipp seine Zeitung beiseite, »macht nicht ständig so einen Lärm. Ich schrecke jedes Mal von meiner Lektüre hoch.«

Etwas betreten schauten sich die beiden Heidelberger an.

»Kaffee oder Tee?«, kam ihre Gastgeberin auf die wesentlichere Frage zu sprechen.

»Bitte Kaffee«, antwortete Thomas.

»Tee«, bevorzugte Lene. »Ich komme mit und helfe dir.«

Viktoria Dunkerbeek rollte die Augen. »Wenn es sein muss. Aber *so* klapprig bin ich eigentlich noch gar nicht.«

Völlig entspannt genossen sie ein umfangreiches Frühstück, während dem Thomas und Lene von ihren Ausflugsplänen berichteten und gerne Tipps der zugezogenen Einheimischen entgegennahmen. Zu ihrer Überraschung blickte Philipp trotz des netten Ratschens zum wiederholten Mal auf die Uhr.

»Musst du noch weg?«, erkundigte sich Lene.

»Ich reize den Spielraum gerade bis zum Letzten aus«, entschuldigte er sich. »Ich habe noch ein Meeting.«

»Nennt man so heute einen Stammtisch?«, flachste Thomas amüsiert. »Vielleicht in Lederhosen und mit Wadelwärmern?« Er fand die Vorstellung urkomisch, den stets äußerst korrekt gekleideten Herrn in Tracht anzutreffen.

»Das wäre ein interessanter Anblick«, runzelte Viktoria nachdenklich die Stirn, die ihrerseits sehr gerne für ein hübsches Dirndl zu haben war.

»Ach nein, nein«, widersprach Philipp kopfschüttelnd. »Ich engagiere mich seit Neuestem in einer jungen Partei.«

»Das ist nicht dein Ernst«, entfuhr es Lene. »Willst du dir deinen verdienten Ruhestand ruinieren?«

»Gibt es hier überhaupt was anderes als die CSU?«, unkte Thomas weiter. Dann stutzte er. »Oder gehst du zur CSU?«

»Dir bekommt die Bergluft anscheinend überhaupt nicht«, wies Philipp Dunkerbeek diese Annahme zurück. »Außerdem ist die nicht mehr jung.«

»Er will die PEP mit ins Leben rufen«, schmunzelte Viktoria.

»Da fällt mir nur Guardiola ein«, blieb der Kommissar seiner albernen Linie an diesem Morgen treu.

Philipp lachte. »Nein. Die ›Partei ehrlicher und empathischer Politiker‹ konstituiert sich derzeit in ganz Deutschland. In den nächsten Wochen werden die Landesverbände organisiert sein. Anschließend erfolgt die Wahl des Bundesvorstandes. Spätestens bei der nächsten Bundestagswahl werden wir mitmischen. Vielleicht auch schon früher bei der einen oder anderen Landtagswahl.« Philipp stand mit entschuldigender Miene auf. »Seid mir nicht böse, aber ich muss dringend los. Lasst euch von Vika mehr erzählen, falls es euch interessiert.«

»Das kannst du gerne bei einem Glas *Mineralwasser* am Abend selbst übernehmen«, lehnte seine Frau den Auftrag rundheraus ab, weil sie weniger anstrengende Gesprächsthemen vorzog.

Nachdem die beiden noch in aller Ruhe mit Viktoria Dunkerbeek geplaudert hatten, begaben sich Lene und Thomas gegen Mittag über den Fürstenstein zum Einkaufen in den Markt. Bei der Gelegenheit sahen sie sich den Ort genauer an. Mit Erstaunen stellten sie fest, wie viele Geschäfte es dort gab, obwohl die Einwohnerzahl überschaubar blieb. Viktoria Dunkerbeek hatte ihnen berichtet, dass der Markt seit der Eröffnung des neu erbauten Hotels »Edelweiß« wieder florierte. Inzwischen bereicherten auch junge Leute das Angebot mit interessanten Geschäftsideen.

»Guck mal«, zeigte Lene auf ein Schaufenster, auf dem »Kurz und Curry« stand, als sie vom Schlosshof zurückkamen. »Das hat Viktoria doch vorhin erwähnt. Hättest du Lust?«

Skeptisch schaute ihr Mann durch die große Scheibe, die möglicherweise einmal zu einer Metzgerei gehört hatte, auf eine sehr minimalistische Ausstattung. »Gemütlich wirkt das nicht gerade mit den Fliesen in dem kleinen Raum.«

»Aber die Speisekarte klingt spannend«, blieb Lene neugierig.

»Ich werde darüber nachdenken«, zeigte sich ihr Mann hinreichend kompromissbereit.

Gemächlich schlenderten sie die wenigen Meter zum »Edeka« vor. Danach erreichten sie über die Passage den »Kasladl«. So waren sie für das Erste gut ausgestattet. Hinter dem Restaurant »Zum Bier Adam« bogen sie in den Fürstensteinweg, um die Einkaufstaschen auf dem kürzesten Weg nach Hause zu tragen. Wenige Meter nach dem Wirtshaus saß ein kleines Mädchen mit einem Schulranzen auf der obersten Stufe eines Abgangs, der ebenfalls zur Fußgängerzone führte. Sie hatten das unglückliche Kind bereits passiert, als Lene innehielt und sich umdrehte. Die braunen Locken des Mädchens hatten ihr doch noch ein Signal gegeben.

»Annabel!«, rief sie aus. »Was ist mit dir?« Sie stellte ihre Einkaufstaschen ab, bevor sie sich besorgt der Kleinen näherte.

Das Kind schaute auf, die Augen voller Tränen. Mit zitternden Lippen war sie zu keiner Antwort in der Lage.

Lene wusste nicht recht, ob sie das Kind in den Arm nehmen

sollte. Sie hatten sich am vorherigen Abend nur noch beim Abendessen kurz gesehen, während dem sie lediglich weitgehend schweigend der Unterhaltung gelauscht hatte.

Thomas trat hinzu und wies Lene auf eine Waffeltüte hin, die eingerissen über der auf einer Treppenstufe liegenden Eiskugel emporragte.

»Dir ist dein Eis heruntergefallen?«, erkundigte sie sich bei Annabel mitfühlend.

Deren Lippen zitterten noch mehr, während sie wortlos nickte.

»Thomas!«

»Ja, mein Schatz?« Den Tonfall kannte er. Egal, was jetzt kam, Widerspruch war zwecklos.

»Ich habe neben dem Imbiss eine kleine Eisdiele gesehen.«

Ergeben stellte er die Einkaufstaschen ab. »Ich laufe schnell hin.« Mit einem kurzen Blick versicherte er sich, dass es Schoko sein sollte. Wenige Minuten später war er bereits wieder zurück. Mit einem aufmunternden Lächeln hielt er Annabel eine Eistüte mit drei Kugeln hin. »Gut, dass hier alles so nahe beieinander liegt.«

»Für mich?«, blinzelte Annabel den Schleier der Tränen mit nur mäßigem Erfolg weg. Zögernd nahm sie die große Eistüte. »Danke schön.« Mit großen Augen schaute sie die beiden Kommissare an, sagte aber nichts weiter.

»Wir sind auf dem Heimweg. Kommst du mit uns?«, schlug Lene ihr vor.

Doch Annabel schüttelte mit nicht zu deutender Miene den Kopf.

Lene überlegte einen Moment, wollte aber nicht weiter in sie dringen. »Na gut«, wandte sich Lene wieder ihrem Einkauf zu. »Bis später, Annabel!«

»Armes Kind«, sagte sie zu Thomas erst, nachdem sie sich bereits einige Meter von ihr entfernt hatten.

»Du sagst es«, seufzte er. »Ich weiß gar nicht, ob ich ihr wünschen soll, sich an den Unfalltag zu erinnern.« Er warf einen raschen Blick zurück, der ihn erstaunen ließ. »Sie ist nur die paar Meter hinter uns geblieben«, flüsterte er seiner Frau zu.

»Oh.«

Unerwartet kam Annabel sogar schnell näher. Als sie an einem älteren Jungen vorbeikamen, der in einer Haustür stand, druckte sich das Mädchen zwischen Thomas und dem Zaun an ihnen vorbei und lief geschwind zum Fürstenstein hinauf. Lene registrierte währenddessen besorgt, wie der Junge ihr die ganze Zeit über mit einem boshaften Blick hinterherstarrte. Dazu musste sie unbedingt ihre Gastgeber befragen. Als sie den kleinen Pfad erreichten, der zum Eberweinweg abzweigte, sahen sie gerade noch, wie Annabel die Gartentür hinter sich schloss. Kurz darauf verschwand sie hinter der Hausecke.

Als Thomas und Lene ihre Einkäufe in den Schränken der geräumigen Wohnküche verstauten, klopfte es an ihrer Wohnungstür. Der Kommissar stellte schnell noch den Fitness-Cocktail in den Kühlschrank, bevor er öffnete. »Wir sollen einfach reinkommen, aber du hämmerst gegen die Tür?«, lachte er Viktoria Dunkerbeek an.

Die wedelte allerdings nur unwirsch mit der Hand, während sie eintrat. »Das ist etwas anderes. Wir sind aus dem Alter heraus, in dem wir Gefahr laufen, bei kompromittierendem Miteinander überrascht zu werden.«

Er schmunzelte. »Das hast du aber schön formuliert. Dann komm mal mit in die Küche. Wir räumen gerade die Lebensmittel weg. Auch die können einen kompromittieren.«

Viktoria schüttelte nur den Kopf. Sie war nicht zum Spaßen aufgelegt. »Wisst *ihr* vielleicht, was da los war?« Sie setzte sich auf die Eckbank aus beschnitztem Fichtenholz. »Bei Annabel?«

Lene schaute auf. »Das wollte ich dich eigentlich fragen! Sie saß weinend auf einer Treppenstufe vor ihrem auf dem Boden liegenden Eis. Gesagt hat sie nichts dazu. Überhaupt hat sie sich nur artig bedankt, wollte aber auch nicht mit uns zusammen am Fürstenstein hochgehen.«

Die alte Dame schnaufte. »Das dachte ich mir schon.« Nachdenklich blickte sie die beiden an. »Wenn sie in der Schule etwas besonders gut macht, erhält sie zwei Euro, von denen sie sich am nächsten Tag auf dem Nachhauseweg eine Kleinigkeit zum Naschen kaufen darf. Es ist allerdings nicht das erste Mal, dass sie an solchen Tagen weinend hier ankommt und partout nicht erklären will, was der Grund dafür ist. Außerdem hatten wir erst letzte Woche ein heruntergefallenes Eis. Ehrlich gesagt frage ich mich inzwischen, ob einer der älteren Schüler ihr das Geld abnimmt oder sie schikaniert. Aber es kann ja keiner wissen, wann sie welches hat«, seufzte sie, weil es ihr Unbehagen bereitete, jemanden zu verdächtigen.

»Vielleicht liegst du gar nicht so falsch«, begann Lene zögerlich. »Sie ist immerhin dicht hinter uns geblieben. Und wir sind an einem Haus vorbeigekommen, in dessen Tür ein absolut bösartig schauender Junge stand, der ...«

»Richtig«, erfasste auch Thomas in diesem Moment die Zusammenhänge. »Nachdem sie sich an mir vorbeigequetscht hat, ist sie ganz schnell den Weg nach oben gelaufen, so als habe sie sich dort in unserem Schutz vorbeigeschummelt.«

Nachdenklich nickte Viktoria. Eine Zornesfalte trat immer deutlicher auf ihre Stirn. »So geht das jedenfalls nicht weiter!« Seufzend erhob sie sich. »Na ja. Es hatte auch sein Gutes. Annabel war trotz der verweinten Augen anzusehen, wie sehr sie sich über euer Eis gefreut hat. Danke, ihr Lieben.«

Kapitel 4

Dr. Heidemarie Schneider war angesichts des Versammlungsortes sehr erleichtert gewesen. Die Räumlichkeiten des Stadtjugendrings, die angemietet worden waren, lagen außerhalb im Harbigweg. Sollte ihr Erscheinen an diesem Abend zu diesem Anlass frühzeitig publik werden, würde es Gerede geben, das sie zu diesem Zeitpunkt auf keinen Fall wollte. Nachdem ihr verschiedene Mitglieder der CDU vor Jahren böse mitgespielt hatten, war die Grüne mit überwältigender Mehrheit zur Oberbürgermeisterin der Stadt Heidelberg gewählt worden. Dennoch hatte sie eine Aversion gegen Gerüchte entwickelt, die nicht selten einzig zu dem Zweck gestreut wurden, den Ruf einer Person zu schädigen.

Es war bereits nach Mitternacht, als sie mit Georg Winkler das Gebäude verließ. Der Weg zum Parkplatz, der hinter Bäumen und Büschen vom Eingang nicht eingesehen werden konnte, war nicht weit. Dort trennte sie sich von dem grauhaarigen Herrn, der durch einen ebenfalls ergrauten Spitzbart auffiel. Als sie bei ihrem Auto ankam, registrierte sie als Erstes den herabhängenden Außenspiegel auf der Fahrerseite.

»Das darf doch nicht wahr sein!«, entfuhr es ihr genervt. Erst bei genauerem Hinsehen bemerkte sie im Halbdunkel zudem einen aufgeschlitzten Reifen. Ein rascher Blick zu dem nebenstehenden Pkw zeigte ihr, dass lediglich ihr Fahrzeug Objekt der Zerstörungswut geworden war. Verärgert ging sie um das Auto ihres Mannes herum, an dem zu ihrem Entsetzen alle Reifen zerstochen waren. Sie schnaufte. »Georg!«, rief sie dem Mann hinterher, der mit ihr die Versammlung verlassen hatte und im Begriff war, die Autotür seiner am Ende des Parkplatzes abgestellten S-Klasse zu öffnen.

»Ja?«, wunderte der sich, weil er den Anklang von Zorn in ihrer Stimme wahrnahm.

»Man hat mir die Reifen zerstochen!«

»Alle?«, erschrak der sonst meist gelassen wirkende Mann.

»Und die Außenspiegel abgerissen«, warf sie verärgert die Hände in die Luft. »Wie soll ich das bloß meinem Mann erklären. Die Kutsche ist erst zwei Monate alt.«

Georg Winkler kam beunruhigt näher. Auch er stellte mit einem raschen Blick auf die Nachbarfahrzeuge fest, dass lediglich ihr Auto Ziel der Aggression gewesen war. »Ob das wohl weniger dem Wagen als deiner Person gegolten hat?«

»Aber es konnte doch niemand wissen, dass ich heute Abend hier sein würde«, schüttelte sie energisch den Kopf. »Schon gar nicht aus *meiner* Partei. Oder meinst du, einer eurer Leute könnte geplaudert haben?«

Nachdenklich rieb er sich das Kinn. »Glaube ich nicht. Es sei denn, heute Abend hätte dich einer der Anwesenden per Telefon oder Messenger verraten.« Immer noch in Gedanken besah er sich die Schäden an Schneiders X6. »Bliebe noch die Möglichkeit, jemand, der zufällig vorbeigekommen ist, war mit der Größe deines Wagens nicht einverstanden.«

»Das ist nicht meiner. Der gehört meinem Mann«, gab sie unwirsch zurück, bevor sie die BMW-Assistance kontaktierte.

Nachdem Heidemarie Schneider dem erschienenen Service-Mitarbeiter den Schlüssel in die Hand gedrückt hatte, hatte Georg Winkler sie in die Panoramastraße gefahren. Dort hatte sie ihn auf ein Glas Wein hereingebeten. Inzwischen saßen beide gemütlich in ihrer Loggia in zwei schweren Ledersesseln, nachdem sie eine Flasche eines Heidelberger Dachsbuckels geöffnet hatte.

»Ich finde es immer wieder erstaunlich«, war Winkler begeistert, nachdem er einen Schluck des Roten vielleicht etwas manieriert genossen hatte, »wie gut doch hiesige Weine ausfallen können.«

»Du sagst es«, stimmte ihm die Oberbürgermeisterin zu, die sich weitgehend beruhigt hatte. Nur hoffte sie, dass der Schaden behoben war, bevor ihr Mann aus London zurückkam. Seit der unschönen Angelegenheit vor ein paar Jahren konnte sie sich auch wieder einigermaßen sicher sein, dass sich der erfolgreiche Unternehmer dort ohne weibliche Gesellschaft aufhielt; abgesehen von einem Besuch bei ihrer gemeinsamen Tochter, die an der »London School of Economics« studierte. Sie wäre sogar so weit gegangen, von einer sehr guten Ehe zu sprechen, die sie führten. Zwischenzeitlich hatte das aufgrund ihrer eigenen Karriere und der damit verbundenen Arbeitsbelastung noch ganz anders ausgesehen.

»Was überlegst du?«, erkundigte sich Georg Winkler, dem der nachdenkliche Zug seiner Gastgeberin auffiel.

»Oh, nichts. Entschuldige die Unaufmerksamkeit«, war sie keinesfalls gewillt, ihre privaten Gedanken zu teilen. »Die Versammlung hat mir gut gefallen«, wechselte sie deshalb das Thema. »Die Redner haben mich durch ihre Sachkenntnis überzeugt. Sogar die

Diskussionen empfand ich als angenehm. Wie schön kann doch selbst streitbare Kommunikation sein, sobald sich alle ausreden lassen und völlig überflüssige Kraftausdrücke oder auf eine emotionale Ebene abzielende Spitzen unterbleiben.«

Georg Winkler lachte. »So kann man etwas erreichen.«

Heidemarie Schneider kommentierte den Zufriedenheit signalisierenden Ausdruck auf dem Gesicht ihres Gesprächspartners nicht weiter. »Gerade Politiker sollten sich ihrer Sprache bewusst sein, die Auskunft darüber gibt, ob sie Format haben.«

»Wie wahr.« Georg Winkler nahm noch einen angemessenen Schluck aus seinem Weinglas.

»Aber sag doch mal«, fixierte ihn die Oberbürgermeisterin. »Ich bin mir noch nicht ganz schlüssig, wie ernst ihr das meint.«

Fragend hob er die Augenbrauen.

»›Partei ehrlicher und empathischer Politiker‹. Das klingt gut.« Sie hielt kurz inne, bevor sie konkretisierte: »Das wird aber jeder Politiker und jede Politikerin von sich behaupten. Wie soll das in der Praxis aussehen?«

»Nun«, schmunzelte der distinguierte Professor für Politikwissenschaften. »Das mag zwar jeder von sich behaupten. Aber wenn du beispielsweise an den früheren Landwirtschaftsminister denkst, der gegen eine Koalitionsabsprache das Votum im Glyphosat-Streit verändert hat, kannst du Politiker schnell erkennen, die lediglich Worthülsen verbreiten. Ich fürchte, *das* verursacht in erster Linie den Vertrauensverlust vieler Wähler. Und zu deiner zweiten Frage: Wir leben in einer Zeit, in der die Honigtöpfe höher hängen. Es bedarf gestalterischer Veränderungen, um den Wohlstand zu sichern. Aber kaum einer in der Politik ist bereit, eine Vision einer besseren Gesellschaft überhaupt anzureißen. Alle sind immer nur damit beschäftigt, Wahlgeschenke zu verteilen, um wiedergewählt zu werden. Das wird mit der PEP nicht zu machen sein. Wir wollen die soziale Marktwirtschaft in eine empathische Wirtschafts- und Gesellschaftsform weiterentwickeln. Wie weit das gehen muss, um das Gemeinwohl im Idealfall zu optimieren, und wie genau das ausgestaltet werden kann, ist bisher noch Gegenstand langer Diskussionen, wie du heute selbst miterleben konntest.« Er zögerte kurz. »Immerhin sind wir uns über die Grundrichtung einig.«

»Bleiben wir praktisch«, forderte die langjährige Politikerin. »Du hast den Landwirtschaftsminister erwähnt. In der Landwirtschaft liegt ja der Grund, warum ich überlege, zu euch zu kommen. Ich will und werde keiner Partei angehören, die Gentechnik befürwortet, anstatt sich auf biologisch-ökologische Landwirtschaft zu besinnen. Es gibt hinreichend Studien und Beispiele, die belegen, wie erfolgreich eine Landwirtschaft *mit* der Natur betrieben werden kann. Die Grünen können den Agrarkonzernen auch gleich eine Lizenz zum Gelddrucken geben. Letztere versuchen doch schon lange, Bauern von ihren Hybridpflanzen abhängig zu machen. Ich frage mich manchmal, warum das keiner sieht. Aber gut, ich komme vom Thema ab. Was habt ihr sonst noch anzubieten? Nehmen wir doch gleich das Thema Milch.«

»Eigentlich müsste man die heutigen Subventionen abschaffen und die Mengen reduzieren«, war Georg Winkler nüchtern in der Betrachtung. »Aber wir haben noch lange nicht zu allen Punkten Lösungen. Wir stehen erst am Anfang, wie du weißt.«

»Ich glaube kaum, dass die breite Mehrheit honoriert«, antwortete sie spitz, »wenn der Kunde plötzlich das Doppelte für den Liter Milch bezahlen muss. Hast du nicht von einer Optimierung des Gemeinwohls gesprochen?«

»Ich bitte dich, Heidemarie«, tadelte er sie mit einem Anflug professoraler Überheblichkeit in der Stimme.

Sie machte eine abwiegelnde Handbewegung. »Ihr habt mich heute davon überzeugt, sachlich ohne verbale Entgleisungen und Anfeindungen Meinungsbildung betreiben zu können. Wozu jetzt diese Herablassung? Willst du mir erklären, die Bürger sind zu dumm oder ängstlich, um Zusammenhänge zu verstehen?«

»Natürlich nicht!«, entrüstete sich ihr Gast. »Wir wissen beide, wohin die Basta-Politik die SPD trotz ihres kleinen Hochs geführt hat. Aber du kennst die Antwort doch sicherlich selbst.«

Dr. Heidemarie Schneider nickte. Sie hatte sich bereits seit Längerem gefragt, warum von den Grünen auch zu diesem Punkt eigentlich nichts in der öffentlichen Debatte zu hören war. »Du willst den Menschen also erklären, dass vor allem die Molkereiindustrie ein Interesse an billiger Milch hat, um den billig erworbenen Überschuss als Milchpulver zu konkurrenzlos günstigen Preisen nach Afrika exportieren zu können? Damit das aufhört, soll der Bürger mehr für seine Milch bezahlen? Die Presse wird dich zerreißen.«

»Möglich«, funkelte Georg Winkler sie eher amüsiert an, »aber ich würde durchaus die ganze Wahrheit diskutieren.«

»Die da wäre?«

»Dieser über die *Steuern der Bürger* subventionierte, künstlich niedrig gehaltene Milchpreis«, setzte er nochmals an, »dient vor allem der Molkereiindustrie, die mit ihrem billig exportierten Milchpulver beispielsweise lokale afrikanische Milchmärkte zerstört. Und was machen im Zeitalter der Digitalisierung junge Männer dort? Sie verlassen ihre Länder, um dorthin zu flüchten, wo es alles im Überfluss zu geben scheint. Der Milchpreis müsste in einer Vollkostenrechnung um die Subventionen und die indirekten Folgekosten erhöht werden. Nur die wenigsten sind sich dieser Zusammenhänge bewusst. Ganz zu schweigen von den erbärmlichen Zuständen in Riesenställen mit notwendigem Antibiotikaeinsatz oder der irrwitzigen Menge an Gülle, die auf Feldern ausgebracht das Grundwasser belastet. Auch die dadurch bedingten vergesellschafteten Kosten müssten auf den Milchpreis aufgeschlagen werden, ähnlich wie es ja inzwischen ein neues Verpackungsgesetz gibt, um den Verursacher von Müll an den Kosten der Müllbeseitigung zu beteiligen.«

Sie nickte langsam. »Einleuchtend. Aber bist du sicher, damit den typischen Discounter-Kunden zu erreichen?«, hatte sie Zweifel am Erfolg dieser Kommunikationsstrategie.

»Was zu beweisen wäre!«, ließ sich ihr Gesprächspartner nicht verunsichern. »Eliten tragen die Verantwortung, zum Wohl der Allgemeinheit zu handeln. Sie sind jedoch mehr damit beschäftigt, die Herde für die eigenen Ziele zu lenken. ... Falls unser Angebot nicht gewünscht sein sollte, wird die PEP eben scheitern. Aber wir möchten das nicht weiter unkommentiert einfach hinnehmen.«

»Das verstehe ich nur zu gut. Selbst wir Grünen wollen ja inzwischen ›das ganz große Rad drehen‹«, seufzte sie, bevor sie ihnen noch Wein nachschenkte.

Nach einer angeregten Unterhaltung hatte Georg Winkler schließlich seine Gastgeberin nachdenklich zurückgelassen. Immer noch saß sie in ihrem bequemen Sessel und blickte über die Dächer des hell erleuchteten Rohrbachs hinweg. Der Professor hatte sie längst von den ehrenwerten Absichten der PEP überzeugt. Aber bot sich ihr hier wirklich eine neue Perspektive? Die stärksten Bedenken hatte sie, weil keiner voraussagen konnte, wie sich das Mitgliederspektrum entfalten würde. Auch wenn sie die sozusagen feindliche Übernahme einer Partei kaum für denkbar hielt, die sich Empathie auf ihre Fahnen schrieb, wäre es vielleicht doch besser, erst einmal abzuwarten. Andererseits boten sich ihr möglicherweise am Anfang Chancen, auf das Programm entscheidenden Einfluss zu nehmen. Unschlüssig schwenkte sie den letzten Schluck ihres dunkelrot schimmernden Weines in ihrem Glas, in dem sich unzählige Lichter der Umgebung spiegelten. Nach einer Weile gab sie sich einen Ruck und leerte das Weinglas. Das leise reibende Geräusch, das sie beim Abstellen des Glases auf der Tischplatte verursachte, weckte schlagartig wieder die Erinnerung an den demolierten Wagen ihres Mannes. Missmutig verzog sie den Mund. Stellte das eine Warnung seitens eines militanten Grünen dar oder war es einfach nur der provozierend wirkenden Größe des X6 geschuldet? Beides hielt sie für gleichermaßen unwahrscheinlich. Eines stand aber fest: Ziellose Vandalen hatten dort nicht ihr Unwesen getrieben. In dem Fall wären weitere Fahrzeuge beschädigt worden. Anzeige würde sie auf jeden Fall erstatten; doch nicht mehr in dieser Nacht.

Kapitel 5

Thomas Sprengel hielt Lene Huscher im Arm, während sie vom Parkplatz am Königssee über das kleine Sträßchen mit allerlei Bekleidungsgeschäften für Sport und Tracht sowie diversen Restaurants zu den Anlegestegen der Königsseeschifffahrt spazierten. Trotz der vielen Menschen fand Lene das Ambiente bezaubernd. Als sie das grüne Wasser mit der kleinen Insel vor den Anlegern sowie den Bootshäuschen erblickte, war sie der Faszination des Sees bereits erlegen. Sie gingen bis ans Wasser vor, wo es von Enten wimmelte, die sich gerne von den zahlreichen Besuchern füttern ließen. Lene musste lachen, weil das nicht ohne neidisches Gerangel abging, obwohl reichlich Brotstückchen verteilt wurden.

Sie lehnte sich eng an ihren Mann. »Du hast recht. Hier ist es wunderschön«, gab sie ihren Eindruck weiter, während sie mit den Augen einem der Boote folgte, das aufgrund seines Elektroantriebs lautlos auf einen der Stege zuhielt. Von Anfang an hatte man begriffen, dass der Nationalpark Berchtesgaden möglichst eingriffslos erhalten werden musste. Deshalb wurde auch ein großer Teil des Waldes rund um den Königssee nicht aktiv bewirtschaftet, sondern seiner natürlichen Entwicklung überlassen. Das war ein weiterer Baustein, um den vorhandenen Charme der Natur zu sichern. Die jährlichen Besucherzahlen unterstrichen den Erfolg dieses naturnahen Konzepts, das offensichtlich viele Menschen schätzten.

Thomas gab seiner reizenden Frau einen zärtlichen Kuss auf die Wange. »Wenn du Lust hast, rudere ich dich zu einem Wasserfall. Dort können wir die Füße in den kühlen See halten.«

In Lenes Augen blitzte es auf. »So, du möchtest ganz Gentleman die Dame über den See schippern?« Sie lachte. »Mir fehlt aber das Rüschenkleid und der passende Sonnenschirm.«

»Das macht nichts. Falls dir zu warm wird, kannst du ja deine Bluse aufknöpfen«, schmunzelte er nicht ohne Hintergedanken.

»Soso«, schlussfolgerte sie amüsiert, ihren Lüstling mit leicht gesenktem Kopf über den oberen Brillenrand hinweg musternd, »es ist wie immer nichts umsonst.«

Dem Kommissar wurde ganz warm ums Herz, als er sah, wie Lene gleichzeitig ihre linke Augenbraue hochgezogen hatte. Er liebte diesen Gesichtsausdruck, der ihm ihre Souveränität, aber gleichermaßen ihren Sinn für zärtliches Geplänkel verriet. Manchmal war es auch die mimische Geste, die ihren meist trockenen Humor unterstrich. Besonders in solchen Momenten überwältigte ihn eine nahezu grenzenlose Dankbarkeit dafür, dass ihr erster Fall ihm wider Erwarten doch noch geholfen hatte, sie nach seinem unentschuldbaren Fauxpas für sich zu gewinnen. Er drückte sie kurz noch einmal an sich, bevor er sie bei der Hand nahm. »Komm!«

Der Kommissar hatte fünfzig Euro Kaution hinterlegt. Nur wenige Minuten später saß die beste Frau der Welt auf der hinteren Bank des trägen Holzbootes, die er mit gleichmäßigem Zug der Ruderblätter durch das glasklare Wasser an der Insel vorbei auf nahezu direktem Kurs Richtung Wasserfall ruderte. Nachdem sie die Engstelle vor der Steilwand sowie den Malerwinkel passiert hatten, öffnete sich für Lene der Blick über den gesamten See. An den Zwiebeldächern von St. Bartholomä vorbei reichte ihre Sicht bis zum Sagereckstieg und der Saugasse, die beide am anderen Ende des Sees hinauf ins Steinerne Meer führten. Die Boote der Königsseeschifffahrt bildeten lustige weiße Tupfer auf dem grünen Wasser.

Als das letzte Boot, das sie passiert hatte, weiter weg war, erkundigte sich Thomas ganz unschuldig: »Ist dir nicht zu warm, so in der Sonne? Nicht, dass du einen Hitzschlag bekommst.«

Lene setzte ein für ihn schwer zu deutendes Pokerface auf, weil er ihre Augen hinter der Sonnenbrille nicht sehen konnte. Doch plötzlich grinste sie. Aufreizend langsam begann sie, die Knöpfe ihrer dunkelblauen Leinenbluse zu öffnen. Und dann ... ließ sie die Bluse einfach über ihre Schultern auf die Sitzbank gleiten.

Prompt verzog ihr Mann die Ruderbewegung, sodass seine Hände schmerzhaft zusammenstießen. Nicht nur deshalb musste er das Rudern vorübergehend einstellen. »Wenn dich jemand sieht«, entfuhr es ihm. Hektisch blickte er sich nach allen Seiten um.

»Hinter dir ist niemand«, stellte Lene nüchtern fest, »und die hinter mir interessieren mich nicht.«

»Du bist schöner als jede ...«

»Jedes Seeungeheuer?«, unterbrach sie ihren schmachtenden Mann mit einem verführerischen Lächeln.

»Als jede Meerjungfrau«, wollte ich sagen. Mit den roten Locken vor dem farblich harmonierenden Grün des Sees übte sie eine Faszination wie am ersten Abend auf ihn aus. Er liebte ihre sehr kleinen festen Brüste und auch jede einzelne ihrer Rippen, die sich deutlich abzeichneten. »Darf ich ein Foto von dir machen?«

Sie legte den Kopf schräg, während sie kurz überlegte. »Ist deine Antivirenapp auf dem aktuellsten Stand?«

»*Selbstverständlich*«, schwang ein wenig Empörung bei seiner Antwort mit. Zugegeben, manchmal war er nicht ganz auf der Höhe der Zeit mit seiner Technik.

»Na gut«, willigte sie ein, »aber am Ende des Urlaubs wird das wieder gelöscht. So ein Bild gehört nicht auf ein Smartphone. Du kennst meine Meinung dazu.«

»Klar«, wunderte sich Thomas eher, während er sein Telefon aus dem Rucksack zog. »Einmal bitte recht freundlich lächeln.«

»Einen Augenblick!« Sie schöpfte mit ihrer linken Hand etwas Wasser, von dem sie ein wenig über ihre rechte Brust laufen ließ. Das kalte Rinnsal erzeugte die gewünschte Wirkung, an deren Unterkante prompt ein Tropfen hängen blieb. »Na, wie wäre es jetzt?«

Der Kommissar hatte Mühe sich auf das Foto zu konzentrieren.

»So«, beendete Lene die Show, bevor ihr unruhiger Mann noch auf dumme Gedanken kam, »genug! Jetzt würde ich dann gerne den Wasserfall des Königsbachs sehen.«

Fünfzehn Minuten später hatte Thomas Sprengel das Ruderboot an einem kleinen Holzsteg festgemacht. Danach hatten sie eine Zeit lang zusammen die leichter erreichbaren Gumpen des Wasserfalls erkundet. Inzwischen saßen sie auf dem Steg und ließen die Füße ins kalte Wasser baumeln. Währenddessen beobachteten sie, wie eines der Boote vor der Echowand Fahrt verlor. Nur noch treibend öffnete sich die Ausstiegsluke, durch die als Erstes eine Trompete zu sehen war, bevor der dazugehörige Mann folgte. Kurz darauf konnten auch sie das von der Wand mehrfach zurückgeworfene Echo der Trompetentöne hören.

Lene schmiegte sich an Thomas und fuhr mit ihrer Hand unter sein Poloshirt. »Ich fühle mich wie auf einem anderen Planeten«, stellte sie völlig entspannt fest. In der Tat, ging es ihr unwillkürlich durch den Kopf, er hatte doch spürbar abgenommen, wie sie an seinem Bauch deutlich feststellte. Ihr gemeinsames Fitness-Programm schien nachhaltig Wirkung zu zeigen. Still lächelte sie in sich hinein, machte sie doch gerne mit. Aber weder der Sport noch ihr Yoga hatten bei Lene zu einem Zuwachs an Muskulatur geführt: Sie war und blieb wohl eine Gräte. Als das Boot weiterfuhr, setzte sie sich auf. »Gib mir mal bitte dein Telefon.«

»Willst du die Bilder von dir ansehen?«, neckte er sie.

Lene rollte mit den Augen. »Nur ein Foto schießen«, schwindelte sie, während sie bereits das gegenüberliegende Ufer heranzoomte. Danach flüsterte sie ihm ins Ohr: »Hab ich dir vorhin gefallen?«

Er drehte den Kopf, rieb seine Nase an ihrer und spürte ihre Hand wieder unter seinem Shirt nahe an seinem Hosenbund. »Zum Vernaschen«, flüsterte er um Beherrschung bemüht zurück.

»Was hält dich dann auf?«, hauchte sie verführerisch.

Irritiert schielte er an ihr vorbei zum Wasserfall. »Aber da sind immer noch Leute.«

»Siehst du auf der anderen Seite des Sees den kleinen Baum, der direkt an der Wasserlinie steht?«

»Ja?«, verstand er nicht, was sie ihm damit sagen wollte. »Dort kommen ständig Boote vorbei.«

»Alle zehn Minuten, mein Liebster«, hatte Lene exakt beobachtet. »Das sollte reichen, meinst du nicht auch? Ich habe ein Handtuch in den Rucksack gepackt. Wir machen das Boot fest und im kühlen Wasser wird uns auch nicht *zu* heiß. Oder kannst du nicht mehr rudern?«, fügte sie mit enttäuschtem Blick hinzu.

»Doch, natürlich«. Auf einmal war ihr zuweilen zur Behäbigkeit neigender Mann ganz schnell.

Bestens aufgelegt kamen sie gegen Abend wieder im Eberweinweg an. Sie hatten nicht nur einen wunderschönen, sondern auch einen sehr anregenden Nachmittag am Königssee verbracht, resümierte Lene, während sie mit dem Schlüssel die Haustür öffnete. Kaum hatten sie den kleinen Hausflur betreten, kam ihnen auch schon

Philipp Dunkerbeek mit kreidebleichem Gesicht entgegen.

»Könnt ihr bitte kurz reinkommen«, forderte er die beiden auf. »Es ist dringend!«, fügte er noch hinzu.

»Naturlich«, antwortete das Paar wie aus einem Mund. Ihre Urlaubsstimmung war schlagartig verflogen. »Ist Viktoria etwas passiert?«, konnte Thomas sich nicht zurückhalten.

»Nein.«

»Oder Annabel?«, hakte Lene besorgt nach.

»Nein«, blieb der sonst eloquente, gern redende Senior wortkarg. Irritiert folgten die Kommissare ihm in sein Büro, dessen Tür der Hausherr sorgsam hinter sich schloss. »Bitte seht euch das mal in Ruhe an. Danach hätte ich gerne eure Meinung dazu gehört.« Er zeigte auf ein Notebook, das offen auf seinem Schreibtisch stand. Nachdem er den Bildschirm erneut aktiviert hatte, glaubten Thomas und Lene zunächst ihren Augen nicht zu trauen.

Kapitel 6

Franz Hilpertsauer hatte inzwischen das Präsidium verlassen. Mit seiner Frau Ekaterina war er auf dem Weg nach Gaiberg, wo sie zusammen Yoga praktizierten. Akal Dharam Singhs Versprechen, Yoga könnte ihm dabei helfen, seinen traumatischen Erinnerungen an den Tod seiner Nichte die Kraft zu nehmen, bestätigte sich zunehmend. Nach seiner anfänglichen Skepsis war er zu einem begeisterten Yogi geworden, sodass er eine Stunde nur selten aufgrund dringender dienstlicher Angelegenheiten ausfallen ließ. Während er gemeinsam mit Ekaterina flott unterwegs war, quälte sich Heiner Janetzky noch durch den Heidelberger Verkehr, um nach Neckargemünd zu gelangen. Dort wartete bereits Theresa Bates auf ihn. Sie hatte in den vergangenen Wochen die letzten Dinge in England geregelt, um dauerhaft zu ihm zu ziehen. Heiner, teilte er sich selbst mit, du bist ein echter Glückspilz, auch wenn du mal wieder im Stau stehst. Hier half nur Geduld. In dieser Hinsicht wirkte die allseits gepriesene Vorfreude jedoch eher kontraproduktiv auf ihn.

Horst Jung war sich zur gleichen Zeit nicht mehr ganz so sicher, ob es ihm gefiel, Chef zu sein. Im Gegensatz zu seinen Kollegen saß er noch im Büro, wo er die Ergebnisse der ersten Befragungen durchsah, die sie ihm elektronisch hinterlassen hatten. Danach hatten sich beide breit grinsend verabschiedet. Er musste zugeben, das eine oder andere Mal in derselben Weise aus dem Büro verschwunden zu sein, ohne sich Gedanken darüber gemacht zu haben, ob Thomas Sprengel vielleicht Hilfe gebraucht hätte. Deshalb nötigte ihm seine heutige Erfahrung noch weitaus größeren Respekt für dessen Achtsamkeit und vorbildhafte Fürsorge ab. Mürrisch stellte er seine Sozialanalyse ein, um sich endlich auf die Protokolle zu konzentrieren.

Eines wurde ihm dabei schnell klar. Das Tiergartenschwimmbad war zum Zeitpunkt des Todes aufgrund des spätsommerlichen Hitzerekordes bei knapp achtunddreißig Grad im Schatten völlig überfüllt gewesen. Angesichts der letzten Öffnungstage hatten es die Verantwortlichen wohl nicht für opportun gehalten, den Einlass ab der Mittagszeit zu begrenzen. Aber es war nicht seine Aufgabe, die Entscheidungen der Bäderverwaltung zu reflektieren. Unmotiviert ging er zu seinem offen stehenden Fenster, lehnte sich auf das Fensterbrett und blickte auf die kleine Seitenstraße herunter, an der die überwiegende Zahl der Stockwerke des Präsidiums ab mittags im Schatten lag. Obwohl es bereits auf sieben Uhr zuging, wurde es kaum kühler. Zum Glück machte ihm das im Gegensatz zu seinem Chef nicht viel aus, der unter der drückenden Hitze Heidelberger Sommertage litt und an solchen Tagen unleidlich bis dünnhäutig wurde. Erneut kreisten seine Gedanken um Thomas Sprengel. Sollte das eine Art Vaterkomplex werden? Apropos Vater. Würde er die auf ihn zukommende Rolle gut genug ausfüllen? Auf einmal fühlte er sich noch so jung. ... Falls er mit dieser Effizienz weiterarbeitete, würde er nie nach Hause kommen, wollte er doch seinen erfahrenen Kollegen am folgenden Morgen zumindest ein paar schlaue Schlussfolgerungen präsentieren. Gut, was gab es bisher? Die Badeaufsicht hatte wohl tatsächlich keine reelle Chance gehabt, den Tod zu verhindern.

Eine halbe Stunde später hatte sich für den Jüngsten des Morddezernats eine weitere Erkenntnis ergeben. Während die Badeaufsicht sowie einige der befragten Badegäste von einer Gruppe Jugendlicher sprachen, erwähnten andere eine Gruppe männlicher Besucher, die aus Jugendlichen und jungen Männern bestanden haben soll. Das war interessant. Geduldig suchte er sich alle Passagen noch einmal heraus, in denen sich Aussagen zu dieser Gruppe fanden. Entsprechende Zitate kopierte er in eine eigene Datei, die bis dahin noch über keinen Dateinamen verfügte. In rasanter Geschwindigkeit sortierte er die Schnipsel thematisch zusammen. Nachdem er die Aussagen mit einer Häufigkeitsangabe versehen hatte, löschte er schließlich Doppeltes. So war das ganze doch schon übersichtlicher, war Horst mit sich zufrieden.

Während er das Ergebnis auf sich wirken ließ, verließ er sein Büro. Auf dem Weg in die kleine Teeküche am Ende des Gangs honorierte er die Arbeit der Maler, die dem angegrauten Ambiente zu einem frischen Anstrich verholfen hatten. Für ihn entstand seither beinahe der Eindruck, als wären dadurch die Flure kürzer geworden. Er war sich nicht sicher, ob er sich das einbildete oder tatsächlich beschwingteren Schrittes unterwegs war. In der Teeküche hatte er sogar Glück. Es gab noch warmen Kaffee in der Maschine, der genießbar war. Neuen setzte er nicht mehr auf, weil er ohnehin der Letzte auf diesem Stockwerk war. Mit seiner persönlichen XXL-Tasse war er gerade auf dem Rückweg in sein Büro, als er klackende Schritte auf der Treppe hörte.

Nur Sekunden später kam der Amtsleiter, Kriminaldirektor Jo Kühne, in vollem Raddress die Stufen hinuntergehastet. Obwohl er offensichtlich in Eile war, nahm er sich Zeit für den einsamen Mitarbeiter. »Was machen Sie denn noch hier, Herr Jung?«, wunderte er sich aufgrund der späten Stunde. »Fehlt Ihnen ein Chef, der Sie beamtengerecht nach Hause schickt?«, flachste er seinem stets gut aufgelegten Naturell entsprechend.

Wie üblich parierte Horst Jung schlagfertig: »Da ich nicht mit dem Rad fahre, kann ich mir noch ein wenig Ermittlungsarbeit erlauben, ohne mir daheim eine Standpauke anhören zu müssen.«

»Sollten Sie aber«, war der Triathlet um keine Antwort verlegen. »Als wir das letzte Mal auf Sie warten mussten, haben Sie nach drei läppischen Stockwerken aus dem letzten Loch gepfiffen.« Er grinste. »Vielleicht sollte ich verpflichtend Dienstsport einführen. Man liest ja dauernd, die jungen Leute seien körperlich immer weniger leistungsfähig.«

Doch so leicht gab sich der junge Kommissar nicht geschlagen. »Dafür habe ich soeben in Rekordzeit Protokolle gelesen, Aussagen strukturiert und Kernaussagen extrahiert«, konterte er.

»*Deshalb* brauchen Sie das Aufputschgetränk in Ihrer Tasse«, feixte der Amtsleiter weiter, hatte aber ein Einsehen. »Was gibt es denn, das Überstunden rechtfertigt? Habe ich etwas verpasst?«

»Gestern gab es eine Tote im Tiergartenschwimmbad ...«, setzte Horst an.

»Das weiß ich«, wurde er von Jo Kühne unterbrochen. »Ich komme kurz mit in Ihr Büro. Dort können Sie mir Ihre Überlegungen schildern.« Bei jedem Schritt klackten die Radschuhe auf dem Steinboden, als liefe er auf Pumps. »Also, was haben Sie?«, erkundigte sich der Kriminaldirektor, nachdem er sich auf einer Stuhllehne platziert hatte. Seinen Fahrradhelm balancierte er lässig auf seinem linken Knie.

Horst Jung sortierte seine Gedanken, bevor er resümierte. »Bisher wissen wir nicht, um wen es sich bei der Toten handelt. Der Obduktionsbericht steht noch aus. Es soll Ärger mit einer Gruppe gegeben haben, die andere Badegäste belästigt oder zumindest gestört hat. Nach Auswertung der vorliegenden Aussagen besteht eine Diskrepanz hinsichtlich dieser Gang. Die Bademeisterin und ein kleiner Teil der Befragten sprachen von Jugendlichen; die meisten anderen dagegen von einer Gruppe aus Jugendlichen und jungen Männern. Mädchen oder Frauen gehörten nicht dazu, insoweit waren sich alle einig. Eine Person hat von einem Streit berichtet, der zwischen einem der Jungs und einem weiteren Badegast zu eskalieren drohte. Angeblich ist die später Verstorbene eingeschritten. Das geschah um die Mittagszeit, während der Todeszeitpunkt am späten Nachmittag war. Theoretisch könnte es sich auch um verschiedene Gruppen gehandelt haben. Außerdem steht noch nicht eindeutig fest, wer dazwischen gegangen ist. Aber die Beschreibung, die uns der Zeuge von der toughen Frau gegeben hat, passt recht gut auf die Tote.«

Kühne nickte, während er Horst nachdenklich ansah. »Sie meinen, es handelt sich mal wieder um einen Fall, in dem eine Frau couragiert eingreift und dafür später brutaler Rache ausgesetzt ist?«

Horst Jung zuckte unschlüssig mit den Schultern. »*Das* oder es war ein Unfall. Ich weiß noch nicht. Aber wir sollten uns auf das Feststellen der Gruppenmitglieder konzentrieren, sobald der Obduktionsbericht vorliegt.«

»Einverstanden«, war der Amtsleiter zufrieden mit den bisherigen Schlussfolgerungen. »Haben Sie bereits Maßnahmen zur Identifizierung der Toten eingeleitet?«

»Morgen erscheint ein Bild in der Zeitung«, erklärte der junge Kommissar stolz, weil er nun mit seiner schnellen Reaktion am frühen Nachmittag punkten konnte.

Dynamisch schnellte der Triathlet von seiner Stuhllehne hoch und klackerte zur Tür. »Sehr gut, Herr Jung. Falls Sie Hilfe brauchen, melden Sie sich.« In der Tür drehte er sich noch einmal um. »Haben Sie schon was von Thomas und Lene aus dem Urlaub gehört?«

»Bisher nicht.«

»Na, die haben sich ihren Urlaub ja auch redlich verdient«, stellte Kühne mit Nachdruck fest. »Und für Sie ist es jetzt auch Zeit. Ich dachte, Ihre Frau ist schwanger. Ciao.«

Noch bevor Horst den Gruß erwidern konnte, war die Tür ins Schloss gefallen. Schnell entfernte sich das Klacken der Schuhe im Treppenhaus. Dem immer leiser werdenden Geräusch lauschend, fuhr der junge Kommissar den Computer herunter, weil er ohnehin für den Moment nichts mehr tun konnte, nachdem er von Kühne in seinen Schlussfolgerungen bestätigt worden war.

Während Horst Jung noch durch die Hauptstraße nach Hause eilte, saß die Yoga-Gruppe nach der Übungsstunde bei einem Mango-

Lassi entspannt in der Abendsonne auf Akals Terrasse zusammen. Ekaterina unterhielt sich mit Susanne, einer Sportwissenschaftlerin, die mit Semesterbeginn im Institut angestellt war und parallel ihre Promotion schrieb. Akal hatte Ekaterina anfangs Susanne als Mentorin zugeteilt, die deren didaktische Kompetenz sehr zu schätzen wusste.

»Heiko hatte keine Zeit?«, erkundigte sich Ekaterina bei der schlanken, aber sichtbar austrainierten Frau nach deren Freund, der Hausmeister im Sportinstitut der Universität war.

Susanne verzog spöttisch den Mund. »Er war der Meinung, er müsse morgen früh aufstehen und schlafe bei der Hitze ohnehin nicht so gut.«

»Du nimmst ihm das nicht ab?«, deutete Ekaterina ihre Miene.

»Das kannst du vergessen«, antwortete sie nüchtern. »Yoga ist einfach nicht sein Ding. Aber das muss es ja auch nicht. Obwohl ich es sehr schön finde, dass ihr beide zusammen zum Yoga kommt. Gemeinsamkeiten helfen, sich gemeinsam zu entwickeln.« Susanne nahm noch einen angenehm kühlenden Schluck aus ihrem Glas.

Ekaterina strich kurz zärtlich über den Arm ihres Mannes. »Er war auch skeptisch. Nur erlebte er sehr schnell eine deutliche Erleichterung durch die Übungen. Das führt natürlich zu einer viel stärkeren Motivation. Vielleicht findet Heiko später noch einen Zugang«, wollte sie keinesfalls pessimistisch wirken.

Nebenher beobachtete sie, wie Akal auf der Koppel nach einem der Pferde schaute, das einen Verband um eine Fessel trug. Der Blick des Kommissars war dem seiner Frau in Richtung ihres Lehrers gefolgt, der ihm nicht zu viel versprochen hatte. Seine Albträume waren bereits gänzlich weggeblieben. Dieser Ort hier oben in Gaiberg war über die Monate ein Refugium des Friedens für ihn geworden. Selbst der Hahn schien mit Würde durch seine pickenden und scharrenden Hühner zu stolzieren. Könnten nicht alle Menschen so friedlich und fürsorglich miteinander umgehen?, huschte ihm ein wehmütiger Gedanke angesichts seines kommenden Arbeitstages durch den Kopf, den er jedoch nicht festhielt, sondern sich seiner Nachbarin zuwandte. »Du willst inzwischen hier mitarbeiten, hat mir Ekaterina erzählt.«

»Ich glaube schon, erst einmal.« Marion Tröger schaute Franz an, als ob sie alles aus größerer Ferne betrachtete. »Ohne Akals Hilfe – auch für meine Mutter – wäre ich wohl eher in der Psychiatrie gelandet.« Die Augen der blonden Frau wurden feucht. Der Kommissar verstand sie, wäre Marion doch beinahe auf der Suche nach ihrer ermordeten Zwillingsschwester selbst gestorben.

»Ich kann ahnen, wie du dich fühlst«, erwiderte der mehr als doppelt so alte Kommissar. Er erzählte, wie seine Nichte ums Leben gekommen war, von seiner Verzweiflung, seinen Schuldgefühlen und seiner Trauer. Inzwischen war es für ihn leichter geworden, darüber zu reden, und er hoffte, seiner Zuhörerin vor Augen zu führen, dass das Leben selbst nach sehr schweren Zeiten eine positive Wendung nehmen konnte.

Kapitel 7

Thomas Sprengel und Lene Huscher hatten zuerst nicht begriffen, was Philipp Dunkerbeek ihnen da präsentierte. Es waren E-Mails, deren Anhänge aus Nacktbildern und kurzen Videos bestanden, auf und in denen eine Frau mit allerlei Sexspielzeug hantierte. Sichtlich schockiert hatte sie der ältere Herr darüber aufgeklärt, wem das Notebook gehörte: Annabel – eigentlich ihrer verstorbenen Mutter. Nachdem das Jugendamt zugestimmt hatte, dass Annabel vorübergehend bei Dunkerbeeks leben durfte, hatte das Familiengericht ihnen zusätzlich die Vormundschaft übertragen.

»Wir haben damit gewartet, Annabel auf die Habseligkeiten ihrer Mutter anzusprechen«, erklärte er den beiden Kommissaren, »bis wir den Eindruck bekamen, sie sei etwas gefestigter. Letzte Woche habe ich sie schließlich gefragt, ob wir die Sachen zusammen durchgehen sollen. Aber sie hat mich gebeten, das für sie zu übernehmen. Mir ist nicht wohl dabei, versteht ihr? Ich komme mir vor, als schnüffle ich im Leben ihrer Mutter herum. Heute habe ich mich endlich durchgerungen, die Inhalte des Notebooks zu sichten.« Er stockte sichtlich erschüttert. »Nachdem ich das hier gefunden hatte, habe ich Vika gebeten, bis zum Abend mit Annabel bei einer Bekannten vorbeizuschauen, deren Enkel zu Besuch sind. Ehrlich gesagt hatte ich gehofft, mit euch sprechen zu können, solange Annabel noch außer Haus ist.«

Die Erste Kriminalhauptkommissarin setzte sich mit versteinerter Miene vor den Computer. Systematisch klickte sie sich durch diverse E-Mails, während ihr Thomas Sprengel über die Schulter schaute. »Wenn ich das richtig sehe«, stellte der Kommissar fest, »gibt es diese speziellen Anhänge nur für eine einzige Adresse.«

»So ist es«, bestätigte ihm Philipp Dunkerbeek. »Wenn ihr die letzte Mail aufruft, versteht ihr auch gleich, warum.«

Lene klickte doppelt und las vor: »Sie dreckiges Schwein. Ich lasse mich nicht länger erpressen. Händigen Sie mir den versprochenen Betrag aus, sonst zeige ich Sie an!«

»Gab es bereits eine auffällige Summe im Nachlass?«, hakte der Kommissar sofort nach, um einen bloßen Streit über die Höhe einer Geldschuld als Anlass auszuschließen.

»Man hat knapp achthundert Euro in einer Dose gefunden«, erwiderte der Senior. »In zerknitterten Scheinen«, fügte er hinzu. »Ich nehme an, Trinkgelder, die ihr die Herren zugesteckt haben.«

Lene nickte, während sie weiter nach unten scrollte. »Sexy Sonnleitnerin, die Dokumentation deiner sexuellen Attraktivität ist ein spritziges Vergnügen. Um dein Anliegen zu beschleunigen, sollte ich dir persönlich assistieren; gerne wenn deine Tochter zuschaut. Das ist sie bei deinem Lebenswandel ja sicherlich gewohnt. Teile mir einfach mit, wann du mich erwartest. Besten Dank.« Sie drehte sich mit angewidertem Blick zu ihrem Mann um, obwohl sie sich aufgrund ihrer Zuständigkeit für Sexualstraftaten regelmäßig in diesem Bereich mit Abgründen der menschlichen Psyche auseinandersetzen musste. »Ich würde sagen, da hat er Rückgrat und Mutterinstinkt unterschätzt. Zum Glück«, bekam sie prompt eine Gänsehaut; wie immer, wenn sie etwas gruselte oder empörte.

»Sehr wahrscheinlich würde sie noch leben, wenn sie gleich zur Polizei gegangen wäre«, stellte Thomas sachlich fest, obwohl auch ihm anzusehen war, wie sehr ihn die Umstände, die möglicherweise zum Tod von Annabels Mutter geführt hatten, ebenfalls berührten. Selbst nach über zwanzig Jahren Ermittlungsarbeit gingen ihm die Schicksale der Menschen noch sehr nahe. Bei jedem Todesfall versuchte er – meist vergeblich – die Benachrichtigung der Hinterbliebenen an seine Mitarbeiter abzuschieben. »Kannst du eine Absenderkennung finden?« Manchmal stolperten Täter nur über Kleinigkeiten.

Lene scrollte bis zum Ende des Mailverkehrs, doch nirgends fand sich dergleichen.

Philipp Dunkerbeek räusperte sich nervös. »Ich weiß, wer die Mail geschrieben hat«, gestand er den beiden Kriminalbeamten.

Ungläubig starrten sie den älteren Mann an, der vor ihren Augen in seinem Stuhl zusammenzusinken schien, schielten auf die Mail-Adresse und wieder hoch. »Du weißt wirklich, wer Flodl ist?«

Ihr Gegenüber fuhr sich müde über das Gesicht und schnaufte, als strenge es ihn an, sein Wissen preiszugeben. »Bei Flodl handelt es sich um Florian Stangassinger, die Hoffnung des bayrischen Landesverbandes der künftigen PEP.« Sichtlich erschüttert hielt er inne. Auf seinem Gesicht spiegelte sich plötzlich tiefe Resignation.

»*Der* Stangassinger?«, hakte Lene nach, »der mehrmalige Olympiasieger, Weltmeister und und und im Rodeln aus Schönau?«

Da es allmählich dämmerte, erhob sich der ehemals sehr erfolgreiche Unternehmer kraftlos, um das Licht einzuschalten. »Genau der«, bestätigte er Lenes Sportkenntnisse. »Er ist ... oder war unsere Identifikationsfigur in Bayern, gut vernetzt, von allen geliebt. Der hätte es auch mit unserem populären Ministerpräsidenten Flößer locker aufgenommen.«

»Ist der nicht mit der ehemaligen Abfahrtsläuferin Vroni Berg verheiratet?«, versuchte sich die Kommissarin an einen Zeitungsbericht über dessen Privatleben zu erinnern.

»Sie leben in Schönau zusammen«, korrigierte er sie, »sind aber weder verheiratet noch haben sie Kinder.«

Sprengel runzelte derweil die Stirn, weil er sich eine Formulierung in der Mail nicht plausibel erklären konnte. »Philipp?«

»Ja?«

»Frau Sonnleitner erwähnt einen versprochenen Betrag«, erläuterte er den beiden seine Irritation. »Deshalb scheint sie sich auf die Weitergabe der Bilder und Videos eingelassen zu haben. Mir leuchtet aber nicht ein, warum sie das getan haben sollte, *bevor* sie den dafür vereinbarten Betrag erhalten hat. Das ist in dem ... Metier doch nicht üblich. Nur so ergibt aber eine Erpressung einen Sinn.«

»Vielleicht ...«, setzte Lene an, wurde aber durch eine eindeutige Handbewegung von Philipp Dunkerbeek unterbrochen. Der holte noch einmal Luft, bevor er dem Kommissar antwortete. »Der Flodl arbeitet bei der Sparkasse. Dort verantwortet er die Kreditvergaben.«

»Das sieht nicht gut aus«, rutschte es Lene Huscher unwillkürlich heraus. »Glaubst du, dass der Stangassinger das getan hat?«

»Natürlich nicht!«, ereiferte sich der ältere Herr plötzlich. »Aber vielleicht will ich das einfach auch nur nicht glauben, weil ich ihn kenne. Der ist ein Pfundskerl, wie man hier so schön sagt. Doch was heißt das schon? Es hat genug andere gegeben, die plötzlich wegen sexueller Verfehlungen im Rampenlicht standen.«

»Bevor der Computer deines Rodlers nicht ausgewertet wurde, besteht immer noch die Chance, dass er einer Intrige zum Opfer fallen sollte, die nur durch den Unfall erfolglos blieb«, bot ihm Thomas Sprengel einen Ausweg, die hochgezogene Augenbraue seiner Frau ignorierend. Er ahnte ihre Einwände, aber manchmal war die scheibchenweise Erhärtung der Tatsachen leichter zu verkraften. »Was willst du jetzt unternehmen?«

»Das wollte ich eigentlich von euch wissen!« Erwartungsvoll sah er von einem zum anderen. »Ich kann ihn nicht einfach anzeigen. Stellt euch doch mal vor, das Ganze erwiese sich als haltlos. Selbst wenn es nur nicht zu beweisen wäre, müssten wir mit massiven Anfeindungen rechnen – oder die Gegend verlassen. Was würde eine öffentliche Diskussion bei Annabel bewirken? Ich mag mir das alles gar nicht erst vorstellen.«

»Dir ist schon bewusst«, merkte Lene vorsichtig an, »auf was diese Mails hindeuten. Bei dem Unfall könnte es sich um einen raffiniert ausgeführten Mord handeln.«

»Das macht es für mich nicht leichter«, erwiderte er unwirsch.

»Lasst uns doch mal überlegen ...«, hatte Thomas Verständnis für die Notlage ihres Gastgebers.

Unüberhörbar für die drei fiel die Haustür ins Schloss. Kurz darauf vernahmen sie, wie die Wohnungstür geöffnet wurde.

»Philipp«, drang Viktoria Dunkerbeeks Stimme betont fröhlich bis in das Arbeitszimmer, »wir sind zurück!«

»Kein Wort vor dem Kind!«, warnte der ihren Besuch. Er stand eilig auf und klappte das Notebook zu, bevor er zur Tür ging. »Hier sind wir, Vika«, kam er seiner Frau und Annabel entgegen, der er zärtlich über den Kopf strich.

Schade, dachte Lene bei dem Anblick, dass die beiden keine Kinder hatten bekommen können. Sie wären ideale Großeltern geworden. Dankbar betrachtete sie Viktoria Dunkerbeek, die ihr von Anfang an quasi mütterliche Liebe entgegengebracht hatte. Sie war es, die ihr dabei geholfen hatte, die Leichen aus ihrem Keller auf den Friedhof zu verbannen.

Annabel schien der Nachmittag mit den Enkeln von Dunkerbeeks Bekannten, die leider nur zu Besuch dort gewesen waren, nicht zuletzt aufgrund ihrer vorbehaltlosen Aufnahme sehr gutgetan zu haben. Sie wirkte fröhlicher als am Tag zuvor. Da es später geworden war, hatte das ältere Paar kurzerhand beschlossen, essen zu gehen. Angesichts der späten Uhrzeit waren an diesem Abend alle Sprengels Neigung zu rustikaler Küche gerne gefolgt, weil sie bis zum »Bier Adam« nur den Fürstenstein hatten hinuntergehen müssen. Dort war es den Erwachsenen sogar gelungen, den brisanten Fund zu verdrängen. Und Annabel schien sich an den Besuch der Heidelberger gewöhnt zu haben. Wiederholt hatte sie verstohlen zu den beiden Kommissaren gelinst. Lene hatte stets so getan, als bemerkte sie das nicht. Ihr waren bei dieser Gelegenheit aber auch die tadellosen Manieren der Neunjährigen aufgefallen; selbst das Besteck lag immer korrekt. Später hatten sie sich in recht gelöster Stimmung von Dunkerbeeks und Annabel verabschiedet.

»Was denkst du«, erkundigte sich Thomas bei seiner Frau, »wie sich Philipps Dilemma auflösen lässt?«

Sie saßen bei einem Glas Rotwein auf dem Balkon. Ein Windlicht spendete nicht zu viel Licht, sodass sie das Bergpanorama wie einen Scherenschnitt genießen konnten.

Lene streichelte zärtlich über seinen Unterarm. »Philipp sollte mit ihm reden. Vielleicht geht er ja im Interesse der neuen Partei selbst zur Polizei, um seine Kooperationsbereitschaft zu beweisen«, überlegte sie. »Aber mir fehlt noch jegliche Idee, wie wir so mögliche Beweismittel sichern könnten – falls er es doch war.«

Eine Weile schwiegen sie. Selbst angesichts dieser prekären Frage konnten sich die beiden der Romantik des Augenblicks nicht ganz entziehen.

»Was hältst du davon, wenn wir morgen Vormittag mit Philipp zusammen den Stangassinger in der Bank aufsuchen, um ihn gemeinsam darauf anzusprechen?«, schlug er vor.

»Und sein Computer?«, runzelte sie die Stirn.

»Wir fahren mit ihm zusammen nach Hause. Dort warten wir auf die Kollegen – oder so.«

»Ungewöhnlich«, ließ sich die Kommissarin den Vorschlag durch den Kopf gehen. »Lass uns darüber schlafen. Es wäre vermutlich nicht die schlechteste Lösung für Philipp.«

Wortlos ging Thomas hinein, kam aber umgehend mit einem flachen Gegenstand aus dem Wohnzimmer zurück, den Lene nicht sofort erkannte.

»Was ...«, setzte sie an, sah dann jedoch im Schein des Windlichts, was ihr Mann auf den Tisch legte. »Das hast du mit in den Urlaub genommen?«, war sie vollends verblüfft. Ihr Grinsen wurde immer breiter.

»Du tust gerade so, als lebe ich in der technischen Steinzeit«, grummelte der Kommissar vor sich hin, während er das Gerät einschaltete. »Ich möchte mir nur ein paar Notizen zu dem Fall machen«, versuchte er abzuwiegeln.

Lene kraulte ihn im Nacken. »Ich kann mich noch daran erinnern, wie lange es gedauert hat, bis du ein Smartphone, ohne zu lamentieren, als beruflichen Begleiter genutzt hast«, gab sie spöttisch zurück. »Wenn ich Horst erzähle, dass du das Remarkable mit in den Urlaub genommen hast, dann zieht der dich bis zur Pensionierung damit auf.«

Nur das nicht, wurde der Verspottete langsam doch nervös. Aber der Vorschlag von Horst Jung hatte ihn sofort begeistert. Ein digitales Gerät, auf dem es sich fast wie auf Papier schreiben ließ, das zudem die Notizen von Befragungen und dergleichen in elektronische Daten überführte, die im Büro auf den Computer verschoben werden konnten, war absolut praktisch. Seither hatte er keine Probleme mehr, seine eigenen Hieroglyphen zu entziffern. Außerdem sparten sie eine Menge Zeit, weil das Anfertigen von Protokollen entfiel. Nachdem ihr technikaffiner Jüngster ihm das vorgeführt hatte, war er umgehend zu Kühne gegangen, der ihm ein Budget freigegeben hatte, um das Potenzial zu testen.

»Wenn mich etwas überzeugt, kann ich schon auch mal Trendsetter sein«, schmollte ihr Mann ein wenig, während er sich die wesentlichen Informationen ihres Gesprächs in Erinnerung rief.

Lene kicherte. »Dann hat dich zum ersten Mal etwas überzeugt, seitdem ich dich kenne.« Sie setzte sich auf seine Lehne und zwickte ihn in die Seite.

Der Stift vollzog einen großen Bogen auf dem Display, als dessen Folge ein sinnloser Strich zurückblieb. »Heeh«, konnte selbst der Bespöttelte ein Lachen nicht unterdrücken.

»Ups, ´tschuldigung«, kicherte sie vergnügt weiter.

Thomas Sprengel drehte den Stift, um die geschwungene Linie spurlos vom Display zu »radieren«. »Lässig, gell?« Er sah sie wie ein kleiner Junge an, der einen Bagger zum Geburtstag geschenkt bekommen hatte.

Eine Welle der Liebe durchflutete Lene. Sie drückte ihn an sich und gab ihm einen Kuss auf die Schläfe. »Ganz toll«, schmunzelte sie. »Wenn du damit fertig bist, komm nach. Ich lege mich schon mal hin.«

Ihr Mann schaute ihr durch die Balkontür hinterher. An ihrem Gang hatte sich nichts geändert, seitdem sie sich kennengelernt hatten. Dieses leichte Wiegen in der Hüfte zog seinen Blick magisch an. Er war hin- und hergerissen. Doch morgen würde er sich nicht mehr so gut an die Details erinnern. Aber er würde sich außerordentlich beeilen. Schließlich hatten sie Urlaub.

Kapitel 8

Der nächste Morgen begann für Horst Jung ausgesprochen erfreulich. In der Zeitung war ein Bild der Toten aus dem Schwimmbad abgedruckt, sodass er davon ausgehen konnte, deren Identität im Laufe des Tages aufklären zu können. Da sie es außerdem rechtzeitig aus dem Bett geschafft hatten, war er angesichts der zur Verfügung stehenden Zeit schnell zum Bäcker um die Ecke gelaufen. Als er zurückkam, duftete der Kaffee bereits verlockend. Viel benötigten sie nicht für ein gemütliches Frühstück, nur fehlte ihnen meist während der Woche die Zeit dafür. Aber selbst an diesem Morgen war sie endlich. Während Heike ins Bad ging, räumte ihr Mann den Tisch ab. Auf dem Weg zum Zähneputzen griff er sich aus einer Kommode im Flur noch rasch ein Maßband.

»Was machst du denn schon wieder?«, nuschelte Heike wenig später mit der Zahnbürste im Mund, weil Horst ihr Shirt nach oben schob. Kurz darauf spürte sie einen kalten Strang quer über dem Bauchnabel bis zu den Seiten. Irritiert schaute sie nach unten. Als sie dort ihr Maßband erblickte, nahm sie die Zahnbürste ziemlich konsterniert aus dem Mund. »Was wird das denn?«

Horst grinste breit, während er seine Hände hinter ihrem Rücken zusammenführte. »Halt still! Ich mess´ nur schnell mal, um bestens informiert zu sein.«

»Ich bin doch kein Mastschwein!«, protestierte seine schwangere Frau entrüstet. Sie zeigte ihm im Spiegel einen Vogel, ließ ihn aber amüsiert gewähren. Im Grunde gefielen ihr seine Versuche, so weit wie möglich an der Schwangerschaft zu partizipieren.

»Wenn ich schon dabei bin«, setzte er eine gänzlich unschuldige

Miene auf, »könnte ich gleich noch den Brustumfang messen.«

»Schau lieber auf die Uhr«, fing er sich mit diesem Ansinnen am frühen Morgen jedoch eine klare Abfuhr ein.

Am Ende war sie doch wieder zu spät, sodass sie das Auto nehmen musste, um rechtzeitig im Rathaus zu sein. Dr. Heidemarie Schneider konnte sich selbst dafür nicht leiden. Aber wenn sie abends Wein getrunken hatte, klingelte der Wecker am nächsten Morgen stets besonders leise. Inzwischen saß sie in ihrem i3, den sie immerhin für die Stadt angeschafft hatten. Aber letztlich sollte es ihr möglich sein, öffentliche Verkehrsmittel zu nutzen – oder besser noch ein Fahrrad? So gingen ihr die Gedanken durch den Kopf, während sie mit der Fernbedienung das Rolltor ihrer Garage öffnete, das langsam nach oben surrte. Derweil suchte sie sich noch einen Radiosender, legte den Gang ein und ... schrie kurz auf, als sie den Blick nach vorne richtete.

Kommissar Jung hatte sich zu guter Letzt doch noch verspätet, weil er an den weiblichen Attributen seiner aus seiner Sicht begehrenswerten Frau hängen geblieben war. Er konnte einfach nicht verstehen, warum sie sich zu dick fühlte. Ihre schmale Taille weitete sich nach oben wie nach unten in einer Weise, die prädestiniert dafür war, seine Sinne zu erfreuen. Vor der Tür von Sprengels Sekretärin schob er diese Gedanken schließlich beiseite, weil genügend Arbeit auf ihn wartete. Die Türklinke bereits in der Hand drängte sich doch noch die Frage in sein Bewusstsein, wie er Heike die Sorge nehmen könnte, während der Schwangerschaft zu viel zuzunehmen und die Pfunde hinterher nicht mehr loszuwerden.

»Da sind Sie ja endlich«, begrüßte ihn Frau Stöckl ohne irgendeine Höflichkeitsfloskel.

Das bedeutete nichts Gutes, wurde er doch sonst von ihr ausgesprochen nachsichtig behandelt. Allerdings wusste er, dass sie auch anders konnte. Hin und wieder hatte sie ein ernstes Sträußchen mit Thomas Sprengel ausgefochten – und stets die Oberhand behalten. »Guten Morgen, Frau Stöckl«, säuselte Horst Jung, um erst gar keine unguten Emotionen aufkommen zu lassen, »Sie sehen heute wieder hinreißend aus. Die Bluse ist neu, stimmt´s?«

»Äh«, hatte er sie aus dem Konzept gebracht. »Danke.« Sie strich sich offensichtlich geschmeichelt leicht über ihre Haare. »Ich dachte, ich probiere mal eine mit Streifen.«

»Très chic«, freute er sich über seinen erfolgreichen Ablenkungsversuch, »und sie unterstreicht zugleich Ihre natürliche Autorität. Wollen *Sie* nicht die Vertretung für Thomas übernehmen?«

»Aha«, dämmerte es der Sekretärin, dass sie eingewickelt werden sollte. »Mit taktischen Komplimenten ist bereits Herr Sprengel gescheitert«, war ein bissiger Unterton nicht zu überhören.

Der junge Kommissar setzte eine beleidigte Miene auf. »Wo denken Sie hin. Das habe ich wirklich nicht verdient. Der hat noch nie gesehen, wenn Sie eine neue Bluse getragen haben.«

»Jaja«, schmunzelte sie in sich hinein, »lassen wir das. Auf dem Schreibtisch nebenan liegt der Obduktionsbericht. Draußen sitzt eine junge Frau, die behauptet, die Tote aus dem Schwimmbad zu kennen. Herr Hilpertsauer ist zu Frau Schneider unterwegs. Herr Janetzky fehlt noch.«

Horst stöhnte. Der Tag hatte doch so lässig begonnen. Er brauchte einen Moment, bis er die Informationen verarbeitet hatte. Dass der ältere Kollege meist früh im Büro war, war nicht ungewöhnlich, aber: »Was macht Franz bei welcher Frau Schneider?«

»Unsere Oberbürgermeisterin«, klärte sie ihn auf, »hat angerufen. Mehr hat er dazu nicht hinterlassen. Falls ich ihn richtig verstanden habe, kann es wohl Mittag werden.«

Na toll, dachte Horst. Plötzlich fehlte ihm ein Mitarbeiter. »Ja, und jetzt?«, schaute er Frau Stöckl mit einer Mischung aus Konfusion und Unschlüssigkeit an.

Die klapperte bereits wieder mit den Fingern auf ihrer Tastatur. »Eines nach dem anderen scheint mir eine gute Devise zu sein«, merkte sie an, ohne ihre Arbeit zu unterbrechen.

»Das wäre?«, hatte er Mühe, seine Gedanken zu sortieren.

»Die junge Dame auf dem Gang möchte sicherlich keine Wurzeln schlagen«, wurde ihr Ton straffer.

Eine halbe Stunde zuvor hatte sich Franz Hilpertsauer einen der Passats vom Parkplatz geschnappt, mit dem er nach Rohrbach gefahren war. Dort lag das repräsentative Anwesen der Schneiders oberhalb der Panoramastraße am Hang, über den ein Weg von der Villa nach unten zur Straße führte. Er endete auf einem kleinen Platz vor der Außentür in der hohen Mauer, der zudem einen Zugang zur Garage ermöglichte. Heidemarie Schneider erwartete ihn ein Stück in den Eingang zurückgezogen.

»Guten Morgen, Frau Dr. Schneider«, begrüßte der Kommissar sie unaufgeregt.

»Den wünsche ich Ihnen auch, Herr Hilpertsauer«, erwiderte die Oberbürgermeisterin, die nicht nur nervös wirkte, sondern auch ziemlich blass aussah. »Tun Sie mir den Gefallen, lassen Sie den dämlichen Doktor weg. Der nützt mir gerade herzlich wenig«, übte sie sich in Sarkasmus.

Der Kommissar hatte die Situation auf einen Blick erfasst. Ohne zu zögern, trat er an das tote Tier, das an der Unterkante der Garagenausfahrt aufgehängt worden war. Am Hals der Katze baumelte an einem Faden ein Stück Pappe, das er mit einem Schlüssel umdrehte. »Verräter werden gehenkt! Lassen Sie sich das eine Warnung sein!«

»Sie scheinen die Fantasie der Heidelberger Kriminellen irgendwie zu beflügeln«, stellte er trocken fest.

»Das ist nicht witzig!«, entfuhr es Frau Schneider, die in diesem Moment keinen Sinn für Humor zeigte. Immerhin traute sie sich in Begleitung wieder vor ihre Garage, um sich das Tier näher anzusehen. »Wir leben doch nicht auf Sizilien oder in China«, empörte sie sich, nachdem der erste Schreck überwunden war.

»So war das nicht gemeint«, stellte der Kommissar klar. »Aber Sie werden zugeben, dass es ungewöhnlich ist, wenn eine Person in wenigen Jahren gleich zweimal zur Zielscheibe wird.«

»Ich hätte gerne darauf verzichtet«, schnaubte sie, bremste sich jedoch unverzüglich: »Entschuldigen Sie, Herr Hilpertsauer. Ich bin leider ein wenig dünnhäutig. Das richtet sich nicht gegen Sie.«

»Verstehe ich«, beruhigte sie der Kommissar gelassen. »Haben

Sie eine Idee, ob das nur ein geschmackloser Scherz ist oder ob es einen Anlass gibt, Sie als Verräterin zu bezeichnen?«

»Eigentlich kann das niemand wissen ...«, zögerte die Grünen-Politikerin, weil sie noch nicht über ihre Wechselabsichten sprechen wollte.

Franz Hilpertsauer schaute sie erwartungsvoll an, schwieg aber geduldig. Manchmal benötigten Menschen Zeit, um sich darüber klar zu werden, was oder wie viel sie preisgeben wollten.

»Ich habe kürzlich an einer Versammlung politisch Interessierter zur Gründung einer Partei teilgenommen«, berichtete sie schließlich. »Das sollte eigentlich noch niemand wissen. Je nachdem wie die Entwicklung verläuft, könnte das brisant werden. Sie müssen diese Information absolut vertraulich behandeln.«

»Selbstverständlich«, nahm er ihre Aussage wertungsfrei auf, während er sein Telefon aus der Hosentasche zog, um bei der Spurensicherung anzurufen. Danach wandte er sich erneut der Oberbürgermeisterin zu: »Sobald meine Kollegen hier sind, könnten Sie mir im Haus die Situation genauer schildern.«

Wenn Thomas hier wäre, würde ich mich ganz schnell verdrücken, ging es Kommissar Jung kurz durch den Kopf. Dann fügte er sich in sein Schicksal, setzte eine freundliche Miene auf und kehrte ohne Umweg auf den breiten Gang zurück. Dort fiel ihm die Mutter eines sehr lebendigen Kindes auf, das wiederholt versuchte, auf ein Fensterbrett zu klettern. Warum er sie beim Kommen übersehen hatte, erschloss sich ihm nicht. Er ging ihr ein paar Schritte entgegen. »Guten Morgen, Sie sind wegen des Bildes in der Zeitung hier?«, versicherte er sich, die richtige Person anzusprechen.

Die Frau wandte sich ihm zu. Der Blick hinter einer schwarzen Balkenbrille wirkte beunruhigt, ihre gesamte Gestik drückte Stress aus. Die lockigen Haare hatte sie mit einem Haarband gebändigt, vor dem noch eine Sonnenbrille mit sehr großen Gläsern Platz fand. »Ja. Endlich kommt jemand. Uli müsste längst in der Kita sein. Was ist mit meiner Cousine? Hatte sie einen Unfall?«

»Guten Morgen«, wiederholte der Kommissar den Gruß, irritiert über das Tempo der Unbekannten, die sich keine ernsthaften Sorgen zu machen schien. Tatsächlich hatte die Zeitungsmeldung aus verschiedenen Gründen keine weiteren Hinweise zum Grund des Aufrufs enthalten. Aber sie hatte sich offensichtlich weder das Bild genauer angesehen noch war ihr bewusst, im Morddezernat vorzusprechen. »Sie hatte keinen Verkehrsunfall«, wollte er sie nicht auf dem Gang mit der schrecklichen Nachricht konfrontieren. »Ich bin Kommissar Jung«, stellte er sich endlich noch vor, ihr die Hand entgegenstreckend.

»Hallo.« Sie kam nicht dazu, seine Hand zu schütteln. Ein knarzendes Geräusch lenkte ihren Blick nach hinten. Dort war Uli gerade dabei, das Fenster im dritten Stock zu öffnen. Die Mutter stürzte hinzu, drückte den Fensterflügel mit einem Knall zu und pflückte das schätzungsweise dreijährige Kind von der Fensterbank.

»Kommen Sie bitte«, steuerte Horst Jung auf Sprengels Büro zu. Hoffentlich war es kein Fehler, Kinder zu wollen, ging es ihm durch den Kopf. Höflich bot er den beiden den Vortritt an. Augenblicke später ließ sich die gestresste Mutter matt auf einen der Besucherstühle fallen. Sie gab Uli einen kleinen Ball zum Spielen, der umgehend, begleitet von glucksenden Geräuschen, quer durch das Büro befördert wurde.

»Jetzt bin ich für Sie da«, stellte sie sich auf den Kommissar ein. »Claudia Paschke, Fritz-Albert-Straße 86, 69124 Heidelberg. Brauchen Sie meinen Personalausweis?«

Horst Jung schaute Frau Paschke verdutzt an.

»Was?«, fragte sie verwundert, den Kopf leicht zurücknehmend. »Benötigen Sie meine Personalien nicht?«

»Sie verlieren keine Zeit«, stellte er ergeben fest. Er nahm sein Remarkable aus dem Rucksack – immer noch überrascht, dass sein Chef sofort Feuer und Flamme gewesen war –, um sich die Angaben zu notieren. »Sie wissen also, um wen es sich handelt?«

Mit einem lauten Scheppern flog der Mülleimer neben seinem Schreibtisch über den Boden. Zum Glück wurde der jeden Abend geleert. Das Kind jauchzte, während es versuchte, den Ball in den liegenden Korb zu kicken. Die Mutter zeigte keinerlei Regung, um

Ulis Bewegungsdrang in irgendeiner Weise einzuschränken.

»Emma Schulze«, erwiderte sie. »Sie ist eine Cousine, die kurzzeitig immer mal wieder bei mir übernachtet, weil sie zum Studium noch ein Zimmer sucht, aber keines findet. Was ist mit ihr? Hat sie etwas ausgefressen? Das kann ich mir nicht vorstellen. Uli! Hör jetzt endlich auf, so einen Lärm zu machen.«

Horst Jung zögerte einen Moment. »Frau Schulze ist gestern im Tiergartenschwimmbad ...«

»Da waren wir zusammen«, unterbrach sie ihn auf die Uhr blickend. »Ich bin gegen Mittag wegen Uli gegangen. Sie ist noch dort geblieben und wollte später mit dem Zug nach Hause fahren.«

Er versuchte die Mimik von Bestattern zu imitieren, die in Fernsehkrimis auftraten. »Frau Schulze ist ertrunken. Es tut mir leid, Ihnen das mitteilen zu müssen«, erklärte er ihr ungewohnt gestelzt.

Für einen kurzen Moment schien die Zeit auf Frau Paschkes Gesicht still zu stehen. Das Kind fing an, die Tür zum Büro der Sekretärin wiederholt zuzuschmeißen. Ohne Vorwarnung brüllte seine Mutter: »Hör jetzt *sofort* auf!« Ihre Stimme überschlug sich. Unmittelbar darauf schossen ihr Tränen in die Augen, gefolgt von tiefem Schluchzen.

Frau Stöckl hatte inzwischen ein Einsehen. Sie nahm das völlig überdrehte Kind mit in ihr Büro.

Frau Paschke beruhigte sich nur langsam. »Wieso?«, brachte sie kaum verständlich hervor, während sie sich mehrfach die Nase schnäuzte.

Horst Jung hatte die Zeit genutzt, um in den Obduktionsbericht zu schauen: »Wasser in der Lunge ...« Für den Moment musste er nicht weiterlesen. Er wusste, was das bedeutete. Auch das noch. »Es besteht Anlass zu der Annahme, dass Ihre Cousine durch Fremdeinwirkung verstorben ist«, eröffnete er ihr.

»Wollen Sie mir sagen ...«, sie musste nach Luft schnappen, um mit dem nächsten Schluchzer fortzusetzen, »sie ist ermordet worden?«

»Es könnte auch fahrlässig passiert sein«, nahm der Kommissar entgegen seiner Meinung die Härte aus seiner Aussage.

»Sie kannte niemanden in Heidelberg«, schien sie das Nachdenken über die Ursache des Todes ihrer Cousine abzulenken.

Horst Jung machte sich eine Notiz.

»Wie geht das jetzt weiter?«, erkundigte sich Frau Paschke mit dünner Stimme. »Benachrichtigen *Sie* ihre Eltern? Ich kann das nicht, ganz und gar nicht.« Ihre Augen füllten sich umgehend wieder mit Tränen. Verwundert blickte sie sich im Zimmer um. »Wo ist denn Uli? Es ist so ruhig«, fiel ihr plötzlich auf.

»Er ist bei unserer Sekretärin im Nebenzimmer«, beruhigte sie der Kommissar, war aber ebenfalls überrascht, keinen Lärm mehr zu hören. Neugierig stand er auf. »Wir müssen ohnehin mit den Eltern sprechen. Machen Sie sich darüber keine Gedanken.«

Uli saß auf Frau Stöckls Schoß. Strahlend drückte das Kind auf die Tasten der Tastatur, auf die die Sekretärin zeigte.

Frau Paschke stand neben Horst, wischte sich die letzten Tränen aus dem Gesicht. »Das habe ich ja noch nie erlebt, dass Uli sich so lange so ruhig beschäftigen lässt.«

»Vielleicht sollten Sie ihn zum Fußball schicken«, wollte Horst die Stimmung auflockern, »dann wird er vielleicht ein bekannter Torhüter wie Uli Stein.«

»Sehen Sie nicht, dass *er* eine *sie* ist?«, schüttelte Frau Stöckl den Kopf. Angesichts des Dramas zuvor verkniff sie sich jedoch jeden Kommentar zu den Fähigkeiten des werdenden Vaters.

Horsts Kopf ruckte zu Frau Paschke herum.

»Ulrike«, erklärte sie geistesabwesend, während sie Frau Stöckl das Kind abnahm.

In diesem Moment stürmte Heiner Janetzky mit Schweißflecken unter den Achseln ins Zimmer, hielt aber beim Anblick des Menschenauflaufs mitten im Schritt inne.

Horst Jung ließ ihn nicht einmal zu Wort kommen. »Heiner, bring bitte Frau Paschke nach Hause.«

»Ich bin mit dem Rad hier und muss eigentlich zur Kita«, wirkte die junge Frau angesichts ihrer emotionalen Lage mit der Situation überfordert.

So einfach wollte der Kommissar sie jedoch nicht alleine gehen lassen. »Du fährst sie also zuerst zur Kita. Danach bringst du sie wieder mit hierher zu ihrem Fahrrad.«

»Mach ich«, war alles, was der überhitzte Kommissar erwiderte, der realisierte, in einer kritischen Phase hinzugekommen zu sein. Ansonsten hätte er sich ein »Jawohl, Chef« sicher nicht verkniffen. Im Gegensatz zu ihrem Jüngsten, der gerne einmal Halteschilder mit seinem schnellen Mundwerk überfuhr, mied er Fettnäpfe weitestgehend.

Nachdem Heiner mit Frau Paschke den Raum verlassen hatte, atmete Horst Jung erst einmal tief durch. Sorgenvoll schaute er dabei zu Frau Stöckl: »Die Frau tut mir wirklich leid. Aber ich hoffe inständig, dass unser Kind weniger anstrengend wird.«

Die Sekretärin verzog das Gesicht. »Sie haben doch gesehen, wie ruhig die Kleine bei mir war. Das hängt in erster Linie mal von den Eltern ab, auch wenn die das selten wahrhaben wollen. Kinder benötigen Ruhe. Aber heutzutage muss ja alles möglich sein. Die Hektik und der Stress der Eltern übertragen sich ganz einfach auf ihren Nachwuchs.«

Nachdenklich verschwand Kommissar Jung in Sprengels Büro, um sich den Obduktionsbericht im Detail anzuschauen. Außerdem musste er sich dringend überlegen, wie es weitergehen sollte; war ihm auch noch der zweite Mitarbeiter an diesem Morgen abhanden gekommen. Erst danach fiel ihm auf, die weiteren Personalien der Toten nicht mehr aufgenommen zu haben. Umgehend rief er Heiner an, um ihn diesbezüglich zu instruieren. Inzwischen verstand er besser, warum ihrem Chef gelegentlich der Kragen platzte, wenn einer von ihnen aus reiner Nachlässigkeit zu spät kam.

Kapitel 9

Bei einem gemeinsamen Frühstück waren sie übereingekommen, Florian Stangassinger zu sich nach Hause zu bitten. Philipp Dunkerbeek konnte nicht einschätzen, wie sein zukünftiger oder vermeintlicher Parteifreund auf den Inhalt der Mails reagieren würde. Einerseits war er in der Bank stärker gezwungen, sich zu beherrschen. Andererseits ließ ihm eine private Umgebung mehr Raum, sich ungezwungen zu verhalten. Auf einen Anruf von Philipp Dunkerbeek hatte Flodl bereitwillig vorgeschlagen, gegen elf Uhr dreißig bei Dunkerbeeks vorbeizuschauen. Lene war derweil zu der Auffassung gelangt, dass sich eine Frau eher ungünstig auf das Gespräch auswirken könnte. Kurzerhand beschloss sie, Annabel von der Schule abzuholen, um einen Eindruck davon zu bekommen, ob das Kind dort weiterer Schikane ausgesetzt war.

»Hallo, Annabel«, rief Lene dem Mädchen entgegen, das sich mit zwei Klassenkameradinnen dem Ausgang des Schulhofs näherte. Diese Szene beruhigte die Kommissarin auf eine gewisse Weise, zeigte sich doch, dass Annabel nicht völlig alleine dastand.

Das mit Jeans und einem hellen T-Shirt bekleidete Mädchen winkte ihr schüchtern zu. »Guten Tag. Das ist aber eine Überraschung!«, war Annabel erstaunt. Doch es war ihr durchaus auch eine verhaltene Freude anzusehen.

»Ich war neugierig, wo du zur Schule gehst«, gestand ihr die Kommissarin, die auf dunkelgrünen mit Strass besetzten Flipflops unterwegs war.

Die anderen beiden Mädchen unterzogen Lene Huscher einem kaum zu übersehenden Manhattan-Miniscan, schienen jedoch keine Einwände gegen ihr Gesamterscheinungsbild zu haben. »Wir gehen dann mal«, verabschiedeten sie sich höflich, bevor sie über den Parkplatz Richtung Hasensprung verschwanden. »Bis morgen, Annabel.«

»Tschüs«, erwiderte diese fröhlich, mit Lene der Bräuhausstraße nach links folgend, schwieg aber zunächst verlegen.

»Wie war dein Schultag?«, erkundigte sich die Kommissarin, darauf bedacht, Annabel nicht zu nahe zu kommen. Intuitiv spürte sie, dass das Mädchen einen ausreichenden Abstand benötigte.

Nach einer Pause antwortete sie schließlich: »Ganz gut. Wir hatten heute ...«

Lene Huscher hatte die schnell näher kommenden Schritte nicht beachtet. Kurz darauf spurtete ein Teenager zwischen ihnen hindurch, drehte sich kurz um und rief mehrfach: »Hurentochter, Hurentochter.« Lachend lief er davon, bevor die Kommissarin auch nur ein Wort herausbrachte. Sie war sprachlos angesichts dieser Garstigkeit.

Annabel schien sich danach in sich zurückgezogen zu haben. Ihr Gesicht wirkte verschlossen. Auch unternahm sie keinen weiteren Versuch, ihren begonnenen Satz zu beenden. Wortlos folgten sie der Straße hinauf zum Markt Berchtesgaden.

Lene überlegte, ob sie Annabel auf die Beleidigung ansprechen sollte. Soweit sie Dunkerbeeks verstanden hatte, war ihre Mutter ausschließlich Stripperin gewesen. »Deine Mama war ...«, setzte sie schließlich zu einer Erklärung an, wurde aber wütend unterbrochen.

Mit Tränen in den Augen schaute Annabel zu ihr hoch. Nur kurz holte sie Luft, bevor sie verzweifelt rief: »Meine Mutter war die beste Mama der Welt.« Weinend drehte sie sich um und lief von der Kommissarin weg die steile Straße hinauf.

Viktoria Dunkerbeek hatte sich bereits in die Küche verzogen, um das Mittagessen vorzubereiten, als Florian Stangassinger im Eberweinweg nur wenige Minuten verspätet eintraf. Thomas Sprengel war beeindruckt von der Statur des ehemaligen Spitzenrodlers, der fast zwei Meter maß und keineswegs als schlank durchging. Er wirkte auf den Kommissar sehr offen. Auch hatte er nicht im Mindesten irritiert reagiert, als Philipp Dunkerbeek sie einander vorgestellt hatte. Allerdings hatte der zunächst Sprengels Beruf verschwiegen. Inzwischen befanden sich die drei in Dunkerbeeks Arbeitszimmer. Thomas Sprengel hatte sich ans Fensterbrett gelehnt, sodass er unauffällig die Mimik des Bankers beobachten konnte, der seinem Parteifreund gegenüber vor dem Schreibtisch Platz genommen hatte.

Philipp Dunkerbeek räusperte sich. Ihm war deutlich anzusehen, wie sehr ihn dieses Gespräch belastete. »Florian«, setzte er an, »ich muss dir leider etwas zeigen, das dir nicht gefallen wird.«

»Mach es nicht so spannend«, passte der freundliche Tonfall

nicht ganz zu den Falten, die sich auf der Stirn des Angesprochenen abzeichneten.

Der ältere Herr seufzte. »Ich möchte vorher ausdrücklich betonen, das Gesehene nicht für möglich zu halten.«

»Ja zeig es halt endlich her«, reagierte Florian Stangassinger ungeduldig. »So schlimm wird´s schon nicht ausschauen.«

Wortlos drehte Philipp Dunkerbeek seinem Parteifreund das Display des Notebooks zu.

Der benötigte einen Augenblick, um zu realisieren, was er dort las. Der Kommissar beobachtete, wie der Hüne zusehends die Fassung verlor, seine Finger unmerklich zu zittern begannen. Philipp öffnete ihm einen der Anhänge.

Der Flodl sank mit hochrotem Kopf in seinem Stuhl zurück. »Ich habe das weder geschrieben noch irgendeine Mail davon bekommen«, stammelte er kopfschüttelnd.

»Davon bin ich überzeugt«, bestätigte ihm Philipp Dunkerbeek. »Nur dort steht deine E-Mail-Adresse.«

»Was weiß ich denn«, brauste der fassungslose Mann auf. »Ich habe keine Ahnung.« Seine Augen irrten zwischen dem Notebook und Philipp Dunkerbeek hin und her, bis sie schließlich Thomas Sprengel fanden. »Und wer sind Sie jetzt eigentlich genau?«

»Ich bin Kriminalhauptkommissar und Leiter des Morddezernats Heidelberg«, erklärte der ihm mit ausdruckslosem Gesicht.

»Aha«, blickte er sofort zornig zu seinem Parteifreund. »Da hast du mich also schon verurteilt.«

»Natürl...«

»Bevor hier Missverständnisse aufkommen«, ging der Kommissar ungehalten dazwischen. »Philipp hätte Sie eigentlich nach dem Fund sofort bei der hiesigen Kripo anzeigen müssen, ohne Sie vorher darüber in Kenntnis zu setzen. Ich bin nur als Freund hier und – das gebe ich zu – um sicherzustellen, dass niemand auf die Idee kommt, es könnten irgendwelche Mauscheleien unter Parteifreunden stattgefunden haben.« Das stimmte zwar nicht ganz, aber dürfte zur Beruhigung beitragen. »Vielleicht überdenken Sie Ihr vorschnelles Urteil über Philipps Handlungsweise noch mal.«

»Annabel, warte!« Lene zerriss es das Herz. Die Kleine war so schnell, dass sie auf ihren Flipflops zu langsam war. Da das Mädchen nicht stehen blieb, nahm sie die Flipflops in die Hand, um aufzuschließen. Als sie sie erreichte, griff sie nach ihrer Schulter, stoppte die Flüchtende und drehte sie zu sich. »Weglaufen hilft nicht!«

Annabel schlug gegen ihren Arm, weinte. »Meine Mama …«

Lene hob etwas die Stimme – zum Glück hatten sie die Fußgängerzone noch nicht erreicht, sodass um sie herum niemand war, der sie hätte hören können. »Ich bin auf deiner Seite, Schatz.«

Das verzweifelte Mädchen hörte sofort auf, gegen Lenes Arm zu schlagen. Die Tränen wurden weniger, aber Misstrauen stand immer noch in ihren großen, dunkelbraunen Augen.

Als sich die Kommissarin sicher war, dass die Kleine nicht wieder weglaufen würde, lockerte sie den Griff an der Schulter. »Annabel, ich weiß, dass deine Mutter *keine* Prostituierte war. Das wollte ich dir eben sagen. Ich weiß sogar, dass deine Mutter ein ganz besonderer Mensch gewesen sein muss. Ansonsten wärst du kein so wunderbares Mädchen geworden.« Lenes grüne Augen blickten dabei direkt in die traurigen Augen des Waisenmädchens. Sie schwieg. Sie ließ dem Kind Zeit, das Gehörte zu verarbeiten. Lene konnte sehen, wie es in ihrem Kopf arbeitete. Als sie den Eindruck hatte, Annabel habe sich wieder gefangen, löste sie sich von ihr und stand auf. »Komm, wir gehen heim, sonst wundert sich Viktoria, wo wir bleiben.« Sie war sich nicht sicher, ob das Mädchen tatsächlich folgen würde, aber Annabel blieb schweigend neben ihr. Als sie den Aufgang zum Fürstenstein erreicht hatten, erkannte die Kommissarin das Haus wieder, in dem der bösartige Junge in der Tür gestanden hatte – derselbe, der vor wenigen Minuten an ihnen vorbeigelaufen war. Während sie darüber nachdachte, wie sie den Eltern unmissverständlich klarmachen konnte, auf ihren Sohn einzuwirken, spürte sie plötzlich wie sich eine kleine, warme Hand in ihre legte. Sie musste näher gekommen sein, als sie das Haus eingehender betrachtet hatte. Lene Huscher war erleichtert, dass die verbale Verletzung eine positive Folge hervorgerufen hatte. Dankbar schloss sie ihre Finger um die kleine Hand, ohne Annabel anzusehen, um das zarte Band, das sich zu knüpfen schien, nicht gleich wieder zu zerreißen.

Florian Stangassinger hatte seinen Fehler schnell eingesehen. Danach war er dazu übergegangen, konstruktiv mitzuwirken. Zusammen waren sie zu ihm nach Hause gefahren, damit Thomas Sprengel seinen Computer überprüfen konnte. Der Kommissar war beeindruckt von dem alten Haus, das der Rodler mit seiner Lebensgefährtin Vroni Berg in der Brandnerstraße oberhalb des Parkplatzes Königssee bewohnte. Die ehemalige Abfahrtsweltmeisterin arbeitete im Erdgeschoss als Physiotherapeutin, die spezielle Kurse für Sportler anbot, um ihre Leistungsfähigkeit zu optimieren oder um sie nach Verletzungen schneller wieder in Form zu bekommen. Sie wunderte sich sehr, als ihr Partner mit Dunkerbeek und Sprengel hereinkam, stand doch eigentlich das gemeinsame Mittagessen auf dem Plan. Wenige Sätze später folgte sie den Männern entsetzt in Florians Arbeitszimmer.

»Das ist doch absurd, Flodl«, schüttelte sie verständnislos den Kopf, während der seinen Computer hochfahren ließ.

Nervös nahm er sie kurz in den Arm. »Gleich wird sich alles als – ja, als was denn eigentlich – Fake herausstellen?« Ein Blick zeigte ihm, dass der Computer noch Zeit benötigte. »Willst du, wollen Sie einen Kaffee?«, fragte er seine Begleitung angesichts der Verzögerung.

»Danke, nein«, lehnten beide ab. Philipp Dunkerbeek war zu aufgeregt. Ein Kaffee hätte seinem Magen nur geschadet. Thomas Sprengel hatte in den Ermittlungsmodus geschaltet. Entsprechend war er nicht gewillt, sich ablenken zu lassen.

Augenblicke später gab Florian Stangassinger sein Passwort ein. »Er gehört Ihnen, Herr Sprengel.«

Der Kommissar schaute sich eingehend, aber ausdruckslos das E-Mail-Programm an. Dabei entging Philipp Dunkerbeek eine leichte Kräuselung der Stirn nicht. Es gab zwar keine E-Mail mehr, die an die Adresse von Annabels Mutter gerichtet war. Sprengel hatte aber deren E-Mail-Adresse in dem Adressbuch gefunden. Forensiker würden hier sicherlich mehr finden, ging es ihm kurz durch den Kopf. Als Nächstes wandte er sich den Ordnern zu. Der Ordner »Bilder« verfügte über zahlreiche Unterordner, deren Namen meist Hinweise auf sportliche Veranstaltungen enthielten. Er wollte bereits das Verzeichnis wechseln, weil ihm die Recherche durchaus unangenehm war, als ihm der drittletzte Unterordner »Vronis Höhepunkte« auffiel. Es dauerte einen Moment, bis er begriff, warum er stutzte. Die Bezeichnung passte nicht zu den übrigen Ordnernamen. Er zögerte. Könnte es sein, erwog er, dass es sich nicht um sportliche Höhepunkte seiner Frau handelte? Das wäre ihm äußerst peinlich. Dennoch: Doppelklick – und dieselben Bilder wie auf dem Notebook von Annabels Mutter. Betroffen schluckte er.

Philipp Dunkerbeek realisierte sofort, was der Kommissar gefunden hatte. »Oh Gott, nicht doch«, stöhnte der ältere Herr gequält, bevor Thomas Sprengel sich an Florian Stangassinger wenden konnte.

»Nein«, entfuhr es Vroni Berg, die nach der Hand ihres Lebensgefährten griff, der seinerseits nur wie versteinert dastand.

»Schauen Sie selbst«, bat der Kommissar die beiden. »Aber Sie dürfen den Computer nicht mehr bedienen. Das müsste ich als Versuch zur Beseitigung von Beweismaterial auffassen.«

Das Paar kam um den Schreibtisch herum. »Das ist doch alles Quatsch«, rief Vroni mit zittriger Stimme. »Damit hat mein Flodl nie und nimmer etwas zu tun.«

Eine Erwiderung blieb zunächst aus. Nur die zum bersten gespannte Atmosphäre füllte den mit Zirbelkiefer ausgekleideten Raum.

»Nein«, senkte der ehemalige Rodler schließlich den Blick, »aber es ist halt mein Computer. Und jetzt?«

Der Kommissar wirkte angesichts des unerwarteten Ergebnisses der Überprüfung peinlich berührt. Verlegen kratzte er sich über dem rechten Ohr, bevor er antwortete. »Wir rufen die Kollegen und warten zusammen, bis die hier sind. Das muss leider sein.«

Vroni Berg schlug die Hand vor den Mund. Mit weit aufgerissenen Augen erkundigte sie sich: »Kommt er mir etwa in Untersuchungshaft?«

»Erpressung sowie Mord sind keine Kavaliersdelikte«, zuckte Thomas Sprengel bedauernd dreinschauend mit den Schultern.

»Aber er war es nie und nimmer«, wurde ihre Stimme immer dünner. »Dafür kenne ich ihn viel zu gut.«

Florian Stangassinger nahm seine Partnerin in den Arm, um sie zu beruhigen. Er selbst blieb in dieser heiklen Situation erstaunlich gefasst. »Es wird sich schon alles aufklären.« Mit den Bewegungen eines besiegten Sportlers drehte er sich zu Philipp Dunkerbeek und dem Kommissar. »Ich gehe dann wohl am besten mal ein paar Sachen einpacken«, seufzte er.

»Es tut mir leid«, brachte sein Parteifreund in spe endlich sein Bedauern angesichts der Umstände heraus. »Aber ich hätte die Daten doch nicht vernichten können.«

»Natürlich nicht«, hegte der Ex-Rodler keinerlei Groll, während er sich zur Tür bewegte.

»Wo gehen Sie hin?«, blieb der Kommissar aufmerksam.

»Nach oben, dort sind Schlaf- und Badezimmer.« Der Angesprochene zögerte. »Wollen Sie mitkommen?«

So offen wollte Thomas Sprengel sein Misstrauen nun auch wieder nicht zeigen, obwohl er Philipps Unschuldsvermutung zu diesem Zeitpunkt keineswegs teilte. Aber instinktiv bat er dann doch darum, die Tür des Arbeitszimmers offen stehen zu lassen, weil er in Erinnerung hatte, dass die Treppe in den ersten Stock der Haustür gegenüberlag.

Nachdem Florian Stangassinger den Raum verlassen hatte, zog der Kommissar sein Telefon aus der Hosentasche, um die Kripo in Berchtesgaden zu benachrichtigen. Während er telefonierte, beobachtete er Vroni Berg, die geistesabwesend aus dem Fenster starrte. Plötzlich spannte sich die ganze Person nur für einen winzigen Augenblick an, der Kopf zuckte minimal nach links, näher zum Fenster. Mit einem Satz stand der Kommissar hinter ihr, von wo aus er den Verdächtigen über die Wiese flüchten sah. Nicht einmal ein Fluch ging ihm über die Lippen, seitdem er sich Lene zuliebe darauf konzentrierte, derartige verbale Ausfälle zu vermeiden. Vroni Berg griff nach seinem Arm, um ihn aufzuhalten. Was sollte das alles?, ging ihm kurz durch den Kopf. »Das ist doch aussichtslos«, sprach er sie an, sichelte ihr aber zugleich das Standbein weg, sodass sie im Fallen losließ, um sich abzufangen.

»Führ das Gespräch fort«, drückte er dem entsetzten Dunkerbeek sein Telefon in die Hand, bevor er aus dem Haus stürmte. Der Ex-Rodler hatte gut hundert Meter Vorsprung. Der Kommissar brüllte ihm im Laufen in der Hoffnung hinterher, den Affekt des Flüchtenden aufzuheben. Doch Florian Stangassinger wurde nach einem Blick zurück sogar schneller.

Thomas Sprengel atmete angesichts des fehlenden Einlaufens heftig. Immerhin zeigte Lenes Fitness-Programm, das er gegen seine Neigung, am Bauch Fett anzusetzen, mitmachte, eine erfreuliche Wirkung. Er folgte dem Stangassinger unter der Seilbahn hindurch und sah, wie der am Waldrand auf den Rundweg zum Malerwinkel einbog. Damit entzog er sich dem direkten Blick des Kommissars, der daraufhin nahezu zu sprinten begann. Für einen kurzen Moment kreuzte der Gedanke sein Bewusstsein, in umgekehrter Richtung dem Fliehenden vom See aus entgegenzulaufen, verwarf diesen jedoch gleich wieder, weil das nur in Filmen klappte. Am Ende einer Steigung konnte er den Weg sehr weit einsehen, aber jede Spur des vor ihm Laufenden fehlte. Verwirrt blieb der Kommissar stehen. War es möglich, so viel Boden verloren zu haben? Er raufte sich die Haare. Wie ein ausgemachter Depp stand er da. Heidelberger Kommissar ließ sich von Verdächtigem übertölpeln. Wunderbar. Unschlüssig verharrte er. Vielleicht lag seine Chance tatsächlich darin, von der anderen Seite zu kommen? Spontan entschied er sich für einen Versuch. Alles andere war inzwischen ohnehin unrealistisch geworden.

Im Abwenden glaubte er, eine Bewegung im Wald ausgemacht zu haben. Er schaute genauer hin – nichts. Doch, wenige Meter weiter blitzte erneut blauer Stoff zwischen den Bäumen auf. Elektrisiert folgte er seiner ursprünglichen Richtung, in der er einen herausgebrochenen Wegweiser fand, der auf einen kleinen Seitenweg aufmerksam machte. Er konnte sich nicht daran erinnern, ob es den früher bereits gegeben hatte. Umgehend sprintete er wieder los, ohne zu wissen, wo ihn der Weg hinführte.

Fast wäre er in vollem Lauf der Länge nach hingeschlagen, weil ein Fuß an einer der reichlich vorhandenen Baumwurzeln hängen geblieben war. Wenig später sah er gerade noch, wie Florian Stangassinger auf einem schmalen Abschnitt mit einem Holzgeländer hinter einer Biegung verschwand. Inzwischen mussten sie sich deutlich über dem Königssee befinden. Er hatte mäßig, aber stetig an Höhe gewonnen. Als er um dieselbe Ecke bog, blieb er abrupt stehen. Er befand sich auf einem kleinen, vollständig umzäunten Aussichtsplatz mit Bänkchen sowie freiem Blick über den See bis Bartholomä. Für einen Moment erschien es ihm, als sei der Verfolgte vom Erdboden verschluckt worden. Während er sich noch orientierte, hörte er weiter vorne das Knacken eines Astes. Erst da realisierte er den hinter dem Zaun hoch oben um den See entlangführenden, kaum noch sichtbaren Pfad, der erneut im Wald verschwand. Entschlossen bückte er sich unter dem Holzbalken hindurch, um die Verfolgung fortzusetzen. Ohne die Laufspuren des Einheimischen hätte er nach wenigen Metern die Spur des Pfades verloren, der sich nun an den immer steiler werdenden Hang schmiegte. Umgestürzte Bäume verlangten wiederholt Klettereinlagen. Teilweise näherte sich die Abbruchkante bis auf wenige Zentimeter. Ein Fehltritt, ging es dem Kommissar durch den Kopf, würde ohne jeden Halt zu einem Sturz auf die tief unter ihm liegende Seeoberfläche führen. An manchen Stellen hätte er vielleicht noch Halt an einer kleinen Fichte gefunden, vielleicht. Er musste sich konzentrieren, jeden Blick auf See und Bergwelt vermeiden, auch wenn spektakuläre Ausblicke diesen magisch anzogen. Als er schon bezweifelte, den Flüchtenden noch einzuholen, sah er diesen plötzlich dreißig Meter vor sich. Florian Stangassinger hatte begonnen, an einem äußerst steilen Wandstück hochzuklettern.

»Bleiben Sie stehen!«, rief Thomas Sprengel ihm zu, das Tempo nochmals beschleunigend.

Der Fliehende schaute nur kurz zu ihm hinunter, ohne seine fließende Bewegung zu unterbrechen.

Der Kommissar war ziemlich rasch herangekommen. Kraftvoll sprang er in die Höhe – doch kurz bevor seine Hände den Knöchel des Hünen erreichten, zog der sich mit einem großen Ruck nach oben; Sprengels Hände griffen ins Leere. Er prallte unkontrolliert gegen den Fels und fiel schmerzhaft mit seiner linken Schulter auf den harten, mit Baumwurzeln durchzogenen Waldboden.

Bis er sich aufgerappelt hatte, war der Ex-Rodler aus seinem Blickfeld verschwunden. Sich die stark schmerzende Schulter haltend untersuchte er den felsigen Abschnitt, konnte jedoch auf Anhieb nicht erkennen, wo er Hände und Füße platzieren musste, um die Höhe zu überwinden. Nach dem dritten gescheiterten Versuch gab er endgültig resigniert auf. Nachdem er sich zunächst unschlüssig umgesehen hatte, folgte er frustriert dem schmalen Weg nach rechts, der ihn nach wenigen Metern aus dem Wald herausführte. Zu seiner Überraschung stand er im mittleren Teil des Königsfalls, zu dem er Lene erst am Vortag hingerudert hatte. Zwar machte er auf der anderen Seite eine Aufstiegsmöglichkeit aus, doch es gab für ihn keinen Weg dorthin, obwohl das Wasser im Spätsommer eher spärlich herabschoss.

Immer noch schwer nach Luft schnappend setzte er sich an den Rand einer der höher gelegenen Gumpen, um seine Wunden zu lecken. Sein Hemd, das inzwischen an seiner Haut klebte, war an der Schulter eingerissen. Kurzerhand zog er es aus. Zu seinem Leidwesen erkannte er neben Erde auch Blut. Das passte zu den brennenden Schmerzen über seinem Schulterblatt. Griesgrämig schöpfte er von dem frischen Wasser. Erst trank er ein paar Schlucke. Danach versuchte er, so gut es ging, die Wunde zu reinigen, an die er nur sehr schlecht herankam. Zuletzt wusch er noch Schmutz von Hemd und Jeans. Den schönen Blick auf den unter ihm im Sonnenlicht glitzernden See konnte er erstmals überhaupt nicht genießen, weil seine Bilanz an diesem Mittag desaströs ausfiel. Übellaunig wählte er den Abstieg zum Seeufer, um über den Uferpfad den Rückweg anzutreten. Das schien ihm angesichts seiner lädierten Verfassung sicherer zu sein. Seine Frustration über die gefühlte Niederlage stand ihm deutlich ins Gesicht geschrieben.

Kapitel 10

Horst Jung, Heiner Janetzky und Franz Hilpertsauer saßen zusammen in der Kantine des Polizeipräsidiums. Das Essen war dort in der Regel sehr schmackhaft, wenn auch wenig einfallsreich. Bei Salat, Schnitzel und Pommes tauschten sie sich über den Vormittag aus.

»Nachdem wir die Tochter in der Kita im Neuenheimer Feld abgegeben hatten, brach mir Frau Paschke auf dem Rückweg völlig zusammen«, seufzte Heiner. »Die saß nur noch bei mir im Auto und hat geheult und geheult. Also habe ich sie zum psychologischen Dienst gefahren. Alles andere hätte keinen Sinn ergeben.«

Horst Jung nickte. »Sie machte mir nicht den Eindruck einer in sich ruhenden Person.« Eine Gabel krosser Pommes frites erzeugte beim ersten Zubeißen ein appetitliches Krachen in seinem Kopf.

Heiner schüttelte zustimmend den Kopf. »Kind, Studium, Mitarbeit im Geschäft ihres Mannes, Tanzkurs, Fitnessclub und ich weiß schon nicht mehr. Auf meine Frage, warum sie nicht kürzer trete, hat sie mich angeschaut, als sei die Frage idiotisch. ›Andere schaffen das doch auch‹, war ihre wenig sinnvolle Antwort darauf. Wie kann man sich nur selbst so unter Druck setzen?«

»Hat sie dir wenigstens noch die fehlenden Daten gegeben?«, erkundigte sich ihr Jüngster, dem sein Versäumnis am Morgen durchaus peinlich war.

»Sind im System«, bestätigte Heiner Janetzky. »Sie stammt aus Frankfurt, Westend. Dir ist schon klar, dass der Leitende die Angehörigen informiert und befragt?« Erwartungsvoll hob der ältere Kommissar die Augenbrauen.

»Sollte das nicht jemand mit mehr Feingefühl übernehmen?«, schaute Horst seine Kollegen hingegen treuherzig an.

Franz Hilpertsauer schmunzelte, kaute aber vor einer Antwort noch den Bissen Rote-Beete-Salat zu Ende. »Übung macht auch in diesem Fall den Meister. Drückeberger sind nicht gefragt, wie ja schon Frau Paschke festgestellt hat. Du weißt also ganz genau, was bei dir heute Nachmittag auf dem Programm steht.«

»Das klingt nach Kommissar Gnadenlos«, maulte Horst Jung mit einem Gesichtsausdruck, als hätte er in die Zitrone seines Schnitzels gebissen.

»Gibt es sonst noch etwas?«, ignorierte Franz das Gejammer, indem er sich wieder an Heiner wandte.

»Ermittlungstechnisch ja«, legte der Angesprochene kurz sein Besteck auf dem Teller ab, »ergebnisbezogen nein. Ich war noch einmal im Tiergartenschwimmbad, um nach Dingen zu suchen, die der Toten gehört haben. Aber es findet sich auf dem gesamten Gelände absolut nichts. Wir haben zwei über Nacht verschlossen gebliebene Schließfächer geöffnet, die jedoch leer waren. Entweder haben zwei Besucher ihren Schlüssel verloren oder wollten sich ein Schließfach für irgendwann sichern.« Er zuckte mit den Schultern. »So gesehen hilft es vielleicht, wenn Horst ihre Mobilfunknummer von den Eltern bekommt.«

»Hättest du dir auch von Frau Paschke geben lassen können«, grummelte ihr Jüngster angesichts dieser Spitze.

Heiner lachte. »Habe ich ja. Ich wollte nur mal sehen, wie du reagierst.« Er boxte seinem Kollegen gegen den Oberarm. »Das Telefon ließ sich jedoch nicht orten. Habe ich bereits überprüft.«

»Schade«, bedauerte Franz Hilpertsauer. »War es das bei dir?«

»Ja. Uns wird nichts anderes übrig bleiben, als alle Besucher des Schwimmbades zu befragen; insbesondere die, die dort gewesen sind, nachdem Frau Paschke das Bad verlassen hat. Ich fürchte, wir müssen einen weiteren Aufruf in der Zeitung schalten. Zusätzlich sollten wir noch einen Aushang am Eingang zum Bad mit der Bitte um Hinweise aufhängen.«

»Könntest du das übernehmen?«, erkundigte sich Horst. »Ich muss ja nach Frankfurt fahren.«

»Mach ich. Was gab es bei dir, Franz?«

Der legte in Ruhe die Serviette auf sein Tablett. »Tja. Ich bin mir noch nicht ganz darüber im Klaren, was das zu bedeuten hat.« Er berichtete von der toten Katze sowie dem beschädigten Fahrzeug nach der Teilnahme an der Versammlung der sich konstituierenden PEP. »Frau Dr. Schneider bietet uns als aus ihrer Sicht einzige Erklärung an, dass jemand ihren Parteiwechsel verhindern möchte.«

»Mittels erheblicher Sachbeschädigung und Nötigung?«, runzelte Heiner Janetzky zweifelnd die Stirn.

»Ihre Argumentation ist nicht gänzlich von der Hand zu weisen«, war Franz weniger skeptisch. »Sie hat auf die Spaltung der SPD verwiesen, nachdem Schröder wohl nicht mit Lafontaines Konsequenz gerechnet hatte. Das Ergebnis sehen wir eigentlich bis heute. Die Spaltung hat die SPD nicht verkraftet.«

»Aber damals gab es einen politischen Graben, der sich quer durch die Partei zog«, warf Horst Jung ein. »Realos und Fundis der Grünen verstehen sich bisher jedoch weitgehend.«

»*Bisher*«, betonte Kommissar Hilpertsauer. »Frau Dr. Schneider ist der Ansicht, die jüngeren Parteimitglieder wollten Positionen durchdrücken, die insbesondere für die älteren Fundis kaum akzeptabel sein dürften.«

»Als da wären?«

»Eine rote Linie könnte mit dem Votum für Gentechnik in der Landwirtschaft überschritten worden sein. Nimmt sie jedenfalls an.«

»Immerhin hätten die Jüngeren wohl erheblich früher die Befürwortung revidiert, Sex mit Kindern sei in Ordnung, falls Kinder das ›freiwillig‹ wollten«, konnte sich Horst einen Seitenhieb gegen die ältere Generation nicht verkneifen.

»Na, das haben sie ja dann doch noch geschafft«, kommentierte Heiner die Anmerkung lakonisch. »Ich sehe Schneiders Punkt, aber ich denke nicht, dass ihr Leben bedroht ist. Um alles andere können sich die Kollegen kümmern.«

Franz Hilpertsauer ließ nachdenklich einen Löffel Vanillepudding auf seiner Zunge zergehen. »Wenn ich mir die Gewaltbereitschaft ansehe, die inzwischen immer wieder anstelle einer konstruktiven Argumentation und Diskussion aufkommt, wenn bestimmte Gruppen versuchen, gegenteilige politische Ansichten einfach niederzumachen, wäre ich mir da nicht ganz so sicher.«

»Wie gehen wir also vor?«, wirkte Horst Jung unentschlossen.

»*Du* bist der Chef!«, grinsten seine Kollegen ihn breit an.

»Je besser die Beratung ist, desto besser fallen die Entscheidungen des Chefs aus«, konterte der Jüngste, der sich jedoch fragte, was Thomas Sprengel entschieden hätte. Einerseits gab es eine Tote, die intensive Ermittlungen erforderte. Andererseits wollte er keinen weiteren Mord leichtfertig zulassen. Derartig schwerwiegende Entscheidungen hatte er eigentlich für seine Vertretungszeit überhaupt nicht vorgesehen. Da kam ihm doch noch ein rettender Gedanke. »Ich weiß, wie wir das angehen, meine Herren.«

Die beiden anderen schauten ihn erwartungsvoll an.

»Bevor ich nach Frankfurt fahre«, führte er ihnen aus, »werde ich bei Kühne vorbeigehen. Soll der uns doch einfach das Vorgehen im Fall Schneider vorgeben.«

Heiner und Franz sahen sich mit respektvollem Nicken an. »Dann los«, gab Heiner Janetzky den Startschuss zum Aufbruch.

Am Abend trafen sich die Freunde im »Mallory«. Seit sie sich während der ersten gemeinsamen Ermittlungen von Thomas Sprengel und Lene Huscher kennengelernt hatten, war das Band nicht nur erhalten geblieben, sondern hatte sich zu einer durch eine Vielzahl gemeinsamer Aktivitäten gekennzeichneten Freundschaft entwickelt. Zu den verschiedensten Anlässen hatten sie reichlich Spaß miteinander, ohne dass einer von ihnen einen Scherz auf seine Kosten übelgenommen hätte. Das »Mallory« war im wahrsten Sinne des Wortes zu ihrem Stammlokal geworden. Geführt wurde es von einem indischen Pärchen, das mit seiner Köchin aufgrund von Vorkommnissen in Indien im Zuge von Ermittlungen durch Lene Huscher in Deutschland Asyl bekommen hatte. Die Idee eines indischen Restaurants war nach einem überwältigenden Abendessen entstanden, mit dem sich das Paar bei allen für die Unterstützung bedankt hatte. Da Narindar und Ardas über keine finanziellen Mittel verfügten, hatten die Freunde spontan entschieden, eine GmbH zu gründen, als deren offizielle Geschäftsführerin seither Lene Huscher fungierte. Auf diese Weise erschienen nirgends die Namen des indischen Pärchens oder ihrer begnadeten Köchin Roshanara, die den beiden zur Flucht vor ihrem Ziehvater verholfen hatte, der sich jedoch einer Festnahme hatte entziehen können und untergetaucht war. Niemand wusste bisher, wo der sich versteckt hielt oder ob er möglicherweise von sehr einflussreicher Seite liquidiert worden war. Insofern lebten alle drei immer noch mit der Angst vor seiner Rache.

Heiko unterhielt sich mit Kai, der derzeit in der Kinderklinik tätig war. Er hatte sich entschieden, in Heidelberg zu bleiben, weil seine Freundin Ariane eine Stelle an der Sternwarte bekommen hatte, an der sie in Astrophysik promovierte. Die plauderte mit Susanne, der Partnerin von Heiko und ihre beste Freundin seit dem Kindergarten, und Horsts Frau Heike über deren Schwangerschaft. Nur Horst Jung saß etwas verloren dazwischen. Es wollte ihm nicht so recht gelingen, sich in eines der Gespräche einzuklinken. Zu viele Gedanken gingen ihm durch den Kopf. Ihn belastete immer noch die Situation bei Emma Schulzes Eltern. Ihre Mutter war einfach in sich zusammengesunken. Er hatte sie gerade noch gepackt, bevor sie unkontrolliert auf den Boden aufgeschlagen wäre. Wenig später war der Vater nach Hause gekommen, ein Mann wie ein Schrank, dem nach der Nachricht minutenlang die Tränen wie Rinnsale die Wangen hinuntergelaufen waren. Auch wenn er bisher das eine oder andere Mal mit Thomas Sprengel eine solche Nachricht überbracht hatte, waren die Angehörigen bisher zwar geschockt, aber meist in Anwesenheit zweier Fremder doch mehr oder weniger gefasst, zumindest um Fassung bemüht gewesen. Dieses Mal hatte er jedoch die unmaskierte Trauer der Schulzes miterleben müssen, deren einziges Kind höchstwahrscheinlich ermordet worden war – nur weil sie Zivilcourage gezeigt hatte! War er vielleicht doch im falschen Dezernat tätig? Horst wollte einfach nicht in den Kopf gehen, wie man einer jungen Frau so etwas antun konnte. Nur Satzfetzen von den Nebentischen drangen zeitweise zu dem selbst noch recht jungen Kommissar durch.

»... ist geladen. Jetzt sollten wir von dem Mädchen ...« ... »... kein Verständnis für die Neuausrichtung der ...« ... »... wohnt derzeit bei einem älteren ...« ... »... Dieses Curry ist so dermaßen lecker. Was ist da ...« ... »... heißt das für ...« ... »Kellner, noch mal Reis.«

Horst drehte sich kurz um, um zu sehen, wer so unfreundlich durch das ganze Lokal brüllte. Sein Blick streifte zwei junge Männer direkt hinter ihm, bevor er ein Paar in Franz´ Alter, Anfang fünfzig, identifizierte. Die Frau bat ihren Mann gerade mit gesenkter Stimme darum, sich nicht so unmöglich zu benehmen. »Du schon wieder«, tönte er immer noch lautstark. »Nur nicht auffallen, he. Dann müssen die hier halt aufmerksamer sein.« Der Kommissar registrierte noch, wie die Frau unmerklich mit dem Kopf schüttelte, bevor er sich wieder umwandte, um sich einen großen Schluck des frischen Pils zu genehmigen.

»... ein geeignetes Hotel gibt ...« ... »... du Lust, noch tanzen zu ...« ... »... Portion Reis, der Herr, bitte sehr. Ist Essen verträglich?«

»Hunde haben Sie hoffentlich nicht verarbeitet«, blieb der ungehobelte Gast seiner Linie treu.

Der Kommissar merkte auf, weil sich die Frau für ihn unerwartet mit energischer Stimme einschaltete: »Das Essen ist köstlich. Achten Sie nicht auf die dämlichen Bemerkungen meines Mannes.«

»Hilde«, empörte sich ihr Gatte.

»Nichts Hilde«, ließ die sich nicht den Mund verbieten. »Danke für den Reis«, wandte sie sich stattdessen freundlich Narindar zu.

»Sehr viel gerne, Madame.«

Horst schmunzelte bei dessen fehlerhafter Antwort, zu der eine leichte Verbeugung gehörte. Doch er war im Grunde genommen schwer beeindruckt von dem Tempo, in dem sich das Pärchen genügend Deutschkenntnisse angeeignet hatte, um ihre Gäste bewirten zu können. Manchmal half zwar noch ein wenig Englisch aus, dennoch konnte er sich nicht annähernd vorstellen, ebenso leicht Indisch zu lernen. Aber das war derzeit nicht sein vordringlichstes Problem. Kriminaldirektor Kühne hatte entschieden, regelmäßig Polizeistreifen durch die Panoramastraße fahren zu lassen, um dort erhöhte Präsenz zu zeigen. Eine tote Katze wäre kein Grund für Personenschutz, zumal Frau Dr. Schneider noch gar nicht die Partei gewechselt hätte. Auch wenn der junge Kommissar Kühnes Haltung verstand, hegte er unbestimmte Zweifel an der Harmlosigkeit dieser Drohung. Alleine mit einem unbestimmten Gefühl ließen sich jedoch keine weitergehenden Maßnahmen rechtfertigen.

»... bleibt nur eine Maßnahme übrig ...« ... »... endlich auf, hier 'rumzumaulen. Das nächste Mal komme ich mit ...« ... »Hallo, da seid ihr ja endlich!« »Wir haben keinen Parkplatz ...« ... »... in Berchtesgad...«

»... Berchtesgaden mitkommen?«, stieß Susanne ihn an. »Hörst du überhaupt zu?«

»Was?« Horst drehte sich zu Susanne.

»Wie bitte heißt das«, warf Heike ein.

Für einen Moment war er konfus, so abrupt wie er aus seiner Mischung aus Gedanken und zielloser Wahrnehmung geholt worden war. »Also, was meintest du?«, formulierte er seine Frage an Susanne angemessener, den Hinweis seiner Frau umgehend.

»Wollt ihr nicht doch mit nach Berchtesgaden kommen?«, wiederholte sie ihren Vorschlag, den sie zuvor mit Heike und Ariane ausgeheckt hatte.

»Schön wär's«, seufzte Horst, »aber wegen der Toten im Tiergartenschwimmbad geht derzeit nichts mit Urlaub.«

»Bist du deshalb so abwesend?«

Horst Jung rieb sich über das Gesicht. »Weil Thomas nicht da ist, musste ich den Eltern die ›frohe Botschaft‹ überbringen. Es war ein Bild des Jammers. Ich bin fix und fertig.« Aufgewühlt, wie er war, nahm er einen großen Zug seines Pils.

»So schlimm?«

»Die Mutter ist mir in Sekunden zusammengebrochen, der gestandene Mann hat sich in Tränen aufgelöst«, schnaufte Horst immer noch mitgenommen von der Szene.

»Na ja«, nickte Susanne, »wenn ich daran denke, wie paralysiert ich war, nachdem ich die Leiche im Sportinstitut gefunden hatte, möchte ich mir nicht unbedingt vorstellen, es wäre meine Tochter gewesen.« Ein leichter Frostschauer überlief sie bei der Erinnerung.

»Habt ihr denn schon irgendwelche Hinweise?«

»Ihre Sachen, Rucksack, Handtuch, Klamotten, Telefon, Geldbeutel, alles ist weg«, seufzte der Kommissar, »und bisher haben wir niemanden gefunden, der gesehen hätte, wer die mitgenommen hat. Immerhin haben wir inzwischen eine Bestätigung dafür, dass die Tote einen eskalierenden Streit schlichten wollte.«

»Du meinst …«

»Eine Gruppe junger Männer hat an dem Tag immer wieder Frauen und Mädchen dumm angemacht. Einem Freund ist das zu weit gegangen. Daraufhin gab es ein Wortgefecht, das sich immer mehr zu einer körperlichen Auseinandersetzung zuzuspitzen drohte. Da ist Emma Schulze dazwischen gegangen. Sie hat vermutlich nicht damit gerechnet, sich eine einfangen zu können.«

Susanne riss die Augen auf. »Man hat sie geschlagen?«

»Besser wäre es vielleicht gewesen«, sinnierte er kurz. »Sie hat die Backpfeife kommen sehen, abgewehrt und das Knie zielsicher hochgezogen …«

»Und wurde später feige für ihre gerechtfertigte Reaktion bestraft«, empörte sich Susanne angesichts dieser Hinterhältigkeit.

»Das konnte uns bisher noch niemand bestätigen«, resümierte er die Ermittlungen des Nachmittags. »Tatsache ist, dass der Anführer dieser Gruppe in die Knie ging. Beim Entfernen hat er mit dem ausgestreckten Zeigefinger kurz auf sie gezeigt. Sie wäre besser gegangen, hat aber vermutlich in dem vollen Schwimmbad keine Gefahr für sich gesehen.«

»Das ist absolut traurig«, war Susanne von dem Schicksal der jungen Frau ganz mitgenommen. »Hoffentlich findet ihr die Täter schnell.«

»Wir tun unser Bestes«, versicherte er ihr gerade, als Ardas in einem safrangelben Sari an den Tisch trat.

»Hühnersuppe für dich«, sah sie Horst Jung lächelnd an, der angesichts ihrer eleganten, irgendwie behutsamen Bewegungen endlich den Sprung in das Hier und Jetzt schaffte.

»Danke.«

»Einmal Frühlingsrollen vegetarische …«

Selbst für den emotional aufgewühlten Kommissar, dem die Ablenkung sichtlich gut tat, wurde es noch ein sehr lustiger Abend. Leider musste er trotz der Sammlung bester Argumente für einen Urlaub in den Bergen passen. Zum Glück zeigte Heike wie immer Verständnis für seine dienstlichen Belange – sonst wären sie wohl nicht verheiratet oder weniger glücklich. Dennoch konnten die beiden die Vorfreude ihrer Freunde ehrlich teilen. Schließlich fiel es ihnen wieder einmal sehr schwer, sich aus den Händen ihrer perfekten Gastgeber zu lösen, aber ihre Wecker hallten bereits aus der Zukunft bis zu ihnen.

Kapitel 11

Nach dem Duschen versorgte Lene erneut die großflächige Schürfwunde ihres Mannes, die von einem prächtigen Bluterguss begleitet wurde. Mit zusammengebissenen Zähnen ertrug Thomas die Wunddesinfektion. Er versuchte sich darauf zu konzentrieren, wie rührend sie sich am Tag zuvor um ihn gekümmert hatte. Seinem geschundenen Ego hatte das ziemlich gutgetan. Aber Lene wäre nicht Lene, wenn sie an dem Abend nicht sofort bemerkt hätte, wie seine Blessuren schlimmer und schlimmer hatten werden wollen, weil er sich weitere Annehmlichkeiten erhofft hatte. Es hatte nur des Hochziehens einer Augenbraue bedurft; umgehend hatte ihr Mann den Versuch der Manipulation eingestellt. Im Augenblick brannte seine ganze Schulter. Erst als Lene unerwartet ihren Kopf über seine Schulter beugte und ihm ins Ohr hauchte, er sei nun wieder bereit, verschwand der Schmerz wie auf Knopfdruck aus seinem Bewusstsein.

Nicht allzu viel später las Philipp Dunkerbeek seiner Frau sowie Lene und Thomas beim Frühstück auszugsweise aus dem »Berchtesgadener Anzeiger« vor: »Florian Stangassinger hat sich am gestrigen Nachmittag einer Verhaftung entzogen. Es besteht der dringende Verdacht, er könne die vor zwei Monaten bei einem Autounfall verstorbene Frau Sonnleitner sexuell erpresst haben. ... Der tödlich endende Unfall (wir berichteten) erscheint inzwischen in einem anderen Licht, nachdem bekannt wurde, dass die Verunglückte ihm mit einer Anzeige gedroht hat. ... Besonders pikant erscheint jedoch, dass sich der Tatverdächtige dem Zugriff der Polizei nach einem Treffen mit dem Hanseaten Dunkerbeek entzog, dem, wie aus verlässlichen Quellen zu erfahren ist, die Vormundschaft für die Tochter der Verstorbenen übertragen wurde.« Abgesehen von der unzureichenden Wiedergabe des Geschehens schüttelte Philipp aus einem viel unerfreulicheren Grund den Kopf. »Musste der Autor unbedingt Annabel mit in den ganzen Schlamassel hineinziehen?«

»Offensichtlich war die Idee doch nicht so gut, ihn vor einer Anzeige mit den Fakten zu konfrontieren«, stellte Lene selbstkritisch fest, die ihre roten Locken mit einem dunkelblauen Haarband nach hinten gebändigt hatte.

»Es war weder mit einer Flucht zu rechnen«, betonte Viktoria, »noch damit, dass Annabel explizit in der Berichterstattung erwähnt werden würde – jedenfalls nicht in diesem Blättchen.«

Thomas Sprengel setzte seine Kaffeetasse nachdenklich ab. »Die Verknüpfung des Inhalts mit Annabel ist mehr als ärgerlich«, bewertete er diesen Umstand ebenfalls als unerfreulichsten Teil der Geschichte. Er vergaß darüber sogar, wie peinlich er es empfand, die Aktion vergeigt zu haben. »Aber wir werden schon einen Weg finden, ihr zu helfen, sollte es tatsächlich Probleme geben. Mich würde jedoch zuerst einmal interessieren, ob ihr – wenn ihr die Auswirkungen für die PEP außer Acht lasst – immer noch von der Unschuld des Rodlers überzeugt seid. Inzwischen spricht so einiges gegen ihn.«

Philipp Dunkerbeek überlegte kurz, schüttelte aber schließlich den Kopf. »Ich kann es mir nicht vorstellen. Wenn einer für das ›Empathisch und Ehrlich‹ im Namen der PEP steht, dann auf jeden Fall er. Wenn jemand Hilfe benötigt, ist der Flodl immer dabei.«

»Der lebt schon fast zwanzig Jahre mit der Vroni zusammen«, ergänzte Viktoria, die mangels Appetit lediglich von dem Tee zu sich nahm, den sie für sich und Lene aufgebrüht hatte. »Das hat mit denen schon in der Schule begonnen.«

»Es tut mir leid«, wollte der Kommissar die Gefühle ihrer Gastgeber nicht verletzen, »aber es wäre nicht das erste Mal, dass ein gut beleumundeter Mensch eine Straftat begeht. Selbst bei Mitarbeitern von Hilfsorganisationen kommt das immer wieder vor – sogar sexuelle Erpressungen. Doch unterstellen wir ruhig einmal, jemand schafft es mit nicht unwesentlichem Aufwand Herrn Stangassinger die Tat anzuhängen, *wo* läge das Motiv?«

»Darüber haben wir uns die halbe Nacht den Kopf zerbrochen«, verzog die ältere Dame das Gesicht. »Wir sehen nur einen Grund.«

»Es mag zunächst fantastisch klingen«, führte Philipp Dunkerbeek aus, »aber es muss mit der Gründung der PEP zusammenhängen.«

Thomas schaute Lene an, deren grüne Augen ihn an diesem Morgen unwillkürlich an den Königssee erinnerten. Sie hob erneut eine ihrer fein geschwungenen Augenbrauen. »Das musst du uns genauer erklären«, bat sie.

»Die PEP wird die Parteienlandschaft enorm verändern«, begann das zukünftige Parteimitglied. »Stellt euch eine ganz einfache Ausgangssituation vor: Es gibt nur zwei Parteien und elf Wähler. Das eine Ende des Wählerspektrums, Wähler 11, ist ausschließlich konservativ, das andere, Wähler 1, ausschließlich progressiv, was immer das auch bedeuten mag. Wähler 6, genau in der Mitte, bevorzugt eine ausgewogene Mischung beider Extreme. Wo sollte sich beispielsweise die konservative Partei mit ihrem Wahlprogramm positionieren, um die meisten Wählerstimmen zu erhalten?«

»Seid ihr fertig mit dem Frühstück?«, drängte sich seine Frau schnell noch mit Naheliegenderem dazwischen, weil sie wusste, dass es länger dauern würde, und sie die Zeit besser nutzen wollte.

Alle am Tisch nickten. »Nur den Tee lass bitte noch stehen«, lächelte Lene sie an.

»Gern, Liebes«, schlenzte sie der Kommissarin die Wange, die diese Geste jedes Mal genoss. »Ach, ich kann heute Nachmittag Annabel nicht vom Sport in Bischofswiesen abholen. Würde das in eure Pläne passen? Sonst kann sie auch mit dem Bus fahren. Ich muss es nur wissen«, fiel der älteren Dame noch ein, bevor sie in die Küche verschwand.

»Machen wir«, versicherte ihr die Kommissarin leise.

»Wenn ich den konservativen Wähler bedienen will«, schlussfolgerte ihr Mann derweil, »dann sollte das Programm auf Wähler 11 zugeschnitten sein.«

»Wie würde in diesem Fall die progressive Partei handeln?«, hakte der Hausherr nach.

»Ihr Programm ... auf Wähler 1 ausrichten?« Thomas Sprengel ahnte, dass ihm ein Gedankenfehler unterlaufen war. »Nein?«

Philipp Dunkerbeek schmunzelte amüsiert angesichts der politischen Fantasielosigkeit des meist scharfsinnigen Kommissars. »Jeder Wähler wird die Partei wählen, deren Programm seinen Präferenzen am besten entspricht«, führte er genauer aus. »Die Wähler 1 bis 5 würden sich folglich für die progressive Partei entscheiden, die Wähler 7 bis 11 für die konservative. Wähler 6 bliebe unentschlossen, weil ihn beide Programme in *gleicher* Weise nur mäßig ansprechen würden.«

»Wieso sollte dann Wähler 5 die progressive Partei wählen?«, erkundigte sich Lene mit gerunzelter Stirn, »wenn dem das progressive Programm kaum näher steht als Wähler 6?«

»Das ist ein ökonomisches Modell der Politik, Lene«, merkte Philipp Dunkerbeek an. »Er hat immer noch eine leichte Tendenz zur progressiven Seite. Das gibt in diesem Modell den Ausschlag.«

»Also werde ich als progressive Partei mein Programm mehr zur Mitte ausrichten«, folgerte sie, »um auch Wähler 6 einzufangen.«

»Und zwar wie weit?«

»Hm«, überlegte sie. »Entsprechend den Präferenzen von Wähler 3? Dann wäre die Partei nicht mehr ganz so progressiv in ihrer Ausrichtung, sodass sie auch für Wähler 6 interessant sein könnte.«

Philipp nickte. »Der Grundgedanke ist richtig«, bestätigte er ihr, »nur noch nicht radikal genug für ein Modell.«

»Du würdest dich in der Mitte positionieren«, war Thomas überzeugt, weit genug gedacht zu haben.

»Jein«, lachte der ältere Herr. »In diesem Modell würde die progressive Partei ihr Programm so ausrichten, dass sie Wähler 10 zufriedenstellt, falls die konservative Partei sich tatsächlich an Wähler 11 orientiert. Dadurch würde sie den Präferenzen der Wähler 1 bis 10 besser entsprechen, unterstellt alle gingen zur Wahl. In der Realität hätte die Partei allerdings ein Glaubwürdigkeitsproblem. Doch Veränderungen in realen Wahlprogrammen werden nur selten so extrem sein – sie finden aber statt. Nichts anderes ist nach der Jahrtausendwende passiert, als es allen Parteien plötzlich darum ging, die politische Mitte zu besetzen, denn dort finden sich die Präferenzen der meisten Wähler. In unserem einfachen Modell bedeutet das, dass beide Parteien sich im Großen und Ganzen an den Präferenzen von Wähler 6 ausrichten werden, weil jedes Abweichen von der Mitte der anderen Partei ein paar Wähler mehr als die Hälfte verschafft. Komplizierter wird das Ganze natürlich, sobald es sich um mehr als zwei Parteien handelt.«

»Du meinst«, versicherte sich die Kommissarin, »wenn sich die konservative Partei an den Wünschen von Wähler 6 ausrichtet und die progressive Partei an denen von Wähler 3, dann bekäme die konservative Partei neben den Stimmen von Wähler 6 bis 11 auch die von Wähler 5. Die konservative Partei hätte demnach 7 Stimmen im gewählten Parlament, die andere nur 4, richtig?«

»Exakt«, bestätigte ihr Philipp. »Insbesondere die CSU müsste im Fall der nächsten Landtagswahl mit weiteren Verlusten rechnen, nachdem der bereits die Freien Wähler zu schaffen machen.«

»Aber du kannst doch dein Wahlprogramm nicht beliebig anpassen«, gab Thomas Sprengel immer noch skeptisch zu bedenken.

»Da hast du recht«, stimmte er ihm zu, während er nebenbei durch die Tür zur Küche linste. Doch er konnte seine Frau dort nicht ausmachen. Daraufhin senkte er die Stimme: »So schwierige Themen machen meinen Kehlkopf ganz trocken. Wie sieht es mit einem kleinen Kognak aus, Thomas, Lene?«

Lene schüttelte den Kopf, weil sie wusste, dass Viktoria sich seit Längerem Sorgen um die Leberwerte ihres Mannes machte.

Thomas dagegen nickte zunächst – bis er unter dem Tisch ziemlich fest gegen das Schienbein getreten wurde. Empört schaute er zu seiner Frau, deren Miene ein eindeutiges Signal sendete. Eigentlich wollte auch er Viktoria nicht in den Rücken fallen. Bevor sich der ältere Herr ganz erhoben hatte, machte Thomas einen Rückzieher. »Ach, lieber nicht, Philipp. Es ist doch noch sehr früh.«

Sichtlich enttäuscht glitt ihr Gastgeber auf seinen Stuhl zurück. »Hat Vika inzwischen auch dich indoktriniert!«

Thomas Sprengel kämpfte mit seinem Mitgefühl; verstand er ihn doch nur allzu gut, wenn er manchmal einfach gerne ein gutes Schlückchen genoss. Zugegeben, damals im Urlaub, als sie sich auf Barbados kennengelernt hatten, hatte die Flasche wohl ein Loch gehabt. Schon um sich von seinem schlechten Gewissen abzulenken, kam er auf ihr Thema zurück. »Wahlprogramme?!«

Philipp Dunkerbeek ergab sich in sein Schicksal. Auch er wusste, dass seine Frau nur das Beste für ihn wollte und nicht ganz falsch damit lag, ihn zu kontrollieren. »Wie gesagt, du hast recht«, knüpfte er an Thomas´ letzter Bemerkung an. »Das lässt sich in Bayern sehr schön beobachten. Während das Land fest in der Hand der CSU war und durchaus noch weitgehend ist, stellt die SPD in München den Oberbürgermeister. Daran könnt ihr ablesen, dass sich die Präferenzen der Wähler in der Großstadt ganz offensichtlich sehr von denen in den ländlicheren Gegenden unterscheiden. Dennoch schauen Parteien heute sehr genau danach, wie sich insbesondere die größten Wählergruppen erreichen lassen.«

»Schön und gut«, wendete Lene ein, »aber es ist doch noch nicht einmal abzusehen, ob die PEP ausreichend Zustimmung findet. Es gibt genügend Parteien, die weit unter der Fünf-Prozent-Hürde vor sich hin dümpeln.«

»Das sehe ich eben in diesem Fall anders«, widersprach Philipp ihr. »Erstens bin ich überzeugt davon, dass eine Partei, die glaubhaft macht, Entscheidungen stets im Sinne des Gesamtwohls zu treffen und nicht Partikularinteressen nachzugeben, anders wahrgenommen wird. Die meisten Wähler sind doch latent unzufrieden, weil sie sehen, dass mit ihrem Steuergeld sehr leichtfertig umgegangen wird. Auch wenn die Mehrheit in konkreten Situationen vergisst, woher der Staat das Geld hat, das Politiker dann selbst gegen eine eindeutige Expertise des wissenschaftlichen Dienstes des Bundestags verscheuern – oh«, er zwinkerte den beiden Kommissaren zu, »ein freudscher Versprecher, verschleudern wollte ich sagen. Zweitens werden wir transparent kommunizieren, warum vorgeschlagene Maßnahmen sinnvoll sind und was es für den Einzelnen bedeutet, diese umzusetzen. Rücklagen der Krankenkassen ökonomisch bedenklich aufzulösen, damit der Sozialbeitrag bis zur nächsten Wahl nicht über die dem Wähler versprochene Marke steigt, er danach aber umso kräftiger zur Kasse gebeten werden muss, stellt keinen ehrlichen Umgang mit dem Wähler sowie der von ihm der Politik zur Verfügung gestellten finanziellen Ressourcen dar. Und drittens besitzen wir gerade in Bayern mit Flodl ein zugkräftiges, in der Bevölkerung breit verankertes Aushängeschild. Das gilt selbstverständlich nicht mehr, falls dieser charismatische Mensch im Vorfeld der Wahlen diskreditiert wird.«

»Ist das so?«, konnte sich Lene diese tragende Bedeutung einer einzelnen Person kaum vorstellen.

Philipp Dunkerbeek seufzte. »Florian Stangassinger ist in Bayern beliebter, als König Ludwig es je gewesen ist. Und selbst wenn sich die Vorwürfe nicht erhärten lassen, wird etwas davon zurückbleiben. Deshalb ist das Streuen von Gerüchten ja auch ein wirksames Mittel unethischer Rhetorik.«

Kapitel 12

Nahezu im Viertelstundentakt erhielt das Heidelberger Morddezernat Anrufe oder bekam Besuche von Zeugen, die zu dem Vorfall im Schwimmbad aussagen wollten. Der angeforderte Polizeizeichner erstellte geradezu im Akkord Phantombilder an seinem Laptop. Im Laufe der letzten Stunden hatten sie auf diese Weise einen groben Überblick über den Tagesverlauf von Emma Schulze erhalten. Erstaunlich blieb, wie lückenhaft das Ergebnis trotz der vielen Beobachter ausfiel. Kurz vor Dienstschluss setzten sich die drei Kommissare zu einer Besprechung zusammen, um ihre Gedanken auszutauschen. Aufgrund des Umstands, auf Initiative von Horst über modernste Technik zu verfügen, waren die Gesprächsprotokolle jeweils kurz nach Beendigung der einzelnen Gespräche für alle lesbar synchronisiert worden. Ein kurzer Blick zur Aktualisierung hatte genügt, um in den weiteren Befragungen gezielt nach bereits erörterten Aspekten oder Lücken im Geschehen forschen zu können. Einige Widersprüche waren so schon vor ihrer Besprechung ausgeräumt oder zumindest festgehalten worden. Auch deshalb war Horst Jung mit dem Verlauf des Tages durchaus einverstanden.

»Ich hätte nicht gedacht«, wirkte Heiner Janetzky erschlagen, »dass sich *so* viele Zeugen *so* schnell melden.«

Franz Hilpertsauer nickte zustimmend, während er in seinem Remarkable elektronisch blätterte. Ihm schien der Befragungsmarathon nichts ausgemacht zu haben. Zu seiner Zufriedenheit wirkte Yoga nicht nur erfrischend, sondern verbesserte zugleich seine Leistungsfähigkeit. »Ich habe gerade noch mal gezählt«, schaute er hoch. »Soweit ich es erfassen kann, haben wir eine Gruppe von sechs bis acht Personen. Seht ihr das auch so?«

»Ja«, bestätigte Heiner, »so muss man das wohl sehen. Da sie nicht immer alle gleichzeitig aufgefallen sind, bleibt eine Ungenauigkeit, die auch der Tatsache geschuldet sein dürfte, dass alle mehr oder weniger denselben Haarschnitt trugen, ausrasiert mit scharf gezogenem Scheitel.«

»Mich wundert«, warf Horst Jung ein, »dass kein einziger Badegast einen der Gruppe kannte, nicht einmal vom Sehen. Die dürften also nicht aus Heidelberg stammen.«

»Vorsicht!«, widersprach Heiner, der an einer Butterbrezel kaute, die er sich zwischendurch schnell geholt hatte, weil er ohnehin nichts auf den Rippen hatte, wie seine neue Partnerin Theresa zu sagen pflegte. »Die könnten sonst im Thermalbad gewesen sein.«

»Könnten«, zweifelte Franz an, den Kopf abwägend von einer zur anderen Seite neigend. »Das Thermalbad wird eigentlich von einem anderen Publikum frequentiert. Wenn ich bisher mit Ekaterina dort war, sind uns solche Gruppen nicht aufgefallen. Allerdings meiden wir Tage, an denen es besonders voll werden könnte.«

»Hmh«, war sich Horst nicht schlüssig, wie er diese Information bewerten sollte. Daher wechselte er ohne Übergang zu einem anderen Punkt. »Es erstaunt mich noch mehr, dass keiner der Badegäste gesehen hat, wann Frau Schulze ins Wasser ging. Die letzte Person, die sie lebend gesehen hat, war ein jüngerer Mann, der sie eingehender unter der Dusche am Übergang zum Beckenrand betrachtet hat. Leider wurde der durch einen Freund abgelenkt. Jedenfalls passt die Uhrzeit, ungefähr 16.15. Gegen 16.30 hat man die Tote aus dem Wasser geborgen. Uns fehlt immer noch die entscheidende Viertelstunde.«

»Ein Indiz haben wir immerhin«, ergänzte Heiner. »Eine Gruppe tobte zu der Zeit auffallend wild im Flachwasserbereich des großen Beckens.«

Franz schürzte die Lippen. »Ein schwaches Indiz. Niemand ist in der Lage auch nur einen aus dieser tobenden Gruppe zu beschreiben. Kurze Haare, das ist alles. Die Tatsache, dass diese Ausgelassenheit etwa zu der Zeit eingesetzt haben muss, zu der sich Frau Schulze ins Becken begeben hat, spricht allerdings klar für deinen Verdacht.«

»Und was ist mit ihren Sachen?«, war Horst Jung irritiert. »Niemand will gesehen haben, wer die mitgenommen hat. Das gibt's doch gar nicht.«

»Einspruch!«, meldete sich Heiner zu Wort. »Selbst mir ist das passiert«, gestand er seinen Kollegen überraschend. »Als ich Theresa auf Mallorca kennengelernt habe, saßen wir an einem Nachmittag in einer kleinen Bucht in einer Lounge direkt am Strand. Zwei Sitzgruppen neben uns ging ein Paar. Sie hat ihre teure Sonnenbrille auf dem Tisch vergessen. Theresa wollte ihr nachlaufen; ich war jedoch der Meinung, wir hätten alles im Blick, sodass keine Diebstahlgefahr bestünde, bis die Frau den Verlust bemerkte.« Heiner schob eine dramaturgische Pause ein. »Ihr werdet es kaum glauben. Die Brille lag nicht mal fünf Meter von uns entfernt. Es hielt sich kein Mensch in der Nähe auf. Die Lounge war fast leer. Dennoch war die Sonnenbrille nach sechs, sieben Minuten verschwunden. Wir haben niemanden sich dort hinbewegen sehen. Aber ganz offensichtlich muss jemand dort gewesen sein.«

»Kriminell«, kommentierte Franz mit einem Anflug von Respekt in der Stimme, »aber virtuos.«

Horst raufte sich die Haare, bis ihm aufging, seine kunstvoll gegelte Frisur zu zerstören, über die sich sein Chef sonst gerne mal lustig machte. »Vielleicht meldet sich noch jemand wegen Frau Schulzes Sachen. Wie gut findet ihr eigentlich die Phantombilder?«

»Ganz schwierig«, schüttelte Heiner den Kopf. »Ähnliche, mehr oder weniger trainierte Statur, fast gleiche Frisuren, stets eine Sonnenbrille im Gesicht, keine weiteren Auffälligkeiten. In diesem Fall kann man den Zeugen nicht einmal mangelndes Beobachtungsvermögen vorwerfen. Das wird nichts.«

»Veröffentlichen oder nicht?«, war sich Horst Jung unschlüssig.

»Wir wissen doch nicht mal hundertprozentig, ob es sich um die Typen im Becken handelt«, sprach sich Kommissar Hilpertsauer dagegen aus. »Außerdem könnten sich Zeugen dazu veranlasst fühlen, in denen die Kerle im Wasser zu *vermuten* und entsprechend auszusagen. Wichtigtuer gibt es leider immer. Ich finde, wir sollten damit noch warten.«

»Sehe ich auch so«, unterstützte ihn der zweite sehr erfahrene Kommissar in der Runde.

»Gut«, schloss sich ihr Jüngster Franz´ Argument ebenfalls an. »Dann hoffen wir morgen auf weitere Zeugen. Ich würde vorschlagen, wir machen für heute Schluss.«

Frau Dr. Schneider wurde pünktlich von dem bestellten Taxi abgeholt. Sie hatte beschlossen, weiterhin an der Findungsphase der PEP teilzunehmen. Doch sie wollte nicht ein zweites beschädigtes Fahrzeug riskieren. Der sympathisch wirkende Mann, ein Student, tippte sie jedenfalls, versuchte erst gar nicht, sie in ein Gespräch zu verwickeln, sondern überließ sie ihren Gedanken. Sie bogen in die Rohrbacherstraße ab, auf der sie den Bergfriedhof passierten. Das weckte in ihr eine Assoziation, die sich auf ihren möglichen Austritt aus der Partei bezog, der sie ihr halbes Leben gewidmet hatte.

Selbst während ihres Intermezzos als Kanzlerin der Universität hatte sie noch kräftig auf Landesebene Einfluss genommen. Für einen Moment zweifelte sie, ob sie diesen Schritt wirklich gehen oder innerhalb der Grünen für ehemals selbstverständliche Ziele kämpfen sollte. Aber die Ansage war mehr als deutlich gewesen: Wir müssen unsere Technikangst überwinden und uns den Vorteilen öffnen – oder so ähnlich. An den genauen Wortlaut erinnerte sie sich nicht mehr. Doch was sollte diese manipulativ formulierte Aussage? Was hatte Angst damit zu tun, wenn bei gesamthafter Betrachtung die Nachteile überwiegen konnten? Diesen und anderen Gedanken nachhängend hatte sie die Fahrt ansonsten kaum wahrgenommen. Erst als sie den Harbigweg erreichten, realisierte sie, fast am Ziel zu sein. Beim Abbiegen auf den Parkplatz des Stadtjugendrings blickte sie aus dem Fenster die Straße zurück. Dort sah sie einen dunklen Transporter in einen kleineren Querweg einbiegen. Diese Belanglosigkeit war bereits beim Verlassen des Taxis und dem Betreten des Versammlungsgebäudes aus ihrem Bewusstsein verschwunden.

Beim Betreten der Wohnung in der alten Villa in der Weststadt hörte Franz Hilpertsauer zu seiner Überraschung Stimmen aus dem Wohnzimmer. Ekaterina gehörte die sich über den zweiten und dritten Stock ziehende Maisonette-Wohnung. Franz hatte sich von Anfang an hier sehr wohlgefühlt, sodass sie seit ihrer Hochzeit dort zusammenlebten. Es gab mehr als reichlich Platz und seither konnte er sogar zu Fuß ins Präsidium in der Hans-Böckler-Straße gehen. Ekaterinas Stimme erkannte er sofort, die andere hingegen nicht, eine weibliche. Er runzelte die Stirn. Vielleicht hatte sie Besuch einer Kommilitonin. Zurückhaltend klopfte er, bevor er die Tür öffnete. »Guten Ab...«, brach er ab, weil er die Besucherin sofort an ihren glatten, langen schwarzen Haaren auch von hinten erkannte. »Hallo, ihr beiden«, kam er erfreut näher, um die kleine Vietnamesin zu umarmen, bevor er seiner Frau noch einen flüchtigen, aber liebevollen Begrüßungskuss gab.

»Stört es dich«, fragte die, »wenn May Lin heute zum Abendessen bleibt. Wir haben uns völlig verquatscht.«

»Ich freue mich«, erwiderte ihr Mann aufrichtig, obwohl ihm nach den vielen Befragungen des Tages eher nach Ruhe war. Aber wenn May Lin damals nicht so hartnäckig geblieben wäre, hätte Ekaterina keine Anzeige erstattet; er hätte die Liebe seines Lebens nie kennengelernt.

»Prima«, freute sich Ekaterina, obwohl sie nichts anderes erwartet hatte. Es waren die Fürsorge und sein gutes Herz, die sie besonders an ihm schätzte. »Ich lasse euch kurz alleine. Ich muss das Essen nur noch aufwärmen. Zum Glück habe ich vorgekocht.« Im Vorübergehen legte sie ihrer besten Freundin kurz die Hand auf die Schulter. »Ich kenne uns doch.«

Lächelnd erwiderte May Lin diese Geste, indem sie kurz über Ekaterinas Hand streichelte.

Was habe ich doch für ein Glück, dachte der Kommissar, während er seiner Frau nachschaute, die mit ihren langen Beinen über das dunkle Nussbaumparkett zu schweben schien. Über einer weit fallenden Hose trug sie ein enger sitzendes Trägertop, beides cremefarben, als habe ein Requisiteur sie passend zu den hellen Teppichen und Vorhängen ausstaffiert. Doch sie war stets elegant und stilsicher gekleidet. Ihre dunklen Locken, die gebräunte Haut sowie ihre perfekten Formen kamen in dem Ensemble in einer Weise zur Geltung, die Franz immer wieder sprachlos werden ließ. In manchen Momenten – so wie an diesem Abend – fragte er sich dann, wie er ihr mit seinem Bauchansatz sowie den fast zwanzig Jahren Altersunterschied überhaupt gefallen konnte.

»Sie ist ein wunderbarer Mensch, nicht wahr?«, holte May Lin den Kommissar aus seinen Gedanken zurück.

»Du sagst es«, lächelte er die überaus gepflegt wirkende Vietnamesin an, für die sich bestimmt viele Männer aufgrund ihrer Exotik interessierten, ohne den traurigen Grundton zu bemerken, der sich hinter ihren strahlenden Augen fand. »Wie geht es dir?«

»Prima, eigentlich.« Sie schaute peinlich berührt seitlich zu Boden. »Seitdem der EZB-Skytower steht, kann ich mich vor Anfragen kaum noch retten.« Sie lachte verlegen. Doch dann blickte sie ihn plötzlich wieder direkt an. »Du könntest mir in einer Angelegenheit helfen, die mir sehr wichtig ist!«

»Ich?«, reagierte der Kommissar überrascht.

»Ich habe Ekaterina angeboten, ihr eine angemessenere Miete zu bezahlen«, erklärte sich May Lin. »Es ist ohnehin ein viel zu großes Geschenk, mir ihr Penthouse zur Verfügung zu stellen.«

Franz nickte, denn er verstand sie. Er verdiente als Kommissar bestimmt nicht schlecht, aber angesichts des Vermögens, das Ekaterina sich erarbeitet hatte, wirkte das geradezu lächerlich. Allerdings wusste er nicht, was ihn mehr verwirren sollte. Ekaterina war im Allgemeinen ein überaus sparsamer Mensch. Aber sie leistete sich auch gerne etwas Schönes. Das sah man an der Einrichtung dieser Wohnung und manchmal, wenn sie sich ein »Lieblingsstück« gönnte, wie sie das ausdrückte. Erst kürzlich war ihm dann doch die Luft weggeblieben, als sie ihm verraten hatte, was ihre neue Handtasche gekostet hatte. Er hätte dafür zwei Monatsgehälter aufbringen müssen, brutto. Trotz seiner temporären Atemnot hatte er zugeben müssen, dass die Handtasche an ihr wie für sie gemacht aussah. Außerdem vergaß sie nie, auch durchaus großzügig an ihre Freunde zu denken. Lene Huscher hatte sie ein Kleid für knapp achthundert Euro geschenkt, nur weil es der perfekt gestanden und sie sich auf Anhieb mit der Kommissarin verstanden hatte. Aber wohl auch, um sich für deren besonderes Einfühlungsvermögen zu bedanken. »Warum überweist du ihr nicht einfach mehr.«

Die Vietnamesin verzog den Mund.

»Das hast du schon versucht«, stellte Franz trocken fest.

»Das Geld kam umgehend zurück«, erklärte sie ihm. »Reden hilft auch nicht. Sie ist stur wie ein Esel, zumindest in dieser Hinsicht.«

Franz Hilpertsauer lachte. »Du glaubst doch nicht ernsthaft, ich könnte daran etwas ändern?«

»Droh ihr mit dem Entzug von Zärtlichkeiten, was weiß ich.«

Angesichts dieses abwegigen Vorschlags runzelte er die Stirn.

May Lin musste selbst lächeln. »Mein Beitrag deckt gerade mal die Nebenkosten«, ließ sie jedoch nicht locker. »Damit reicht der nicht mal für Instandhaltungsreserven. Das geht doch nicht. Faktisch macht sie einen Verlust. Ich verdiene inzwischen viel besser.

Ich möchte mich erkenntlich zeigen. Verstehst du das nicht?«

»Doch ...«

Wie aus dem Boden gewachsen stand Ekaterina in dem Durchgang zum Esszimmer. »Gib dir keine Mühe«, war ihr Tonfall einschüchternd. »Ich kann dich nicht daran hindern, dort auszuziehen. Aber wenn du mir wirklich eine Freude machen möchtest, spar das Geld. Schaff´ dir eine finanzielle Grundlage für ein besseres Leben in Vietnam oder ein soziales Projekt dort. Wenn ihr mit dieser überflüssigen Diskussion fertig seid, könnten wir übrigens essen.«

Nicht selten empfand sie Diskussionsabende als ermüdend. Doch auch an diesem Abend war Heidemarie Schneider angesichts der durchgängig herrschenden Sachlichkeit und dem Respekt beeindruckt, der sich zum Beispiel auch darin zeigte, dass niemandem ins Wort gefallen wurde. Dabei waren nicht alle Beiträge gleichermaßen überzeugend.

Sie hatte sich sehr weit hinten platziert, um den gesamten Saal im Blick behalten zu können. Zudem saß sie so, dass sie direkt sehen konnte, wer über die offene Treppe den Saal verließ oder diesen betrat. Bisher war ihr jedoch niemand aufgefallen, den sie gekannt hätte. Dennoch musste es eine Person geben, die sie verraten hatte. Wenn Georg Winkler recht hatte, war das ausgeschlossen. Aber spätestens die tote Katze war nicht wegzuleugnen.

Nur zufällig wurde ihr bewusst, wie die Fensterfront inzwischen den Innenraum spiegelte. Die Sonne war bereits untergegangen. Sie schaute auf die Uhr. Es war weit nach zehn Uhr. Auch dieses Mal verging die Zeit wie im Fluge. Ein Entschluss reifte in der Oberbürgermeisterin. Falls in den nächsten Tagen keine für sie inakzeptablen Beschlüsse gefasst werden sollten, wollte sie den Sprung in die neue Partei wagen.

Als Heiner Janetzky nach Hause gekommen war, hatte er mit Theresa zu Abend gegessen. Er genoss es nach gefühlten Jahren des Alleinseins, die alltäglichen Dinge wieder mit einer Frau gemeinsam zu erleben. Nachdem die Sonne untergegangen war, hatten sie beschlossen, noch einen kleinen Spaziergang am Neckar zu machen, der nur wenige Schritte hinter dem Haus floss, in dem er, nein, sie beide in einer praktisch geschnittenen Mietwohnung zuhause waren. Er war immer noch beeindruckt von der Geschwindigkeit, mit der Theresa ihre Wohnung in England aufgegeben sowie den Umzug organisiert hatte.

Unterwegs schmiegte sich seine reife Engländerin immer wieder an ihn, wie sie auch sonst seine körperliche Nähe suchte. So etwas hatte er noch nicht erlebt. Seither fühlte er sich als Mann, dem nicht entging, wie eilig sie es plötzlich hatte, nach Hause zu kommen. Schnell schlüpfte er noch ins Bad, um sich die Zähne zu putzen. Dort legte er seine Kleidung gleich ab, bevor es ihn lüstern in ihr Schlafzimmer zog. Zu seiner Verwunderung fand er Theresa nicht wie erwartet im Bett vor. »Theresa?«, rief er irritiert, nachdem er unter keiner der Türen einen Lichtstreifen ausmachen konnte.

»Hier bin ich, Darling«, kam eine verführerische Stimme aus dem Wohnzimmer, die ihn magisch anzog.

Für einen Augenblick blieb er in der Tür wie angewurzelt stehen. Theresa hatte die Gardinen zurückgezogen. Am Fenster stehend wurde sie nur von dem Licht der Straßenlaterne angeleuchtet. Ihre dunklen Haare glänzten seidig, aber Teile ihres Körpers lagen wie verhüllt im Schatten. Im Gegenlicht sah er ihre aufgerichtete Brustwarze. Dennoch hörte er sich sagen: »Man kann dich von der Straße aus sehen.«

»Sei nicht so spießig!« Sie drehte sich mit dem Rücken zu ihm und stützte ihre Unterarme auf das Fensterbrett. »Das ist alles deins. Nimm es dir, Tiger.«

Er sah den Lichtstreifen zwischen ihren Beinen, der an einem tiefen Schatten endete, der jedoch Heiners Fantasie auf das Äußerste anregte. Er zögerte, wollte etwas sagen, unterdrückte es jedoch, nachdem er sich überlegt hatte, dass in dieser Pose nur ihr Kopf zu sehen war, falls doch noch jemand vorbeigehen sollte. Der Damm war sofort gebrochen, seine körperlichen Reaktionen unterhalb des Zwerchfells zogen ihn machtvoll vorwärts. Kurz darauf schnurrte Theresa zufrieden.

»Oh, da stehen ein paar Kids«, stellte die Engländerin etliche Minuten später fest. »Die schauen hier hoch!«

Heiner erschrak, wollte sich zurückziehen, aber sein Körper rebellierte dagegen.

Theresa musste es gespürt haben. »Sei kein Spielverderber.«

»Aber die sehen dich doch.« Sein Körper gehorchte seinen Gedanken immer noch nicht.

»Das erregt mich«, erwiderte sie mit rauer Stimme, »be nasty.« Sie stützte sich auf eine Hand, sodass ihr Oberkörper im Licht der Laterne nun bestens von unten zu sehen war.

Was macht sie?, durchfuhr es Heiner, der damit nicht gerechnet hatte. Doch bevor er ihrer Lust entkommen konnte, hatte sie ihn mit der freien Hand fest und doch behutsam gepackt. Das »Nein« in seinem Kopf verhallte, es gab kein Halten mehr. Als sie aufstöhnte, griff er in Ekstase nach ihren Brüsten. Den in den Nacken geworfenen Kopf zog sie plötzlich zurück und beugte sich tief nach unten. Kaum eine Sekunde später nahm er Blitzlichter war, die seine barbusige Liebste knapp verfehlten.

Das Blitzlichtgewitter zum Abschluss des Abends war nicht einmal gering ausgefallen. Heidemarie Schneider registrierte amüsiert, wie sehr Georg Winkler es genoss, die Hauptrolle zu spielen. Bekam auf diese Weise ihr positives Bild der PEP erste Risse? Sie musste sich jedoch eingestehen, sich am Anfang ihrer politischen Karriere auch geschmeichelt gefühlt zu haben, sobald es eine Anfrage für ein Interview gegeben hatte. Damals hatte sie sich sogar die Mühe gemacht, vor solchen Terminen extra zum Friseur zu gehen. Sie schmunzelte. Erst als schließlich die meisten Teilnehmer gegangen waren, begab sie sich zum Professor.

»Es war ein sehr interessanter Abend«, gestand sie ihm, »der mich einem Entschluss ein großes Stück näher gebracht hat.«

»Ich hoffe, in unserem Sinne«, strich er sich über seinen Spitzbart, als hegte er Zweifel an der Eindeutigkeit ihrer Aussage.

Sie presste kurz die Lippen aufeinander. »Falls in den nächsten Tagen der bisher gute Eindruck ruiniert wird ...«, ließ sie das Ende des Satzes offen.

Winkler lachte auf. »Wie kann ich von einer erfahrenen Politikerin eine frühzeitige Zusage erwarten. Du könntest auch sagen: ›Ja, Stand heute‹. Beliebiger geht es kaum, auch wenn es bei oberflächlicher Betrachtung nach einem definitiven Statement klingt.«

»Gut beobachtet«, nickte sie. »Diese Art, sich zu äußern, hört man ja in letzter Zeit häufiger in der Politik. Im Grunde impliziert sie einen Betrug am Wähler, indem sie bewusst eine Suggestion ausnutzt. Aber dann wäre ich für die PEP wohl nicht geeignet.«

»Brillant retourniert«, gab sich Georg Winkler geschlagen.

Während noch einige Freiwillige mit Aufräumarbeiten beschäftigt waren, verließen die beiden zusammen das Gebäude, nachdem das von der Oberbürgermeisterin gerufene Taxi vorgefahren war.

Sie fluchte, weil sie mit ihrem Absatz in einer Rille zwischen zwei Pflastersteinen hängen geblieben war, wodurch sie das Gleichgewicht verlor.

»Vorsicht, Heidemarie«, hörte sie ihren Begleiter, als sich völlig unerwartet ein feuerartiger Schmerz neben ihrer rechten Schulter ausbreitete. Im Bruchteil einer Sekunde wurde sie um die eigene Achse geschleudert. *Was?* Sie hörte sich schreien; wie in Zeitlupe fiel sie, der Kopf schlug auf dem Boden auf, hart, ungebremst. Georg Winklers Hände hatten ins Leere gegriffen. *Hoffentlich ist mein Absatz nicht abgebrochen. Die Schuhe sind ein Geschenk meines Mannes.* Sie bekam kaum Luft, sah in das geschockte Gesicht des Professors, das über ihr war, darüber nur der schwarze Himmel. *Warum schon wieder ich?* Ein blendendes Licht erschien vor ihren Augen, das sich zusehends entfernte und immer stärker vom Dunkel aufgezehrt wurde, das sich um sie herum ausbreitete.

Horst Jung saß mit seiner Frau Heike noch sehr spät im Dunkeln nur bei Kerzenlicht auf der Couch. Sie hatten alle Fenster geöffnet, um ein wenig Zugluft zu provozieren. Immerhin trug an diesem Abend ein leichter Wind Frische vom Neckar zu ihnen in den dritten Stock.

»Du siehst ermattet aus«, stellte Heike fest, die es nicht gewohnt war, ihren Lieblingskommissar nach Schimanski so schlaff zu erleben.

»Heute war es einfach zu viel«, gestand er ihr, während er ihre Beine streichelte, die sie über seine gelegt hatte. Er fasste seinen Tag mit den vielen Gesprächen kurz zusammen. »Es ist schon merkwürdig, dass bisher niemand diesen Jungs begegnet ist. Franz hat solche Typen auch noch nie im Thermalbad gesehen.«

»Da gehen die nicht hin«, kommentierte Heike, ohne eine Sekunde zu zögern.

Horst schaute sie überrascht an. »Dieser Meinung war Franz auch. Bist du dir sicher?«

Sie zuckte mit den Schultern. »Dort ist schon ein ganz anderes Publikum. Aber das lässt sich doch leicht überprüfen, wenn ihr die Badeaufsicht befragt.« Heike überlegte. »Nicht so kitzeln.« In den Kniekehlen war sie ebenfalls extrem empfindlich. »So würde ich das auch in den umliegenden Gemeinden machen«, ergänzte sie ganz selbstverständlich.

Ihr Mann vergaß für einen Moment, wie gerne er sie giggeln hörte, sobald er sie intensiv kitzelte. »In den Gemeinden soll nicht gekitzelt werden?«

Heike zeigte ihm einen Vogel. »In den Freibädern nachfragen. Schimanski hätte ich das nicht zweimal erklären müssen.« Und wie frech sie grinste.

Er wusste, dass es ihr manchmal diebische Freude bereitete, mit seinem klitzekleinen, völlig irrationalen Funken Eifersucht auf den Fernsehkommissar zu spielen, der scheinbar tief in seinem Unterbewusstsein verankert war. Aber an diesem Abend würde er sich nicht provozieren lassen. »Pah«, winkte er nur lässig ab, »der hätte dir niemals die Beine so ausdauernd gestreichelt wie ich.«

Selbst darüber amüsierte sie sich sichtbar. »Bleiben Sie sachlich, Herr Kommissar.«

»Du hast völlig recht«, stimmte er ihr zu. »Urlauber sind das keine gewesen. Also werden sie nicht allzu weit entfernt wohnen.« Im Geiste steckte er den Radius auf der Landkarte ab. »Danke, Mausi.« Er gab ihr einen Kuss. »Wie war es denn bei dir?«

»Fünfzehn Kirchenaustritte und sieben Hochzeiten«, rechnete sie nach. »Auch nicht ganz wenig für einen Tag. Es gab aber nichts Besonderes. Ich bin mehr damit beschäftigt, über Namen nachzudenken. Manchmal frage ich mich, ob sich Eltern auch mal überlegen, wie es den Kindern später mit ihren Namen geht. Heute hatten wir einen Quentin, weil der Vater eine Vorliebe für den Regisseur hat. Letzte Woche hatte ich einen Luke. Der wird später ständig ›Jedi‹ gerufen«, schüttelte sie mit verständnisloser Miene den Kopf.

»Das müssen wir uns sehr gut überlegen«, murmelte Horst, der seine schweren Lider nur noch mit Mühe aufhalten konnte.

»Komm, wir gehen schlafen«, schwang Heike ihre Beine von der Couch, »du pennst mir ja gleich im Sitzen ein. Ich mache nur noch die Kerzen aus.«

Es war der Taxifahrer vom frühen Abend, der Heidemarie Schneider abholen wollte. Er stieg aus, als er sie aus dem Gebäude kommen sah, um ihr die hintere Tür zu öffnen. Unerwartet beobachtete er, wie die Frau umknickte, danach umgerissen wurde, Blut spritzte. Unwillkürlich schaute er in die zur Drehrichtung der Oberbürgermeisterin entgegengesetzte Richtung. Langsam fuhr der dunkle Schatten eines Transporters hinter den Bäumen an. Er zögerte, entschied sich jedoch für eine Erste Hilfe, nachdem er realisierte, dass der ältere Herr handlungsunfähig war. Rasch, aber ohne Hektik lehnte er sich in das Fahrzeug zurück, nahm sein Telefon und wählte den Notruf. Routiniert arbeitete er die Fragen ab: Harbigweg, Stadtjugendring, Marvin Loffer, eine Frau, Schusswunde, vermutlich Hämatothorax. Während er auf Rückfragen wartete, holte er bereits den Verbandskasten aus dem Kofferraum, mit dem er zu der Verletzten rannte. »Aus dem Weg«, rief er dem Mann zu, der jedoch nur verständnislos hochschaute. Unsanft stieß er den Herrn mit Spitzbart zur Seite. Die Wunde blutete stark, aber gleichmäßig. Immerhin schien die Hauptblutung nur von der Vena subclavia auszugehen. Dennoch blieb nicht viel Zeit. Hoffentlich kam der Notarzt schnell genug.

Er legte einen sterilen Verband über die Schusswunde.

Heidemarie Schneider hatte das Licht fast aus den Augen verloren, als sie ein mörderischer Schmerz in die Realität holte. Sie keuchte, ihre Lider flatterten.

Der Taxifahrer war dabei, sie auf die verletzte Seite zu lagern. »Bleiben Sie bei mir«, forderte er sie eindringlich auf, »es kommt Hilfe. Sie schaffen das!«

Überall nur Schmerz, der ihr Gehirn betäubte. Doch ein Gedanke war lauter. Nicht sterben, bitte nicht sterben ... sterben ...

Marvin Loffer redete weiter auf sie ein. Er wollte unbedingt, dass sie bei ihm blieb.

Heike wollte gerade das Licht im Schlafzimmer löschen – Horst war bereits am Wegdämmern –, als völlig unerwartet dessen Diensttelefon klingelte. Sie erstarrte kurz. Das war kein gutes Zeichen. Schnell sprang sie aus dem Bett, um das Smartphone aus dem Flur zu holen und dem sich noch mühsam aufraffenden Kommissar Zeit zu verschaffen, aufnahmefähig zu werden. Der setzte sich missmutig auf, während Heike ihm das Telefon reichte.

»Jung«, brummelte er mürrisch in das Mikrofon.

Heike sah, wie ihr Mann immer weiter in sich zusammensackte. Schließlich schmiss er das Telefon auf sein Kopfkissen, bevor er sich mit dem Kopf auf ihren Schoß zurückfallen ließ.

Gequält schaute er zu ihr hoch. »Im Harbigweg wurde auf jemanden geschossen.«

»Oh nein«, schlug sie eine Hand vor den Mund. »Auf wen?«

»Unsere OB.«

»Ist sie tot?« Heike war schockiert. Sie lebte in Heidelberg! Aber das hatten sie schon einmal missverstanden.

»Sie kämpfen noch um ihr Leben, Ergebnis offen, falls ich das richtig verstanden habe.« Sein Gefühl hatte ihn also doch nicht getrogen. Warum konnte er nicht einfach hier liegen und die schöne Aussicht über ihm genießen? Dafür hätte er einen anderen Beruf wählen müssen. Ergeben angelte er sein Telefon vom Kissen. Heiner erreichte er nicht, Franz war schnell dran. Bei dem waren sogar

Stimmen im Hintergrund zu hören. Folglich hatten sie zu dieser späten Stunde noch Besuch. In wenigen Worten schilderte er seinem Kollegen, was passiert war. Kurz darauf eilten beide an den Tatort.

Kapitel 13

Der Telefonanruf wurde unerwartet rasch angenommen.

»Das Mädchen ist aufgetaucht. Es wäre sinnvoll, sie zu liquid…«

»Sind Sie verrückt?«

Der Anrufer schaute belustigt auf sein Smartphone, das ihm eine abgebrochene Verbindung anzeigte. Er war sich jedoch sicher, dass seine Geduld nicht allzu lange auf die Probe gestellt werden würde. Kurz darauf klingelte es bereits.

»Woher haben Sie diese Nummer?«, fauchte es wütend in sein Ohr. »Sind Sie völlig wahnsinnig geworden, auf einer ungesicherten Leitung zu sprechen?«

»Vielleicht sollte man den Datenschutz etwas ernster nehmen«, erwiderte er sarkastisch.

Darauf trat erst einmal Stille am anderen Ende der Leitung ein, die er mit gelassenem Schweigen quittierte.

»Habe ich Sie richtig verstanden? Sie wissen, wo sich die Tochter dieser … Amüsierdame aufhält?«

Er hatte das Duell gewonnen. Das war nicht anders zu erwarten gewesen. »So ist es. Ich schlage eine Liquidierung vor, weil sie uns gesehen hat.«

»Das ist *Ihre* Angelegenheit«, kam es herablassend zurück. »*Sie* haben sich von der Kleinen erwischen lassen. Das geht uns nichts mehr an.«

Aha, daher wehte der Wind. »Niemand konnte vorhersehen, dass sich das Mädchen zu so später Stunde noch in einem derartigen Etablissement aufhält. Ich habe keine Ahnung, ob sie sich an die Begegnung erinnern wird. Das müssten Sie eher einen Mediziner fragen.«

»Warum behelligen Sie mich deswegen?«

»Ich will ein Okay – und mehr Geld«, erklärte der Anrufer. »Das erzeugt Kosten. Außerdem steigert eine weitere Aktion das Risiko. Sie verstehen mich?«

»Sie haben die vereinbarte Summe für diesen Auftragsteil erhalten«, wurde ihm knapp beschieden.

»Oh nein«, lachte er. »Das ist wie beim Berliner Flughafen. Unvorhersehbare Komplikationen kosten extra. Sonst arbeiten wir nicht. Ganz einfach. Oder hat irgendjemand dem Steuerzahler jemals die Möglichkeit eingeräumt, gegen die großzügige Versenkung von Steuergeldern zu intervenieren?«

»Das kann ich alleine nicht entscheiden.«

Wie er diese Leute verachtete. Er hatte schon mit wirklich harten Typen verhandelt, die ihr ganzes Leben über Leichen gingen. Dagegen empfand er seine derzeitigen Auftraggeber als aufgeblasene Wichtigtuer, die auch mal bei den Großen mitspielen wollten, nachdem ihnen die Macht zu Kopf gestiegen war. Angesichts des Gesprächsverlaufs sah er keinen Grund mehr, seine Herablassung zu verbergen. »Dann kontaktieren Sie den Kronprinzen und seine Mätresse. Sie haben genau dreißig Minuten Zeit. Fünfhunderttausend Euro in Bitcoin.« Er unterbrach das Gespräch. Während er wartete, haderte er mit seiner Entscheidung, den Auftrag überhaupt angenommen zu haben. Im Grunde genommen hätte er es wissen können. Mittelmaß, das sich auch gerne auf die eigene Schulter klopfte, verursachte nur Ärger. Solche Leute hatten meist keine Ahnung und blieben seiner Erfahrung nach beratungsresistent.

Zwölf Minuten später meldete sich sein Telefon mit einer SMS: »Einverstanden. Zweihundertvierzigtausend.«

Ließ sich die Summe leichter durch drei teilen?, fragte er sich amüsiert. Er verzichtete dieses Mal darauf, ein Verhandlungsspiel daraus zu machen. Es waren ohnehin schon vierzig mehr als geplant. Er wusste sehr genau, bis wohin er gehen konnte. »Der Auftrag wird wie besprochen ausgeführt«, tippte er seine Antwort, bevor er eine weitere Nummer wählte.

Kapitel 14

Thomas Sprengel wachte in der Nacht auf, weil sich Bilder des vergangenen Tages in einen Traum gemischt hatten. Der Ärger über sich selbst ließ ihn nicht mehr einschlafen. Nachdem er das Unveränderbare leidlich abgearbeitet hatte, gingen seine Gedanken auf Wanderschaft, auf der sie bei Lenes Erzählung hängen blieben. Dieser ältere Junge schreckte offenbar nicht einmal in der Anwesenheit von Erwachsenen davor zurück, das ohnehin zu bedauernde Mädchen zu hänseln. Lene hatte Viktoria und Philipp Dunkerbeek angeboten, ein Gespräch mit den Eltern zu führen. Das wäre nicht notwendig, hatte die resolute Dame befunden, aber betont, sie gerne mitzunehmen. Um entspannter nachdenken zu können, verschränkte der um den Schlaf gebrachte Kommissar seine Hände im Nacken. Ihm kamen Zweifel an dem Vorhaben. Wie oft hatte er schon von Eltern gehört, die sich wenig einsichtig hinsichtlich eines sozialen Fehlverhaltens ihrer Sprösslinge zeigten. Die Blindheit vieler Eltern übertraf jede Form der Heiligenverehrung oder es fehlte den postantiautoritären Generationen lediglich ein Verständnis dafür, ihren Kindern soziale Grenzen aufzuzeigen. Egal! In ihm reifte ein Plan, der sich nicht nur um Gerede drehte. Diesem Früchtchen musste eine Lektion erteilt werden, selbst wenn er aus einem zerrütteten Elternhaus stammte oder was auch immer. Allerdings gab es dabei verschiedene Schwierigkeiten zu überwinden. Lene würde ihn wohl kaum unterstützen – nur bei Ihrem Kollegen Krämer hatte sie tatsächlich im Nachhinein keine Einwände erhoben. Grundlegend war sie der Ansicht, man müsste Konflikte in einer sachlichen Diskussion aus der Welt schaffen. Entsprechend war sie viel länger bereit, dem Ideal einer gewaltfreien Kommunikation mit geduldiger Argumentation zu folgen. Er konnte in dieser Hinsicht wenig zimperlich sein. Besonders schnell schaltete er um, falls schutzlose Menschen oder ihm näher stehende Personen betroffen waren. Kaum zu bremsen war er, sobald es um Lene ging. Trotz seiner manchmal durchaus auch ausgeprägteren Trägheit konnte er für sie zum Löwen werden, obwohl seine Frau sehr gut alleine in der

Lage war, auf sich aufzupassen. Aber wie sollte er sicherstellen, dass die anderen drei nicht hellhörig wurden? Nach einer gefühlten Ewigkeit kam ihm endlich eine vielversprechende Idee. Glück war zwar ebenfalls nötig, aber sein Vorhaben stellte ihn erst einmal zufrieden. Als es draußen bereits hell wurde, linste er auf die Uhr und schlich sich ganz leise aus dem Schlafzimmer.

Alles hatte geklappt. Annabel hatte er noch beim Frühstück angetroffen. Er war sich nicht sicher gewesen, ob sie sich gefreut hatte, dass er sie zur Schule begleiten wollte. Sie hatte ihn nur mit großen Augen angesehen, aber seinem Angebot auch nicht widersprochen. Viktoria hatte ebenfalls keinen Grund gehabt, misstrauisch zu sein. Im Gegenteil, sie freute sich über die Anteilnahme, die nicht nur Thomas, sondern auch Lene der Kleinen entgegenbrachte. Noch bevor Lene auf der Bildfläche erschienen war, hatte er gemeinsam mit Annabel das Haus verlassen. Kaum hatten sie das kleine Gartentor hinter sich geschlossen, hatte der Kommissar ihr seinen Plan erläutert. Die Augen des Mädchens waren während ihres Gesprächs immer größer geworden, doch zum Schluss hatte sie genickt.

Danach war er alleine im Laufschritt den Soleleitungssteg in die entgegengesetzte Richtung gelaufen, hatte die Treppen hinunter zum Markt genommen und durch die Gassen das Restaurant »Zum Bier Adam« erreicht.

Von dort winkte er Annabel zu, die immer noch oben am Fürstenstein wartete. Während er ein paar Meter zurück zum Treppenaufgang ging, packte ihn schon wieder die Wut, weil sie ihm gestanden hatte, dass der Junge dieses gemeine Spiel beinahe jeden Tag mit ihr trieb, seit das Schuljahr begonnen hatte. Kam sie nicht zu einer bestimmten Zeit hier herunter, wartete er an einer anderen Stelle auf sie. Thomas Sprengel schlich sich den kleinen Treppenaufgang zum Fürstensteinweg hinauf, sodass er von dem Haus aus nicht zu sehen war. Dort verharrte er lauschend.

Kurz darauf hörte er Schritte, die den Berg herunterkamen. Eine Tür fiel ins Schloss, die Schritte wurden schneller, endeten abrupt.

»Die Hurentochter!«, zischte es.

»Lass mich los!«, vernahm Thomas Annabel.

»Nicht so schnell«, versuchte jemand das Mädchen mit drohender Stimme einzuschüchtern. »Hurentöchter müssen zahlen. Hast du Geld dabei?«

»Nein. Hau ab.«

»Taschen ausleeren«, befahl der Rohling, »sonst ...«

Es reichte. Der Kommissar sprang die letzten Stufen hinauf. Der Teenager ließ reflexartig Annabels Handgelenk los, war aber zu verdutzt, um wegzurennen. Mit einem Klick hatte Sprengel ihm die Handschellen um ein Gelenk gelegt und seinen Arm auf den Rücken gedreht. »Du bist verhaftet!« Hinter dem Rücken des Fieslings zwinkerte er Annabel zu.

»So ein Quatsch.« Der Junge versuchte sich loszureißen, doch der Kommissar fing auch den zweiten Arm ein. Blitzschnell waren beide Hände mit den Handschellen auf dessen Rücken fixiert.

»Das dürfen Sie nicht!«, wurde er lauter. »Ich rufe die Polizei.«

Thomas Sprengel hielt ihm seinen Dienstausweis unter die Nase. »Die ist schon hier, Freundchen, und verhaftet dich gerade.«

»Weswegen denn?«, höhnte der in Bedrängnis Geratene.

»Wegen Beleidigung und Nötigung«, erklärte der Kommissar ungerührt.

Der picklige Junge funkelte ihn böse an, zeigte sich aber ausgesprochen abgebrüht. »Ich bin noch nicht strafmündig.«

Annabel stand schweigend daneben. Staunend betrachtete sie die Szene. Was in ihr vorging, war auf ihrem Gesicht nicht abzulesen.

»Ausweis?«

»Habe ich nicht.«

»Dann gehen wir mal bei dir zuhause klingeln«, wurde Sprengels Tonfall barscher. Welch ein Ekelpaket hatte man da herangezogen?

»Meine Mutter ist schon weg«, behauptete das Bürschchen.

Thomas Sprengel hörte einen Unterton, der ihm vermutlich den wunden Punkt anzeigte. Er würde das herausfinden. Allerdings öffnete tatsächlich niemand auf sein Klingeln.

Eine ältere Passantin mit Pudel blieb stehen, nachdem sie die Handschellen erblickt hatte. »Was hat der Rotzbengel denn angestellt?«, war sie offenbar nicht in der Lage, ihre Neugier zu zügeln. »Es wird immer schlimmer mit dieser Jugend. Wenn die nach dem Krieg das Land hätten aufbauen müssen, wären wir alle vor die Hunde gegangen.«

»Gehen Sie bitte weiter!«, fehlte dem Kommissar jeder Sinn für eine Verbrüderung.

»Sie müssen nicht gleich unhöflich werden«, mokierte sich die Dame, zog aber am Halsband des Pudels und setzte sich wieder in Bewegung.

»Wo ist deine Mutter?«, erkundigte sich Sprengel bei dem Jungen, doch der schwieg.

»Gut«, konnte ihn das nicht aufregen. Sein Plan sah ohnehin vor, ihn auf die Wache zu bringen, damit der Denkzettel tief genug saß. »Dann gehen wir jetzt mal zur hiesigen Polizei in die Bayerstraße.«

»Sie spinnen doch!«, brüllte der Teenager los. »Ich muss zur Schule.«

»Das hättest du dir vorher überlegen sollen. Da ich weder weiß, wer du bist, noch dein Alter kenne, werde ich Anzeige erstatten und so weiter«, kommentierte er lakonisch, bevor er sich Annabel zuwandte, die weiterhin schwieg. Er strich ihr kurz über den Kopf, der zu seiner Überraschung nicht zurückzuckte. »So, geh jetzt in die Schule. Ich komme hier alleine klar. Okay?«

Annabel nickte. Eine Träne lief über ihre Wange. Thomas wollte schon etwas sagen, doch sofort drehte sie sich um und lief davon.

Thomas Sprengel schaute ihr noch einen Augenblick nachdenklich hinterher, bevor er seinen Fang zur Polizeiwache beförderte.

Das hatte doch prima geklappt, war der Kommissar mit sich zufrieden, als er zurück in den Eberweinweg kam. Seine Kollegen hatten zwar merkwürdig geschaut, aber sich vor dem Jungen nichts anmerken lassen. Sie hatten nicht einmal einen Kommentar zu Florian Stangassingers spektakulärer Flucht abgegeben. Selbstverständlich hatte der Junge nach Aufnahme der Personalien sofort wieder gehen können, aber Thomas Sprengel hoffte inständig, dass ihm dieser Morgen eine Lehre war.

Kaum hatte er das Grundstück betreten, kam ihm Lene mit sehr ernstem Gesicht entgegen. Konnte sie schon von seiner Aktion gehört haben, schluckte er in der Erwartung, sich mal wieder eine Gardinenpredigt anhören zu müssen.

»Wo steckst du denn nur?«, wirkte ihre Anrede – drängend, ärgerlich, angespannt? Er konnte es nicht mit Sicherheit einschätzen.

Nervös räusperte er sich. »Ich habe Annabel schnell zur Schule gebracht.« Den Rest würde er je nach Verlauf des Gesprächs vielleicht ein wenig anpassen.

Lene gab ihm einen Kuss. »Das ist toll von dir.«

Das verwirrte ihren Mann in doppelter Hinsicht. Es gab also keine Standpauke. Nur welchen Grund gab es sonst für ihr ernstes Gesicht? Er nahm sie kurz in den Arm. Noch immer fühlte er in diesen Momenten, so unverwundbar wie sorgenfrei zu sein.

»Komm«, löste sie sich von ihm, »es wird immer schlimmer. Philipp benötigt unsere Hilfe.«

»Noch schlimmer?«, fehlte ihm die Fantasie, wie sich das Unglück für ihren guten Freund noch steigern ließ.

Lene nickte bedauernd. »Aus seiner Sicht schon.«

Philipp Dunkerbeek sah blass aus. Der Verdacht, der auf Florian Stangassinger ruhte, lastete auch schwer auf ihm. Außerdem machte er sich Vorwürfe, weil er der Ansicht war, mit seinem Zaudern erst dessen Flucht ermöglicht zu haben.

Thomas Sprengel klopfte ihm aufmunternd auf die Schulter. »Das ist alles nicht so tragisch«, versuchte er die Stimmung ihres Gastgebers aufzuhellen. »Der findet sich schon. Mach dir mal keine Sorgen. Anders sähe das vielleicht bei einem Wiederholungstäter aus, der sozial nicht eingebunden wäre. Aber der Flodl kommt alleine schon wegen seiner Vroni zurück.«

Doch weder diese beruhigenden Worte noch die gleißende Sonne, die das Wohnzimmer flutete, waren in der Lage, Philipp Dunkerbeek ein Lächeln abzuringen.

»Der Strafverteidiger«, erklärte ihnen Viktoria anstelle ihres Mannes, »war vorhin kurz hier. Eure Kollegen waren sehr schnell. Es existiert ein Termin von Frau Sonnleitner beim Flodl in der Bank wegen eines Kredits, den er nicht bewilligt hat.«

Der Kommissar setzte sich erst einmal, um diese Nachricht zu verarbeiten. »Aber ...«

»Er scheint auch kein Alibi für die Unfallnacht zu haben«, unterbrach ihn Philipp Dunkerbeek. Angespannt klopfte er mit den Fingern seiner rechten Hand auf die Holzlehne seines Sessels. »Ich will einfach nicht glauben, mich so in ihm getäuscht zu haben.«

»Moment!«, wollte Lene Huscher dieses schnelle Urteil nicht zulassen. »Das fehlende Alibi kann sich bisher nur aus der Vernehmung seiner Partnerin ergeben haben. Wofür wollte Frau Sonnleitner diesen Kredit überhaupt bekommen?«

Philipp Dunkerbeek wedelte mit der Hand in der Luft, als sei das doch belanglos.

»Sie wollte sich mit Ayurveda-Massagen selbstständig machen. Dr. Weinbruch hat von einem Businessplan gesprochen, der sich in den Bankakten gefunden hat.«

»Immerhin soll der sehr seriös aufgemacht sein«, trug der Unternehmer nun doch zur Berichterstattung bei. »Dieser Umstand ist in hohem Maße belastend«, fügte er zerknirscht hinzu.

»Das sieht nicht gut aus«, gab Lene zu, die sich seitlich an den Rahmen der Terrassentür gelehnt hatte und es sich nicht nehmen ließ, während des Gesprächs das überwältigende Gebirgspanorama anzustaunen. »Aber nur, wenn man davon ausgeht, der Stangassinger sei es gewesen. Ihr seid jedoch beide davon überzeugt, dass er es nicht war, oder?«

Philipp nickte.

»Weiterhin«, bestätigte ihr Viktoria, die sich trotz ihres hohen Alters zu ihrem Mann auf dessen Sessellehne gesetzt hatte, um ihm liebevoll einen Arm um die Schulter zu legen.

Welch schönes Bild, wurde Lene bewusst, als sie die beiden betrachtete. Am liebsten hätte sie genau in diesem Moment ein Foto geschossen. »Dann lasst uns doch mal davon ausgehen, dass ihr recht habt«, wählte die Erste Kriminalhauptkommissarin, wegen deren höheren Dienstranges Hauptkommissar Sprengel zuweilen von Kollegen aufgezogen wurde, einen alternativen Ansatz. »Wie kommen die delikaten Bilder und Videos unter dieser Annahme auf seinen Rechner? Seine Vroni wird es sicherlich nicht gewesen sein. Hat sein Anwalt dazu etwas gesagt?«

»Nein«, schüttelte Philipp Dunkerbeek den Kopf. »Der ist noch damit beschäftigt, sich einen Überblick zu verschaffen. Über die Flucht seines Mandanten, den er zum Glück aufgrund meiner Fürsprache dennoch annimmt, war er verständlicherweise wenig begeistert.«

»Sehr gut«, schnellte Thomas Sprengel aus seinem dunklen Ledersessel hoch. »Lene! Wir wandern heute über den Rinnkendl-Steig. Und weil wir da ohnehin mehr oder weniger vor ihrer Haustür parken, schauen wir doch grad noch bei Frau Berg rein. Was hältst du davon?«

Seine Frau schmunzelte. Es war nicht zu übersehen, wie sehr es ihren Mann drängte, seine Scharte vom Vortag wieder auszuwetzen. »Zwei Dinge sprechen dagegen. Ich kann mir nicht vorstellen, dass die sehr erfreut über deinen Besuch sein wird.« Sie hielt inne, um seine Reaktion abzuwarten, die jedoch ausblieb. »Außerdem habe ich Viktoria versprochen, Annabel vom Sport abzuholen.«

»Schon gut, Liebes«, mischte sich die ältere Dame, ohne zu zögern, ein. »Ich verschiebe meinen Friseurtermin. Erstens gibt es wichtigere Dinge und zweitens hat Thomas vollkommen recht. Ihr habt Urlaub. Heute ist der perfekte Tag für die kleine Wanderung. Wer weiß, wie lange das Wetter noch hält. Du wirst sehen, wie schön der Blick zum Schluss von der Archenkanzel ist. Sputet Euch. Dann könnt ihr in Bartholomä zu Mittag essen. Der Bachsaibling wird frisch im See gefischt. Ein Gedicht«, schwärmte die Norddeutsche, der niemand im Hinblick auf die Frische von Fischen etwas vormachte.

Ein bisschen mulmig war es Thomas Sprengel dann doch, nochmals bei Vroni Berg aufzukreuzen. Sie hatten einen Rucksack gepackt, sich ihre Wanderkleidung angezogen und waren schließlich mit dem Auto auf den vollkommen überfüllten Besucherparkplatz unterhalb der Bergbahn gefahren. Erst nach einigem Suchen hatten sie gefühlt den letzten freien Parkplatz ergattert. Inzwischen näherten sie sich dem alten Bauernhaus, das aufgrund sehr sorgfältig durchgeführter Renovierungen viel von seinem alten Charme beibehalten hatte. Lene klingelte, obwohl die Tür offen stand. Kurz darauf hörten sie Schritte auf der Treppe, auf deren Stufen Vroni Berg erschien, die, wie Lene fand, äußerst mitgenommen aussah.

Die Kommissarin begann das Gespräch in der Hoffnung, von ihrem Mann sowie dem gestrigen Tag abzulenken. »Guten Tag, Frau Berg. Mein Name ist Lene Huscher«, stellte sie sich kurz vor. »Und ehrlich gesagt«, sie lächelte, »bin ich ein Fan Ihres Partners.«

»Wollen´S mich auf den Arm nehmen?«, zeigte die sich wenig geschmeichelt, während sie festen Schrittes auf sie zukam. »Deshalb wollte der Herr Sprengel ihn wahrscheinlich auch festnehmen lassen.«

»Frau Berg«, schaltete sich der Kommissar ein. »Ich bin mit der festen Meinung hierhergekommen, dass sich auf dem Computer Ihres Partners nichts von dem befindet, was auf Frau Sonnleitners Notebook gespeichert ist. Ich war genauso überrascht wie alle anderen. Eigentlich hätte ich Herrn Dunkerbeek raten müssen, direkt zur Polizei zu gehen.«

Die drahtige, sehr durchtrainierte Frau mit den blond gefärbten Haaren verschränkte direkt vor ihnen in der Haustür stehend die Arme. Kritisch schätzte sie ihren Besuch ab. Nach einigem Zögern fragte sie schließlich doch: »Was wollen´S?«

»Das Ehepaar Dunkerbeek ist von der Unschuld Ihres Partners überzeugt«, erklärte Lene Huscher. »Wir stellen uns deshalb die Frage, ob irgendjemand Zugriff auf sein Notebook gehabt haben könnte.«

Vroni Berg blickte ins Leere, schnaufte. »Eigentlich nicht, außer mir natürlich.«

»War es vielleicht nach Frau Sonnleitners tragischem Autounfall bei einem Servicetechniker?«, bot ihr der Kommissar eine weitere

Möglichkeit an.

Die ehemalige Athletin kniff leicht die grauen Augen zusammen, als wollte sie erneut abschätzen, wie ernst ihrem Besuch das Anliegen war. Dann blickte sie leicht nach unten, bevor sie wortlos den Kopf schüttelte.

Hinter den Heidelberger Ermittlern hielt ein Auto. Sie schauten nur kurz über die Schulter. Zu ihrer Verwunderung stand dort ein Streifenwagen, aus dem einer der Polizisten ausstieg, bei dem Thomas Sprengel am Morgen den Jungen abgegeben hatte. Kaum hatte der erkannt, wen er vor sich hatte, schwollen dem Mann in Uniform die Venen an den Schläfen zu dicken Strängen an.

»Sie wagen es auch noch«, brüllte er fast, »meine Schwester schon wieder zu belästigen. Habts Ihr nichts Besseres zu tun, als unschuldige Bürger zu verfolgen oder Buben aufs Revier zu bringen? Ist´s Euch dahoam vielleicht zu langweilig oder wie dirf i des versteh´n? Schleichts Euch, aber sofort!«

»Ist schon gut«, wollte Vroni ihren Bruder beruhigen.

»Nix is guat«, ließ sich der kernige Beamte keineswegs davon abhalten, seinem Ärger Luft zu machen. »Ich sag´s nicht noch einmal«, funkelte er die beiden Heidelberger zornig an.

»Wir gehen ja schon«, zog Lene ihren Mann am Arm zur Seite. »Danke, Frau Berg, dass Sie sich Zeit für uns genommen haben. Auf Wiedersehen.«

Beim Weggehen registrierte sie noch, wie nachdenklich ihnen die ehemalige Weltklasseathletin hinterhersah.

Thomas Sprengel war einigermaßen frustriert. Da musste er sich von so einem Landei anblaffen lassen und hatte darüber hinaus noch ein schlechtes Gewissen. Dabei konnte er nun wahrlich nichts für die eindeutigen Daten auf Stangassingers Computer. Auch Lene Huscher zeigte sich enttäuscht von ihrem erfolglosen Versuch, auf einen entlastenden Hinweis zu stoßen. Doch als sie sich der drängelnden Menschenmenge näherten, die sich über das kleine Sträßchen zwischen Geschäften und Restaurants hindurch zum Königssee schob, beschlossen sie, ihren Fehlschlag zu verdrängen, um möglichst ungetrübt ihren Urlaubstag zu genießen.

Vor den Bootsanlegern herrschte ein Gedränge wie im Schluss-verkauf. Sie beobachteten, wie ein weiteres Boot aus einem der Bootsschuppen auf den See glitt, um der Massen Herr zu werden. Die zahlreichen Enten lebten angesichts vieler Touristen, die Brot-krumen verteilten, derzeit wie die Maden im Speck. Schließlich er-gatterte das Heidelberger Paar trotz des enormen Andrangs eine Sitzbank im Heck eines der formschönen Schiffchen und glitt laut-los über das grüne Wasser. Thomas Sprengel legte seinen Arm um Lene, die sich für eine blaukarierte Bluse entschieden hatte, wäh-rend Thomas ein schlichtes T-Shirt vorgezogen hatte, das nur noch entfernt an bessere Tage erinnerte. Dieses Mal durften sie einen Hornbläser an der Echowand vor Ort miterleben, bevor das Boot in Bartholomä anlegte.

»Das ist hier ja vollkommen überrannt«, stellte Lene konsterniert fest. »Na ja, kein Wunder bei dem Wetter.«

Thomas schaute auf seine Uhr. »Es ist noch zu früh für ein Mit-tagessen«, stellte er fest. »Wenn du magst, holen wir uns lieber beim Fischer zwei Bachsaiblinge und suchen uns später ein lauschi-ges Plätzchen mit Ausblick.«

»Einverstanden.«

Aber das dauerte eine Weile, weil der Verkaufsstand geradezu gestürmt wurde. Mit ein wenig Drängeln war es Thomas Sprengel jedoch in akzeptabler Zeit gelungen, zwei eingeschweißte Pracht-exemplare der begehrten Ware zu ergattern.

Danach schlenderten sie am Ufer entlang, bis sie auf den Steig abbogen, der sich zunächst unter Bäumen den Hang unterhalb des Kleinen Watzmanns in die Höhe schlängelte. Als die Bäume wichen, wurde es recht heiß, weil sie schutzlos der gleißenden Sonne aus-gesetzt waren, die ihnen derzeit ungewöhnliche Höchsttemperatu-ren bescherte. Belohnt wurden die beiden für ihre Anstrengungen mit einem herrlichen Blick über den See, das ehemalige Kloster so-wie die umliegenden Berge, von denen ihnen der Jenner mehr oder weniger gegenüberstand. Nachdem sich der Rinnkendl-Steig ein weiteres Mal eng um einen Ausläufer des steilen Hangs herumgewunden hatte, blieb Thomas für eine Trinkpause stehen.

»Da drüben ist der Kessel«, zeigte er auf eine Bootsanlegestelle auf der gegenüberliegenden Seeseite, die nur bei Bedarf angefahren wurde. »Dort könnten wir auch eine schöne Tour machen.«

»Verlockend«, kommentierte Lene, nachdem sie die Flasche abgesetzt hatte. »Sieht man von hier, wo dir der Flodl durch die Lappen gegangen ist? ... Lass gut sein, sonst sind wir nur noch *damit* beschäftigt«, wollte sie das Thema lieber vermeiden. Doch es war zu spät.

Ihr Mann rieb sich kurz das Kinn. »Nein«, schüttelte er den Kopf, »die Archenwand vor uns ist im Weg.«

»Ach so.« Sie schob die Flasche zurück in die Seitentasche des Rucksacks. »Gehen wir weiter.« Sanft drückte sie gegen ihren Mann, der die Bergwelt auf der anderen Seite des Sees inzwischen nachdenklich betrachtete.

»Moment«, ließ er sich jedoch nicht so einfach manövrieren, sich durchaus bewusst, den schmalen Weg zu blockieren, sodass Lene nicht einfach an ihm vorbeikam. »Ich frage mich gerade, wo der hin ist.«

»Geh schon«, drängelte sie weiter. »Wir wollten die Wanderung genießen. Das ist nicht unser Fall.«

»Ich bin da aber hineingezogen worden«, protestierte ihr Mann. »Spätestens als mir der Typ abgehauen ist.« Immerhin setzte er sich auf dem schmalen Pfad wieder in Bewegung. »Wenn der neben dem Wasserfall bis nach oben geklettert ist«, überlegte er laut, »hätte er südlich Richtung Gotzenalm und Obersee gelangen können, am Wasserpalfen vorbei zum Stahlhaus, hinter dem direkt die deutsch-österreichische Grenze verläuft – oder zurück nach Königssee.«

»Und?«, zeigte sich Lene zunächst wenig bereit, detektivisch tätig zu werden.

Abrupt drehte sich ihr Mann zu ihr um. Beinahe hätte Lene ihn gerammt. »Sei doch keine Spielverderberin!«, bat er sie, während er seine Sonnenbrille ein Stück nach unten zog, um ihr schöne Augen zu machen.

Lene musste angesichts des durchschaubaren Manövers lachen. Sie gab ihm einen Kuss, bevor sie ihn vorsichtig wieder in Gehrichtung drehte. Der Hang fiel neben ihnen fast senkrecht ab. »Gut«, zeigte sie sich kooperativ. Zum Nachdenken benötigte sie ihre Augen schließlich nicht. »Was sollte er in Österreich? Hat der überhaupt Geld dabei?«

»Nee«, antwortete ihr Mann, der sich ganz nah an die ansteigende Hangseite quetschte, um ein Ehepaar vorbeizulassen, das ihnen entgegenkam. »In seiner Kopflosigkeit hat der alles zuhause gelassen, falls Frau Berg nicht gelogen hat.«

»Also müsste er von dort mit jemandem Kontakt aufnehmen«, schlussfolgerte Lene. »Das dürfte ohne Geld und Telefon unpraktisch sein.«

»Oder Bekannte haben«, erweiterte ihr Mann die Optionen. »In dem Fall werden wir ihn kaum finden.«

»Das hat aber doch keine Perspektive für ihn«, schränkte sie ein. »Vor allem wenn wir davon ausgehen, dass er unschuldig ist.«

»Auch wieder wahr.«

Sie kletterten über eine Holzleiter, über die sie in einer Rinne steil nach oben gelangten, nach der sich erneut Wald um sie schloss. Die schattige Kühle genießend ließen sie eine Gruppe Männer passieren.

»Wenn ich deinen Gedanken von vorhin konsequent zu Ende denke«, blieb der Kommissar plötzlich stehen, »dann ergibt auch der Weg nach Süden an der Gotzenalm vorbei keinen Sinn. Dort befinden sich zwar überall Hütten, aber du hast recht: Wie lange will er sich denn irgendwo verstecken?«

»Vielleicht hofft er auf einen schnellen Beweis seiner Unschuld.«

Thomas Sprengel verzog zweifelnd das Gesicht. Den Kopf schüttelnd setzte er den Weg schweigend fort.

Lene konnte von hinten förmlich das Rattern der kleinen Rädchen hören, die sich im Kopf ihres Mannes bewegten. Sie genoss es hingegen, inzwischen fast auf gleichbleibender Höhe durch den angenehmen Schatten spendenden Wald zu wandern.

Kurz vor dem Abzweig zur Archenkanzel wandte sich der Kommissar endlich an sie. »Weißt du, was ich denke?«

Sie schaute den neben ihr auf dem breiter gewordenen Weg Gehenden fragend an.

»Der hat bestimmt im Wald die Nacht abgewartet«, erklärte ihr Mann völlig überzeugt, »um im Schutz der Dunkelheit nach Hause zurückzukehren.«

Lene runzelte die Stirn. »Meinst du?«

»Was spricht denn dagegen?«, zuckte Thomas mit den Schultern. »Die Polizei war schon da. Dort sucht keiner mehr. Außerdem siehst du vom Haus aus jeden schon von Weitem, der kommt.«

»Hm«, schien die Kommissarin diesem Gedanken ernsthaft eine Chance zu geben. »Wow.«

Sie waren die letzten Meter zum Aussichtspunkt »Archenkanzel« leicht abschüssig gegangen. Von dort bot sich Lene Huscher ein berauschender Blick über den in der Sonne glitzernden See, die Landzunge mit dem Kloster sowie das gesamte Steinerne Meer mit dem prominenten kegelartigen Halsköpfle im Vordergrund.

Lene schmiegte sich an ihren verschwitzten Mann. »Viktoria hat mir nicht zu viel versprochen«, war sie absolut begeistert von dem Panorama.

»Was für ein schöner Tag«, stimmte er ihr zu.

Nachdem sich der Aussichtsplatz schlagartig geleert hatte, breiteten sie sich auf einer der Sitzbänke aus, einfach um die Zeit zu genießen.

»Wie wäre es«, schlug Thomas vor, »wenn wir unseren Bergsaibling *hier* verspeisen?«

»Perfekt, mein Schatz. Aber es sind Bachsaiblinge«, korrigierte sie ihn.

Er grinste verschmitzt. »Ein Bachsaibling, der auf einen Berg getragen wurde, ist ein Bergsaibling.«

Lene lächelte milde angesichts des zuweilen eigenwilligen Humors ihres Mannes. Bei der Gelegenheit fiel ihr die Bemerkung des Polizisten wieder ein. »Sag mal, was ist das für eine Geschichte mit dem Buben, von dem unser aufgebrachter Kollege vorhin sprach?«

Thomas zuckte unmerklich zusammen, hatte er inzwischen doch

geglaubt, seine Frau hätte diesen Teil der Tirade vergessen. Während er den Fisch aus seiner Folie befreite, blieb er zunächst vage: »Ich habe einen Teenager auf der Wache abgegeben.«

Seine Frau merkte auf. »Warum das?«

Er blickte kurz hoch. »Wegen Beleidigung und Nötigung.«

Trotz oder eben wegen des Pokerfaces hinter seiner Sonnenbrille erkannte sie, dass es ganz so banal nicht sein konnte. »Muss ich dir jeden Wurm aus der Nase ziehen?«, wurde ihre Stimme schärfer.

»Der Bachsaibling ist erstklassig, lecker«, schwelgte er zunächst. »Ich habe zufällig mitbekommen, wie dieser Widerling Annabel belästigt hat«, gestand er ihr schließlich. »Wie ist dein Fisch?«

»Super«, gab es für Lene nichts zu meckern. »Zufällig? Könntest du mir jetzt endlich die ganze Geschichte erzählen! Sonst hängt dir mein Fisch gleich quer im Gesicht.«

Daraufhin erzählte Thomas ihr anstandslos, was sich am frühen Morgen zugetragen hatte. Lene brach in schallendes Gelächter aus. »So einen Unsinn kannst nur du dir ausdenken«, kommentierte sie amüsiert. »Hoffentlich hilft´s.«

»Du erhebst keine Einwände?«, war ihr Mann erstaunt.

»Habe ich doch bei Krämer auch nicht, oder?«, tat sie so, als sei das nicht weiter ungewöhnlich.

Kapitel 15

Heiner Janetzky hatte sich bereit erklärt, die umliegenden Freibäder abzuklappern. Er würde an diesem Tag nicht mehr im Präsidium erscheinen, falls er nicht frühzeitig einen Treffer bei der Suche nach der Gruppe junger Männer erzielte. Die Phantombilder hatten sich zwar im Einzelnen als wenig aussagekräftig erwiesen, konnten aber aufgrund der Charakteristik hinsichtlich der gesamten Gruppe zu einem Wiedererkennen beitragen. Franz Hilpertsauer kümmerte sich um UPS-Lieferfahrzeuge, nachdem der Medizinstudent von einem dunklen Transporter gesprochen hatte, auf dem er ein Logo hatte ausmachen können, das dem von UPS zumindest sehr geähnelt hatte. Horst Jung war damit beschäftigt, den Personenschutz für Frau Dr. Schneider zu organisieren sowie die Tage bis zu dem Anschlag zu rekonstruieren. Als er zum wiederholten Mal an der Frage hängen geblieben war, wer von deren Anwesenheit bei den Gründungssitzungen der PEP hatte wissen können, warf er frustriert seinen Bleistift auf den Schreibtisch. Um sich für ein paar Minuten abzulenken, schaute er bei Frau Stöckl im Büro vorbei.

»Möchten Sie auch einen Kaffee?«, erkundigte er sich bei ihrer Sekretärin.

Die blickte überrascht auf. Nach einem kurzen Moment des Innehaltens nahm sie ihre Lesebrille ab. Zu deren lilafarbenem Gestell hatte sich Thomas Sprengel nur hinter vorgehaltener Hand geäußert, nachdem er sich einst mit einem Kommentar zu ihrer Kleidung eine längere Eiszeit eingehandelt hatte. »Gerne, junger Mann«. Sie schmunzelte. »Das ist doch mal gelebte Gleichberechtigung. Der Sekretärin wird der Kaffee gebracht.«

Wenig später kam der Kommissar zurück, der ihr eine dampfende Tasse auf den Schreibtisch stellte. »Mit Milch, ohne Zucker.«

»Wie aufmerksam«, fühlte sich Frau Stöckl von der Geste geschmeichelt, obwohl sie seine Mutter hätte sein können. Doch auf den Kopf gefallen war sie deshalb nicht. »Wo drückt der Schuh?«

Horst Jung setzte sich ihr gegenüber auf einen Stuhl. »Muss denn immer alles einem Hintergedanken folgen?«, zeigte er sich irritiert über ihre Ansprache.

»Es ist trotzdem nett von Ihnen«, beruhigte sie ihn. »Nur wie oft haben Sie mir in den letzten – sagen wir – fünf Jahren einen Kaffee gebracht?«

Der Kommissar überlegte. »Kein einziges Mal?«

»Genau«, bestätigte sie ihm schonungslos. »Es gab aber auch keinen Anlass dafür«, relativierte sie der Fairness halber.

»Wenigstens an Ihren Geburtstagen sollten wir das ändern«, wirkte er ehrlich zerknirscht. »Es ist nur angemessen, so einer netten und guten Kollegin seine Wertschätzung zu zeigen.«

Frau Stöckl strich sich kurz über ihre schulterlangen Haare. Für

Schmeicheleien war sie stets empfänglich. »Frauen haben doch nie Geburtstag«, flötete sie, fing aber nicht wie sonst an zu schäkern, sondern wurde sofort wieder sachlich. »Wie kann ich helfen?«

»Nichts Konkretes«, schüttelte Horst Jung den Kopf. »Ich musste nur mal mit jemandem reden, weil ich mich immer wieder an derselben Stelle festbeiße.«

Sie nickte, während sie ihre Kaffeetasse absetzte. »Herr Sprengel sitzt auch manchmal abends in sich versunken im Büro. Er registriert dann kaum, wenn ich mich verabschiede. Aber meistens geht es am Folgetag ein gutes Stück voran. Woran beißen Sie sich denn nun fest?«

»Woher sollte gestern jemand wissen, dass unsere OB an der Sitzung teilnimmt?«, kondensierte er sein Problem zu einer Frage.

»Die Täter könnten ihr gefolgt sein.«

»Einverstanden.« Aber er hob einen Zeigefinger. »Dann verstehe ich nicht, warum sie nicht beim Verlassen des Hauses ...«, zögerte er, »na, liquidiert wurde.«

»Weil es noch zu hell war?«, fand sie umgehend eine überzeugende Erklärung. »Der Taxifahrer stand im Weg, ein Passant kam vorbei ...«

»Soweit will ich Ihnen gerne folgen«, versicherte er der erfahrenen Sekretärin, »aber wenn Sie den Gedanken zu Ende denken, verschiebt sich das Rätsel, wer frühzeitig von ihrer Anwesenheit gewusst hat, nur auf die erste Sitzung, an der sie teilgenommen hat.«

»Und?«

Entwaffnet saß der Kommissar für einen Augenblick da, bevor er schwach anmerkte: »Frau Schneider ist sich sicher, dass bis auf Herrn Winkler niemand davon gewusst hat.«

Frau Stöckl fixierte ihn forschend, während er aus purer Verlegenheit an seinem Kaffee nippte. »Ich denke, Sie drücken sich nur davor, die logischen Schlüsse daraus zu ziehen.«

»Die da wären?«, erkundigte er sich, ohne sich anmerken zu lassen, dass ihm solche Psycho-Sprüche auf die Nerven gingen. Mit ihr wollte er es sich auf keinen Fall verscherzen.

Sie zuckte mit den Schultern. »Entweder Schneiders Einschätzung ist falsch oder Winkler gehört zu den Tätern.«

Horst verschluckte sich fast, weil sie diesen Verdacht völlig beiläufig ausgesprochen hatte. »Professor Winkler? Das glauben Sie jetzt nicht im Ernst, oder?«

»Was ich glaube«, belehrte sie ihn zutreffend, »spielt hier überhaupt keine Rolle. Ich folge lediglich der sich aus den bisher bekannten Fakten ergebenden Logik. Falls uns wesentliche Erkenntnisse fehlen, wird sich ein neues Bild ergeben.«

Das Telefon auf ihrem Schreibtisch klingelte. Horst Jung verabschiedete sich mit einem kurzen Handzeichen, während Frau Stöckl das Gespräch entgegennahm. Ungern gestand er sich ein, dass sie mit ihrer Diagnose ihn betreffend nicht ganz danebengelegen hatte. Er konnte sich den Professor einfach nicht als Mittäter vorstellen. Dagegen sprach die Aussage des Taxifahrers, der ihn als schockiert sowie mental gelähmt beschrieben hatte. Allerdings kam es nicht selten vor, dass Menschen, die in ein Verbrechen hineingezogen wurden, erst nach der Realisierung bewusst wird, was sie eigentlich getan haben. Gut! Er benötigte eine Teilnehmerliste beider Sitzungen, die er höchstwahrscheinlich von Winkler bekam. Auf diese Weise konnte er dessen Reaktion und Kooperationsbereitschaft gleich mal testen. Da sollte noch einer behaupten, Kaffeepausen seien verschwendete Arbeitszeit.

Susanne Adam stattete ihrem Freund am Nachmittag einen Besuch ab. Dazu musste sie nur von ihrem Arbeitszimmer im Bürotrakt des Sportinstituts der Universität Heidelberg über den Mittelgang des Sportkomplexes in das Dienstzimmer der Hausmeister schlendern. Dort erwischte sie Heiko Gans vor dem Computer mit einem Bissen Kirschkuchen im Mund.

»Aha«, neckte sie ihn, »so schwer arbeiten nachmittags also unsere Hausmeister. Das beobachte ich ja nicht zum ersten Mal.«

Er grinste nur frech. »Immerhin hast du dieses Mal etwas an und stotterst nicht.«

»Sehr witzig.« Wenigstens trat ihr nicht mehr der Schweiß auf die Haut, wenn sie an ihren Leichenfund erinnert wurde. Sie kam um den Schreibtisch herum, hinter dem sie sich mangels einer zweiten Sitzgelegenheit auf Heikos Schoß platzierte. »Was machst du denn überhaupt?« Neugierig vertrieb sie den Bildschirmschoner, scrollte durch die Seite, während sie sich ungefragt ein großes Stück des Kuchens genehmigte, der wirklich fruchtig schmeckte. »Nicht schlecht. Ich bin dabei«, kommentierte sie die beschriebene Klettersteigroute über den Hohen Göll. Sie ließ sich träumerisch in seine Arme zurücksinken. »Du glaubst nicht, wie sehr ich mich auf unseren Kurzurlaub in den Bergen mit Lene und Thomas freue.«

»Ich mich auch«, stimmte Heiko zu. »Ihr Vorschlag, doch auch ein paar Tage zu kommen, war super. Sonst wären wir wohl vorerst nirgends mehr hingefahren.« Liebevoll umschlang er seine in lässige Sportkleidung verpackte Freundin, deren straffen Körper er immer wieder gerne spürte.

»Und du möchtest diesen Klettersteig gehen?«, hakte sie nach. »Der ist sicher nichts für Ariane.«

»Ist das ein Ausschlussgrund?«, zeigte er sich überrascht. »Ich dachte, wir müssen nicht immer zusammen herumglucken.«

Susanne drehte ihren Kopf und biss ihm in die Nase. »Das wollte ich damit nicht infrage stellen. Ich habe nur überlegt. Außerdem freue ich mich auch auf ein wenig Zeit für uns.« Sie ließ ihren Kopf langsam auf seine Schulter sinken. »Brauchen wir eigentlich noch irgendetwas? Einen Helm habe ich nicht.«

»Der scheint mir nicht nötig zu sein«, schüttelte Heiko den Kopf. »Aber meine Beine behaupten, du bist schwerer geworden.«

»Kann nicht sein«, widersprach sie ihm, ohne sich einen Zentimeter zu rühren. »Fahren wir eigentlich mit zwei Autos oder passen wir samt Gepäck in eins?«

Heiko richtete sich mit Nachdruck auf, um an seinen Kuchen zu gelangen. »Wenn du unabhängig sein willst, wären zwei besser«, überlegte er, bevor er Susanne und anschließend sich eine Gabel davon in den Mund schob.

»Hm«, war sie nicht ganz zufrieden, »ich werde mal das ÖPNV-Angebot checken. Vielleicht ist es ja sogar ganz lustig, den Zug zu nehmen«, erweiterte sie ihren Gedankengang.

»Och nee«, zeigte sich ihr Liebster unwillig. Selbst seine Beine ermüdeten schlagartig noch stärker, sodass sie einschliefen. Bestimmt schob er sie von seinem Schoß. »Das kostet uns eine Menge Zeit. Die werden kaum Zehn-Minuten-Takte fahren wie bei uns.«

Susanne schnaubte, auch wenn sie sich seinem Argument nicht vollends entziehen konnte. »War ja nur so eine Idee«, bestand sie nicht darauf, unter Umständen in einem Bahnwagen mit defekter Klimaanlage gegrillt zu werden. Sie gab ihrem erleichtert wirkenden Freund einen Kuss. »Ich muss weiter. Mein Kurs beginnt gleich.«

»Schade.« Er zog sie kurz an sich, so als wollte er sie nicht gehen lassen. Während sie sich in die Augen schauten, schob Susanne ihre Hände unter sein T-Shirt. »Möchtest du noch etwas essen, wenn du heute Abend nach Hause kommst, oder willst du gleich zum Nachtisch übergehen?« Nur ganz leicht berührte sie seine Lippen.

Eigentlich hatte Franz früher nach Hause kommen wollen, um mit Ekaterina zum Yoga zu fahren. Aber dann er hatte er sich doch entschieden, Marvin Loffer nochmals aufzusuchen. Die regionale Fahndung nach einem braunen Transporter hatte bisher zu keinem Ergebnis geführt. Zudem hatte er festgestellt, dass kein UPS-Depot ein Fahrzeug vermisste. Sein Gefühl behauptete jedoch steif und fest, der Taxifahrer habe möglicherweise eine entscheidende Kleinigkeit vergessen. Zu seinem Glück traf er den jungen Mann in Eppelheim an. Dort wohnte dieser in einer 1-Zimmer-Wohnung im Parterre eines neueren Mehrfamilienhauses.

»Es ist sehr nett, dass Sie nochmals Zeit für mich haben«, bedankte sich der Kommissar, nachdem ihn Marvin Loffer hereingebeten hatte.

»Keine Ursache«, wiegelte der ab. »Wissen Sie schon, wie es Frau Dr. Schneider geht?«

»Offiziell ist sie tot, doch es besteht keine Lebensgefahr mehr«, war Franz Hilpertsauer sichtlich erleichtert über die Nachricht, die Horst Jung am frühen Nachmittag gesendet hatte. »Es sieht sogar so aus, als könnten wir sie morgen bereits befragen. Aber das müssen Sie absolut für sich behalten«, schaute er Marvin Loffer mahnend an. »Ich erzähle Ihnen das auch nur, weil Sie ihr das Leben gerettet haben.«

»Ich verstehe, klar«, nickte der Student. »Das freut mich. Vielleicht hat sie ja den Transporter bemerkt. Sie hat während der gesamten Fahrt nur schweigend aus dem Fenster geschaut.«

»Sie haben sich nicht mit ihr unterhalten?«, wunderte sich der Kommissar.

Marvin Loffer lachte. »Die Kunst des Trinkgeldes besteht darin, sich auf den Fahrgast einzustellen. ... Setzen Sie sich«, bot er seinem Besuch einen Stuhl an, der zu einem kleinen Esstisch neben einer winzigen Küche gehörte.

»Danke. ... Ich habe UPS abgeklopft. Die waren sehr hilfsbereit, aber es ließ sich zweifelsfrei feststellen, dass keiner ihrer Transporter zur fraglichen Zeit im Harbigweg gewesen sein kann. Wie sicher sind Sie sich mit dem Logo?«

Der Befragte sog die Luft tief durch die Nase ein, bevor er antwortete. »Es war sehr dunkel. Das Licht reichte kaum bis dorthin, schon gar nicht hinter die Büsche und Bäume. Ich kann es nicht mit Bestimmtheit sagen. Vielleicht war es auch nur ein ähnliches Logo oder eben eine Fälschung. Insofern kann ich meiner Aussage nichts hinzufügen.«

»Erinnern Sie sich sonst vielleicht an ein Detail, sei es auch aus Ihrer Sicht noch so bedeutungslos?«

Der Student rieb sich angestrengt über seine kurzen Bartstoppeln. Nach langem Schweigen schüttelte er schließlich den Kopf.

Franz Hilpertsauer fluchte innerlich, weil er befürchtete, die Spur nicht weiter verfolgen zu können. Nachdenklich starrte er auf das Protokoll von Loffers erster Vernehmung, das er sich auf seinem Remarkable nach vorne geholt hatte; praktisches Gadget. »Sie haben ausgesagt«, war ihm beim Durchlesen eine Kleinigkeit aufgefallen, »Sie hätten den Transporter anfahren *sehen*.«

»Ja.«

»Haben Sie den auch anfahren *hören*?«, wollte der Kommissar eine präzisere Auskunft.

»Uff«, lehnte der Student sich in seinem Stuhl zurück und verschränkte die Hände auf dem Kopf. Erst nach einer längeren Pause erwiderte er: »Sie fragen Sachen!«

»Tut mir leid«, setzte der Kommissar eine schuldbewusste Miene auf. »Es könnte mir helfen.«

Marvin Loffer versuchte die dominierenden Bilder von der Verletzten in seiner Erinnerung zur Seite zu schieben. Wie war das genau gewesen? *Ich steige aus dem Wagen, als ich Frau Dr. Schneider mit dem älteren Herrn aus dem Gebäude kommen sehe. Danach schließe ich die Fahrertür, weil sie auf meiner Seite einsteigen würde. Die Autotür klackt, nur leise dringen klappernde Geräusche sowie Stimmen aus zwei offenen Fenstern. Eine Katze faucht. Ich sehe die OB stolpern. Da sie umgerissen wird, schwenkt mein Blick reflexartig in die entgegengesetzte Richtung. Meine Augen nehmen den dunklen Transporter wahr. Der Gedanke, diesem hinterherzulaufen. Der Schrei der Oberbürgermeisterin. Stille. Leises Klappern. Die Entscheidung, zunächst helfen zu müssen. Das Klacken des Türgriffs, als ich das Telefon aus dem Wagen hole.* Gedanklich ging er noch einmal zurück. *Leises Geklapper und eine Stimme. Der Schrei.* »Ich kann mich nicht erinnern«, wandte er sich schließlich an den Kommissar, »einen Automotor gehört zu haben. Verlassen Sie sich aber nicht zu sehr darauf. Es ging alles so schnell. Außerdem hatte die Hilfe für die Verletzte umgehend Priorität.«

»Das kann ich verstehen«, nickte Franz Hilpertsauer. »Dennoch eröffnet mir Ihre Information vielleicht einen neuen Ermittlungspfad.«

Überrascht schaute der Student ihn an. »Würden Sie mir verraten, welchen?«

Der Kommissar stand auf. »Das darf ich leider noch nicht. Aber ich verspreche Ihnen, es Ihnen zu erklären, bevor Sie als Zeuge in einem Prozess aussagen müssen.«

»Sie machen mich neugierig, Herr Kommissar.«

»Jetzt bin ich aber neugierig«, erwiderte Bea, die allseits beliebte Barfrau im »Peppers«, die ein Bierglas spülte.

Heiner Janetzky saß in »seiner« Nische hinter der Tür an der Bar, in der er sich an einer »Abendsonne« festhielt. Diesen Damencocktail hatte ihm Bea einmal verordnet, als es ihm psychisch weniger gut gegangen war. Auch heute fühlte er sich angeschlagen. Der Tag war für ihn ein Flop gewesen. In keinem der Bäder hatte sich bisher ein Hinweis auf die Männergruppe gefunden. Da er aber den Großteil seiner Zeit im Auto verbracht hatte, sollte das noch nichts heißen. Immerhin hatte er die Möglichkeiten im Odenwald abgearbeitet, die er aufgrund kleinerer, weniger gut ausgestatteter Freibäder priorisiert hatte.

»Heiner?«, drang Beas Stimme schlagartig wieder zu ihm durch. »Was wolltest du mich fragen? Du bist ja ganz abwesend.«

Der Kommissar druckste herum. »Vielleicht lieber doch nicht.« Plötzlich verließ ihn der Mut, obwohl er extra gewartet hatte, bis alle Kollegen den üblichen Stammtisch im »Peppers« verlassen hatten. Franz kam inzwischen ohnehin seltener, weil er meist mit Ekaterina zum Yoga fuhr. Thomas und Lene waren im Urlaub. Nicht einmal Horst war da gewesen, sodass ihn alle gelöchert hatten, ob er den Auftrag hätte, für das Morddezernat Flagge zu zeigen.

Die Barfrau kam zu ihm herüber. »Was ist los? Du hast mir schon öfter dein Herz ausgeschüttet«, legte die zierliche Frau ihm eine Hand auf den Unterarm. »Aber ich möchte dich selbstverständlich nicht drängen.«

»Würde es dich erregen«, platzte es förmlich aus ihm heraus, »wenn dich jemand beim Sex beobachtet?«

Bea verschränkte die Arme und zog den Kopf mit den langen blonden Haaren zurück. Unwillkürlich hatte sie ihre persönliche Schutzzone vergrößert, weil sie nicht einschätzen konnte, wodurch diese Frage an sie motiviert war. »Fragst du mich das, weil Männer dergleichen von einer Lesbe erwarten, von wegen anormal und daher hemmungslos?«

Heiner Janetzky erschrak, sein Puls beschleunigte sich. »Um Gottes willen, nein«, war er entsetzt. Fast hätte er sein Cocktail-Glas mit einer fahrigen Armbewegung umgerissen. »Ich kenne sonst niemanden, den ich das fragen könnte. ... Gib mir bitte einen doppelten Schnaps.«

»Nee«, entspannte sich die Barfrau angesichts Heiners Reaktion. »In deinem Zustand ist Alkohol nichts. Nipp an deiner ›Abendsonne‹! Das muss reichen.«

»Tut mir leid«, wirkte er zerknirscht, »ich wollte dir nicht auf den Fuß treten.«

»Bist du nicht«, versicherte sie ihm.

Als Heiner ihr in die blauen Augen schaute, war er überzeugt davon, dass sie das auch so meinte.

»Wovon reden wir?«, hakte sie nach. »Von der Vorstellung oder von der Realität?«

Heiner Janetzky erzählte ihr daraufhin, wie sich Theresa am Vorabend verhalten hatte.

Bea kniff für einen Moment die Augen zusammen, wandte sich aber schnell ab, weil sie vermeiden wollte, dass er ihre Miene interpretierte. »Ich hole mir ein Bier. Moment.« Konnte sie sich so geirrt haben? Sie hatte geglaubt, Theresa sei die richtige Partnerin für den Kommissar. Zumindest hatte sie den beiden eine gute Prognose gegeben. Ihre Menschenkenntnis galt unter den Gästen des »Peppers« immerhin als legendär. Während sie das Pils zapfte und zwischendurch zwei verspätete Nachtschwärmer abkassierte, überlegte sie, was sie Heiner antworten sollte. Immer noch unschlüssig kehrte sie schließlich mit ihrem Pils zu ihrem Sorgenkind zurück. »Prost«, stieß sie mit ihrem Glas, das eine perfekte Blume zierte, an seinen Cocktail.

»Auf dein Wohl«, nahm der Kommissar ebenfalls einen Schluck seines alkoholfreien Getränks. Von seinem Schreck hatte er sich leidlich erholt. Inzwischen kam ihm seine Frage völlig unangemessen vor. »Tu einfach so, als hätte ich nichts gesagt.«

Überrascht hob sie die Augenbrauen. »Ich habe kein Problem damit.« Lächelnd fuhr sie fort: »Du willst nicht wissen, womit ich hier manchmal konfrontiert werde.« Achtsam stellte sie ihr Glas ab, bevor sie ihm nochmals anbot: »Möchtest du eine Antwort?«

»Schon«, nickte er, bevor er das Kinn auf seine Hände stützte.

»*Ich* finde«, sie klemmte sich eine blonde Strähne hinter ihr rechtes Ohr, »es kommt darauf an, was ein Paar vereinbart hat. Da ihr bisher nie darüber gesprochen habt, würde ich mich an deiner Stelle fragen, ob es *mich* erregt hat. Hat es das?«

Er lief erneut rot an. »Irgendwie schon.«

»Also hast du nur ein Problem mit deiner Vorstellung darüber, was *man* macht und was nicht«, stellte sie nüchtern fest. »Wenn das alles ist, was dich beschäftigt, kann ich dir nur sagen, vergiss es. Hätte ich mir verboten, lesbisch zu sein, wäre ich nie glücklich geworden.« Sie hatte sich auf einen Barhocker gesetzt, auf dem sie entspannt mit dem Rücken an dem Flaschenregal hinter der Theke lehnte.

Heiner kaute nachdenklich auf seiner Unterlippe, konnte seine diffuse Gefühlslage aber nicht präziser in Worte fassen. Schließlich antwortete er unwirsch: »Bei der ganzen identitätspolitischen Unterstützung durch linke Parteiflügel dürfte das wohl kein Problem mehr darstellen.«

»Oha«, spöttelte Bea, ein Schmunzeln unterdrückend, um den Kommissar nicht zu verletzen, »da ist aber einer knurrig.«

Heiner Janetzky sah sie schuldbewusst an. »Das geht überhaupt nicht gegen dich«, betonte er. Nach einer kurzen Pause, während der die Barfrau ihn nur erwartungsvoll angeschaut hatte, fuhr er fort: »Mir ist doch völlig egal, wie jemand orientiert ist, solange niemand erschlagen wird. Wie sieht das aus deiner Perspektive aus?«

»Als Betroffene?«, verzog Bea skeptisch den Mund.

»So habe ich das nicht gemeint«, protestierte der Kommissar, der sich fühlte, als bewegte er sich auf Glatteis.

»Ich hatte nie Probleme«, resümierte sie nach kurzer Überlegung. »Aber das mag auch an meinem Beruf liegen. Insbesondere meine männlichen Gäste schätzen es, wenn sie mir ohne Schwanzvergleich ihr Herz ausschütten können.« Sie zuckte mit den Achseln.

Heiner hätte sich angesichts der Formulierung beinahe verschluckt.

»Was hast du?«, runzelte Bea die Stirn. »Männer neigen dazu, immer die Größten sein zu wollen, und messen das an eher seltsamen Indikatoren. Aber im Ernst, ich finde es auf der einen Seite schon wichtig, Respekt gegenüber jedermann und -frau in den Köpfen zu verankern. Auf der anderen Seite habe ich nicht den Eindruck, diesen über eine unreflektierte Toleranz gegenüber bestimmten Merkmalen erreichen zu können.«

»Das würde aber doch Akzeptanz bedeuten«, war dem Kommissar noch nicht klar, wie sie das meinte.

Bea schüttelte den Kopf. »So einfach erscheint es mir eben nicht. Lass mich ein anderes Wort benutzen. Ich kann etwas hinnehmen, aber daraus folgt noch keine von Respekt getragene Akzeptanz. Vielmehr führt die immer weiter um sich greifende Betonung von Unterschieden, meines Erachtens, nicht dazu, die Gesellschaft zu einen, weil letztlich Unterschiede verankert werden, die überhaupt keine Rolle spielen sollten.«

»Was schlägst du vor?«, hakte er nach. »Wir sind uns doch einig, dass Handlungsbedarf besteht, oder nicht?«

»Ohne Zweifel«, stimmte sie ihm zu. »Aber *ich* will beispielsweise nicht als Lesbe betrachtet werden, sondern als Mitmensch, ganz unabhängig von meiner sexuellen Orientierung. Darüber braucht sich niemand seinen Kopf zu zerbrechen. Ich empfände es daher als zielführender, die Diskussion weg von peripheren Merkmalen hin zu essenziellen Eigenschaften zu lenken.«

Der Kommissar drehte sein Cocktail-Glas in den Händen. »Du meinst«, glaubte er ihren Gedanken fortsetzen zu können, »grundlegend auf Mitgefühl und Hilfsbereitschaft hinzuwirken?«

»Zum Beispiel«, bestätigte Bea ihm. »Rücksichtnahme wäre auch nicht schlecht. Vor lauter Toleranz wird aber zunehmend vergessen, *gegenseitige* Rücksicht einzufordern. Unter uns ist eine Studentin eingezogen, die mir beschieden hat, ich solle nicht so spießig sein, weil ich sie immer wieder bitten muss, morgens früh ihr Radio nicht so laut aufzudrehen. Aber *ich* komme eben erst um ein oder zwei Uhr ins Bett. Die hat bestimmt keine Vorbehalte gegen eine lesbische Barfrau. Nur konkret nutzt mir das nichts, weil ich davon auch nicht mehr Schlaf bekomme.«

»Hm«, presste Heiner die Lippen aufeinander. »Ich verstehe deinen Standpunkt. Aber wie willst du auch nur im Ansatz ein Umdenken bei Männern gegenüber Frauen erreichen?« Gespannt sah Heiner sie über sein Glas hinweg an, das er gerade ansetzte.

»Pffh«, verzog Bea genervt das Gesicht, »mit Gendersternchen jedenfalls kaum.«

Heiner Janetzky lachte angesichts ihrer Grimasse. »Da scheinst du mir aber alleine auf weiter Flur zu stehen.«

Die Barfrau beugte sich vor. Ihre blauen Augen blitzten kämpferisch auf. »Hast du in letzter Zeit mal einen wissenschaftlichen Text gelesen?«

»Nö«, schüttelte Heiner den Kopf.

»Sonja absolviert einen MBA in Österreich. Ich sage dir«, sie stieß ihr Bierglas so ruckartig in seine Richtung, dass ihr beinahe der Inhalt übergeschwappt wäre, »vor lauter gendergerechter Sprache fällt es ihr manchmal schwer, überhaupt noch den Inhalt zu erfassen. Das ist absurd.«

»Nur meckern gilt aber nicht«, forderte er sie heraus.

Bea zuckte mit ihren schmalen Schultern, während sie sich wieder an das Flaschenregal zurücklehnte. »Ich würde in geraden Jahren die eine und in ungeraden Jahren die andere Form verwenden.«

»Das ist nicht dein Ernst«, musste Heiner schmunzeln.

»Warum nicht?«, blieb sie ungerührt. »Wenn Autoverkehr in Städten nach den Zahlen auf dem Nummernschild geregelt werden kann, warum dann nicht auch die Ausdrucksweise? Es wäre auf jeden Fall leichter zu sprechen, zu lesen und zu schreiben. Im Übrigen scheint es mir wichtiger, Stereotype aufzubrechen, die mit der Geschlechtszugehörigkeit verbunden sind.«

Der Kommissar strich sich über sein Kinn. »Männer in Vorstandsetagen gehen lieber mit Männern um, weil man sich leichter bei Zigarre und Whiskey arrangieren kann?«

Sie hob die Augenbrauen. »So – oder noch radikaler. Lade mal eine Frau im Zuge einer Promotion in ein Bordell ein. Wie soll das gehen? Männer müssen sich folglich anders *verhalten* als bisher. Das ist natürlich sehr unbequem. Aber da liegt doch der entscheidende Knackpunkt. Man hat festgestellt, dass Vorstände Frauen erst ab einer Quote von dreißig Prozent im Gremium unabhängig von ihrem Geschlecht und dadurch bedingter Vorurteile wahrnehmen. Die Zubilligung von Kompetenz hängt tatsächlich von deren Anzahl ab. Das ist kaum zu glauben.«

»Aha«, zeigte sich der Kommissar ehrlich erstaunt. »Deshalb die Regelung für Konzerne. Aber das wird in kleineren Betrieben wohl zu keinem Umdenken führen.«

»Eher nicht«, stimmte sie ihm zu, »wenn ich meine Bekannten so erzählen höre. Da klingt eher tiefstes Mittelalter durch.« Sie hielt inne und schaute ihn wieder direkt an. »Kannst du eigentlich ausschließen, dass dein Problem mit Theresas Verhalten nicht aus der für dich von ihr vorgenommenen Rollenzuweisung entsteht?«

Diese Frage kam wie aus dem Hinterhalt, sodass sie den Kommissar unvorbereitet traf. Als Bea sein entgleisendes Gesicht wahrnahm, tat ihr diese Mutmaßung umgehend leid. »Sorry, Heiner«, entschuldigte sie sich. »Ist mir nur so spontan als weitere Möglichkeit für dein Unbehagen eingefallen.« Sie lächelte schuldbewusst.

Heiner lachte seinerseits verlegen auf. »Ich weiß nicht«, gestand er, ohne nachhaltig beleidigt zu sein. Dafür schätzte er die Barfrau viel zu sehr. Für einen Moment ließ er die Worte in sich nachklingen. »Darüber muss ich nachdenken, aber ich danke dir für das interessante Gespräch und deine Offenheit.« Er prostete ihr zu. »Auf dein Wohl!«

»Gerne«, hob sie ihm ihr Glas entgegen. »Es wäre sicherlich gut«, merkte sie noch an, »wenn *ihr* ein offenes Gespräch über eure Wünsche und Erwartungen führen würdet.«

Heiner Janetzky verzog unwillig sein Gesicht. »*Das* gehörte bereits bei meiner Exfrau nicht zu meinen Stärken, wie du weißt.«

Die Barfrau zog missbilligend ihre Augenbrauen zusammen. »Mit wem bitte sollte dir das gelingen, wenn nicht mit Theresa?«

»Mit dir offensichtlich«, merkte Heiner eher scherzhaft an.

»Das Thema ist durch, oder?«, war es Bea wichtig, eine Grenze zu ziehen, auch wenn sie die Ironie in seiner Stimme wahrgenommen hatte. »*Ich* bin nur die Notärztin.«

Kapitel 16

Lene Huscher saß auf einer Isomatte mit dem Rücken an einen Baum gelehnt. Die Tageswärme hatte bisher kaum merklich nachgelassen. Deshalb befand sich die Fleecejacke, die sie sich in Erwartung kühlerer Temperaturen in höheren Lagen zugelegt hatte, noch in ihrem Rucksack. Die wurde momentan selbst von der extrem dünnen Kommissarin noch nicht benötigt, der ansonsten schnell einmal zu kalt war. Auf eine Thermosflasche mit heißem Schwarztee hatte sie jedoch nicht verzichtet, weil die Dauer ihres Sit-ins nicht abzuschätzen war. Deshalb stand auch zu befürchten, dass es im Laufe der Zeit frischer werden würde. Trotz dieser Unwägbarkeiten stellte sich bei ihr eine romantische Stimmung ein, als der Sonnenuntergang hinter Watzmann und Grünstein ein intensives Farbenspiel zauberte, bis sich langsam aber stetig Dunkelheit über den Ort legte. Immer mehr Lichter gingen in den Häusern in dem Teil Schönaus an, der quasi direkt vor dem Königssee lag. Für all das hatte Thomas Sprengel keinen Blick übrig, weil er inzwischen konzentriert durch ein Zielfernrohr mit Nachtsichtfunktion schaute. Das hatte er sich von Philipp Dunkerbeek ausgeliehen, der es auf Nachfrage des Kommissars kurzerhand von einem seiner Jagdgewehre montiert und ihm zur Verfügung gestellt hatte. Die Heidelberger Ermittler saßen am Koppenstein am Rande eines kleinen Wäldchens, von wo aus sie ungehindert auf den rückwärtigen Teil des Grundstücks von Vroni Berg und Florian Stangassinger blickten. Lene hatte ihren Mann nicht davon abhalten können, seiner favorisierten Idee nachzuspüren, der zufolge der Ex-Rodler in sein Haus zurückgekehrt war. Alleine hatte sie ihn dann auch nicht losziehen lassen wollen. Aber im Grunde genommen war ihr Plätzchen ganz lauschig, inklusive Blick auf den Watzmann mit seinen Kindern.

»Tut sich was, Monsieur Maigret?«, konnte sie sich eine kleine Stichelei nicht verkneifen, strich ihm dabei aber zärtlich über den Rücken.

Ihr Mann grummelte angesichts dieser potenziellen Respektlosigkeit. »Bisher nicht, aber es ist ja noch nicht allzu lange dunkel.«

»Ich ziehe dich nur ein wenig auf«, gab sie unumwunden zu. »Ich hoffe nur, dass bald etwas passiert. So reizend es hier ist, mein Bett wäre mir doch lieber.«

»Du hattest nicht mitkommen müssen«, verteidigte sich Thomas gegen einen Vorwurf, den sie ihm gar nicht gemacht hatte.

»So war das nicht gemeint«, deeskalierte sie zunächst, um daraufhin gleich wieder zu spötteln. »Mitgefangen, mitgehangen. Einer muss schließlich auf dich aufpassen.«

»Du wirst schon sehen«, gab sich ihr Mann überzeugt.

»Na, das hoffe ich doch«, erwiderte sie mit Nachdruck, »sonst säßen wir hier auch noch umsonst herum.«

»Du kannst jederzeit zurückfahren«, bot er ihr an. »Ich komme schon klar.«

»Und du kommst *wie* nach Hause?«

»Ich kann mir ein Taxi rufen.«

Lene umschlang ihren Detektiv mit beiden Armen. »Mal schauen.« Da sie sich aber nicht nur als moralisch aufbauendes Dekor betrachtete, nahm sie sich das ebenfalls bei ihrem Gastgeber requirierte Fernglas, um in die beleuchteten Fenster zu spähen. Sie ging zwar nicht davon aus, Florian Stangassinger hinter einem der Fenster zu sehen; doch die meisten Vorhänge im Haus waren noch nicht zugezogen, sodass sie erstaunlich weite Einblicke in das Innere bekam, wenn auch überwiegend auf den unteren Teil der Räume.

Eine halbe Stunde geschah zunächst nichts. Ein Mal hatte Lene ein paar Beine durch ein Zimmer im Erdgeschoss gehen sehen. Ihr wurde bereits langweilig, auch wenn es weiterhin an ihren Baum gelehnt recht gemütlich war. Da tat sich endlich etwas im Haus.

»Kannst du erkennen, wer das ist?«, wollte ihr Mann wissen, der mit seinem Fernrohr nicht unmittelbar ins Licht schauen durfte.

»Das ist Vroni Berg«, erwiderte sie, während die Physiotherapeutin an allen Fenstern sorgfältig die Vorhänge zuzog. »Es bleibt kein Spalt offen«, stellte Lene fest. »Aber das muss natürlich noch lange nicht be...«

»Da!«, jubilierte der Kommissar aufgeregt. »Irgend...«

»Nicht so laut«, zischte Lene Huscher ihn an. »Das schallt hier ganz schön weit.«

Mit unterdrückter Stimme setzte er noch einmal an. »Ich konnte nicht erkennen, wer aus der alten Scheune hinter dem Haus herausgekommen ist«, erklärte er ihr elektrisiert, »aber derjenige ist schnellen Schrittes zur Hintertür gerannt und im Haus verschwunden. Das kann nur der Flodl gewesen sein.«

Selbst die Kommissarin empfand eine Form von Jagdgefühl. Dennoch stellte sie nur lapidar fest: »Ihr Bruder wird es wohl weniger gewesen sein.«

»Wir haben ihn!«, frohlockte Thomas Sprengel, behielt jedoch weiterhin das Haus im Auge.

»Und wie sieht dein weiterer Plan aus?«, erkundigte sich Lene. »Willst du ihn der hiesigen Polizei melden?«

Erstmals wandte ihr Mann ihr den Blick zu. »Bist du verrückt? Und wenn er das nicht ist? Nee.«

»Also?« Dass sie wie üblich, wenn sie Zweifel hatte, eine Augenbraue hob, blieb ihm in der Dunkelheit verborgen.

Nachdenklich nahm er die Observierung wieder auf. Nach einigen Minuten zückte er schließlich sein Telefon. »Ich habe eine erstklassige Idee.«

Eine halbe Stunde später tauchten Scheinwerfer auf dem Besucherparkplatz von Königssee und Jenner auf, die sich langsam den Hang aufwärts der Seilbahnstation näherten, vor der sie in die Brandnerstraße schwenkten. Dort verschwanden die Leuchtkegel hinter Stangassingers Haus auf dessen Vorderseite.

»Ja! Da ist er wieder«, bestätigte Thomas seiner Frau nur wenige Augenblicke später. »Wie ein Wiesel ging es zurück in die Scheune. Wir haben ihn!«

Die Kommissarin behielt die erleuchteten Teile des Hauses ebenfalls im Auge. Nach zwanzig Minuten sah sie schließlich die Rücklichter eines Golfs, der sich auf demselben Weg von dem Haus entfernte, auf dem er gekommen war.

»Jetzt bin ich aber gespannt«, sagte Lene mehr zu sich selbst.

»Dasselbe Spiel«, erläuterte Thomas ihr ungefähr eine Viertelstunde darauf. »Eine Person huscht aus der Scheune hinten zum Haus hinein.«

»Dann los«, forderte seine Frau ihn auf, während sie das Fernglas im Rucksack verstaute und die Isomatte zusammenrollte. Derweil packte Thomas das teure Zielfernrohr vorsichtig ein. Danach machten sie sich im Lichtkegel einer kleinen Stirnlampe auf den Rückweg zu einer privaten Zufahrtsstraße, an der sie ihr Auto kurzerhand in einer Ausweichstelle abgestellt hatten. Wenig später hielt die Kommissarin an einer Kreuzung, um ihren Mann aussteigen zu lassen, bevor sie den Weg zur Talstation der Seilbahn fortsetzte. Während sie dort an der Bushaltestelle wartete, setzte sie das Blaulicht, das sich immer im Wagen befand, auf das Autodach. Als ihr Telefon wenig später klingelte, startete sie den Wagen und lenkte ihn in die Brandnerstraße. Kurz bevor Lene das observierte Haus erreichte, schaltete sie das Blaulicht ohne Sirene ein, hielt aber so vor dem Gebäude, dass das Kennzeichen von keinem Fenster aus zu erkennen war.

»Was ist denn heute los?«, wunderte sich Vroni Berg, weil sie hörte, wie erneut ein Fahrzeug direkt am Haus geparkt wurde. Rasch erhob sie sich, um hinter einem der Vorhänge sehr vorsichtig nach draußen zu linsen. »O nein«, fuhr ihr der Schreck in die Glieder, als sie das Blaulicht funkeln sah, jedoch nicht erkennen konnte, wer aus dem Auto stieg. »Die Polizei – mit Blaulicht«, drehte sie sich fassungslos um. »Das ist nicht gut, sonst hätte uns mein Bruder wie versprochen gewarnt. Schnell!«

Ihr Partner hastete aus dem Raum in den Flur, gefolgt von Vroni Berg, die sich mit leisen Schritten zur Haustür begab.

Es klingelte.

Panisch schaute Vroni Berg zum hinteren Ende des Gangs, wo der Ex-Rodler die Hintertür aufriss.

Es klingelte länger und aggressiver.

Sie umfasste bereits die Türklinke. Während sie den Schlüssel langsam drehte, schloss sich leise die Hintertür.

Florian Stangassinger zog die Tür zu, lief an – und schlug der Länge nach hin. Kaum berührte er den Boden, spürte er ein Knie im Rücken. Sein rechter Arm wurde erbarmungslos nach hinten gedreht und sein Kopf seitlich hart gegen die Platten gedrückt, bevor er überhaupt begriffen hatte, was geschehen war.

»Guten Abend, Herr Stangassinger«, war eine gewisse Zufriedenheit in der Stimme nicht zu überhören. »Wir sollten uns mal unterhalten. Finden Sie nicht?«

Der Ex-Rodler versuchte sich zu befreien. Doch er gab die Bemühungen auf, als der Druck nur deutlich zunahm, mit dem er auf den Boden gepresst wurde. »Wer sind Sie?«

»Thomas Sprengel«, gab sich der Kommissar zu erkennen. »Ich war gestern mit Herrn Dunkerbeek bei Ihnen.«

»Nehmen´S mich halt fest«, fügte sich der fixierte Gefangene in sein Schicksal, »aber ich war das nicht.«

In der Hintertür tauchte Lene Huscher mit Vroni Berg auf, der Tränen aus den Augen schossen, als sie ihren Lebensgefährten am Boden liegen sah. »Er war es doch nicht«, flehte sie den Kommissar an. »So glauben Sie uns doch.« Kraftlos rutschte die sonst so energiegeladene Frau am Türstock hinunter, ihr Gesicht in den Händen verbergend.

»Sie müssen uns nicht überzeugen«, erklärte ihr Lene, die die hilflose Sorge dieser Frau nachempfinden konnte. »Philipp Dunkerbeek hat seine Hand für Ihren Partner ins Feuer gelegt. Das ändert aber nichts daran, dass ein Verdacht besteht, der kriminalpolizeilich ausgeräumt werden muss.«

»Sie haben meine Frau gehört«, setzte der Kommissar an den Verdächtigen gewandt fort. »Ich schlage Ihnen vor, sich mit uns einmal in aller Ruhe zu unterhalten. Danach sehen wir weiter. Dafür versprechen *Sie* mir, keinen weiteren Fluchtversuch zu unternehmen.«

»Einverstanden«, signalisierte ihm der Angesprochene ein kooperatives Verhalten.

»Habe ich Ihr Wort?«, versicherte sich Thomas Sprengel noch einmal.

»Ohne Wenn und Aber.«

Der Kommissar löste seinen Haltegriff und half dem Hünen auf die Beine, während Lene Huscher Vroni Berg am Arm nahm, die noch nicht so recht glauben wollte, dass ihr Flodl nicht umgehend abgeführt wurde.

Vroni Berg hatte sie abwesend in ihre Wohnküche geführt. Dort saß Florian Stangassinger nun mit schuldbewusstem Gesichtsausdruck auf der Eckbank hinter dem großen Tisch aus massivem Kirschbaum. Thomas und Lene hatten auf zwei Stühlen davor Platz genommen. Vroni war noch dabei, allen einen Obstler einzuschenken. Langsam beruhigte sie sich.

»Wenn Sie nicht mit den Ermittlungsbehörden zusammenarbeiten«, erklärte die Kommissarin, »verschenken Sie die Möglichkeit, durch Ihre Aussage Einfluss auf die Richtung der Ermittlungen zu nehmen. Die sind zwar grundsätzlich verpflichtet, auch entlastende Tatsachen zu sammeln, aber bleiben wir realistisch. Nehmen Sie zum Beispiel den Abend, an dem Frau Sonnleitner verunglückt ist. Frau Berg gab an, zur fraglichen Zeit nicht mit Ihnen zusammen gewesen zu sein und sich auch an keinen Termin zu erinnern, den Sie an diesem Abend gehabt hätten. Folglich wird dieser Punkt erst einmal abgehakt. Nur Sie können das ändern.«

Florian Stangassinger nickte. Während er nachdachte, hob er das Schnapsglas. »Zum Wohl! Gott vergelts Ihnen!« Als er das kleine Gläschen abstellte, schüttelte er den Kopf. »Ich habe keine Ahnung, was ich an diesem Abend gemacht habe. Vroni hatte ihren Mädelsabend. Ich hatte definitiv mal keinen Termin. Deshalb werde ich wohl hier gewesen sein, wahrscheinlich alleine.«

»Was machen Sie gewöhnlich, wenn Sie alleine zuhause sind?«, hakte die Kommissarin nach.

»Nichts Besonderes. Ich schaue fern, surfe im Internet, schreibe E-Mails, lese ein Buch.« Florian Stangassinger zuckte mit den Schultern. »Was man halt so macht.«

»Das könnte helfen«, wurde Thomas Sprengel hellhörig, »falls Sie zum Beispiel versendete E-Mails noch gespeichert haben.«

Auf Vroni Bergs Gesicht spiegelte sich plötzlich ein Funke Hoffnung wider. »Du lernst doch seit Längerem Italienisch am Computer. Vielleicht ...«

Jetzt kam sogar Leben in den Verdächtigen. »Bestimmt habe ich an dem Abend ›Duolingo‹ genutzt«, war er überzeugt. »Die stellen teilweise Rohdaten zur Verfügung, die minutengenau auflisten, was der Nutzer wann geübt hat. Eventuell sind die auch noch für diesen Abend auf irgendeinem Server verfügbar.«

»Sehen Sie«, breitete Thomas Sprengel die Arme aus. »Ohne Ihre Mitwirkung kommt da natürlich niemand drauf.«

Florian Stangassinger nickte einsichtig.

»Gut«, zeigte sich der Kommissar zufrieden mit dem Ergebnis ihrer Unterhaltung. »Ich gebe Philipp Bescheid, damit der Ihren Strafverteidiger informiert. Von dem werden Sie im Laufe des Vormittags hören. Ich nehme an, er wird zu Ihnen kommen«, mutmaßte Thomas Sprengel.

»Sie lassen ihn nicht verhaften?«, platzte es aus Vroni Berg heraus, die von dieser Entwicklung so gerührt war, dass sie sich alle Mühe geben musste, weitere Tränen zu unterdrücken.

Die Kommissarin drückte ihr mitfühlend die Schulter. »Wir sind nur als Privatpersonen hier, die dem lebenserfahrenen Wort eines guten Freundes vertrauen. Aber ich würde Ihnen nicht empfehlen, noch mal zu verschwinden«, fügte sie mit einem drohenden Unterton an den Ex-Rodler gerichtet hinzu.

»Ich habe Herrn Sprengel mein Wort gegeben«, versicherte ihr Florian Stangassinger, der erleichtert wirkte. »Außerdem bin ich dankbar für dieses Gespräch, das mir zumindest eine Perspektive aufgezeigt hat, die besser ist, als den Kopf in den Sand zu stecken.«

Wenig später fuhren Lene und Thomas zurück in den Eberweinweg. Auf den Straßen herrschte fast kein Verkehr mehr.

»Haben wir das Richtige getan?«, kamen dem Kommissar doch Zweifel daran, einen des Mordes Verdächtigen auf freiem Fuß zu lassen, nachdem die erste Euphorie angesichts ihres Erfolgs abgeklungen war.

Lene streichelte seinen Oberschenkel. »Meine weibliche Intuition schlägt überhaupt nicht Alarm. Die Aussicht auf bessere Chancen bei einer Mitwirkung hat – schien mir zumindest so – nachhaltig zu einem Umdenken bei ihm geführt. Freu dich, dass dein Plan aufgegangen ist. Auch wenn du dafür Philipp extra darum bitten musstest, so spät zum Königssee rauszufahren. Das haben wir gut gemacht«, lobte sie sich ungeniert selbst.

Kaum hatten sie ihren Wagen im Eberweinweg abgestellt, eilte ihnen Philipp Dunkerbeek bereits mit sichtlich angespannten Gesichtszügen im Licht der sehr spärlichen Beleuchtung entgegen.

Kapitel 17

Nachdem Horst Jung seiner Frau Heike nochmals eingeschärft hatte, sich auf keinen Fall zu überanstrengen, war er in Hemd und kurzer Hose ins Präsidium aufgebrochen. Wie so häufig hatte er sich unterwegs in der Plöck in der Bäckerei »Göbes« einen Vanilleplunder sowie an diesem Morgen ein Croissant mitgenommen. Doch am Friedrich-Ebert-Platz hatte er wieder kehrtgemacht, um zusätzliche Vanilleplunder, Rosinenschnecken und Johannisbeerstreusel für seine Kollegen zu kaufen. Entsprechend kam er verspätet im Büro an, in dem – wie konnte es anders sein – nicht nur Hilpertsauer und Janetzky, sondern auch der Kriminaldirektor auf ihn warteten.

»Ah, da kommt auch unser Chef-Trainee«, feixte Jo Kühne heiter. »Nutzen Sie die temporär gewonnenen Freiheiten aus?«

An diesem Morgen ging es dem jungen Kommissar wie sonst Sprengel, der einfach nicht begreifen wollte, wie ein Mensch zu jeder Tageszeit dermaßen guter Laune sein konnte. Die überzeugendste Theorie hierzu lag in Kühnes sportlichen Aktivitäten. Das morgendliche Triathlontraining schien genügend Endorphine für den restlichen Tag freizusetzen. Aber Horst Jung war immerhin um keine Antwort verlegen. »Leider musste ich beim Bäcker länger warten.« Er hielt die Tüte mit den süßen Teilchen hoch. »Ich habe gestern ein richtungsweisendes Gespräch mit Frau Stöckl über die

Wertschätzung von Kollegen und Kolleginnen geführt. Da habe ich mir gedacht, Gebäck zum Kaffee wäre eine nette Geste.«

»Blumen wären kalorienärmer. In meinem Alter muss man sehr aufpassen«, schallte es aus dem Büro der Sekretärin herüber.

Irritiert runzelte Horst Jung die Stirn. »Wollen *Sie* vielleicht, Herr Kühne, bevor Sie einsam in Ihrem Büro verschwinden?«

Der wehrte jedoch mit beiden Händen ab. »Danke, aber das passt wirklich nicht in meinen Diätplan.«

Horst hielt die geöffnete Tüte in die Runde.

»Später«, schüttelte Franz Hilpertsauer den Kopf, »meine Linie ist ohnehin eher eine Kurve.«

Einzig der belegt wirkende Heiner Janetzky griff ungeniert zu. »Da sage ich nicht nein«, grinste er jedoch nur verhalten.

»Sehr gut«, rieb sich Kühne die Hände. »Da Sie bereits fit in Mitarbeiterführung sind, kann ich mir in Ihrem Fall die Kosten für ein Führungskräfteseminar sparen. Wunderbar.« Er stand auf. »Was muss ich sonst noch wissen?«

»Frau Dr. Schneider hat unglaubliches Glück gehabt«, berichtete Horst Jung. »Falls sich ihr Zustand nicht verschlechtert haben sollte, dürfen wir am Nachmittag für fünfzehn Minuten zu ihr.«

Jo Kühne sog hörbar die Luft ein. »Einen Anschlag auf unsere OB hätte ich nie im Leben für möglich gehalten.« Er wirkte nicht nur, er war absolut bestürzt. »Meine schlimmste Fehlentscheidung«, haderte der stets umsichtige Kriminaldirektor. »Ich nehme an, Personenschutz ist rund um die Uhr organisiert!«

Horst nickte, den seinerseits ein schlechtes Gewissen plagte, weil er sich mit der Hinzuziehung Kühnes aus der Verantwortung gestohlen hatte, wenn auch mit Zustimmung seiner Kollegen.

»Gut«, war Kühne zunächst zufrieden. »Wie geht es sonst voran?«

»Leider habe ich noch keinerlei Hinweise auf die mutmaßliche Tätergruppe im Tiergartenschwimmbad«, warf Heiner Janetzky mit vollem Mund ein, schluckte. »Aber ich bleibe dran.«

»Machen Sie mal«, war Jo Kühne federnden Schrittes bereits an der Tür. »Falls Sie Hilfe benötigen, melden Sie sich bitte. Viel Er-

128

folg.« Und schon war die Tür hinter ihm zugefallen.

Horst Jung angelte sich einen Johannisbeerstreusel aus der Tüte, bevor er von seinem Treffen mit Professor Winkler berichtete, der sich bedeckt gehalten, ihm aber die Anwesenheitslisten der beiden Abende kopiert hatte.

Franz Hilpertsauer warf einen Blick darauf. »Knapp fünfzig Teilnehme...nde«, merkte er holprig, aber beeindruckt an. »Das hätte ich nicht gedacht. Aber bringt uns das wirklich weiter?«

»Irgendwer muss von ihrer Anwesenheit ...«, begann Horst.

»Schon«, unterbrach Heiner Janetzky seinen jungen Kollegen, »nur wenn *ich* mit hinter der Tat stecken würde, wäre ich kaum so blöd, mich dort einzutragen.«

»Auch wieder wahr«, wirkte Horst Jung frustriert. »Also müssen wir alle Teilnehmer nach ihren Sitznachbarn befragen und die Verbindungsdaten aller Anwesenden für die betreffenden Zeiträume überprüfen. Wie ich meinen Job liebe.«

»Besser als in der Hitze auf der Autobahn den Belag zu erneuern«, erwiderte Heiner Janetzky latent gereizt, der an diesem Morgen nicht bereit schien, gegenstandsloses Gejammer zu ertragen.

Franz Hilpertsauer schaute kurz prüfend zu Heiner hinüber, schluckte aber eine Bemerkung herunter. Irgendetwas musste seinem Kollegen über die Leber gelaufen sein. »Okay«, richtete er den Blick auf die nächsten Stunden. »Jeder weiß, was er zu tun hat. Ich muss noch einen Anruf erledigen, danach helfe ich Horst. Ich nehme an, du kommst alleine zurecht, Heiner?«

»Klar«, nickte der Angesprochene. »Ich bin dann weg.« Grußlos verließ er das Büro.

»Was ist denn mit dem los?«, wandte sich Horst an Franz.

Der zuckte mit den Schultern. »Erwähnt hat er nichts.«

»Zoff zuhause«, erklang Frau Stöckls Stimme von nebenan.

Die beiden Männer betraten neugierig ihr Büro. »Woher wissen Sie das? Hat er mit Ihnen gesprochen?«

Die Sekretärin verzog den Mund, als hätten sie etwas Dummes gefragt. »Das sieht man doch.«

»Vielleicht hat er nur einen Strafzettel kassiert?«, mutmaßte

Horst Jung.

»Sie sind halt doch noch allzu jung, Herr Jung«, kalauerte sie. »Schauen Sie den Menschen mal in die Augen, dann werden Sie sehen, wovon ich rede.«

Horst und Franz schauten sich mit hochgezogenen Brauen an und trollten sich.

Allerdings hatte Franz Hilpertsauer sein Versprechen nicht halten können, seinen jungen Kollegen dauerhaft bei der Detailarbeit zu unterstützen. Inzwischen saß er in einem Dienstpassat, mit dem er an Frankfurt vorbei fahrend auf dem Weg nach Kassel war. Morgens hatte er als Erstes aufgrund des Hinweises von Marvin Loffer in ihrer Datenbank nach geklauten Streetscootern gesucht. Tatsächlich war vor zwei Wochen in Köln einem Blumengeschäft ein XL entwendet worden. Auf seine bundesweite Anfrage hatten Kollegen in Kassel viel schneller als von ihm erwartet eine Lackiererei ermittelt, die wenige Tage nach dem Diebstahl ein solches Fahrzeug umlackiert hatte. Vielleicht entwickelte sich seine Schlussfolgerung aus der Beobachtung des Studenten, nur gesehen, aber nicht gehört zu haben, wie der Transporter angefahren war, zu einer heißen Spur, ging es ihm durch den Kopf, als er bei Kassel von der Autobahn in den angrenzenden Industriepark abbog.

Das Gebäude der Firma Spuhler bestand aus einem gemauerten Bürotrakt mit großer Fensterfront sowie einer Arbeitshalle in Wellblechoptik. Als er auf das Gelände einbiegen wollte, wurde er von einem Audi E-Tron GT, schwarzer Mattlack, getönte Scheiben, aus der Gegenrichtung kommend, geschnitten, sodass er heftig bremsen musste. Genervt schüttelte der Kommissar den Kopf. Während er noch einen Parkplatz ansteuerte, beobachtete er, wie zu seiner Überraschung kein Mann, sondern eine kleine, blondierte Frau aus dem Wagen stieg, die eiligen Schrittes in der Tür zum Büro der Firma verschwand. Auf dem Weg dorthin blieb Franz Hilpertsauer kurz neben dem Luxuswagen stehen, dessen Form ihn an den TT erinnerte, bei dem eine priorisierte Designentscheidung zu verschiedenen Unfällen geführt hatte, die für die Fahrer tödlich ausgegangen waren. Die Masse vergaß schnell. Sportlich sah der E-Tron schon aus, gestand er sich ein, obwohl er sich noch keine abschließende Meinung zum Thema Elektro oder Wasserstoff gebildet hatte. Dass etwas geschehen musste, war ihm klar. Aber die frühzeitige Festlegung auf eine Technologie, die einen weiteren Technologiesprung benötigte, um existente Probleme und Nachteile zu beheben, erschien ihm zweifelhaft, weil mit zunehmenden Investitionen die einmal eingeschlagene Richtung kaum noch geändert werden konnte. Pfadabhängigkeit nannte man das Phänomen, wie er in einem Hintergrundartikel gelesen hatte. Leider nahmen vorschnelle Entscheidungen in den letzten Jahren zu, nicht zuletzt durch stetige Einflussnahme von Lobbygruppen. Er war gespannt, wie die koreanischen Autobauer mit der Wasserstofftechnik vorankamen. Aber im Grunde genommen ging der Kommissar ohnehin am liebsten zu Fuß. Sich vom Gegenstand seiner Betrachtung lösend, betrat er endlich das Büro.

»Guten Tag«, begrüßte ihn ein Mann in den Zwanzigern. »Wie kann ich Ihnen helfen?«

»Guten Tag. Kommissar Hilpertsauer, Kripo Heidelberg«, stellte er sich vor, »ich habe einen Termin mit Ihrer Geschäftsführung.«

»Ja, genau«, wusste der Mitarbeiter sofort Bescheid. Umgehend ging er zu einem mit Glas abgetrennten Büro, in dem ein Mann in Arbeitskleidung mit der blondierten Frau in ein Gespräch verwickelt war. »Sandra, kommst du bitte mal, der Herr von der Kripo ist hier.«

Die Frau mit randloser Brille schaute kurz zu ihm herüber, wandte sich danach jedoch erst wieder ihrem Gesprächspartner zu.

Franz Hilpertsauer beobachtete fasziniert, wie der junge Mann zu ihm zurückkam, während die Erwähnung der Polizei auf die Frau mittleren Alters scheinbar keinerlei Eindruck gemacht hatte. Das passierte ihm selten, passte aber zum Fahrstil der Dame, war demzufolge authentisch. Der Kommissar schmunzelte angesichts dieser Überlegung.

»Sie kommt gleich«, lächelte der Angestellte entschuldigend. »Möchten Sie vielleicht einen Kaffee?«

»Danke, nein«, schüttelte er den Kopf. Interessiert schaute er sich stattdessen an einer Wand hängende Fotos an, die diverse Fahrzeuge in zum Teil künstlerisch gestalteter Lackierung zeigten. Sogar eine Segelyacht war auf einem der Bilder abgelichtet.

Schneller als erwartet hörte er eine energische Stimme hinter sich. »Entschuldigen Sie, dass ich Sie habe warten lassen«, strahlte ihn die Dame trotz der forschen Redeweise in entwaffnender Weise an, als er sich zu ihr umdrehte. »Sandra Spuhler. Mein Mann wurde leider völlig überraschend aufgehalten. Deshalb bin ich erst auf den letzten Drücker von Peine rübergekommen.«

»Das erklärt immerhin Ihren Fahrstil«, konstatierte der Kommissar nachsichtig, während er ihren festen Händedruck erwiderte.

»Sie haben nie ein Training auf dem Nürburgring absolviert«, zeigte sie weiterhin keine Spur der Verunsicherung. »Kommen Sie bitte mit.«

Sandra Spuhler bat ihn, in dem Glasbüro Platz zu nehmen, das der zweite Angestellte verlassen hatte. »Es geht um einen Streetscooter, wenn ich meinen Mann richtig verstanden habe?«

»Exakt«, bestätigte ihr der Kommissar. »Wir ...« Er unterbrach sich, weil sie eine Notiz zu lesen begann, die auf dem Schreibtisch lag. Danach flitzten ihre manikürten Finger über die Tastatur. Ihre Augen huschten über den Bildschirm, ein Tastendruck und der Drucker surrte; dieser Vorgang wiederholte sich noch zwei Mal. Danach rollte sie mit ihrem Schreibtischstuhl zur Seite und nahm die Blätter zwar schnell, aber nicht hektisch an sich, wie dem Kommissar auffiel. Diese Frau schien auf Effizienz getrimmt zu sein.

»So!«, schaute sie ihn wieder in einer Weise offen an, als habe sie nie einen Hintergedanken. »Wir haben einen Streetscooter lackiert. Hier haben Sie zwei Bilder, vorher und nachher.« Sie reichte ihm zwei der Ausdrucke.

Das passte, sah der Kommissar auf einen Blick.

»Hier haben Sie noch eine Kopie des Fahrzeugscheins«, gab Frau Spuhler ihm das dritte Blatt.

Das erstaunte Franz Hilpertsauer dann doch. »Wieso haben ...«

»Unser Mitarbeiter hat gesehen, dass auf dem Fahrzeug Folien aufgeklebt gewesen waren; wie das kleinere Geschäfte bei ihren Lieferfahrzeugen machen«, antizipierte sie seine Frage. »Deshalb hat er unter einer fadenscheinigen Begründung den Fahrzeugschein verlangt, um einen Diebstahl auszuschließen.« Sie zuckte ohne die Spur eines Bedauerns mit den Schultern. »Das hat offensichtlich nicht gereicht.«

»Mich überrascht eher«, stellte der Kommissar fest, »dass die Täter darauf vorbereitet waren. Das Nummernschild wurde zwar sicherlich nochmals ausgetauscht. Aber vielleicht lässt sich herausfinden, wer den KFZ-Schein gefälscht hat.«

»Für uns wirkte es halt plausibel«, erklärte sie keineswegs im Ton einer Rechtfertigung. »Jemand aus Kassel übernimmt einen ausrangierten Firmentransporter.«

»Könnte ich den Mitarbeiter sprechen?«

Bedauernd schüttelte sie den Kopf. »Der ist im Urlaub auf Sardinien.«

»Ist er telefonisch zu erreichen?«, war seiner Stimme Enttäuschung anzuhören.

»Ich gebe Ihnen seine Nummer«, zeigte sie sich in jeder Hinsicht hilfsbereit, »aber ich kann Ihnen nichts versprechen. Wir erwarten von unseren Mitarbeitern nicht, im Urlaub erreichbar zu sein.«

Dankend nahm er ihre Notiz entgegen. »Ich habe gesehen, sie lackieren sogar Segelboote?«

»Segeln ist eine Leidenschaft meines Mannes«, erklärte sie offen, »die mir zuweilen Leiden in Form von Seekrankheit verschafft.« Sie lachte ergeben.

»Das ist nicht sehr angenehm.«

»Kann ich derzeit noch etwas für Sie tun?«, kam sie direkt auf sein Anliegen zurück, ohne unfreundlich zu wirken.

»Nein.« Er stand auf. Wobei er nicht hätte sagen können, ob sie sich vor oder nach ihm erhoben hatte.

»Wir stehen Ihnen jederzeit zur Verfügung«, versicherte sie ihm, während sie ihn nach draußen geleitete. »Es ist uns unangenehm genug, in einen Diebstahl verwickelt zu sein.«

»Sie haben mehr getan, als ich erwartet habe. Das mutmaßliche

Kennzeichen könnte uns eine Hilfe sein«, war er mit dem Ergebnis seiner weiten Fahrt doch zufrieden, auch wenn der fragliche Mitarbeiter nicht vor Ort war.

»Gute Heimfahrt«, wünschte Sandra Spuhler dem Kommissar. »Und meiden Sie Frauen, die es eilig haben.«

Sprachlos stand Franz Hilpertsauer da, während die Tür ins Schloss fiel. Frau Spuhler hatte es geschafft, ihn rauszuschmeißen sowie ihm einen frechen Spruch zum Abschied zu servieren. Dennoch blieb bei ihm keinerlei Animosität zurück. Die Dame hinterließ trotz ihres forschen Auftretens einen unschuldigen Eindruck. Eine interessante Kombination, ging es dem Kommissar auf dem Weg zu seinem Passat durch den Kopf.

Auf dem Rückweg versuchte er bereits den Mitarbeiter der Firma Spuhler auf Sardinien zu erreichen. Immerhin meldete sich eine Mailbox, auf der er eine Nachricht hinterließ.

Hoffentlich geht keine Mailbox dran, dachte Susanne Adam, weil sie mit ihrer Freundin Ariane klären wollte, wie sie nach Berchtesgaden kamen. Frustriert legte sie auf, als sich die befürchtete Mailbox einschaltete. Im Grunde genommen hätte sie das Institut bereits verlassen können, hatte sich jedoch vorgenommen, in der Bibliothek ein Detail für ihre Doktorarbeit nachzulesen. Kaum war sie dort, klingelte ihr Telefon.

»Da bist du ja doch«, freute sie sich über den Rückruf ihrer besten Freundin, während sie den stillen Raum verließ.

»Ich hatte nach einer Besprechung vergessen, das Ding wieder anzustellen«, erklärte ihr Ariane Dreieich. »Aber es schadet auch nicht, mal nicht erreichbar zu sein. Was gibt´s, Süße?«

»Ich habe gestern mit Heiko darüber diskutiert, wie wir nach Berchtesgaden kommen«, holte Susanne in der Hoffnung aus, Ariane würde von sich aus dieselbe Idee bevorzugen. »Habt ihr euch darüber bereits Gedanken gemacht?«

»Bis jetzt nicht«, kam es zögerlich zurück. »Aber wenn ich mir überlege, dass wir neben den Klamotten auch noch das Wanderzeug haben, brauchen wir sicher beide Autos. Unser Micra ist ohnehin zu winzig und euer Mégane erscheint mir angesichts des Gepäcks auch ein wenig beengt.«

Dass Heikos Mégane zu klein sein könnte, war Susanne noch nicht einmal in den Sinn gekommen, aber ein Raumwunder war der natürlich auch nicht. »Zu dem Schluss ist Heiko auch schon gekommen«, gab sie zu, »obwohl ich das total doof finde.«

»Wir können ja mal durchwechseln«, erwiderte ihre Freundin leichthin. »Dann lassen wir die Männer einen auf Männertalk machen und wir ... Uns fällt schon was ein. Sag mal, ich habe versucht, deinen Onkel zu finden, weil ich mir den Rücken verzogen habe, aber nichts hilft. Heinrich Engels ist doch richtig, oder?«

»Schon«, bestätigte sie ihrer Freundin, »aber der lebt nicht mehr in Heidelberg.«

»Der hat seine Heilpraxis aufgegeben?«, wunderte sich Ariane. »So alt war der doch noch gar nicht.«

Susanne stöhnte hörbar. »Er hatte die Nase voll. Aus seiner Sicht sind mediale und politische Äußerungen zur Komplementärmedizin immer weniger sachgerecht, aber stark interessengesteuert.«

»Womit ein weiterer kompetenter Anwender aufgegeben hätte«, war Ariane mehr mit der sie betreffenden Folge beschäftigt.

»Das stimmt wohl«, gab Susanne ihr recht. »Aber irgendwie verstehe ich ihn auch. Die Diskussion wirkt auf mich so, als wollte *ich dir* etwas über Astrophysik erzählen, nur weil ich studiert habe.«

»Aha«, blieb der einzige Kommentar ihrer Freundin dazu, die jedoch wie immer neugierig war. »Und was macht er jetzt?«

Susannes Tonfall nahm eine schwärmende Note an. »Er hat mit seiner Frau Alexandra ein Projekt auf Taha´a ins Leben gerufen.«

»Nicht wahr«, war die angehende Astrophysikerin beeindruckt. »Das klingt nach Südsee?«

»Das ist eine der Gesellschaftsinseln«, bestätigte Susanne. »Ich habe Bilder gesehen, da fängst du nur noch das Träumen an.«

»Nimm mich ja mit, falls du deinen Onkel besuchst«, verlangte Ariane bestimmt. »Der kommt wohl nicht mehr nach Heidelberg zurück.«

Susanne seufzte. »Eher nicht.«

Zurück in Heidelberg hatte Franz Hilpertsauer Horst Jung im Präsidium eingesammelt. Gemeinsam waren sie zur Thoraxklinik aufgebrochen, um Frau Dr. Schneider zu besuchen. Doch die hatte ihnen keine wesentlichen Auskünfte geben können. Ihrer Einschätzung zufolge war Professor Winkler über jeden Verdacht erhaben. Außerdem konnte sie sich in ihrer eigenen Partei in Heidelberg niemanden vorstellen, der über diese Art krimineller Energie verfügte. Und ja, sie hatte einen braunen Transporter bemerkt, der neben dem Gelände des Stadtjugendrings eingebogen war. Dann hatte eine Schwester auch schon darum gebeten, die Befragung zu beenden, um die Patientin keinesfalls zu überanstrengen.

Inzwischen saßen Horst Jung, Franz Hilpertsauer sowie Heiner Janetzky zusammen in Sprengels Büro, um die Ergebnisse des Tages auszutauschen.

»Auch wenn unsere OB wirklich nicht gut aussah«, stellte Franz fest, »hat sie doch immerhin ziemliches Glück gehabt. Da soll noch einer behaupten, es sei ungesund, hohe Absätze zu tragen.«

»Könnte man so sehen«, blieb Heiner Janetzky weiterhin auffallend mürrisch. »Ich habe leider keine Neuigkeiten«, kam er umgehend wieder auf ihre Ermittlungsarbeit zu sprechen. »Allerdings habe ich noch einige Bäder Richtung Pfalz vor mir.«

»Dem kann ich mich leider nur anschließen«, zeigte sich Horst Jung ebenfalls nicht in euphorischer Stimmung. »Die Verbindungsdaten der Versammlungsteilnehmer haben bisher zu keinem Ergebnis geführt. Während der Sitzungen sind weder Nachrichten versendet worden noch Anrufe rausgegangen.«

»Immerhin haben wir einen braunen Streetscooter, der bei dem Anschlag auf die OB eingesetzt worden sein könnte, der ...« Sein Telefon klingelte. Franz Hilpertsauer schaute auf die Nummer, die er Spuhlers Mitarbeiter zuordnete. »Moment!«, nahm er den Anruf gespannt entgegen.

»Kommissar Hilpertsauer«, meldete er sich. »Herr Orso, vielen Dank für Ihren Rückruf.« Er erklärte dem Urlauber, warum ihm dessen Chefin seine Nummer gegeben hatte. »Können Sie sich vielleicht noch an den Mann erinnern? ... Eine Beschreibung wäre ...« Der Kommissar stutzte einen Augenblick. »Herr Orso, ich würde Ihnen gerne Phantombilder per E-Mail schicken. Könnten Sie ... Habe ich. Ich melde mich dann noch mal.«

Selbst Horst Jung und Heiner Janetzky hatten inzwischen aufgemerkt. »Sprich.«

Franz Hilpertsauer war zu konzentriert mit seinem Smartphone beschäftigt, als dass er hätte antworten können. »Gleich.« Schließlich tippte er auf »Senden«. Danach schaute er erst wieder zu seinen Kollegen auf. »Der Tag könnte doch noch mit einem Paukenschlag enden«, stellte er in Aussicht. »Die Beschreibung des Fahrers des Streetscooters hat mich an die Phantombilder aus dem Bad erinnert. Wenn das zuträfe, ...«

»... wäre das zumindest ein Fünfer im Lotto«, vollendete Horst den Satz.

Franz sah die Tüte vom Morgen auf dem Schreibtisch. Angesichts der Spannung konnte er nicht mehr widerstehen, sich eines der süßen Teilchen zu nehmen, die den Tag bisher überlebt hatten. »Hat Frau Stöckl eigentlich doch noch zugegriffen?«

»Yep«, grinste Horst Jung breit. »Zwei Mal.«

»Schmecken prima«, urteilte Franz nach einem weiteren Bissen. »›Göbes‹, gell?«

»Du kennst meinen Arbeitsweg zu genau«, folgerte Horst.

»Nee«, widersprach sein älterer Kollege, »wir gehen dort auch des Öfteren hin. Ich ...« Unterbrochen wurde er durch einen Pieps seines Telefons. Sofort las er die eingegangene Nachricht. Danach wählte er erneut Orsos Nummer. »Hallo, ... Sind Sie sicher? ... Ja, stimmt. ... Das hilft uns durchaus. ... Wie lange sind Sie noch im Urlaub? ... Ich melde mich bei Ihnen. Vielen Dank. Schönen Urlaub noch. Wiederhören.« Zufrieden blickte er in die Runde. »Treffer, auch wenn er das Gesicht nicht detaillierter beschreiben kann.«

Beschwingt lief Horst Jung die Treppen zu ihrer Wohnung hoch, nachdem der Tag doch noch mit einem Lichtblick geendet hatte. Kaum hatte er die Wohnungstür geöffnet, rief er auch schon nach seiner Frau. »Hallo, Hasi, hier bin ich endlich.« Er schlüpfte aus seinen Sneakers, die er neben der Schuhkommode stehen ließ. Als er ins Wohnzimmer schaute, wurde ihm klar, warum Heike ihm nicht geantwortet hatte; sie telefonierte.

Seine Frau hielt kurz das Mikrofon zu. »Mein Vater.«

»Schönen Gruß«, flüsterte er zurück. Danach ging er in die Küche, in der zu seinem Leidwesen nichts für das Abendessen vorbereitet war. Sein erster Gedanke war, schnell beim Inder vorbeizugehen. Sein zweiter Gedanke wies ihn darauf hin, dass selbst zubereitetes Essen gesünder sein könnte. Ohne Lamento schaute er in den Kühlschrank, der für ein Abendessen ausreichend ausgestattet war. Angesichts der Temperaturen entschloss sich Horst, einen Salat vorzubereiten. Er legte sich die Zutaten neben die Spüle auf die Arbeitsplatte und setzte Wasser auf, um ein Ei zu kochen, als auch schon Heike in die Küche kam.

»Oh«, war sie überrascht, »was machst du denn da?«

»Ich richte uns einen Salat.«

Heike kam näher. Sanft drückte sie sich an den Rücken ihres Mannes. »Ich hatte gedacht, wir gehen in den ›Goldenen Stern‹.«

Horst drehte sich in ihren Armen zu ihr um. »Ich bin der Meinung, zuhause zu essen ist gesünder«, blieb er trotz der für ihn verlockenden Option bei seinem Vorsatz.

»Ich hätte jetzt eher übersetzt«, saß ihr der Schalk im Nacken, »dass die Morsezeichen in meinem Bauch ›Gyros‹ bedeuten.«

»Wenn das so ist«, zögerte ihr Mann nur einen Augenblick, bevor er sich aus der Umarmung löste, um den Herd auszustellen.

Heike räumte derweil den Salat zurück in den Kühlschrank.

Kaum fünf Minuten später saßen sie sich bei Kerzenlicht in der Studentenkneipe gegenüber. Sie hatten Glück gehabt. Im Allgemeinen war es kaum mehr möglich, spontan einen Tisch zu bekommen.

»Was wollte eigentlich dein Vater?«, fiel Horst der Anruf wieder ein.

»In erster Linie jammern«, fiel Heike jetzt erst auf. »Er ist außer sich, weil mal wieder eine Vermögenssteuer im Gespräch ist.«

Die Bedienung brachte ihnen Peperoni als Vorspeise, ein Helles für Horst sowie eine Saftschorle für Heike.

»Und?«, erfasste er den Grund der Aufregung nicht, während er in eine Peperoni biss.

»Er regt sich fürchterlich auf«, erklärte sie ihm, »weil er für sein – wie er sagt – Erspartes bereits Einkommenssteuer und diverse Kapitalertragssteuern gezahlt hat. Außerdem stammt ein Teil von seinen Eltern, auf den bereits Erbschaftssteuer angefallen war.«

Ihr Mann zuckte nur mit den Schultern. »Bringt doch ohnehin kaum zusätzliche Einnahmen. Unsere Politiker sollten lieber mal darauf achten, weniger Geld sinnlos zu versenken.«

Heike nahm sich Brot zur Peperoni, um deren Schärfe im Mund abzumildern. »So ungefähr hat er sich auch ausgedrückt. Er meinte, der Steuerzahler sollte sich mehr bewusst machen, dass nicht Gelder des Staates verschleudert werden, sondern dass es sich dabei um die von ihnen selbst entrichteten Steuern handelt.« Heike kicherte. »Kein malochender Mann würde zusehen, wie seine Frau das ganze Gehalt für Schmuck, Urlaub und schlechte Handwerker ausgibt.«

Horst grinste. »Das war jetzt zwar sehr bildhaft, aber vielleicht nicht mehr ganz so zeitgemäß?«

»Stimmt«, wollte Heike überhaupt nicht widersprechen. Ihr Vater war doch recht klassisch in Teilen seiner Einstellung. »Aber ich kann ihn verstehen. Er hat das Marketingpolitik genannt. Weil von einer Vermögenssteuer kaum einer betroffen ist, lässt sich mit unreflektierten Ressentiments gegenüber sogenannten Reichen punkten.«

»Marketingpolitik«, dachte ihr Mann über den Begriff nach. »Er will also ausdrücken«, folgerte der Kommissar, »wenn achtzig Prozent am liebsten Erdbeerjoghurt essen, kann es sich ein Anbieter leisten, keinen Kirschjoghurt zu verkaufen?«

»Der Anbieter von Erdbeerjoghurt kann außerdem problemlos eine Preiserhöhung für Kirschjoghurt verlangen«, erweiterte Heike seinen Gedanken.

»Mit anderen Worten«, runzelte Horst die Stirn, »dein Vater unterstellt, Politiker redeten heutzutage nur noch der mutmaßlichen Mehrheit nach dem Mund.«

Heike schob ihren Vorspeisenteller zur Seite, sodass die Bedienung ihr Hauptgericht vor ihr abstellen konnte. »Oder den Lobbyisten«, fügte sie sarkastisch hinzu. »Lass uns das Thema wechseln, sonst schmeckt mir das Essen gleich nicht mehr.«

Horst hatte bereits die erste Gabel mit Pommes im Mund. »Ich dachte, unser *Nachwuchs* wollte Gyros?«

»Das meinte ich«, tunkte seine Frau ein Stück Fleisch in das Zaziki. »Gruselig, dieser Knoblauch. Ich opfere mich hier nur wie eine gute Mutter auf.«

Kapitel 18

Knapp über dem Watzmann hing eine schwere Wolkendecke, die der Sonne an diesem Tag keine Chance ließ. Angesichts ihrer späten Heimkehr sowie einem längeren Gespräch mit Dunkerbeeks hatte sich das Heidelberger Paar nach einem kurzen Blick nach draußen wieder ins Bett verzogen. Wie müde sie gewesen waren, ermaßen sie an dem Umstand, erst gegen elf Uhr erneut aufgewacht zu sein. Als sie endlich geduscht hatten und nach ihren Gastgebern schauen wollten, fanden sie einen Zettel, der an der Außenseite ihrer Wohnungstür klebte. In der akkuraten Handschrift einer älteren Frau, die noch nicht von zu viel Tippen auf einer Computertastatur vernachlässigt worden war, stand zu lesen: »Mittagessen 12.45.« Sie fühlten sich absolut integriert.

Pünktlich um Viertel vor eins fanden sich die beiden Langschläfer bei ihren Gastgebern ein. Sie hatten dieses Mal weder geklingelt noch geklopft, um sich anzukündigen. Doch es war ihnen anzumerken, sich dabei nicht ganz wohl in ihrer Haut zu fühlen.

»Nicht so schüchtern«, lachte Viktoria, als die beiden in die Küche traten. »Geht doch. ... Lene, könntest du bitte den Salat verteilen. Thomas darf den Auflauf aus dem Ofen holen. Danke.« Die kleine Frau wandte sich nun ihrerseits zur Tür, nicht ohne Lene auf dem Weg dorthin kurz über den Oberarm zu streichen und ihr ein Lächeln zu schenken. »Philipp, Annabel«, rief sie energisch in den Flur hlnaus. »Essen!«

Keine Minute später standen die Gerufenen bereits im Esszimmer, so als hätten sie nur auf diese Aufforderung gewartet.

»Heute habe ich euch gar nicht kommen hören«, lobte Philipp Dunkerbeek ihre Gäste mit zufriedener Miene.

»Die Klingel ist kaputt«, erwiderte Thomas Sprengel mit einem Schulterzucken.

»Wie?«, hatte er den älteren Herrn verwirrt, der schon an der Tür war, um danach zu schauen.

»Bleib hier!«, hielt Lene ihn zurück, »der veräppelt dich nur.« Irgendwie wirkte ihr Gastgeber an diesem Mittag viel entspannter als die letzten beiden Tage, fand sie. Das lag unmöglich nur an ihrem lautlosen Erscheinen.

»Sehr witzig«, schüttelte er den Kopf. »Ich dachte schon ...«

Annabel lachte hingegen, weil sie dem Kommissar nicht angesehen hatte, geflunkert zu haben.

Philipp Dunkerbeek strich ihr über ihre gelockten Haare. »Das gefällt dir wohl!«

Verschämt lächelnd nickte das Mädchen.

Lene Huscher freute sich ebenfalls. Zum ersten Mal seit sie dort waren, hatte sie die Kleine unbeschwert lachen sehen. Sollte das mit dem schlechteren Wetter zusammenhängen, würde sie für den Rest des Urlaubs Regen akzeptieren, überlegte die Kommissarin, sich der Irrationalität dieses Gedankens bewusst.

Während des Essens plauderten sie über das Leben in Berchtesgaden, an das sich das Unternehmerpaar rasch gewöhnt hatte. Allerdings hatten sie auch alles dafür getan, von den Einheimischen akzeptiert zu werden.

Thomas Sprengel hatte die ganze Zeit über Annabel unauffällig im Auge behalten. Ihm war ebenfalls aufgefallen, dass sie weniger verschlossen wirkte. Gerne hätte er gewusst, ob seine »psychotherapeutische« Maßnahme des Vortags bereits einen ersten Erfolg gebracht hatte. Doch er beschloss, das Thema lieber nicht auf die Schule zu lenken, falls er sich in seiner Einschätzung oder eher Hoffnung täuschen sollte. Nachdem er sich allerdings wiederholt zurückgepfiffen hatte, brach sich seine Neugier doch Bahn, als sich ein passendes Stichwort ergab.

»Wie war es denn heute in der Schule?«, erkundigte er sich bei dem Mädchen, das selbst zuhause vorbildlich am Tisch saß. Vielleicht sollte er ihrem guten Beispiel folgen? Der erwartete Tritt von Lene unter dem Tisch blieb immerhin aus, fiel ihm auf. Offensichtlich teilte sie seine Beobachtung.

»Hmm«, überlegte Annabel, während sie an die Decke guckend eine Antwort zu suchen schien. »Religion war doof. Aber ich habe drei Hasen bekommen, weil Frau Schütz mein Bild so gut gefallen hat.«

»Und wie hast du die Hasen nach Hause gebracht?«, wunderte sich der Kommissar.

Annabel kicherte. »Die sind doch hinten auf dem Bild, das ich gemalt habe.«

»Ach so?«, mimte der Kommissar weiterhin den Unwissenden.

»Das sind Stempel«, half Viktoria der Kleinen mit einer unmissverständlichen Antwort, »die es in Abhängigkeit von der Leistung gibt. Drei Hasen sind sozusagen eine Eins mit Sternchen.«

»Wow«, zeigte sich Thomas beeindruckt.

»Was hast du denn gemalt?«, wollte Lene von ihr wissen.

»Den Torbogen am Schlossplatz«, gab sie Auskunft. »Ich habe mir ein Foto mitgenommen, das Oma für mich aufgenommen hat, als wir beim Bäcker waren.«

»Oma« hatte Lene ebenfalls zur Kenntnis genommen. Das Kind wirkte wie ausgewechselt. Sollte das dauerhaft so bleiben, waren sie sicherlich einen großen Schritt vorangekommen. »Zeigst du mir das Bild?«, war die Kommissarin ehrlich interessiert.

Annabel wollte schon aufspringen, hielt jedoch in der Bewegung inne. »Darf ich aufstehen?«, erkundigte sie sich zunächst.

»Bist du fertig mit dem Essen?«, war Philipp Dunkerbeek nicht so einfach zu einer Ausnahme von den Regeln bei Tisch bereit.

Das Mädchen zeigte heftig nickend auf seinen Teller.

»Na, dann los«, gab er unter diesen Umständen seine Erlaubnis.

Annabel rannte aus dem Raum und kam kurz darauf mit einem A3-Papier in der Hand zurück. Sie stellte sich neben Lenes Stuhl, um ihr das Blatt zu geben.

Lene war beeindruckt. Die Linien fluchteten perspektivisch korrekt. Das Bild zeigte reichlich Details, selbst die Geranien vor den Fenstern der Wohnung über dem Tordurchgang fehlten nicht. Im Hintergrund war der Rathausplatz zu sehen. »Das ist wunderbar, Annabel«, brachte sie ihre Begeisterung zum Ausdruck. »Schau mal, Thomas.« Sie reichte ihm das Zeichenblatt weiter.

Während ihr Mann natürlich zuerst auf der Rückseite die Hasen begutachtete, registrierte sie, wie Annabel auf das Lob sehr schüchtern reagierte – und sich aus Verlegenheit gegen ihren Oberarm drückte, so als wollte sie sich verstecken. Lene zögerte nur einen Moment, dann legte sie sanft den Arm um das Mädchen, das sich ebenso sachte gegen sie lehnte.

»Das sind schicke Häschen«, kommentierte ihr Mann, bevor er das Blatt umdrehte, »aber nichts im Vergleich zu diesem Kunstwerk«, übertrieb er vielleicht ein bisschen. »Das sieht ja fast wie ein Foto aus.«

»Nein«, schüttelte Annabel den Kopf, wobei sie sich noch fester an die Kommissarin schmiegte, als benötigte sie stärkeren Rückhalt.

»Es ist aber ausgesprochen realitätsnah«, lobte er sie nochmals, bevor er ihr das Bild zurückgab. »Ich kann bis heute kaum halb so schön malen.«

Die Kleine lachte verlegen, bevor sie das Bild auch Dunkerbeeks zeigte, die es ebenfalls angemessen zu würdigen wussten.

»Darf ich jetzt in mein Zimmer?«, fragte sie schließlich.

Philipp Dunkerbeek warf einen Blick über den Tisch. Da alle fertig waren, ließ er sie gehen.

Viktoria stand ebenfalls auf. Die ältere Dame strahlte förmlich vor Glück. »Ich habe sie noch nie so aufgeschlossen, so entspannt gesehen. Ihr scheint zur rechten Zeit gekommen zu sein.« Ohne jede Hektik stellte sie das Geschirr zusammen. »Wollt ihr noch einen

Espresso oder so?«

»Gerne«, erwiderten Thomas und Philipp wie aus einem Mund.

»Für dich habe ich noch eine Mousse«, wandte sie sich an Lene. »Ein paar Kalorien können dir nicht schaden. Kaffee möchtest du ja keinen, oder doch?«

»Einen Tee würde ich nehmen«, entgegnete die Kommissarin. »Aber den kann ich mir schnell selbst machen.« Sie stand auf, um Viktoria mit dem Geschirr zu helfen.

Philipp und Thomas taten es ihr nach, sodass sie kurz darauf alle in der Küche standen.

Thomas musste Dunkerbeeks noch von seiner Aktion bezüglich des Jungen erzählen; Annabel schien das bisher nicht getan zu haben. Aber er beschloss, lieber ein paar Tage zu warten, um zu sehen, ob der Erfolg anhielt. Nachdem das Kind so fröhlich sein Bild präsentiert hatte, hatte er Annabel auch nicht mehr auf den Schulweg ansprechen wollen. Dafür war die Situation zu harmonisch gewesen. Ein anderes Mal. Das Thema lief nicht davon.

Inzwischen standen drei Espressi, ein Tee sowie eine Mousse auf dem Gartentisch, der sich auf der Terrasse befand, die durch den Balkon der oberen Wohnung geschützt lag. Es war angenehm warm. Bisher war es sogar trocken geblieben. So saßen die vier Erwachsenen recht gemütlich beisammen, auch wenn sich die Unterhaltung um weniger erfreuliche Themen drehte.

Zunächst setzte Philipp Dunkerbeek die beiden Ermittler hinsichtlich Florian Stangassinger ins Bild. Früh am Morgen wäre Dr. Weinbruch bei diesem gewesen. Es musste ein sehr konstruktives Gespräch gewesen sein. Kurz vor dem Mittagessen hätte der Anwalt noch einmal angerufen. »Der Ermittlungsrichter hat darauf verzichtet, Flodl in U-Haft zu nehmen«, berichtete Philipp Dunkerbeek sichtlich erleichtert.

»Wie geht das denn?«, wunderte sich Thomas Sprengel. »Es besteht immerhin ein Mordverdacht.«

Der ältere Herr rieb sich an der Seite seiner Nase. »Na ja, wie soll ich sagen ...«

»Geradeheraus«, merkte Viktoria an, für die jede Form des Lavierens vergeudete Zeit darstellte. »Der Richter sah keinen belastbaren Hinweis für einen herbeigeführten Unfall. Da habe ich natürlich weiterhin niemandem von meiner Beobachtung erzählt, die Philipp im Übrigen nicht bestätigt hat. Die Erpressung nahm er schon ernst, blieb aber der Meinung, eine Meldeauflage sei ausreichend. So muss er halt jeden Tag auf dem Revier vorbeischauen.«

Lene schüttelte unmerklich den Kopf. »Man kennt sich, oder?«

»Ich denke eher«, argumentierte Philipp Dunkerbeek, »er hat einen sehr überzeugenden Anwalt, und Paragrafen weisen in der Regel immerhin einen Ermessensspielraum auf.«

»Soll mir recht sein«, erwiderte der Kommissar, »es sind ja nicht meine Ermittlungen.« Er zögerte. »Viktoria, was hast du da eben gemeint, als du von einer Beobachtung gesprochen hast?«

Viktoria Dunkerbeek schilderte den beiden ihre Heimfahrt in der Unfallnacht; wie sie geglaubt hatte, einen Schatten auf der Straße zu sehen, der hinter der nächsten Kurve verschwunden war.

Lene stutzte nun ebenfalls. »Du willst andeuten, dass sich ein Fahrzeug mit ausgeschaltetem Licht von der Unfallstelle entfernt hat? Aber es war dunkel.«

Etwas verlegen wirkte die ältere Dame nun doch, weil sie ihre vermeintliche Beobachtung abgesehen von ihrem Mann noch niemandem erzählt hatte. »Es war Vollmond, mein Mädchen, da konntest du problemlos langsam ein Stück fahren, ohne von der Straße abzukommen. Aber wie gesagt, Philipp hat nichts bemerkt.«

»Doch falls du recht haben solltest«, folgerte Lene Huscher, »bekommt die Situation eine ganz andere Qualität. Erstens fährt niemand freiwillig ohne Licht, außer vielleicht mal in jugendlichem Übermut. Zweitens wäre den Insassen dieser Unfall niemals verborgen geblieben.«

»*Falls* ich mich nicht getäuscht habe«, nickte Viktoria, »würde ich deiner Sicht zustimmen.«

»Was für den Hauptverdächtigen weniger günstig wäre«, warf Philipp ein, nachdem er seine Espresso-Tasse wieder abgestellt hatte.

Thomas Sprengels berufliche Neugier war jedoch geweckt. »Wurde irgendeine Manipulation an dem Fahrzeug festgestellt?«

Ihr Gastgeber schüttelte den Kopf. »Der Wagen ist mit der Front auf das Gleisbett aufgeschlagen, nachdem er gut zehn Meter in die Tiefe gestürzt war.«

»Hm«, grübelte der Kommissar, dem nicht einleuchten wollte, aus welchem Grund jemand in der Nähe des Unfallorts gewesen sein sollte, ohne Hilfe zu leisten. »Warum ist Frau Sonnleitner überhaupt von der Straße abgekommen?«

»Die Polizei geht von zu hoher Geschwindigkeit aus«, erläuterte Philipp. »Es lagen zumindest keine Felsbrocken auf der Fahrbahn. Das wäre an dieser Stelle nicht ungewöhnlich gewesen.«

»Aber eine Wollmütze«, merkte Viktoria an.

»Eine Wollmütze?«, wunderte sich die Kommissarin.

Ihre Gastgeberin winkte ab. »Eine Mütze eben. Die ist wohl irgendwann mal jemandem aus dem Fenster gefallen. Ist mir grad nur so eingefallen, weil es genauso merkwürdig wie der Schatten war, den ich gesehen haben will.«

»Eine *Mütze* im *Sommer*?«, sah Lene sie forschend an.

»Schau mich nicht so an«, verschanzte sich Viktoria hinter ihrem Espresso. »Ich weiß doch auch nicht.«

Alle schwiegen für eine Weile. Dunkerbeeks, weil sie nichts hinzuzufügen hatten, Thomas, weil er an den merkwürdigen Details hängen geblieben war, und Lene, weil sie sich endlich ihrer Mousse widmete.

Schließlich ergriff Herr Dunkerbeek erneut das Wort. »Wie stark ist im Urlaub eure Aversion gegen Nachrichten aus Heidelberg?«, wollte er ganz offensichtlich nicht mit der Tür ins Haus fallen.

»Kein Problem«, beruhigte ihn Thomas. »Ich gehe keine suchen, aber ich kann sie auch wieder verdrängen. Urlaub ist Urlaub. Warum?«, wurde er doch hellhörig.

»Eure OB ist erschossen worden«, hielt er ihnen die Zeitung entgegen, die vorher unbeachtet neben seiner Tasse gelegen hatte.

»Bitte?«, glaubte Lene, ihren Ohren nicht zu trauen. Sie nahm das Blatt, um rasch den kurzen Artikel zu überfliegen, der vom Anschlag auf die Oberbürgermeisterin nach dem Verlassen einer Versammlung berichtete. »Das gibt es doch nicht.«

»Ist dir aufgefallen, wo das Attentat stattfand?«, wies der Senior, dem sie bis dahin überhaupt nichts angemerkt hatten, auf den entscheidenden Umstand hin.

Lene las weiter: »Eine Versammlung der ... PEP?«, war die Kommissarin fassungslos. »Das wird ja immer schöner.«

Thomas ruckte in seinem Stuhl nach vorne. »Die ist doch bei den Grünen. Habt ihr die abgeworben?«

»Keine Ahnung«, musste Philipp Dunkerbeek gestehen.

»Da ist doch was faul«, war sich der erfahrene Ermittler sicher.

Viktoria erhob sich. »Ich lass euch mal alleine, ihr Lieben. Ich muss Annabel zu ihrer Kinderkarate-Stunde nach Bischofswiesen fahren.«

Lene schaute sie fragend an.

»Wir haben uns gedacht«, erklärte sie, »Selbstbehauptung könne dem Kind nicht schaden. Bertl ist ein ganz netter. Ich habe mir das Training vorher angeschaut. Alle Kinder mögen ihn.«

Nachdem Thomas und Lene noch eine ganze Weile mit Philipp Dunkerbeek diskutiert hatten, der jedoch über keine parteibezogenen Hintergründe zu dem Heidelberger Geschehen verfügte, hatten sich die beiden angesichts leicht einsetzenden Nieselregens für einen Mittagsschlaf entschieden. Erst vor wenigen Minuten waren sie wieder aufgewacht und schon fingerte der Kommissar nach seinem Smartphone, das in der Hose steckte, die er mit langem Arm von einem Stuhl angelte, der in Reichweite neben dem Bett stand.

»Wen willst du anrufen?«, erkundigte sich Lene, die sich in ihrer Gemütlichkeit gestört fühlte.

Thomas warf ihr einen kurzen Blick zu. Spontan zog er an einer ihrer roten Locken, die wild in alle Richtungen standen. »Ich rufe nur kurz Horst an«, gab er ihr vorab Auskunft, was nicht selbstverständlich für ihn war.

Lene setzte sich alarmiert auf, um sich aus der physisch unterlegenen Position zu manövrieren. »Du weißt schon, dass wir im Urlaub sind, oder?«

»Keine Sorge«, hielt er sich bedeckt, während er wählte. »Aber ich ...«, hielt er inne, weil er gedanklich bereits bei dem Gespräch war. Doch zu seiner Enttäuschung meldete sich nur eine Mailbox. »Er nimmt den Anruf nicht an«, teilte er ihr mit. »Ich versuche es bei Franz.«

Doch seine Frau schnappte ihm das Telefon blitzartig aus der Hand. »Könnten wir bitte vorher klären, welchem Zweck dein Anruf dient?«, funkelte sie ihn an.

Überrascht sah er zu ihr. »Interessiert dich nicht, was bei denen los ist?«, wunderte er sich über den energischen Tonfall.

Lene zog eine Augenbraue hoch. »Leg sofort die Karten auf den Tisch!«, forderte sie unmissverständlich.

Ertappt presste er die Lippen aufeinander. »Du musst doch zugeben, dass diese Häufung von Ereignissen kein Zufall sein dürfte. Vielleicht hilft es denen in Heidelberg, wenn sie wissen, was hier passiert ist. Ehrlich gesagt werde ich den Eindruck einer konzertierten Aktion gegen die PEP nicht los. Stimmst du mir darin zu?«

Lene verzog grübelnd den Mund, während sie ihn musterte. Wenn sie Florian Stangassinger als Täter ausschloss sowie die Ungereimtheiten in der Unfallnacht hinzurechnete, ja, dann könnte es durchaus einen Zusammenhang geben, der politisch motiviert war.

Thomas spürte, wie sie seine Spur verfolgte. Also musste er sofort eins draufsetzen, damit die Tür nicht ins Schloss fiel. »Wir haben auch schon ermittelt, als wir suspendiert waren«, erwähnte er mit harmlosem Blick. »Der Verdacht einer Erpressung mit sexuellem Hintergrund fällt doch in dein Ressort.«

Die Leiterin des Dezernats für Sexualdelikte schüttelte unwillig den Kopf, weil sie die Taktik ihres Mannes natürlich durchschaute. »Schlawiner.« Dennoch musste sie klarstellen, wer wem in diesem Urlaub ein Zugeständnis machte. »Einverstanden.« Sie schlug die Decke zurück. »Du darfst telefonieren.« Sie hielt das Telefon in der Linken von ihm weg. »Aber erst wenn ich zu schwach bin, dich davon abzuhalten.«

Thomas sah sie lüstern an, kam mit dem Kopf näher und stupste sie zärtlich um. »Nichts lieber als das.«

Lene zuckte regelrecht zusammen, als genau in diesem Moment das Smartphone klingelte. »Das gibt es doch nicht«, protestierte sie unwirsch. Ein Blick auf das Display zeigte ihr überraschenderweise jedoch Viktorias Nummer an. Sie nahm das Gespräch entgegen, während Thomas irritiert seinen Ausflug der Zärtlichkeiten einstellte. »Viktoria? ... Oh, sollen wir euch holen? ... Gut, wo? ... Bushaltestelle in Bischofswiesen? Gibt es da nur eine? ... Habe ich verstanden. Wir fahren sofort los. Mach dir keine Sorgen! Tschüs.«

»Was ist passiert?«

»Philipp ist in einer Kurve oberhalb vom Aschauer Weiher mit einem Rad neben den Fahrbahnbelag geraten, dessen Kante ihm dann den Reifen aufgeschlitzt hat«, gab sie ihm den Bericht weiter. »Wir müssen Annabel in Bischofswiesen vom Karate abholen. Irgendwie klang Viktoria unruhig. Aber vielleicht war das auch nur die Aufregung.« Sie gab ihrem enttäuschten Liebhaber einen Kuss und schlängelte sich danach aus seinen Armen und aus dem Bett.

Mit einer Sekunde Verzögerung folgte Thomas ihr. »Du weißt, wie gut Viktorias Alarmglocken funktionieren.« Auch ihn packte angesichts der neuesten Entwicklungen ein Gefühl der Nervosität. Unter Umständen lag in Annabels verschüttetem Gedächtnis ein Schlüssel, vor dem sich jemand fürchtete? Aber warum war dann bisher nichts geschehen? Er verdrängte seine Überlegungen, weil er seine Konzentration anderweitig benötigte.

In Windeseile hatten sie das Haus verlassen, um hart an der Grenze zu höherem Bußgeld und Führerscheinentzug Richtung Bischofswiesen zu fahren. Zum Glück war wenig Verkehr. Sie hatten die Stanggaß bereits hinter sich gelassen.

Der Karate-Unterricht war vorüber. Annabel stand vor der Turnhalle. Dort hielt sie einige Minuten nach Dunkerbeeks Ausschau, die sie jedoch nirgends auf dem kleinen Platz erblickte. Aber das machte ihr nichts aus, weil sie ganz gerne mit dem Bus fuhr. Das fühlte sich für sie immer wie eine kleine Reise an.

»Du bist ja noch da«, wunderte sich ihr Trainer Bertl, als er die

Sporthalle hinter sich abschloss. Er blieb neben ihr stehen. »Soll ich dich nach Hause fahren?«

Annabel schüttelte den Kopf. »Der Bus kommt in zehn Minuten. Den nehme ich öfter.«

Sie gingen zusammen bis zur Hauptstraße, wo sich der hagere Mann von ihr verabschiedete. Der graue Audi A6, der hinter ihnen aus der Seitenstraße kam, fiel keinem der beiden auf. Annabel überquerte rasch die Straße. Obwohl sie den Fahrplan auswendig kannte, schaute sie noch einmal nach. In zehn Minuten kam ihr Bus.

Als sie ein Auto hinter sich anhalten hörte, drehte sie sich um. Es war ein großes Auto mit getönten Scheiben, von denen eine hinten hinuntersurrte. Den Mann dahinter konnte sie nicht richtig erkennen. Er trug eine Sonnenbrille und war teilweise verdeckt.

»Könntest du uns erklären«, wurde sie angesprochen, »wie wir am besten zum Rathausplatz in Berchtesgaden kommen?«

Kapitel 19

Franz Hilpertsauer war frustriert, weil er das Gefühl hatte, auf der Stelle zu treten. Nachdem der Mitarbeiter der Firma Spuhler ihm erklärt hatte, den Mann auf einem der Phantombilder als den Kunden mit dem Streetscooter zu erkennen, hatte er auf allen ihm zur Verfügung stehenden Wegen versucht, die Identität des Mannes festzustellen. Doch scheinbar war der Gesuchte bisher noch nie polizeilich aufgefallen – oder das Phantombild war letztlich doch zu unspezifisch. Einigermaßen unzufrieden stieß er sich von seinem Schreibtisch ab, um mit seinem Stuhl zur Tür seines Kollegen zu rollen.

»Wie sieht es bei dir aus, Horst?«, sprach er seinen Interimschef hoffnungsvoll an. »Ich könnte eine gute Nachricht vertragen.«

Horst Jung lehnte sich zurück. »Puzzeln konnte ich bereits als Kind nicht leiden«, verzog er genervt das Gesicht. »Ich habe immer noch keinen Widerspruch in den Angaben der Teilnehmer gefunden. Mir fehlen zwar zehn Aussagen zur ersten und vierzehn zur zweiten Sitzung. Aber ich glaube nicht mehr daran.«

Franz streckte die Beine aus, faltete die Hände über seinem Bauchansatz und drehte seine Daumen umeinander. »Das kann einfach nicht sein. Es soll keine Spur geben, die sich verfolgen ließe, gleich in zwei Fällen auf einmal. Heiner hat auch noch keinen Treffer gelandet«, merkte er noch an.

Kommissar Jung blickte auf seine Armbanduhr. »Vielleicht sollten wir uns eine Kaffeepause gönnen«, schlug er in einem ersten Impuls vor, korrigierte sich jedoch umgehend. »Oder nee. Utilitaristisch betrachtet würde mir das zwar kurzfristig eine Freude bereiten, aber der Jammer des Ermittlungsstillstands wäre danach viel schwerwiegender. Ich sollte alle fehlenden Personen heute noch erreichen, um wenigstens ein vollständiges Bild zu bekommen. Ja!«, bestätigte er sich nochmals selbst.

»Was faselst du d...«, konnte Franz Hilpertsauer dem philosophisch inspirierten Kauderwelsch nicht folgen, wurde aber in diesem Moment vom Klingeln des auf seinem Schreibtisch liegenden Telefons unterbrochen. Er rollte umgehend zurück, um voller Hoffnung den Anruf entgegenzunehmen. »Hilpertsauer, ...« Noch während des Gesprächs winkte er Horst heran. Kurz darauf beendete der ältere Kommissar den Anruf. Sich dem Schicksal ergebend, stellte er seinen jüngeren Kollegen vor die Wahl: »Die schlechte oder die gute Nachricht zuerst?«

»Das kommt darauf an«, legte sich Horst Jung nicht fest, obwohl er innerlich gespannt wie eine Feder war.

»Sie haben den Streetscooter gefunden«, teilte Franz ihm mit.

»Aber?«

»Er wurde in der Nähe von Speyer in einem Seitengewässer des Rheins entdeckt«, erklärte Franz.

Horst Jung runzelte die Stirn. »Wie das?«

»Von seinem Liegeplatz kommend ist ein Sportbootfahrer mit dem Transporter unter Wasser kollidiert«, führte Franz Hilpertsauer genauer aus. »Die Kollegen bezweifeln, an dem noch Spuren zu finden. Er ist wohl vollständig ausgeräumt worden. Nicht einmal eine Betriebsanleitung habe sich im Handschuhfach befunden.«

»Das gibt es doch nicht«, stöhnte Horst Jung theatralisch, bevor er seinen Gesprächspartner direkt ansah. »Ich streiche Thomas´ Urlaub und trete mit sofortiger Wirkung als Vertretung zurück. Ach was, ich melde mich krank. Ich werde schließlich Vater.«

Angesichts dieses für Horst ungewöhnlichen Ausbruchs von Frustration konnte Franz ein Schmunzeln nicht unterdrücken. »Ich wusste noch gar nicht, dass eine werdende Vaterschaft ein Grund für Arbeitsunfähigkeit ist.«

»Ich auch nicht«, grinste der Jüngere schon wieder. Er war halt doch nicht kleinzukriegen.

»Na, dann fahre ich mal nach Speyer«, wuchtete sich sein Kollege aus seinem Stuhl, nachdem er seinen Computer heruntergefahren hatte.

»Wenn du keine Lust hast«, bot Horst ganz aufopferungsvoll an, »können wir gerne tauschen.«

Franz Hilpertsauer blieb in der Tür stehen. Er überlegte. »Das ist wirklich nett von dir, Chef«, begann er zu grinsen, »doch in meinem Alter sieht man nicht mehr so gut. Da fällt puzzeln unheimlich schwer. Aber hast du nicht erwähnt«, erinnerte er sich beim Schließen der Tür, »Thomas hätte versucht, dich zu erreichen? Ruf doch zurück. Mal hören, was der will.«

»Stimmt«, ließ sich der junge Kommissar von seiner Unzufriedenheit ablenken und legte sich einen motivationsfördernden Zeitplan zurecht. »Noch acht Anrufe. Danach darf ich mir zur Belohnung Geschichten von Sonne, Bergen und Müßiggang anhören.«

Lachend schloss Franz Hilpertsauer die Tür hinter sich.

Zur gleichen Zeit passierten die angeblich dem Müßiggang frönenden Urlauber das Ortsschild von Bischofswiesen.

Lene Huscher dirigierte ihren fahrenden Mann. »Die Bushaltestelle *hinter* der Kirche«, wies sie ihn an.

Sie sahen das Mädchen schon von Weitem in ihrer gelben Hose und einer blauen Regenjacke an der Bushaltestelle stehen. Doch neben ihr parkte ein grauer Audi, auf den Annabel zuging.

»Was wird das denn?«, zeigte Lene alarmiert auf die Szene.

Thomas Sprengel beschleunigte, bis er über die Gegenfahrbahn direkt in die Haltebucht hinüberzog.

Wütend hupend bremste ein entgegenkommender Autofahrer, der sie beim langsamen Vorbeifahren mit einer eindeutigen Geste bedachte.

Thomas sprang aus dem Wagen.

Zur gleichen Zeit fuhr der Audi an. Lene sah nur noch, wie das hintere Seitenfenster hochgefahren wurde, während der Wagen schnell an ihr vorbei beschleunigte sowie umgehend das Fahrzeug des empörten Verkehrsteilnehmers überholte.

»Annabel!«, rief Thomas dem Mädchen zu. »Kommst du? Viktoria und Philipp haben uns gebeten, dich abzuholen, weil sie einen Platten am Auto haben.«

»Hallo«, kam das Mädchen lächelnd auf ihn zu. »Danke.«

»Keine Ursache, kleines Fräulein«, entgegnete Thomas Sprengel angesichts der positiven Reaktion galant, während er ihr die hintere Tür des Wagens aufhielt.

»Danke schön, der Herr«, spielte sie mit und knickste leicht, bevor sie einstieg. »Guten Tag, Frau Huscher«, begrüßte sie aufgeschlossen schauend auch die Kommissarin auf dem Beifahrersitz.

»Hallo, Annabel«, drehte sie sich zu ihr um, während Thomas ebenfalls einstieg. »Du kannst uns gerne mit Thomas und Lene ansprechen, wenn du möchtest.«

Das Mädchen bekam große Augen, schwieg aber zunächst. Es war nicht auszumachen, was sie dachte.

»Überleg es dir«, tat es Lene leid, sie möglicherweise überfordert zu haben. »Wie war dein Sport?«

»Gut«, kam es knapp zurück.

Thomas merkte auf. Inzwischen hatte er den Wagen gewendet, um zurück nach Berchtesgaden zu fahren. »Muss ich da auch mal mit meinem Dienstausweis vorbeischauen?«, versuchte er mit einer indirekten Frage das Kind zum Reden zu bewegen.

Unerwartet lachte sie angesichts dieser Vorstellung. »Nein.« Erst nach einer Pause erzählte sie schließlich: »Die sind alle ganz nett zu mir.« Leiser fügte sie hinzu: »Hier kennt mich keiner.«

»Vielleicht findest du ja ein paar neue Freunde?«, stellte Lene ihr in Aussicht, während sie zu Annabel nach hinten schaute, die nur unmerklich nickte.

»Was wollten denn die in dem Auto von dir?«, konnte Thomas Sprengel sich nicht länger zurückhalten.

»Der Mann hat nach dem Weg gefragt«, gab Annabel ihm eine Auskunft, die ihm weniger gefiel. In einem A6 fehlte es gewöhnlich nicht an einem Navigationsgerät.

Auch Lenes Miene verdüsterte sich. »Wo wollte der denn hin?«, erkundigte sie sich, ebenfalls misstrauisch geworden.

Annabel sah aus dem Fenster. Sie schien sich nichts zu denken. »Zum Rathausplatz in Berchtesgaden. Der Mann hatte es sehr eilig. Deshalb suchte er den schnellsten Weg. Ich habe ihm erklärt, er müsse am Aschauer Weiher vorbeifahren. ... Er hätte mich auch mitgenommen«, fügte sie nach einer kleinen Pause hinzu.

»Erlauben das Philipp und Viktoria denn?«, erschraken die beiden vorne im Wagen.

»Nein«, schüttelte sie unbekümmert den Kopf, »das darf ich auf keinen Fall, hat Opa mir mehrfach erklärt. Ich hab´s versprochen.«

Lene hatte keine Zweifel, dass sich das Mädchen auch daran halten würde.

Wenig später stellte Thomas den Peugeot auf dem Parkplatz im Eberweinweg ab. Im Hausflur verabschiedeten sie sich. Annabel hatte bereits den Schlüssel in die Wohnungstür gesteckt, als Thomas Sprengels Smartphone zu klingeln begann.

»Horst«, teilte er Lene mit und ging die Treppen nach oben.

Als Lene ihm schon folgen wollte, drehte Annabel sich noch einmal zu ihr um. Erneut schaute sie sie mit großen Augen an.

»Ja?«, wandte sich die Kommissarin ihr nochmals zu.

Die Kleine knetete ihre Hände. Es fiel ihr sichtlich schwer, ihr Anliegen zu äußern.

Lene ging in die Hocke. »Du kannst mir alles erzählen – oder mich fragen, was immer du wissen möchtest«, versicherte sie ihr.

Annabel ging einen kleinen Schritt zurück. »Darf ich auch Tante

Lene zu dir sagen?«, war sie kaum zu verstehen, während ihr die Nervosität anzusehen war.

Lene lachte. »Natürlich.« Sie strich der Neunjährigen über die Wange, die sich plötzlich umdrehte und in der Wohnung verschwand, deren Tür sie rasch hinter sich zuschob.

Gerührt stand die Kommissarin auf, um ihrem Mann nach oben zu folgen.

Anders als Lene erwartet hatte, fand sie ihren Mann im Wohnzimmer nicht vom Urlaub schwärmend vor. Im Gegenteil, er hörte konzentriert zu. Neugierig streifte sie ihre Schuhe ab, um sich im Schneidersitz in einen Sessel zu setzen.

»Warte mal«, bat Thomas seinen Stellvertreter umgehend, »Lene ist gekommen. Ich stelle dich laut.«

»Hallo, Lene«, begrüßte der junge Mann sie nur kurz. »Frau Schneider hat unheimlich Glück gehabt, weil sie in einer Lücke im Pflaster umgeknickt war. Außerdem ist der Taxifahrer angehender Mediziner. Deshalb lebt sie tatsächlich noch. Wir haben uns aber aus Gründen ihrer Sicherheit entschieden, die Täter zunächst glauben zu lassen, sie hätten Erfolg gehabt.«

»Wo liegt das Motiv?«, erkundigte sich Lene, die sichtlich erleichtert über diese Nachricht war.

Horst räusperte sich, weil er immer noch nicht an Schneiders Vermutung glauben wollte. »Sie ist der Ansicht, jemand wolle ihren Wechsel zur PEP verhindern. Das ist eine ...«

»Kennen wir«, unterbrach ihn Thomas, der Lene zunickte.

»Wieso?«, wunderte sich Horst, »die gibt es doch noch gar nicht richtig. Seit wann bist du so politisch interessiert?«

»Seitdem sich unsere Politiker kaum noch mit Ruhm bekleckern«, konterte Thomas den latenten Anwurf lakonisch.

Lene hingegen erzählte ihrem jungen Kollegen nüchtern von den Ereignissen, die sich in Berchtesgaden in den letzten Tagen zugetragen hatten, und ebenfalls im Zusammenhang mit der PEP zu stehen schienen.

Darauf folgte zunächst Stille in der Leitung. »Okaay? ... Ihr macht also mehr Erlebnisurlaub.«

»Sehr witzig«, brummte der Hauptkommissar. »Aber aus unserer Sicht wäre erstens ein politischer Hintergrund denkbar und zweitens eine Verbindung zwischen beiden Geschehnissen entsprechend nicht unwahrscheinlich. Habt ihr schon was Greifbares?«

Horst Jung referierte in Kürze ein vollständiges, wenn auch noch karges Bild. Insbesondere betonte er, dass einer der möglichen Beteiligten am Tod der Studentin über den Streetscooter eine Verbindung zum Anschlag auf Schneider aufwies. »Leider habe ich bisher keine widersprüchlichen Aussagen von den Teilnehmern der Sitzungen erhalten«, endete er. »Ich habe fast alle durch. Aber die Anwesenheitslisten sind wohl vollständig. Von denen hat sicherlich niemand unsere OB verpfiffen, die wiederum fest davon überzeugt ist, dass Winkler nichts damit zu tun hat.«

»Dennoch muss jemand Bescheid gewusst haben«, überlegte Thomas laut.

Lene lehnte sich nach vorne, indem sie die Unterarme auf ihre Knie stützte. »Der Flodl kann nur unschuldig sein, wenn wir unterstellen, jemand hätte seinen Computer gehackt. Wer das hier kann, kann das auch in Heidelberg, vorausgesetzt derjenige weiß, wessen PC sich dafür lohnt.«

Thomas Sprengel schaute seine Frau nachdenklich an, während er ihren Gedanken verarbeitete.

»Gibt es denn Hinweise für eine Manipulation an dem Computer?«, erkundigte sich Horst Jung, dem noch nicht klar war, wie eine gezielte Auswahl in Heidelberg stattgefunden haben sollte.

»Bisher nur die Annahme«, musste Lene zugeben, »er könne es nicht gewesen sein.«

»Das ist ein bisschen wenig«, fand Horst, der hörbar die Luft einsog, während er die Fakten abwog. »Aber wie hat mir mal ein weiser Kommissar erklärt: ›Das Wahrscheinlichste ist immer am wahrscheinlichsten‹. Insofern sollten wir diese Spur verfolgen.«

»Pfeife«, konnte Thomas ein Wort des Unwillens nicht zurückhalten, der stets unwirsch reagierte, sobald er den Eindruck bekam, von seinem jungen Mitarbeiter aufgezogen zu werden. Anders als sonst unterblieb aber dessen Kichern, wenn ihm sein Chef auf den Leim gegangen war. »Ich werde mal mit Philipp reden«, schlug der Hauptkommissar angesichts der ausbleibenden Reaktion vor. »Von dem werden wir jedenfalls eine absolut verlässliche Auskunft erhalten.«

»Super«, war Horst begeistert, der bereits überlegt hatte, Winkler ansprechen zu müssen, den sie jedoch weiterhin nicht als Tatbeteiligten ausschließen durften.

»Aber selbstverständlich, Herr Jung«, erwiderte Lene ironisch, »wir haben im Urlaub nichts Besseres zu tun.«

Stille. »Oh, aber ...«, Horst reagierte auf implizit Kritik enthaltende Äußerungen von Lene meist vorsichtig, weil sie ihn vor Längerem wegen ihrer Missbilligung seines Verhaltens mit einer Wette hereingelegt hatte. Die war ihm schließlich teuer zu stehen gekommen. Erst als er die beiden Urlauber angesichts seiner eher unüblichen Sprachlosigkeit lachen hörte, erkannte er, gefoppt worden zu sein. »Ich merke schon, das schöne Urlaubswetter hat zu eher psychedelischem Wohlgefühl geführt«, spöttelte er bereits wieder.

Kapitel 20

Heiner Janetzky und Theresa Bates frühstückten zusammen. Es war dem Kommissar immer noch nicht gelungen, das von Bea empfohlene offene Gespräch über die Situation am Fenster zu führen. Er fürchtete eine Wiederholung einer für ihn sehr schmerzhaften Erfahrung. Seine erste Frau hatte ihn betrogen. Obwohl er das schon frühzeitig geahnt hatte, hatte er nicht den Mut aufgebracht, sie darauf anzusprechen. Die Angst vor den Konsequenzen war zu stark, ja lähmend gewesen.

»Darling«, musterte Theresa ihn, »hast du keinen Appetit?«

Heiner schaute seine Urlaubsliebe nachdenklich an, die noch einen flauschigen Bademantel trug. In seinem Kopf tobten die Gedanken. Sprich sie darauf an. Nicht jetzt, wir müssen gleich zur Arbeit. Das ist nicht der richtige Zeitpunkt, besser abends. Feigling. Es ist völlig in Ordnung, wenn ich nicht alles mitmachen möchte. Du bist nur verklemmt, es hat dich schließlich angespitzt. Nein, es war nur die überraschende Situation. Ich will … Dann los. Jetzt ist so gut wie jeder andere Zeitpunkt. Was soll passieren, wenn wir ein vernünftiges Gespräch führen? »Ach, ich bin nur schon bei der Arbeit«, hörte er sich sagen.

»Was beschäftigt dich so?«, erkundigte sie sich interessiert, während sie einen Löffel ihres Porridges abkühlen ließ.

Erleichtert ging er auf ihre Frage ein. »Ich suche immer noch die Typen aus dem Schwimmbad. Mir bleiben die Freibäder von Mannheim bis Neustadt. Ich kann mich nur nicht entscheiden, in welcher Reihenfolge ich die abarbeiten soll.«

»Really?«, kam seiner Partnerin ein Gedanke. »Fang doch in Neustadt an. Nach Mannheim kannst du mich am Wochenende mitnehmen.« Sie löffelte ihr Porridge.

»Willst du shoppen gehen?«, wunderte sich Heiner, bevor er seine Kaffeetasse leerte.

»Nein«, lasziv schaute sie ihn an. »Ich habe zufällig herausgefunden, dass es dort einen See mit FKK-Bereich gibt. Dort könnten wir doch mal zusammen hingehen.«

Heiner zuckte zusammen. »Ich bin Polizist«, versuchte er einen Ausweg zu finden. »Ein Foto von mir im Netz kann ich mir nicht erlauben.«

»Da schaut doch keiner«, erwiderte sie mit beruhigender Stimme, während sie den Kopf schüttelte.

»Spanner gab es schon immer.« Er spürte wie er zittrig wurde. »Und die verfügen heutzutage alle über Smartphones. Was denkst du, wie schnell solche Bilder inzwischen geteilt werden.«

Während Theresa Bates aufstand, ließ sie ihren Bademantel aufgehen. »Ich will dich, Sweety«, hauchte sie. Aufreizend setzte sie sich vor ihm auf die Tischkante; Geschirr klirrte aneinander, das sie unachtsam nach hinten schob. Ihre Füße stellte sie neben ihm auf die Seiten seines Stuhls. Der Anblick ihres reifen Körpers, der ihm so unwiderstehlich dargeboten wurde, verhinderte jegliche weitere Diskussion.

Einige Zeit später parkte Heiner Janetzky in der Nähe des von Theresa ins Gespräch gebrachten Schwimmbades am Stollenwörthweiher. Auf der Fahrt hatte er sich zunächst über seine eigene Unfähigkeit, ein kritisches Gespräch in einer Partnerschaft zu führen, geärgert. Danach war er immer unruhiger geworden, weil sie ihm anschließend sogar das Versprechen abgenommen hatte, mit ihr dort hinzugehen. Kurzerhand hatte er sich entschlossen, diese Badeanstalt aufzusuchen, von deren Existenz er bis dahin überhaupt nichts gewusst hatte. Innerlich aufgeregt näherte er sich der Kasse, schalt sich zugleich aber einen Dummkopf, war er doch offiziell hier. War er vielleicht wirklich verklemmt? Mit Erleichterung nahm er zur Kenntnis, dass sich hinter dem Eingang ausschließlich bekleidete Badegäste befanden, unter denen sich viele Rentner, aber auch Jugendliche und Kinder sowie deren Mütter befanden.

»Guten Morgen«, grüßte er den korpulenten Mann mit Schnauzer hinter der Kasse.

»Einen ausgesprochen schönen guten Morgen«, erwiderte der Kassierer entspannt und bester Laune. »Eine Tageskarte?«

Der Kommissar zückte seinen Dienstausweis. »Janetzky, Kripo Heidelberg«, stellte er sich vor.

Der Mann zuckte mit dem Kopf zurück. »Von einem Taschendiebstahl weiß ich gar nichts«, entfuhr es ihm überrascht. »Oder hat wieder jemand falsch geparkt?«

Heiner Janetzky schüttelte den Kopf. Mit wenigen Worten legte er dem Mittsechziger den Grund für seinen Besuch dar.

Daraufhin kratzte der sich hinter dem Ohr, während er unschlüssig die Phantombilder anstarrte, die ihm der Kommissar zugeschoben hatte. »Da war was«, rieb er sich inzwischen das Kinn, »als ich im Urlaub auf Lesbos war. Moment.« Schwerfällig erhob er sich und verließ den Raum ohne jegliche Eile zur Hintertür. Kurz darauf schallte seine Stimme über die Anlage. »Angie, kommst du mal bitte.« Zwei Minuten darauf kehrte er mit einer schlanken Frau Ende fünfzig zurück, deren Bräune so tief war, als wäre diese winterfest. Ein Herz-Tattoo zierte ihren linken Oberarm, Goldkettchen um Hals und Fußgelenk rundeten ihr auf Jugendlichkeit getrimmtes Erscheinungsbild ab.

»Was kann ich für Sie tun, Herr Kommissar?«, erkundigte sie sich mit rauchiger Stimme, ihn abwartend musternd.

Nachdem Heiner Janetzky ihr nochmals sein Anliegen erläutert hatte, warf sie einen Blick auf die Phantombilder, die sie mit sehr langem Arm von sich weghielt.

»Die Gruppe habe ich hier noch nie gesehen«, stellte sie mit zusammengekniffenen Augen fest.

»Schade«, entfuhr es dem Kommissar, »dann ...«

Sie redete einfach weiter, als habe er nichts gesagt. »Aber der hier sieht vielleicht so aus wie der Typ, über den sich ein paar Frauen beschwert haben, weil er wohl spannt.« Sie schob die Lippen erst nach links, dann nach rechts. »Rudi«, wandte sie sich schließlich an den Kassierer. »Ist Lieschen heute schon gekommen?«

»Jo«, bestätigte der korpulente Mann aus dem Hintergrund.

Angie nickte. »Gehen Sie doch mal nach hinten in den FKK-Bereich«, erklärte sie dem Kommissar daraufhin. »Sie hat ein Bild von dem Kerl auf ihrem Telefon. Das hat sie mir letzte ... nein, vorletzte Woche gezeigt, weil sie wissen wollte, ob man dem Hausverbot erteilen könne.« Sie blickte den Kommissar entschuldigend an. »Aber gucken ist nicht strafbar. Ob er intime Fotos gemacht hat, konnte niemand mit Sicherheit sagen.«

»Wie finde ich die Dame?«, erkundigte er sich.

»Die ist nicht zu übersehen«, lachte Angie, der er eine Spur Neid anmerkte. »Superschlank, da welkt kein Blättchen, sage ich Ihnen. Sie erkennen sie an einer blauen Strähne in ihrem blonden Haar.«

Der Kommissar war dem schmalen Weg am See entlang gefolgt. Wenige Minuten später stand er auf einer großen Liegewiese, auf der so früh am Morgen noch nicht allzu viele Badegäste und Sonnenanbeter lagen, dafür aber alle unbekleidet. Irgendwie fühlte er sich in seinem Leinensakko und der langen, beigen Hose vollkommen deplatziert. Er musste nicht groß Ausschau halten, um die Frau mit der Haarsträhne zu erblicken, die mit dem Rücken zu ihm im Schneidersitz auf einer dunkelblauen Decke saß. Bei ihr angekommen räusperte er sich dezent, sodass sie ihm ihr Gesicht zuwandte. Beinahe wäre er in Ohnmacht gefallen. Lieschen war nicht, wie er angesichts des Kosenamens erwartet hatte, im Alter von Angie. Vor ihm saß eine Frau in den Zwanzigern mit makelloser Haut, auf der sich kein einziges Härchen fand. Er musste erst schlucken, um den Kloß in seinem Hals zu entfernen.

»Entschuldigen Sie. Janetzky, Kripo Heidelberg«, stellte er sich vor. »Am Eingang hat man mir verraten, Sie hätten ein Foto von einem mutmaßlichen Spanner auf Ihrem Telefon.« Er ging in die Hocke, um nicht von oben herab mit ihr zu reden.

»Haben sich noch mehr beschwert?«, hob die junge Frau die Augenbrauen. »Wenn Sie die Schuhe ausziehen, dürfen Sie sich zu mir auf die Decke setzen. Das ist bequemer«, schlug sie ihm ohne einen Anflug von Befangenheit vor.

Heiner war es eigentlich schon heiß genug, aber er wollte auch nicht verklemmt wirken. Während er die Schuhe auszog, erklärte er, was er genau von ihr wollte. Ihr nun gegenübersitzend legte er der attraktiven Frau die Phantombilder vor. In aller Ruhe betrachtete sie eines nach dem anderen. Schließlich legte sie das Bild eines jungen Mannes vor ihre gekreuzten Beine auf die Decke, bevor sie ihr Telefon aus der rot-weiß gestreiften Tasche holte, die sich neben ihr befand. Wenig später hielt sie es neben die Zeichnung. Eine Weile legte sie den Kopf schief, während sie Foto und Phantombild miteinander verglich. Schließlich nickte sie, wenn auch noch ein wenig zögerlich. »Wenn Sie mich fragen«, schaute sie ihn aus warmen braunen Augen an, »könnte der das sein. Schauen Sie selbst.«

Unwillkürlich sah Heiner zu dem Telefon hinunter, sodass er gleichzeitig ... Er spürte, wie er rot zu werden drohte, weil nirgends ein Haar zu sehen war. Angestrengt versuchte er, ausschließlich das Telefon zu fixieren. »Darf ich?«

Sie gab ihm das Gerät und drehte ihm auch das Phantombild hin, von dessen Übereinstimmung sie inzwischen überzeugt war. »Ich bin mir *ziemlich* sicher, dass das Ihr Typ ist.«

Heiner Janetzky war froh, sich mit dem Bildvergleich beschäftigen zu können. Hier wollte Theresa mit ihm hingehen?, war er für

161

einen Moment abgelenkt. Oje! Aber er hatte es ihr versprochen. Mach dich locker, Alter, versuchte er verzweifelt, sich mit einer Portion Sarkasmus entspannter zu fühlen. Doch nur Augenblicke später war seine prekäre Lage wie ausgelöscht, als er begriff, dass die junge Frau richtig lag. Der Mann im Telefon war mit großer Wahrscheinlichkeit eines der Gruppenmitglieder. »Ich stimme Ihnen zu«, sah er zu ihr hoch, den Blick fest auf ihr Gesicht richtend. »Können Sie mir sagen, wann der das letzte Mal hier gewesen ist oder ob er regelmäßig kommt?«

»Am vorletzten Wochenende habe ich das Bild aufgenommen«, überlegte sie. »Davor ...« Sie suchte in ihrer Tasche nach einem Haargummi, um anschließend ihre schulterlangen Haare zu einem Pferdeschwanz zu binden. »... habe ich ihn ein paar Mal beobachtet. Aber das war ... immer nur am Wochenende. Ist auch logisch, da ist es viel voller.« Sie nahm die Arme wieder herunter.

Heiner war auch dafür sehr dankbar, doch in erster Linie für die Bestätigung. Er konnte nicht leugnen, nur durch Theresas Hinweis und Bitte einen ersten Ermittlungserfolg erzielt zu haben. »Sie wissen nicht zufällig, *wer* das ist?«

»Nee«, kam die erwartete Antwort prompt. »Spanner kenne ich nicht. Aber die meisten hier kommen aus der Mannheimer Umgebung.«

Lene Huscher betrachtete begeistert die Umgebung. Es gab Menschen, die das nur kitschig fanden. Doch sie genoss den Blick in die Berge, auf die alten Häuser sowie die noch vorhandenen kleinen Läden. Sie war auf dem Weg zu Annabels Schule, um sie dort abzuholen. Ihr Mann, der alte Geheimniskrämer, war in den Ort abgebogen, ohne ihr zu verraten, wo er so dringend noch hinwollte. Ihnen hatte die Episode mit dem Auto am Vortag absolut missfallen. Sicherlich konnte es ein Zufall gewesen sein, aber so zeitnah nach dem Erscheinen des Artikels, in dem unglücklicherweise auch der Verbleib des Mädchens erwähnt worden war? Letztlich hatte das Argument des Zufalls ihre Bedenken nicht zerstreuen können.

Während sie zügig den Schlossplatz überquerte, rekapitulierte sie noch einmal, was sich Neues ergeben hatte. Dr. Weinbruch hatte Bescheid gegeben, dass der Forensiker keinen Hinweis auf eine Manipulation des Laptops gefunden hatte. Das konnte alles und nichts bedeuten. Vielleicht war der Hacker auch nur pfiffiger als der Kriminaltechniker gewesen. Philipp hatte ihnen abends noch erzählt, es gäbe verschiedene E-Mail-Verteiler, die unterschiedliche Funktionen erfüllten. Neben bundesweiten und regionalen Verteilern, die alle Interessierten erreichten, gab es geschlossene für die Initianten und Organisationsgruppen. An diesen hatte sich ihr Geist festgebissen, als sie einen lauschigen Platz zwischen den beiden Kirchen erreichte, der von großen Bäumen beschattet wurde. Lene Huscher fragte sich, wie es sich wohl in dem alten Haus neben dem Tordurchgang zum Schlossplatz wohnte, umgeben von gleich zwei Kirchen, deren Glocken regelmäßig läuteten. Nachdem sie den Eindruck kurz in sich aufgenommen hatte, stieg sie am anderen Ende des Platzes die Treppen hinunter, um zur Schule zu gelangen. Ihre Gedanken kehrten zu den Verteilern zurück. Wäre es möglich, diese für einen Zugriff auf andere Rechner gezielt zu nutzen? In ihre Überlegungen versunken bog sie unten angekommen auf die Straße ein, der sie zu dem kleinen in der Nähe der Schule befindlichen Parkplatz folgte.

»Wann kommt die kleine Göre denn endlich aus der Schule«, maulte der Mann auf dem Fahrersitz ungeduldig. Das Fenster war zwar heruntergelassen, aber in dem Wagen war es um die Mittagszeit ordentlich heiß geworden.

»Entspann dich, Kleiner«, kam es gelassen aus dem Fond zurück. »Für eine viertel Million kann dir auch mal warm werden.«

Der Maulende steckte die Rüge kommentarlos weg. Gelangweilt schaute er sich um, weil sich auf dem Schulhof bislang nichts tat. Als sein Blick in die andere Richtung wanderte, blieb er an einer sehr schlanken Frau mit leuchtend roten Locken hängen. Sofort war er hellwach. »Da kommt die Frau aus dem Auto, mit dem die Göre gestern abgeholt worden ist.«

Der Mann im Fond blickte sich ohne Hektik zu ihr um. Dennoch spiegelte sich ein Anflug von Verärgerung auf seinem Gesicht. »Bring uns hier schnellstens weg«, wies er den Fahrer an, während er den Schalldämpfer auf seiner Pistole abzuschrauben begann.

Ihre Gedanken sprangen in die Realität zurück, als sich ein grauer Pkw aus den geparkten Fahrzeugen löste, der sich rasch von ihr entfernte.

Reflexartig folgte ihr Blick einem grauen Audi A6. Unwillkürlich stellte sie sich die Frage, ob es sich um dasselbe Fahrzeug wie an der Bushaltestelle handelte. Sie war sich zunächst unsicher, ob sie die Sorge um das Mädchen Gespenster sehen ließ. Audis A6 gab es viele, die häufig auch als Dienstwagen eingesetzt wurden. Bevor das Fahrzeug in einer Kurve aus ihrem Sichtfeld verschwand, nahm sie auf dem Nummernschild gerade noch bewusst die Buchstaben für Rosenheim wahr. Musste sie sich ärgern, weil sie zu viel Zeit mit ihren Überlegungen verplempert hatte, statt sich zunächst auf das Kennzeichen zu konzentrieren? Innerlich haderte sie mit sich, während sie die letzten Meter bis zur Schule zurücklegte. Wenig später wurde sie von ihren Gedanken abgelenkt, als die ersten Kinder lärmend aus dem Gebäude gelaufen kamen. Endlich entdeckte sie auch Annabel in der Schülertraube. Sie kam zusammen mit den beiden Mädchen heraus, die sie bei ihrem letzten Treffen so auffällig unauffällig gemustert hatten.

Nur noch wenige Meter von der Kommissarin entfernt drehte sich das Mädchen mit dem geflochtenen Zopf von einem Impuls der Neugier getrieben schnell zu Annabel, die Lene schon von Weitem zugewinkt hatte. »Wer ist die Frau?«, erkundigte sie sich hinter vorgehaltener Hand, die Tragweite des Sprachschalls jedoch unterschätzend, sodass Lene Huscher sie durchaus hörte.

»Das ist meine ... Tante Lene«, antwortete das Waisenkind mit vor Stolz geröteten Wangen, aber doch unsicherer Stimme.

»Toll«, war das dritte Mädchen beeindruckt, »so eine lässige Tante hätte ich auch gerne.«

»Na, ihr drei«, sprach die Kommissarin schließlich alle auf einmal an, um deren Gespräch zu unterbrechen. »Habt ihr es für heute geschafft?«

Annabels Begleiterinnen nickten nur schüchtern, weil sie so unerwartet einbezogen worden waren. Beim Weggehen tuschelten sie sofort aufgeregt miteinander, sich immer wieder umschauend.

Lene Huscher ging mit ihrem kleinen Schützling wie beim letzten Mal in die andere Richtung davon. »Wie war dein Tag?«, erkundigte sie sich.

»Gut«, kam es von der Kleinen zunächst nur knapp zurück, während sie Lenes Hand elfengleich umfasste. Lene schielte nach unten zu dem Mädchen, dessen braune Locken an diesem Mittag bei jedem Schritt fröhlich zu wippen schienen. Dann begann Annabel zu erzählen – und ihr Redefluss hielt bis in den Eberweinweg an.

Kapitel 21

Das Heidelberger Quartett war weit davon entfernt gewesen, die anvisierte Abfahrtszeit einzuhalten. Immerhin hatte Susanne Heiko dazu überredet, es mit einem Auto zu versuchen. Ihr Umweltgewissen hatte sich am Ende doch durchgesetzt. Inzwischen war das von Heiko bereits angekündigte Verkehrschaos eingetreten, das Ariane noch mit größter Überzeugung als Schwarzmalerei abgetan hatte.

»Was ist denn hier los?«, stöhnte Ariane, als sie realisierte, wie der Verkehr hinter München immer mehr zunahm.

Heiko lachte gequält. »Habe ich dir doch schon in Heidelberg prophezeit.« Sie standen auf dem linken von vier Fahrstreifen; immerhin ging es auf den anderen noch stockend voran.

Susannes Freundin, mit der sie seit Kindergartenzeiten ein Herz und eine Seele war, wirkte einen Augenblick, als wollte sie angesichts des Verkehrsaufkommens schmollen. Doch dann grinste sie breit. »Wir schieben halt keine ruhige Kugel wie ihr in eurem Sportinstitut. Ihr seht es ja selbst: Mein Prinz ist bereits vor Erschöpfung zusammengebrochen.«

Kai war tatsächlich am Dösen. Den hatte sein letzter Arbeitstag in der Klinik nochmals richtig geschlaucht, obwohl er sich vorgenommen hatte, urlaubsfähig loszufahren – und nicht urlaubsreif.

»Schon gut. Möchte jemand?«, erkundigte sich Susanne, während sie auf dem Beifahrersitz sitzend vier Müsliriegel hochhielt.

»Gerne, danke«, griff Ariane alleine schon zu, um sich von ihrem Frust abzulenken. »Sag mal«, wechselte sie zu einem erfreulicheren Thema. »Dein Onkel steht wohl in der Südsee nicht im Stau, oder?«

»Kaum«, amüsierte Susanne die Vorstellung eines Bootstaus vor einem Pass durch einen Riffring eines Atolls.

»Hm, nicht schlecht, dein Müsliriegel«, staunte Ariane, während sie die Verpackung inspizierte. »Auch noch bio, mit Cranberry, lecker. ... Also was macht dein Onkel genau auf Taha´a?«

Susanne fischte sich ihr Smartphone. Kurz darauf hielt sie es Ariane nach hinten. »Alles im Einklang mit der Natur und so. Ökologischer Anbau, Nutzung traditioneller Heilkunde, soweit keine pharmazeutischen oder chirurgischen Interventionen erforderlich sind, und in die Natur eingepasste Architektur sind wohl die drei Hauptmerkmale. Seine Frau Alexandra, das muss man ihr lassen, hat echt ein Händchen für ästhetisches Bauen. Schau!«

Ariane bekam große Augen. »Fantastisch. Du *hast* versprochen mich mitzunehmen! Das ist ja ein ganzes Dorf mit einem richtig hübschen – ja, hier würde man sagen – Marktplatz. Auf der Bank um den großen Baum könnte ich stundenlang sitzen und nur schauen«, schwärmte Ariane.

»Wisch ein Bild weiter«, forderte Susanne sie auf. »Das große Gebäude ist quasi eine Mensa, in der alle Dorfbewohner zum Mittagessen zusammenkommen.«

»Und wo werden *wir* da übernachten?«

»Weiter«, erklärte Susanne, »dann siehst du Terrassenhäuser mit jeweils mehreren Apartments, die sich in Struktur und Bauweise in die Natur einfügen. Die fallen kaum noch auf.«

»Da möchte ich hin.«

So verging die Zeit für die Frauen plaudernd, Kai schlafend und Heiko wünschte sich eine Automatikschaltung. Schließlich standen sie am Chiemsee endgültig in einem nicht enden wollenden Stau.

»Ich würde vorschlagen«, sah Heiko Susanne an, nachdem der Verkehrsdienst von einer Umfahrung abgeraten hatte, weil inzwischen auch alle Bundesstraßen Richtung Süden völlig verstopft waren, »gib Lene Bescheid, dass es knapp wird.«

»Och nee«, brummelte Ariane, während sie dem weiterhin schlafenden Kai über das dunkle Haar strich, dessen Kopf friedlich auf ihrem Oberschenkel ruhte. »Die Speisekarte klang echt vielversprechend.« Neidisch folgte ihr Blick einem grauen Audi A6, der auf der Gegenfahrbahn mit über zweihundert Sachen an ihnen vorbeischoss. Der kurze Blick, den sie auf den jungen Fahrer erhaschen konnte, zeigte ihr jedoch, dass der trotz freier Fahrt auch nicht glücklicher als sie selbst wirkte.

Der Eindruck hatte nicht getäuscht. Der Fahrer mit seinem scharf gezogenen Scheitel war bei Unterau in die Reckenbergstraße abgebogen, um auf einer unbedeutenden Nebenstraße rasch aus dem Berchtesgadener Land zu verschwinden. Nachdem sie zum zweiten Mal von dieser rothaarigen Gräte erwischt worden waren, hatte ihr »Gehirn«, wie er sich gerne selbst nannte, beschlossen, den Mietwagen zu tauschen. Selbstverständlich durfte *er* sich der Gefahr aussetzen, in der Karre zufällig einer Streife zu begegnen. So war Stony ziemlich angefressen und die Verkehrslage für den Rückweg verbesserte seine Laune keineswegs.

Die Missstimmung seines älteren Komplizen in Berchtesgaden legte sich nur langsam. Immerhin war das Problem mit dem Auto für ihn bereits gelöst. Diesen Aspekt hakte er erst einmal ab. Dennoch hätte er zu gerne gewusst, wer dieser Kerl mit seiner rothaarigen Begleiterin war. Und vor allem ärgerte er sich, weil dieses Paar seinen Plan vereitelt hatte, unerwartet zuzuschlagen und schnell zu verschwinden. War das wirklich nur ein unglücklicher Zufall oder sollte ihn das Auftauchen der beiden Unbekannten alarmieren? Je länger er diese Frage in seinem Kopf wälzte, desto stärker meldete sich ein Warnsignal, das er nicht missachten sollte, wie ihn die Vergangenheit positiv wie negativ gelehrt hatte.

Kapitel 22

»Ich hätte gedacht«, gestand Philipp Dunkerbeek den beiden Ermittlern, als sie nach dem Mittagessen noch bei einem Espresso auf der Terrasse zusammensaßen, »nein, ich war mir ganz sicher, es würden sich Spuren von Manipulation auf Florians Rechner finden.«

»Das heißt eigentlich noch nichts«, entgegnete Lene, der Viktoria ein doppeltes Stück gedeckten Apfelkuchen mit reichlich Zuckerguss auf den Teller geschummelt hatte. Offensichtlich hatte sie sich zum Ziel gesetzt, ihr das eine oder andere Pfund mehr mit nach Hause zu geben. »Der Hacker muss nur cleverer als der Kriminaltechniker gewesen sein.«

Ihr Mann nickte zustimmend, während er an seinem Espresso nippte. Auf den Kuchen hatte er aus gewichtigen Gründen verzichtet, aber darauf spekuliert, auch später noch ein Stück abstauben zu können. »Stellt sich die Frage«, hatte er sich seit dem gestrigen Gespräch mit Horst überlegt, »ob sich nicht über den Computer von Frau Sonnleitner ein Hinweis auf Manipulation finden lässt.«

»Den musste ich euren Kollegen übergeben.«

Thomas schürzte die Lippen.

»Hast du eine konkrete Idee?«, erkundigte sich Lene.

»Vielleicht«, antwortete ihr Mann noch unentschlossen.

»Was soll auf deren Rechner anders als auf Florians sein?«, wunderte sich der ältere Herr.

»Na ja«, setzte sich Thomas auf der bunt gestreiften Auflage seines Gartenstuhls unter der Marquise zurecht, die sie vor der prallen Sonne angenehm schützte, »auf dem Computer eures Rodlers gab es keine E-Mails mehr. Logisch, wer würde die aufheben. Frau Sonnleitner hatte diese aber noch. Auch klar, wenn sie sich gegen die weitere Erpressung wehren möchte. Also stelle ich mir die Frage, vorausgesetzt die stammen *nicht* von ihm, wie sind die da hingekommen?«

Der Mitinitiator der PEP zog sich am Ohrläppchen, während er den Gedankengang nachvollzog. »Du meinst, weil der außenstehende Betrachter den Ursprung nicht in Zweifel zieht, unterbleibt dein Ermittlungsansatz?«

»Richtig.«

Der Apfelkuchen war einfach nur perfekt, musste sich Lene von ihren Geschmacksempfindungen losreißen, um sich an dem Gespräch zu beteiligen. »Gut«, war sie so weit einverstanden. »Und wie denkst du, sind die Mails dort platziert worden?«

Ihr Mann schnaufte. »Indem sie jemand direkt dort abgelegt hat. Wie willst du sonst Zugriff auf einen Computer erhalten, zu dem du über keine Informationen verfügst. Davon gehe ich jedenfalls aus – oder irre ich mich?«, sah er zu Philipp Dunkerbeek.

Der hob jedoch abwehrend die mit nur wenigen Altersflecken bedeckten Hände. »Darüber weiß ich nichts. Eine Homepage existiert noch nicht. Das kann ich immerhin beisteuern.«

»Bliebe noch Stangassingers Adressbuch«, überlegte Lene laut. »Aber die Mails müssten nach Frau Sonnleitners Tod dort eingefügt worden sein, weil sie die sonst gesehen hätte.«

»Eben«, nickte der Kommissar zustimmend. »An dem Punkt könnten wir immerhin mal ansetzen, falls das noch niemand getan hat.«

»Erlebnisurlaub«, seufzte Lene ergeben, bevor sie zum Ausgleich das nächste Stück Kuchen genoss. Als sie Philipps fragenden Blick registrierte, erzählte sie ihrem Gastgeber, wie ihr junger Kollege ihre Ferien charakterisiert hatte.

Philipp Dunkerbeek lachte auf, bevor ihm sein schlechtes Gewissen deutlich anzusehen war. »Es tut mir leid, euch in diese Geschichte hineingezogen zu haben. Falls ihr übrigens der Meinung seid, für Annabel bestehe eine reale Gefahr, könnten wir das Mädchen zu Freunden nach Hamburg geben. Dort fände sie sicherlich niemand.«

Lene strich sich einen Krümel von ihrer dunkelgrünen Bluse. »Untersteht euch!«, protestierte sie. »Nur weil ein Allerweltsauto von einem öffentlichen Parkplatz abgefahren ist. Ein Rosenheimer Kennzeichen fällt hier auch nicht sonderlich aus dem Rahmen; das des Audis in Bischofswiesen kennen wir nicht einmal. Wahrscheinlich ist gar nichts, aber wir können ja trotzdem wachsam bleiben.

Ein Ortswechsel, finde ich, würde die gute Entwicklung der letzten Tage zunichtemachen. Außerdem wäre es besser, wenn eine Vertrauensperson in der Nähe ist, falls sie sich an den Unfallabend erinnert.«

Lautlos war Viktoria neben sie getreten und legte ihr eine Hand auf die Schulter. »Danke, Liebes. Ich sehe das so wie du.«

»Ich behaupte mal«, lehnte sich Thomas sehr weit aus dem Fenster, »nachdem wir inzwischen an zwei Orten an der Aufklärung arbeiten, haben wir die Täter, bevor unser Urlaub vorüber ist.«

Lene hob eine Augenbraue, widersprach ihrem aus ihrer Sicht sehr optimistischen Mann jedoch nicht, um das ältere Paar nicht zusätzlich zu verunsichern. »Ich schätze die Gefahr eher gering ein, solange Annabel immer eine Begleitung hat.«

»Da wir Erlebnisurlaub haben«, setzte ihr Mann an, »schlage ich vor, wir gehen mal bei den Kollegen vorbei, um uns nach Frau Sonnleitners Computer zu erkundigen. Danach könnten wir mit Annabel ins Schornbad gehen. Da wollte ich ohnehin gerne mit dir hin.« Er hielt inne. »Ist das überhaupt noch offen?«

Viktoria nickte. »Angesichts des außergewöhnlich guten Wetters haben sie kurzfristig entschieden, die Saison zu verlängern.«

»Perfekt«, freute sich Thomas. »Wir besprechen die Ergebnisse mit Blick auf den Watzmann und bilden uns ein, Urlaub zu haben, so mit Kind und Kegel. Wäre das in eurem Sinne?«, wandte er sich an Dunkerbeeks.

»Das wäre toll«, fand Viktoria. »Ich gehe sie fragen«, eilte die rüstige Dame schnellen Schrittes ins Haus.

»In der Tat«, hieß auch Philipp die Idee gut. »Wir sind ja nicht mehr in einem Alter, in dem man mit Kindern wild im Wasser tobt.«

Wenig später betraten Thomas Sprengel und Lene Huscher das Polizeigebäude, das der Kommissar bereits kannte, weil er dort den fiesen Teenager abgeliefert hatte, der sich seither von Annabel fernhielt. Vor einem Gebäudeplan lief ihnen der Bruder von Vroni Berg über den Weg, der sie an diesem Mittag bereits weniger feindlich gesonnen anschaute.

»Zu wem wollen Sie?«, sprach er die beiden sogar von sich aus an. Offensichtlich hatte er begriffen, dass er sie falsch eingeschätzt hatte, verlor jedoch kein Wort zu ihrer ersten Begegnung.

»Wir suchen den für die Ermittlungen im Fall Sonnleitner Zuständigen«, erklärte Lene ihm ohne Umschweife.

Bergs Miene verfinsterte sich. »Der Huber«, antwortete er dann aber doch ohne Rückfrage, »im Ersten, Zimmer 12.«

Kurz darauf standen sie in einem geräumigen Büro mit Parkettboden und Stuckdecke Hauptkommissar Huber gegenüber, der sich ihre Bitte ausdruckslos anhörte.

»So sehen'S das«, rieb er sich seinen Schnauzer. »Meinen'S wir hier in der Provinz sann zu deppert? Ich sehe keinen Grund, warum ich Ihnen den Computer zur Verfügung stellen sollte. Wir wissen schon auch, wie man ermittelt.«

»Sie missverstehen das«, erklärte ihm nun Lene geduldig, als sie merkte, wie ihr Mann mühsam seinen Ärger unterdrückte. »Uns kam die Idee, nachdem auf«, bewusst setzte sie den Spitznamen des Rodlers ein, »Flodls Rechner nichts zu finden war.«

»Jo red i Hindi«, schüttelte Huber genervt den Kopf, stärker in Dialekt verfallend. »Des is a Bewoismittel. Do geht nix. Hobt'S mi?«

»Aber ...«, setzte Lene erneut an, wurde jedoch von Thomas Sprengel überraschend gelassen unterbrochen.

Der wandte sich bereits zur Tür. »Wir warten draußen, bis Sie es sich noch mal überlegt haben.« Er zog Lene am Arm, die ihn nur verständnislos anschaute. Sie war immer noch der Meinung, Kommissar Huber mit guten Argumenten überzeugen zu können.

Der grantelte jedoch nur weiter: »Do können'S lang woarte.«

Kaum hatte Lene die Tür hinter ihnen geschlossen, hatte Thomas auch schon sein Telefon am Ohr.

»Was ...«, kam Lene nicht mehr dazu, ihre Frage zu stellen.

»Jo, hallo«, begrüßte Thomas den Kriminaldirektor in Heidelberg. »... Schön, aber anders als gedacht.« Er erklärte ihm sein Anliegen. »Danke. Nein, wir vergessen nicht, Urlaub zu machen. Aber das könnte ein richtig großes Ding werden. ... Danke. Tschüs.«

»Das ist nicht dein Ernst?«, kommentierte Lene ungläubig ihre Schlussfolgerung aus dem Gehörten.

Er zuckte nur mit den Schultern. »Manchmal muss man seine guten Beziehungen halt nutzen.«

»Da bin ich jetzt aber mal gespannt«. Sie schaute auf die Uhr.

Sieben Minuten und fünfundvierzig Sekunden später stürmte Huber mit rotem Kopf aus seinem Büro. Wütend knallte er die Tür hinter sich zu, würdigte die Wartenden jedoch keines Blickes. Weitere zehn Minuten darauf kehrte er mit einem Notebook unter dem Arm zurück, ging aber kommentarlos an ihnen vorbei. Erst in der Tür drehte er sich kurz um. »Kommen´S halt.« Der gröbste Sturm schien abgeflaut zu sein.

Huber erwies sich nach einem Anruf aus dem Innenministerium als ausgesprochen kooperativ. Gemeinsam schauten sie die E-Mails auf dem Rechner durch.

»Da gibt´s keine Auffälligkeiten«, resümierte Kommissar Huber, »des hat mir mei Kolleg bereits g´sogt.«

Thomas Sprengel schnaufte. »Dass hier nicht alle blöd sind«, haderte er mit dem Ergebnis, »ist mir schon klar. Aber wir haben etwas übersehen. Nur was?«

Huber starrte zur Decke. Lene schwieg unschlüssig.

»Das bringt jetzt grad nichts mehr«, sah Thomas Sprengel ein. »Könnten wir einen Ausdruck der E-Mails bekommen?«, wandte er sich an Huber.

»Wenn´S meinen«, wirkte der inzwischen beinahe gelangweilt, nachdem die eigene Kompetenz nicht infrage gestellt worden war. Er schloss das Notebook an seinen Drucker an und händigte den Heidelberger Ermittlern die Kopien aus.

Thomas legte ihm eine auf den Schreibtisch. »Könnten Sie hier Ihre Mobilfunknummer notieren, nur für den Fall ...«

»Auch das«, hatte sich Kommissar Huber in das gefügt, was ohnehin nicht zu ändern war.

Thomas Sprengel schwankte beim Verlassen des Polizeigebäudes zwischen Frustration aufgrund des Misserfolgs und Zufriedenheit über sein taktisches Meisterstück.

Lene grinste breit, als sie auf dem Soleleitungssteg zurück in den Eberweinweg spazierten. »War der sauer.«

Horst Jung hätte am liebsten den Telefonhörer aufgeknallt und wäre nach Hause gegangen. Immer noch fehlten ihm drei Teilnehmer der Sitzungen, die sich partout nicht melden wollten. Nicht, dass er Detailarbeit grundsätzlich verabscheute, aber er erwartete zumindest nach einer angemessenen Anstrengung auch einen Fortschritt. Frustriert legte er sein Smartphone auf den Schreibtisch. Unentschlossen sah er zum Fenster hinaus. Die Sonne schien, ein leichtes Lüftchen wehte durch das offene Fenster hinein. Es fiel ihm nicht schwer, sich einen Strauß Aktivitäten vorzustellen, für den dieses Spätsommerwetter wie geschaffen war. Nachdem er eine Weile ein Loch in die Luft gestarrt hatte, beschloss er, einem Gedanken zu folgen, der die Ermittlungen vielleicht beschleunigte.

Zunächst versuchte er, Winkler mobil zu erreichen. Doch das Telefon war abgestellt. Es meldete sich nur eine Mailbox, auf der er eine Nachricht mit der Bitte um Rückruf hinterließ. Im Institut bekam er von der Sekretärin lediglich die Auskunft, der Professor wäre in der vorlesungsfreien Zeit nur unregelmäßig im Büro. Zuletzt versuchte es der Kommissar über Winklers Privatanschluss. Als er schon entnervt aufgeben wollte, endete das Klingeln doch noch.

»Professor Winkler«, meldete sich eine weibliche Stimme mit osteuropäischem Akzent, »Sie sprechen mit Irenka Zawadzka. Was kann ich für Sie tun?«

Der Kommissar stutzte einen Augenblick, weil er nicht mit einer Frau gerechnet hatte. Soviel er wusste, war Winkler ledig. »Kommissar Jung, Kripo Heidelberg«, stellte er sich kurz vor. »Ich hätte gerne Herrn Winkler gesprochen.«

»Der ist nicht im Hause.«

Irgendwie schien das Pech an seinem Telefon zu kleben. »Wann kann ich ihn denn erreichen? Ich benötige eine dringende Auskunft im Rahmen unserer Ermittlungen.«

»Das kann ich Ihnen leider nicht sagen«, zögerte seine Gesprächspartnerin, »er ...«

Ungehalten unterbrach er sie mitten im Satz. »Ich kann Sie auch vorladen lassen«, baute er Druck auf, weil er nicht mit einer Kooperation rechnete. »Wer sind Sie überhaupt?«

»Herr Jung«, blieb sie ungerührt. »Erstens bin ich nur die Haushälterin, der Professor Winkler keinerlei Rechenschaft schuldig ist. Zweitens hat er mir nicht mitgeteilt, wann er wieder zurück sein wird. Und drittens, bevor sie danach fragen, hat er mit keiner Silbe erwähnt, wohin er ist. Allerdings hat er einen Koffer dabei.«

Horst Jung stutzte erneut. »Aber muss er heute Abend nicht zur Sitzung der PEP?«

»Soviel ich weiß, lässt er sich vertreten«, gab die Haushälterin inzwischen schmallippig Auskunft.

»Gibt es eine Möglichkeit, ihn zu erreichen?«

»Über sein Smartphone.«

»Das habe ich bereits versucht.«

»Dann kann ich Ihnen nur Geduld empfehlen.«

Horst Jung hörte förmlich, wie sich Frau Zawadzkas Lippen zu einem spöttischen Lächeln verzogen hatten. »Danke.« Grußlos legte er auf. Während er über das Gehörte nachdachte, drehte sich der Bleistift in seinen Fingern immer schneller. Das genügte jedoch noch nicht, um seine geistige Aktivität anzuspornen. Er stieß ungestüm die Tür zum Büro von Franz und Heiner auf, in dem sich nur Heiner Janetzky aufhielt, nachdem ihr Kollege sich um das Ergebnis der KTU hinsichtlich des Streetscooters kümmerte.

»Was ist denn mit dir los?«, schaute Heiner nicht unfreundlich, aber doch belegt hoch.

Ihr Jüngster schüttelte den Kopf. »Ich weiß nicht, was ich davon halten soll.« Theatralisch ließ er sich auf einen Stuhl fallen.

Der sonst gutmütige Heiner war aber auch an diesem Tag eher dünnhäutiger Natur. Seine Stimme klang bissiger, als er das beabsichtigt hatte. »Könntest du mir vielleicht auch noch mitteilen, wovon du überhaupt redest?«

»Du erinnerst dich«, holte der Jüngere aus, »was uns Lene und Thomas erzählt haben, Kind, grauer Audi und so?«

Heiner verzog das Gesicht. »Ich bin ja noch nicht dement.«

»Und weißt du, wer plötzlich verschwunden ist?«

»Ich bin weder dement noch Hellseher«, schnaufte Heiner Janetzky. »Allmählich verstehe ich, warum Thomas manchmal der Geduldsfaden mit dir reißt.«

An Horst Jung perlte die Kritik jedoch spurlos ab. »Professor Winkler ist laut seiner Haushälterin mit einem Koffer für unbestimmte Zeit an einen unbekannten Ort abgereist. Sollte der doch unser Haupttäter sein«, er zögerte, »meinetwegen, um sich weitgehende Macht in der PEP zu sichern, hätte er auch ein Motiv für den Tatkomplex Berchtesgaden – und damit ein Interesse am Tod des Mädchens.«

»Der fährt aber eine schwarze S-Klasse«, fand Heiner den Umstand zunächst weniger aufregend. Doch ermahnte er sich, sachlich zu bleiben, weil er spürte, wie sehr ihn das mit Theresa ausstehende Gespräch angriff.

Sein Kollege ließ diesen Einwand nicht so einfach gelten. »Der lässt eine Sitzung der PEP am Abend sausen – in einer so entscheidenden Phase? … Außerdem kann er seinen auffälligen Mercedes mit Heidelberger Kennzeichen gegen einen Mietwagen getauscht haben. Nicht einmal seine Haushälterin weiß, wo er sich aufhält.«

»Oder sie hat es dir nicht verraten wollen«, wendete Heiner ein. »Vielleicht ist er bei einer Dame, bei der er nicht sein sollte?«

»Eine Geliebte?«

»Wie auch immer du das bezeichnen möchtest«, wollte sich Heiner Janetzky zu keiner bewertenden Formulierung hinreißen lassen. »Aber ich gebe zu, dass sein Fernbleiben von einer der letzten Versammlungen merkwürdig ist«, zeigte er sich inzwischen deutlich interessierter. »Ich habe auch schon das Fahndungsfoto von dem unbekannten jungen Mann eingestellt.«

»Perfekt«, versprühte Horst sofort neuen Elan. »Fahren wir mal bei Winkler vorbei, um Frau Zawadzka ein paar Fragen zu stellen.«

»Dass Winkler involviert sein könnte«, merkte Heiner Janetzky beim Verlassen des Büros an, »hätte ich nicht ernsthaft für möglich gehalten.«

Der Besuch bei Winklers Haushälterin hatte ihnen dann leider keine weiteren Erkenntnisse gebracht. Dennoch schien sich selbst die Stimmung von Horsts älterem, weiterhin angespannt wirkendem Kollegen zusehends aufzuhellen, zeichneten sich doch inzwischen immerhin kleine Fortschritte ab. Franz Hilpertsauer hatte am Morgen nochmals mit Herrn Orso, dem Mitarbeiter der Firma Spuhler, Kontakt aufgenommen, um ihm das Foto des Verdächtigen zu schicken. Kurz darauf hatte dieser ihnen die erhoffte wie vermutete Übereinstimmung bestätigt. Damit hatten sie zum einen ein für eine öffentliche Fahndung verwertbares Foto. Zum anderen würde ihnen der Zugriff auf diese Person Informationen zu beiden Mordfällen liefern, die ihnen nicht nur Kopfzerbrechen, sondern auch reichlich Überstunden bescherten. Da wog die Nachricht von ihrem Kollegen nicht mehr ganz so schwer, dass sich keine weiteren Hinweise aus dem Fund des Streetscooters ergeben hatten, dem auf beiden Seiten ein gefälschtes UPS-Logo aufgeklebt worden war. Bevor er mit Heiner Janetzky zu Frau Dr. Schneider aufbrach, informierte er schnell Frau Stöckl, wo sie zu finden waren. Zudem bat er die Sekretärin darum, Franz Hilpertsauer ins Bild zu setzen. Der war während ihrer Abwesenheit bereits wieder in die Panoramastraße aufgebrochen, um systematisch die Anwohner zu befragen, ob ihnen der Streetscooter am Tattag aufgefallen war.

Die Tür zu Frau Schneiders Zimmer stand offen. Der davorsitzende Polizist blätterte sichtbar gelangweilt in einer Zeitschrift, die wohl nichts Erfreuliches zu berichten hatte. Die Beamten wechselten ein paar Worte. Aber außer Frau Schneiders Mann, der sie am Vortag besucht hatte, hatte sich niemand in der Nähe der Oberbürgermeisterin sehen lassen. Kurz darauf standen die beiden Ermittler am Bett der Angeschossenen.

»Wie geht es Ihnen?«, erkundigte sich Horst Jung zunächst, während er sich gegen das Fensterbrett lehnte, sodass er die Tür im Auge behalten konnte.

Sie lächelte gequält. »Den Umständen entsprechend«, wollte sie weder jammern noch beschönigen. »Ich sollte dankbar sein, so viel

Glück gehabt zu haben. Das beschäftigt mich eindeutig mehr. Ich war zwar der Meinung, möglicherweise politischen Selbstmord zu begehen, falls ich die Partei wechsle«, ein Auflachen ging in ein Hüsteln über, »aber mit einem Anschlag auf mich habe ich nun wirklich nicht gerechnet. Auch wenn Politik meist keine Skrupel kennt.« Vorsichtig zog sie den in einer Schlinge befindlichen Arm zurecht, der durch das Husten verrutscht war.

»Eigentlich sind wir aus einem anderen Grund hier«, erläuterte Kommissar Janetzky ihr, der sich auf die Lehne eines Besucherstuhls gesetzt hatte, »aber darf ich vorher fragen, warum Sie von einem politischen Selbstmord sprechen?«

Sie drehte ihm den Kopf zu. »Da schwingt natürlich Pathos mit. Aber bleiben wir realistisch. Das Mitgefühl der Menschen hat mich damals zur Oberbürgermeisterin werden lassen. Vermutlich habe ich auch nicht allzu schlechte Arbeit geleistet. Dennoch war ich zugleich in der richtigen Partei, deren Sympathiewerte sich im Aufwind befanden und noch befinden. Ich kann nicht einschätzen, wie sich die vollkommen andere Ausrichtung der PEP auf die Wahrnehmung meiner Person auswirken wird.«

»Das verstehe ich eben nicht«, zweifelte Heiner Janetzky weiterhin an der Plausibilität eines politischen Hintergrundes, zumal sie derzeit Winkler bei unklarem Motiv im Verdacht haben mussten. Das verschwieg er ihr jedoch zunächst.

Heidemarie Schneider schnaufte unwillig. »Sehen Sie: Die allgemeine Tendenz in der Politik folgt in immer weiteren Bereichen einer Verbotslogik, die zudem, nehmen wir Gesundheitsthemen, immer mehr in den persönlichen Bereich vordringt. Diese Beschneidung der eigenen Selbstbestimmung im Namen des angeblich Besten würde es beispielsweise mit der PEP nicht geben.«

»Wieso nicht?«, warf Horst Jung ein. »Es ist doch positiv, wenn zum Beispiel ... unnötiger Zucker aus dem Essen verschwindet.«

»Hört sich an, als hätten Sie die neueste Berichterstattung gelesen, die vor der Gefahr für ›jeden einzelnen‹ warnt«, fixierte sie den jungen Mann.

»Dass Zucker ungesund ist ...«

»Das wäre aber unabhängig von der medialen Aufbereitung für die Gesundheit vorteilhaft«, half Heiner Janetzky seinem Kollegen, der unschlüssig abgebrochen hatte.

»Gerade *Sie* erklären mir das«, unterdrückte die Verletzte lieber ein weiteres Lachen. »Ich möchte Ihnen wahrlich nicht zu nahe treten, aber *Sie* sehen mir nicht danach aus, als hätten Sie Probleme mit dem Essen. Wollen Sie mir ernsthaft erklären, es sei für alle Menschen notwendig, zuckerfreien – sagen wir mal – Joghurt zu konsumieren?«

»Nein ...«

»Das ist aber die Konsequenz aus einem derartigen Verbot«, fuhr sie nach ihrer rhetorischen Frage fort. »Sie erhalten besonders in diesen Bereichen ein Diktat durch eine Minderheit, die sich im Zweifel auch selbst den Stempel des Experten verleiht und plötzlich für alle und jeden bestimmt, was für diesen gut sein soll. Aber gilt das auch für Sie, Herr Janetzky? – Nein«, antwortete die Vollblutpolitikerin, »solange Sie ein ausgewogenes Maß beibehalten. Aber das gilt erstens bei allem. Und zweitens: Sie erinnern sich vielleicht, als Fette verteufelt wurden. Damals lautete daher die Ernährungsempfehlung für Salate, kein Öl zum Anmachen zu benutzen. Dumm war nur, dass man später auf die fettlöslichen Vitamine stieß.«

»Das muss aber schon lange her sein«, meldete sich der junge Kommissar zu Wort, der davon noch nie etwas gehört hatte. »Die Wissenschaft ist doch heute viel weiter.«

Frau Schneider winkte müde ab. »Seien Sie doch nicht so naiv. Nehmen Sie einfach mal die Vorstufe eines angedachten Verbots. Die sogenannte Lebensmittelampel beruht auf einem Algorithmus, der Diätcola besser einstuft als einen Bio-Fruchtsaft ohne Zusätze, weil der einen höheren Fruchtzuckergehalt aufweist. Entschuldigung, das ist absurd. Wollen Sie wirklich jemanden über ein Verbot entscheiden lassen, der nichts gegen diese Form der *Verbraucheraufklärung* unternimmt?«

»Die Ablehnung einer Verbotskultur findet sich aber auch bei der FDP«, gab Heiner Janetzky noch nicht auf, obwohl er begriff, worauf sie hinauswollte.

»Ach, die FDP«, winkte die OB erneut ab. »Wollen die sich mit einer Legalisierung des Drogenkonsums den Grünen anbiedern? Und warum, wenn es um ›jeden einzelnen‹ geht, werden Drogen anders als ∠ucker bewertet? Vielleicht, weil Politiker und Wähler gerne dazu greifen? Was ist mit Zigaretten oder Alkohol? Da wird die Diskussion nicht geführt, woran Sie nur sehen können, dass es um andere Interessen geht. Die FDP bildet diesbezüglich keine Ausnahme. Ihrer Klientel zuliebe tut die nichts gegen Leerverkäufe oder Put-Optionen«, redete sie sich zunehmend in Rage. »Oder fragen Sie doch mal den ehemaligen SPD-Finanzminister nach dem Grund, warum Hochgeschwindigkeitstransaktionen von einer Besteuerung ausgenommen werden sollten, obwohl der Kleinanleger auf die paar Euro, die er vielleicht für seine Rente erzielen möchte, besteuert wird?« Ihr Gesicht nahm trotz der Verletzung Farbe an. »Während in den persönlichen Bereich der Menschen immer weiter eingegriffen wird, werden Regelungen vermieden, die starke Interessengruppen verärgern. Anders käme das mit der PEP, sodass es fraglich ist, ob die einen Senkrechtstart hinlegt.«

»Gut«, wollte Horst Jung die Diskussion beenden. »Warum mein Kollege so dezidiert nachgefragt hat, liegt an Umständen, die uns zu der Annahme verleiten, Professor Winkler könnte in den Anschlag verwickelt sein.«

Überrascht schaute sie ihn an. »Nie im Leben. Wie kommen Sie denn auf diesen absurden Gedanken?«

Die Kommissare setzten sie sowohl über die plötzliche Abwesenheit Winklers als auch über ihre Sorge um Annabel Sonnleitner sowie deren Amnesie in Kenntnis.

»Und warum erst jetzt?«, wunderte sie sich über den Zeitpunkt.

»Weil das Mädchen vorübergehend bei Pflegeeltern untergebracht worden war, sodass bis zu einem kürzlich erschienenen Zeitungsartikel niemand wusste, wo es sich aufhält«, merkte Horst Jung nun an.

Frau Schneider starrte längere Zeit auf die gegenüberliegende Wand, an der im oberen Drittel ein Fernseher angebracht war. Schließlich kehrte sie wieder zu den beiden Ermittlern zurück.

»Wenn das einen Sinn ergeben soll«, wollte sie nicht so einfach an eine Beteiligung Winklers glauben, »müsste der am Unfalltag der Mutter dort gewesen sein. Haben Sie das überprüft?«

»Er könnte auch Komplizen haben«, war Kommissar Janetzky angesichts der Unterstellung unsauberer Arbeit unterschwellig beleidigt. »Seine Haushälterin hat immerhin erwähnt, er wäre Anfang bis Mitte Juli ebenfalls ein paar Tage unterwegs gewesen, konnte uns aber das genaue Datum nicht mehr nennen.«

»Fragen Sie in seinem Sekretariat nach«, schlug die ehemalige Kanzlerin der Universität vor. »Sollte er einen Termin gehabt haben, den er wahrgenommen hat, scheidet er zumindest persönlich aus. Allerdings hatte zum fraglichen Datum die vorlesungsfreie Zeit gerade begonnen«, schränkte sie die Aussagekraft dieses Ansatzes umgehend selbst ein.

»Das wäre dann unsere nächste Adresse gewesen«, war Heiner Janetzky seine Missstimmung sehr deutlich anzumerken. Inzwischen fragte er sich ernsthaft, ob die Dame zu sehr von sich und ihrer Meinung eingenommen war. Dieses Syndrom befiel aus seiner Sicht nicht wenige Politiker, die jahrelang an der Macht waren.

Horst Jung dagegen hatte umgehend sein Telefon in der Hand, suchte sich die Nummer von Winklers Sekretariat und wählte. Wenige Klingeltöne später war er mit der Sekretärin verbunden, die am Telefon jedoch jede Auskunft verweigerte. Verärgert sah er zu seinem Kollegen. »Sie will am Telefon nichts sagen.«

»Geben Sie mal her!«, streckte Heidemarie Schneider den nicht beeinträchtigten Arm aus.

Was ..., war Horst Jung angesichts des bestimmenden Tonfalls irritiert, folgte aber wie ferngesteuert der Aufforderung.

»Gerlinde?«, flötete sie ins Telefon, »hier ist Heidemarie. ... Ja, ich weiß ...«

Verblüfft folgten die beiden Kommissare dem Gespräch, realisierten aber auch, einen Fehler begangen zu haben; sollten doch alle von Schneiders Tod ausgehen.

Die verletzte Oberbürgermeisterin reichte ihm das Telefon zurück. »Sie beantwortet Ihnen jetzt Ihre Fragen.«

Ohne eine weitere Floskel wiederholte der junge Kommissar sein Anliegen. »Könnten Sie bitte einmal nachsehen? ... Keine Termine?« Er sah vielsagend zu Heiner Janetzky herüber, der sich darüber alleine deshalb freute, weil Frau Schneider zumindest nicht offensichtlich recht hatte. »Wissen Sie vielleicht, ob er dennoch im Büro war? ... Nicht mit Bestimmtheit. Aha. Dann bleibt uns leider nichts anderes übrig, als alle Mitarbeiter am Lehrstuhl einzeln zu befragen. Wann wäre das am einfachsten?«

»Da läuft ein ganz krummes Ding«, wandte sich Heidemarie Schneider den Kopf schüttelnd leise an Heiner Janetzky, der jedoch keine Ambitionen zeigte, sich vereinnahmen zu lassen.

Horst Jung hatte gerade die eindringliche Ermahnung an die Sekretärin zu absoluter Verschwiegenheit beendet, als ein Mann mit einem riesigen Blumenstrauß das Zimmer betrat. Es hätte nicht viel gefehlt und Horst wäre die Kinnlade heruntergefallen. Unwillkürlich schoss er ein Foto. Sean Connery, ging es ihm durch den Kopf, entstiegen aus einem Luxusmodemagazin. Rosa Leinenhemd, weiße Chino und Lederslipper, lässig einen dunkelblauen Pullover über die Schultern gelegt, strahlten die Augen dieses Mannes ein Selbstvertrauen aus, das keine Grenzen kannte. »Störe ich?«, fragte er mit einem Lächeln, das Eisberge zum Schmelzen brachte.

Horst sah für einen Moment an sich hinunter: enge Jeans mit den üblichen weißen Sneakers, Polo. Konnte er jemals mit dieser Art Mode denselben Eindruck erzeugen? Das musste er unbedingt mit Heike besprechen.

Da Horst noch abgelenkt war, sprang sein Kollege ein. »Kommen Sie ruhig herein. Wir sind fertig.«

»Mein Mann«, stellte Frau Schneider ihn mit einem Leuchten in den Augen vor. »Die Herren sind von der Kripo. Kommissar Janetzky und Kommissar Jung.«

Hermann Schneider reichte beiden die Hand. Für einen Augenblick hatte es den Anschein, als sei er nur ihretwegen gekommen, bevor er sich seiner Frau zuwandte. »Ich gehe besser gleich noch eine Vase organisieren«, nutzte er eine Ausrede, um dem vorhergehenden Gespräch ein angemessenes Ende zu ermöglichen.

Kapitel 23

Als Lene mit Annabel im Schönauer Schornbad aus der Damenumkleide kam, riss Thomas die Augen auf. Seine Frau trug einen ausgesprochen knappen dunkelblauen Bikini, den er noch nicht kannte. Dazu zierte ihr Gesicht eine Retro-Sonnenbrille, deren Rahmen oben an den Gläsern spitz nach außen zulief.

»Ich hätte meine Waffe mitnehmen sollen«, entfuhr es ihm.

»Wofür brauchst du eine Pistole?«, wunderte sich das Mädchen.

Lene lachte auf. »Er meint«, erklärte sie ihr, »ich sehe so umwerfend aus, dass sich alle um mich reißen könnten.«

»Das stimmt«, hielt sich Annabel nicht mit Indirektheiten auf, während sie Lene ernst anschaute.

»Danke«, wusste Lene kaum auf das unerwartete Kompliment zu reagieren.

Thomas protestierte auf dem Weg zu einer freien Holzliegefläche, auf der sie alle drei reichlich Platz fanden. »Bei mir darfst du dich auch gerne bedanken.«

Sie musterte ihren Mann, während Annabel ihr Badetuch ausbreitete. »Du siehst in deinen Badeshorts auch nicht übel aus, seitdem du den Bund wieder von oben sehen kannst.«

Thomas poste mit angewinkeltem Arm. »Reines Dynamit.«

Seine Frau schaute sich nach Annabel um, die aber inzwischen an den Beckenrand gegangen war, von dem aus sie einen Fuß ins Wasser hielt. »Nur gut, dass die Zündschnur nicht zu kurz ist, mein Lieber.« Sie legte ihm eine Hand auf die Brust und hauchte einen Kuss auf seine Lippen, um jegliches Lamentieren zu unterbinden.

»Ich kühle mich am besten mal im Wasser ab«, lächelte Thomas sie stattdessen an. »Kommst du mit?«

»Später«, verneinte sie, »ich mag noch nicht frieren. Ich genieße solang den Blick auf den Watzmann. Meine Güte ist das hier eine Idylle.«

»Habe ich doch gesagt«, war Thomas zufrieden. »Schade nur, dass sie inzwischen Alubecken haben. Das war damals noch anders. Bis gleich.«

Lene Huscher beobachtete wie Thomas mit Annabel schwamm, er sie ärgerte, das Mädchen sich aber nichts gefallen ließ. Sie hängte sich sogar auf seinen Rücken und ließ sich durch das Becken ziehen. Entspannt legte sich Lene schließlich auf den Rücken, schaute noch eine Weile in die Berge, bis sie, ohne es zu merken, eindöste.

»Uaah«, schreckte Lene hoch, weil eisiges Wasser auf ihren Bauch tropfte. Sie riss die Augen auf und sah Annabels lachendes Gesicht über sich. »Frechdachs. Die Idee kann nur von Thomas stammen«, schaute sie erbost in seine Richtung.

Der setzte hingegen eine gänzlich unschuldige Miene auf, während er den Kopf zur Seite wandte, sie beim Abtrocknen immer noch anschauend.

Ohne Vorwarnung zog die Kommissarin Annabel, die ebenfalls zu Lenes Mann geblickt hatte, am Arm zu sich, um sie zu kitzeln.

Annabel kicherte, warf sich dann aber mit ihrem nasskalten Badeanzug auf Lene, die sofort am ganzen Körper eine Gänsehaut bekam.

»Iiiih, bist du kalt«, erschrak Lene, »runter mit dir!«

Doch als das Mädchen lachend ihre dünnen Arme um ihren Hals schlang, hielt sie sie fest an sich gedrückt.

Thomas setzte sich zu den beiden. Er genoss das unbeschwerte Beisammensein in dem idyllischen Bad. Urlaub konnte kaum schöner sein, stellte er gerade fest, als sein Telefon klingelte. Nach einem raschen Blick auf das Display nahm er das Gespräch an.

»Moin, Horst.«

»Moin, Moin«, kam es so prompt wie korrekt zurück. »Habt ihr einen Augenblick Zeit?«

Thomas stieß Lene an. »Na klar. Wir haben schließlich Erlebnisurlaub gebucht. Warte mal.« Er holte zehn Euro aus seiner Hosentasche. »Annabel, hast du Lust, uns ein Eis zu holen?«

»Au ja«, war die begeistert, sich umgehend von Lene lösend.

»Such dir eins aus! Außerdem rate mal, was uns beiden schmecken könnte, okay?«

Die Kleine nickte eifrig und hüpfte fröhlich zum Kiosk.

Thomas hielt das Telefon zwischen seinen und Lenes Kopf. »Du kannst loslegen.«

»Winkler ist nicht in Heidelberg, obwohl heute Abend eine relativ wichtige Versammlung der PEP stattfindet«, berichtete der junge Kommissar. »Um ehrlich zu sein, wir wissen nicht, wo er sich derzeit aufhält. Seine Haushälterin hat ausgesagt, er verschwinde häufiger für mehrere Tage, ohne zu hinterlassen, wohin.«

»Du meinst, das Fernbleiben von der Versammlung sei hinreichend für einen Tatverdacht?«, zweifelte Thomas an dieser Argumentationskette. »Vermutlich hat der nur eine Liebhaberin – oder einen Liebhaber.«

»Das hat Heiner auch bereits geäußert. Dennoch überlegen wir, ihn zur Fahndung auszuschreiben«, vollendete Horst seinen Bericht. »Er hat seit Stunden nicht auf meine Nachricht reagiert.«

»Das stützt ebenso die amouröse These«, wandte sein Chef ein.

»Wie auch immer«, gab Horst nicht nach. »Haltet die Augen auf. Es wäre nicht die erste Überraschung, die wir erleben.«

»Was für einen Wagen fährt Winkler?«, war Lene mehr praktisch orientiert.

»Eine schwarze S-Klasse, HD-W 1001.« Er wurde lauter, als Thomas ihn unterbrechen wollte. »Aber er könnte sich auch einen Mietwagen organisiert haben.«

»Hmmh«, blieb der Hauptkommissar skeptisch.

»Danke für den Hinweis«, nutzte Lene die flüchtig dahin geredete Floskel, um ihrem Mann eine Denkpause zu verschaffen. Als der ihr jedoch nur einen Wink gab, lenkte sie das Gespräch in eine aus ihrer Sicht dringendere Richtung. Mit wenigen Worten referierte sie ihren Stand zu den Computern. »Aber selbst in Frau Sonnleitners gespeicherten Mails finden sich keine Auffälligkeiten. Hast du vielleicht noch eine Idee dazu?«

Ihr Jüngster schwieg.

»Bist du noch dran?«

»Jaja«, meldete sich Horst abwesend. »Habt ihr die Mails?«

»Ich habe Ausdrucke machen lassen, nachdem uns Jo in die Ermittlungen eingeklinkt hat«, grinste Thomas spitzbübisch.

»Erlebnisurlaub«, dachte Horst Jung sich schon, was passiert war. »Kannst du mir die schicken?«

»Die sind auf Papier.«

»Lene?«

»Mach ich später.« Sie stieß ihren Mann an. »Da kommt Annabel zurück. War es das, Horst?«, wandte sie sich Thomas´ Mitarbeiter nochmals zu.

»Fürs Erste. Wo seid ihr eigentlich?«

»Im Schwimmbad. Ciao«, unterbrach Thomas die Verbindung.

Zusammen saßen die drei auf ihrer Holzliegefläche. Während sie dem regen Treiben im Wasser zuschauten, ließen sie sich das Eis schmecken. Annabel hatte mittags gut aufgepasst und für Lene ein Schokoeis mitgebracht. Thomas hatte ein Zitroneneis bekommen, sich selbst hatte sie ein quietschbuntes Eis in Form eines kugelrunden Gesichts mit zwei Ohren gekauft.

Vom Eingang näherte sich eine Mutter mit ihrer Tochter, die Lene an das Mädchen mit dem geflochtenen Zopf erinnerte. Als diese näherkamen, rief Annabel: »Hallo, Josefa.«

Anders als nach der Schule wirkte das Kind mit den Sommersprossen im Gesicht jedoch gehemmt. »Hallo«, erwiderte es nur verhalten.

Lene Huscher zählte den Namen des Kindes und Frau Sonnleitners Beruf zusammen, sodass sie glaubte, den Grund für das gänzlich andere Verhalten durchschaut zu haben. So nicht, dachte sie. »Guten Tag, wollen Sie nicht die Liegefläche neben uns nehmen, dann können die Kinder zusammen sein.«

Sofort reagierte das Mädchen; flehend sah sie zu ihrer Mutter hoch. »Bitte, Mama, bitte. Das sind Annabels Tante und Onkel.«

Der Frau in einem sehr konservativen Badeanzug war die Situation sichtlich unangenehm. Lene sah ihr an, nicht stehen bleiben zu wollen. Dennoch fühlte sie sich aus Höflichkeit verpflichtet, auch nicht grundlos weiterzugehen. »Eigentlich ist mir nach ein wenig mehr Ruhe als hier – so nah am Beckenrand«, musterte sie das Heidelberger Paar skeptisch.

»Mama, bitte«, versuchte Josefa sie zu der Holzliege zu ziehen.

Wie blasiert, fand Lene, unterstützte aber die Bemühungen von Annabels Schulfreundin. »Es ist bereits viel ruhiger geworden«, nahm sie ihr das fadenscheinige Argument mit freundlichstem Lächeln. »Wir belästigen Sie keinesfalls, wenn Sie Ihre Ruhe wollen.«

»Jaaa«, jubelte Josefa, als sie spürte, wie ihre Mutter nachgab.

Kaum hatte sie ihr Handtuch ausgepackt, war Josefa auch schon mit Annabel am Wasser. Die beiden sprangen immer wieder vergnügt von einem Startblock, lachten und tobten.

»Lene Huscher«, machte die Kommissarin den Anfang. »Sie haben den Kindern offensichtlich eine große Freude gemacht.«

Sichtlich mit Unbehagen schaute die pummelige Frau zu ihr hinüber. »Maria Maurer.« Sie zögerte kurz, traute sich dann aber doch. »Und *Sie* sind eine Tante von Annabel?«

»Thomas Sprengel«, klinkte sich auch der Kommissar ein. »Und ich bin ihr Onkel«, spielte er in Lenes Strategie gerne mit.

»Ah«, wusste Josefas Mutter nicht damit umzugehen.

»Tante Lene«, kam Annabel tropfnass vorbei, »ich möchte dir etwas zeigen.« Schon war sie wieder auf dem Weg zu Josefa, die an den Startblöcken wartete.

»Entschuldigen Sie mich«, stand Lene auf, um dem Mädchen zu folgen.

Ihr leicht in der Hüfte wiegender Gang kam in dem äußerst knappen Bikini fast aufreizend zur Geltung. Thomas hätte seine Frau auf der Stelle vernaschen können, registrierte allerdings mit seinem geübten Blick, wie Frau Maurer weniger freundliche Gedanken durch den Kopf gingen.

»Was denken Sie?«, ging er in die Offensive, um zu testen, wie stark ihr innerlicher Druck war.

»Gar nichts«, wich sie zunächst aus. Doch die Frage wirkte nach, bis sie sich schließlich nicht mehr beherrschen konnte. »Arbeitet, ähem, also arbeitet Ihre Frau auch als ... äh ... in so einem ... Etablissement wie Frau Sonnleitner? ... Oh, ... gearbeitet hat?«

Na also. Das war eine schwere Geburt, seufzte der Kommissar für sich. »Wegen des Bikinis meinen Sie?«, konnte er sich eine kleine Stichelei nicht verkneifen. »Meine Frau«, blickte er der lieben Frau Maurer direkt in die Augen, »leitet das Dezernat für Sexualstraftaten der Kripo Heidelberg.«

Prompt entgleisten Frau Maurer ihre Gesichtszüge. Sie wandte den Kopf ab, weil ihr Gesicht immer heißer wurde.

Thomas schmunzelte, während er beobachtete, wie Annabel Lene einen Salto vom Startblock vorführte. Die Kleine kam danach an den Beckenrand geschwommen, an dem Lene in die Hocke gegangen war. Plötzlich fasste Annabel sie am Arm und Josefa, die bisher unbeteiligt daneben gestanden hatte, gab der Kommissarin noch einen kleinen, aber gezielten Schubs von hinten, sodass diese kopfüber ins kalte Wasser plumpste. Während Lene kräftig prustete, gigelten die beiden Mädchen vergnügt über ihren Coup.

»Josefa«, rief ihre Mutter entsetzt. »Komm sofort ...«

»Frau Maurer«, unterbrach Thomas sie lachend. »Lassen Sie den Kindern doch ihren Spaß. Meine Frau freut sich daran, auch wenn sie gleich mit den Zähnen klappert.«

»Das ist respektlos«, ereiferte sich die nicht nur konservativ gekleidete Frau.

»Sie sind der Ansicht, Annabel hat einen schlechten Einfluss auf Ihre Tochter, weil deren tragisch verstorbene Mutter Stripperin gewesen ist?«, unterstellte Thomas Sprengel einmal.

Frau Maurer vergaß die Kinder. »So könnte man das formulieren«, gab sie tatsächlich zu.

»Vor wenigen Minuten hatten Sie noch Vorurteile gegenüber meiner Frau«, erinnerte er sie kühl. »Wissen Sie«, setzte er zu einem seiner wenigen Vorträge an, »eigentlich geht Sie das gar nichts an. Frau Sonnleitner war nicht vom Leben begünstigt. Sie hat versucht, das Beste daraus zu machen. Das ist ihr bei ihrer Tochter ohne Einschränkung gelungen. Sie selbst wollte sich sogar ein *seriöses* Geschäft aufbauen. Soll ich Ihnen sagen, woran das gescheitert ist?« Er blickte sie herausfordernd an. Da sie schwieg, fuhr er fort. »Seit der Finanzkrise ist es für Kleingewerbler extrem schwer geworden, einen Kredit bei ihrer Bank zu bekommen. Daran ist sie gescheitert, während alle immer noch die großen Namen der Finanzwelt in ehrfurchtsvoller Erinnerung haben, die aber maßgeblich daran beteiligt waren, das Finanzsystem vor die Wand zu fahren. Nicht wenige Politiker haben sich horrende Summen für Vorträge bezahlen lassen, anstatt den kapitalistischen Auswüchsen etwas entgegenzusetzen. Ist das vielleicht respektabler? Aber die werden nach wie vor bewundert, obwohl sie auf Kosten aller Millionen gescheffelt haben. Da ist der Name genehm, weil das Konto stimmt, oder wie?«

»Ganz so einfach ist das in einem kleinen Ort wie Berchtesgaden nicht«, wehrte sich Frau Maurer schwach.

»Genau«, pflichtete der Kommissar ihr bei, »solange alle so denken und sich nicht die Mühe machen, den Menschen anzuschauen.«

Die Mädchen kamen mit Lene im Schlepptau angestürmt. »Darf ich vom 3-Meter-Brett springen?«, hatte Josefa vom Toben und der Aufregung rote Backen.

»Kannst du das denn?«, zögerte ihre Mutter.

»Zusammen schaffen wir das«, war ihre Tochter überzeugt.

»Dürfen wir, Onkel Thomas?«, gab Annabel nicht auf.

»Seid vorsichtig.«

»Also gut«, wagte Frau Maurer nicht mehr zu widersprechen.

»Jaaaa«, stürmten die beiden Mädchen gleich wieder davon.

Lene wickelte sich erst einmal in ein Handtuch, weil sie tatsächlich mit den Zähnen klapperte. Irgendetwas stimmte hier nicht. Es lag Spannung in der Luft, fühlte sie deutlich, fragte aber nicht nach.

Annabel und Josefa standen schließlich gemeinsam auf dem Sprungbrett, vor dem großer Andrang herrschte. Josefa schien sich nicht zu trauen. Es war deutlich zu sehen, wie Annabel ihr zeigte, wie sie abspringen und sich einfach die Nase zuhalten sollte. Da Josefa nach ihrem Zuspruch tatsächlich sprang, federte das Brett leicht nach. Sie hatte Mühe das Gleichgewicht zu halten. Im selben Moment trat ein größerer Junge von hinten an Annabel heran, dem das alles zu lange dauerte. Rücksichtslos schubste er das Mädchen vom Brett, sodass sie mit einem schrillen Aufschrei unkontrolliert auf das Wasser stürzte.

»Sehen Sie, was ich meine. Die eine hilft, während der andere sich um gar nichts schert«, wandte Thomas sich an Frau Maurer, bevor er mit Lene zum Sprungbecken sprintete.

Lene sprang ins Wasser, weil Annabel sich nicht bewegte.

Thomas stellte sich neben den mit einem Ganzkörpertattoo überzogenen Bademeister, der den Teenager zu sich winkte.

Bevor er diesen zurechtweisen konnte, mischte sich der Kommissar bereits ein. »Der verlässt für heute das Bad.«

»Der bekommt eine Ermahnung«, entgegnete die hagere Aufsicht, ohne Thomas eines Blickes zu würdigen.

Der Kommissar stellte sich direkt vor den Mann. »Damit wir uns richtig verstehen«, zischte er wütend. »Der geht oder *ich* zeige ihn wegen Körperverletzung an! Dazu bekommen *Sie* eine Dienstaufsichtsbeschwerde an den Hals. Das war keine Bagatelle. Sie wissen selbst, was bei einem unkontrollierten Sturz aus der Höhe passieren kann.«

Der Bademeister wich einen Schritt zurück. »Ist ja gut.«

»Und?«

»Ich schicke ihn heim«, schnaufte der Mann, dem nicht wohl in seiner Haut war, weil Annabel immer noch bewegungslos in Lenes Armen lag.

»Annabel!«, versuchte Lene einen Hinweis zu bekommen, warum sich das Mädchen nicht rührte.

Mit vor Angst aufgerissenen Augen zeigte sie mit einer Hand auf ihre Brust.

Lene überlegte. Das Kind war mit dem flachen Rücken auf das Wasser aufgeschlagen. Offensichtlich hatte ihre Atmung ausgesetzt. »Sei ruhig«, sprach sie eindringlich auf die Kleine ein, »in ein paar Sekunden kannst du wieder atmen.«

Nach einer gefühlten Ewigkeit schnappte Annabel endlich nach Luft und klammerte sich an Lenes Hals.

Thomas Sprengel fiel bei dem Anblick ein Stein vom Herzen. Es schien nichts Schlimmeres passiert zu sein.

Nachdem sich die Aufregung gelegt hatte, bat Lene den Bademeister, sie nochmals mit Annabel auf das Brett zu lassen, damit sich keine Angst festsetzte. Der willigte gerne ein, während Thomas zu Frau Maurer zurückkehrte.

Zusammen mit Josefas Mutter beobachte er, wie die Neunjährige einwandfrei ins Wasser eintauchte, und schmunzelte, weil Lene mit einer Hand ihr Bikinioberteil festhielt, als sie ihr folgte. Anschließend durfte auch Josefa nochmals springen.

»Herr Sprengel!«

Thomas wandte ihr den Kopf zu.

»Ich danke Ihnen für Ihre offenen Worte«, zeigte sich Frau Maurer erstaunlich einsichtig. »Der aggressive Junge ist der Sohn des Bürgermeisters.« Sie sog die Luft ein. ... »Annabel und Josefa wirken dagegen wie ein Herz und eine Seele. ... Es ist nicht sehr christlich von mir, über jemanden zu urteilen, den ich nicht kenne. Entschuldigen Sie den Hochmut.«

Auf dem Rückweg erkundigte sich Lene im Auto dann doch, warum sich Frau Maurer plötzlich so freundlich verabschiedet hatte.

Thomas wollte das vor Annabel nicht erläutern. Deshalb antwortete er eher kryptisch. »Ich habe mich mal an deine Strategie sachlicher Argumentation gehalten.«

Lene hob eine Augenbraue, gespannt auf den genaueren Bericht.

Kapitel 24

Kommissar Janetzky hatte sich von Winklers Sekretärin die Telefonnummern der am Lehrstuhl angestellten Mitarbeiter geben lassen, um über das anstehende Wochenende keine kostbare Zeit zu verlieren. Zusammen mit Franz Hilpertsauer arbeitete er die Kontakte ab, nachdem der quasi ergebnislos aus der Panoramastraße zurückgekehrt war. Es hatte ihm zwar eine ältere Anwohnerin bestätigt, am fraglichen Abend einen UPS-Transporter gesehen zu haben, der ihr von der Form eher ungewöhnlich vorgekommen war. Doch sie hatte sich nicht weiter darum gekümmert, weil immer mal wieder Fahrer von Lieferdiensten längere Zeit dort standen, um Pakete umzuladen oder anders zu sortieren, wie sie diverse Male beobachtet haben wollte. Horst Jung befasste sich inzwischen mit Frau Sonnleitners Computer. Ihm war dazu tatsächlich eine Idee gekommen, die ihm einen entscheidenden Hinweis liefern sollte. Nach einem längeren Telefonat wartete er nur noch ungeduldig auf eine Nachricht von deren E-Mail-Anbieter.

Kopfschüttelnd kam Heiner Janetzky in Horsts Büro hinüber. »Das hältst du nicht für möglich!«

Kommissar Jung schaute fragend zu ihm auf.

»Bisher haben wir niemanden gefunden, der mit Winkler persönlich um den Unfalltag herum zu tun gehabt hat oder sich an eine Begegnung mit ihm erinnert«, begann er seine Ausführungen, »aber es wird gemunkelt, er habe ein Verhältnis mit einer ehemaligen Habilitandin gehabt, das im Streit auseinandergegangen sein soll.«

»Und?«, zeigte sich der Junior wenig beeindruckt. »Das kommt häufiger vor.«

»Schon«, grinste Heiner, während er ein Bein über eine Schreibtischkante hängte, »aber als ich die Dame recherchiert habe, bin ich auf einen Artikel gestoßen, in dem von einer Anzeige gegen sie berichtet wird, der zufolge ein Student behauptet, sie habe ihm gegen Sex eine bessere Note in Aussicht gestellt.«

»Das wäre dann mal anders herum. Und wie bringst du das mit Winklers Verschwinden in Verbindung?«, leuchtete Horst Jung der Zusammenhang nicht ein. »Nur weil er sich möglicherweise für seine verletzte Eitelkeit revanchieren will?«

Sein Kollege grinste noch breiter. »Frau Professor Backhuis, ehemals Seifert, hatte bis zu dieser Anzeige beste Aussichten in Hamburg Spitzenkandidatin der PEP zu werden.«

»Das wäre also die dritte Aktion gegen diese Partei«, zeigte sich Horst fassungslos. »Winkler hätte als Maulwurf ein weiteres Mal gezündelt *und* persönlich Rache genommen. Passt das zu dem Typ? Der Taxifahrer hatte eher den Eindruck, Winkler wäre angesichts des Attentats geschockt gewesen.«

»Bis zu seinem Verschwinden hätte ich dir uneingeschränkt zugestimmt«, räumte sein Kollege ein.

Franz erschien in der Tür. Er hatte mit einem Ohr mitgehört, während er noch am Telefonieren gewesen war. »Soeben«, klinkte er sich ein, »wurde mir Winkler als sehr von sich eingenommen, wenn nicht gar narzisstisch, mit einer Neigung zum Cholerischen beschrieben. Er scheint durchaus verschiedene Facetten seiner Persönlichkeit je nach Situation auszuleben.«

»Ob unsere OB das auch so sieht?«, deutete Horst eine mögliche Diskrepanz an. »Immerhin ist in Hamburg niemand gestorben«, fand er noch einen positiven Aspekt an dem Vorgehen in der Hansestadt.

»Wir sollten den Kollegen einen Hinweis geben«, schlug Heiner vor. »Die Wahrscheinlichkeit ist hoch, dass der Student für die Behauptung Geld bekommen hat. Ich gehe jedenfalls ganz klar von einer Falschanschuldigung aus, wenn ich den Gesamtkontext betrachte. Seht ihr das anders?«

»Überhaupt nicht«, schüttelte Horst den Kopf.

»Auch wenn die Spur sehr vage ist«, merkte Franz an, »sollten wir Professor Winkler zur Fahndung ausschreiben und insbesondere den Kollegen in Berchtesgaden Bescheid geben.«

»Tut das. Ich ...« Unterbrochen wurde er von seinem Telefon, das den Eingang einer Nachricht anzeigte. »Ich muss das dringend lesen.«

»Alles klar«, winkte Heiner ab. Beide Kommissare trollten sich. Doch zunächst entschieden sie sich für einen kurzen Kaffeeplausch mit Frau Stöckl, von der ungewöhnlich wenig zu hören und zu sehen war.

Horst sah sich die Daten in der E-Mail genauer an. Es gab keinen Zweifel, er durfte äußerst zufrieden mit sich sein. Das passte zudem ins derzeitige Bild. Umgehend wählte er Thomas Sprengels Nummer. Er wollte bereits die Verbindung unterbrechen, als sein Chef den Anruf endlich entgegennahm.

»Aus welchem Eck kommst du denn?«, konnte sich Horst eine

Bemerkung nicht verkneifen.

»Du hast uns beim Sex gestört«, grummelte Thomas.

Daraufhin wirkte die Leitung wie tot. »Äh ... oh«, blieb der sonst mit einer schnellen Zunge ausgestattete Kommissar angesichts der überraschenden Offenbarung eher kryptisch in seiner Ausdrucksweise. Erst als Lene im Hintergrund losprustete, merkte Horst, verladen worden zu sein. Sein Chef hatte sich scheinbar für den Urlaub vorgenommen, ihm seine Späßchen heimzuzahlen. »Euer Pech ...« Auf den Versuch, den Spieß umzudrehen, erntete er jedoch keine Reaktion. Deshalb ging er direkt zu den dienstlichen Anliegen über. »Könnt ihr frei reden?«

»Ich hänge unsere nassen Badesachen auf. Lene sitzt neben mir auf dem Balkon und lässt sich die Sonne ins Gesicht scheinen«, gab Thomas nun ehrlich Auskunft. »Eigentlich warten wir nur auf das Abendessen. Aber bei den anderen scheint es knapp zu werden.«

»Okay«, atmete der junge Kommissar noch einmal durch. »Erstens: Winkler bleibt verschwunden und hat vermutlich kein Alibi für Frau Sonnleitners Todestag. Nachdem eine Befragung der Mitarbeiter kein so positives Bild des Professors ergeben hat, hat Franz eine Fahndung rausgegeben.« Knapp teilte er ihnen die Einzelheiten dazu mit. »Ich schicke euch noch ein Foto von dem Mann.«

Lene erfasste das Ergebnis in seinem Kontext. »Ihr geht wirklich davon aus, dass ausgerechnet Winkler an einer politisch motivierten Vernichtungskampagne gegen die PEP beteiligt sein könnte?«

»Yep«, bestätigte Kommissar Jung, »inklusive eines persönlichen Rachemotivs.« Mit wenigen Worten skizzierte er den Erpressungssachverhalt in Hamburg.

»Das sollte sich schnell aufklären«, fand Thomas, »nachdem wir das potenzielle Motiv kennen.«

»Heiner hat den Kollegen bereits einen Tipp gegeben.«

»Was ist mit dem Computer?«

»Tja«, zog Horst die Antwort heraus, »ich könnte behaupten, ein Genie zu sein.« An diesem Punkt sollte bereits Thomas' Protest einsetzen, der jedoch ein weiteres Mal ausblieb.

»Nützt auch nichts. Wir würden dir ohnehin widersprechen«,

kam es hingegen nur lapidar zurück.

Sein Chef reagierte derzeit wahrlich untypisch, ging es Horst erstaunt durch den Kopf, aber momentan gab es Wichtigeres. »Die Zeitangaben zu den Mails in dem von Frau Sonnleitner benutzten Thunderbird decken sich *nicht* mit den Zeiten, zu denen sie bei ihrem Mailanbieter eingeloggt war.«

»Du willst sagen«, verstand das selbst sein technikabgeneigter Chef auf Anhieb, »die wurden später eingefügt?«

»Exakt.«

»Du bist super«, lobte Lene ihn. »Auf die Idee wäre ich nicht gekommen.«

»Danke, danke«, strahlte Horst selbstzufrieden über das ganze Gesicht.

»Damit können wir den Rodler als Täter wohl endgültig ausschließen«, schlussfolgerte Thomas Sprengel. »Ich gebe das seinem Verteidiger durch. Der soll sich mit dir in Verbindung setzen.«

»Uns ist dazu noch Folgendes eingefallen«, bat Horst sie noch für einen Moment um Aufmerksamkeit. »Tatsache ist, dass jemand den Computer des Rodlers übernommen haben muss. Das könnte Winkler gewesen sein. Auch sind ihm die Interna bekannt. Aber bevor wir uns alleine auf den Professor konzentrieren, sollten wir Alternativen ausschließen. Die Spur ist doch recht luftig.«

»Bisher fehlt jede Erklärung«, antwortete Lene. »Florian Stangassinger hat alle Möglichkeiten verneint, die wir ihm angeboten haben.«

»Fragt doch mal euren Freund«, schlug Horst vor. »Vielleicht ist dem etwas aufgefallen. Ich konnte hier bisher nichts finden.«

»Machen wir sofort«, verabschiedeten sich die Urlauber.

Thomas und Lene fanden Dunkerbeeks auf der Terrasse, nachdem sie sich peu à peu vorgearbeitet hatten.

»Da sind wir«, verkündete Thomas stolz, »ohne vorher zu klingeln oder zu klo...«, unterbrach er sich jedoch, als er das bleiche, matt wirkende Gesicht ihres Gastgebers sah. »Das war jetzt auch nicht gut?«, wusste er diese Miene nicht einzuordnen. Vor nicht einmal einer Stunde, als sie mit Annabel zurückgekommen waren, hatte der Angesprochene noch recht munter gewirkt.

»Doch, doch«, winkte Phillip Dunkerbeek ab. »Setzt euch. Ich hätte nicht mehr in die Zeitung schauen sollen.« Er hielt sie den beiden hin. »Nicht mal ein Lokalblättchen kann man mehr gefahrlos lesen.«

»Die Kanzlerin fordert Sanktionen gegen Russland«, fiel den beiden Ermittlern zunächst die prominent platzierte Schlagzeile auf. »Aus Sicht der Russen brüllt doch nur ein zahnloser Tiger«, merkte Lene trocken an. Fragend schaute sie zu dem Senior.

»Weiter unten, Ihr Lieben.«

»Sex-Skandal an Hamburger Uni«, las Thomas vor. »Professorin Backhuis wird von einem Studenten beschuldigt, ihm eine bessere Note in Aussicht gestellt zu haben, falls er mit ihr Sex habe. Die sich für die Gründung der PEP engagierende ... Oh«, brach der Kommissar mitten im Satz ab, »wir haben gerade über unseren Kollegen davon gehört. Was hältst du davon?«

»Ich kenne die Dame kaum«, gestand Philipp Dunkerbeek, »wie soll ich das beurteilen? Es wäre sehr schade. Sie wirkt nicht nur fachlich kompetent, sondern verfügt auch über politisches Talent.«

»Die Hamburger Kollegen werden die finanziellen Bewegungen des Studenten zumindest sehr genau unter die Lupe nehmen«, machte Lene ihm Mut. »Falls es sich um eine Falschanschuldigung handelt, ist die Sache schnell wieder aus der Welt.«

Philipp Dunkerbeek schaute sie skeptisch an. »So leichtfertig ist doch niemand.«

»Es sei denn, jemand fühlt sich zu sicher.«

Die beiden Ermittler erläuterten dem älteren Paar daraufhin Horsts Rechercheergebnis zu Frau Sonnleitners Mails sowie die aktuellen Verdachtsmomente der Heidelberger Kollegen gegenüber Professor Winkler. »Euer Flodl war es demnach wohl nicht. Glaubst du, Winkler könnte ein Maulwurf sein, der euch von vornherein sabotieren will?«

Viktoria Dunkerbeek runzelte die Stirn. »Geht das nicht ein bisschen weit? Mir fehlt da die Fantasie, auch wenn ich zugeben muss, dass die Attacken gegen die PEP in einem Zusammenhang stehen dürften.«

»Ach, Barschel hat man tot in der Badewanne gefunden«, merkte die Kommissarin pietätlos an. »Die Wege unserer Politiker sind oft unergründlich.«

Philipp Dunkerbeek nickte lediglich abwesend.

»Die Spur Winkler ist tatsächlich – wie drückte sich mein Kollege aus – noch sehr *luftig*. Aber du könntest vielleicht zu einem schärferen Bild beitragen«, wandte sich Thomas an den Senior.

»*Ich*, wie das?«

»Irgendjemand muss über Interna der PEP verfügen«, erläuterte ihm der Kommissar, »*und* sich Zugriff auf den Computer eures Rodlers verschafft haben. Winkler kennt Interna. Fraglich bleibt, ob er oder doch eine andere Person den Rechner manipuliert hat.«

Philipp Dunkerbeek schaute in den strahlendblauen Himmel. Nach einer langen Weile schüttelte er schließlich den Kopf. »So auf Anhieb fällt mir dazu leider nichts ein.«

Viktoria legte ihm eine Hand auf die Schulter. »Schlaf mal eine Nacht darüber. Angestrengtes Nachdenken hilft nur selten.«

»Da kann ich aus Erfahrung zustimmen«, schloss sich Thomas Sprengel diesem Rat an.

Auf dem Weg zur Terrassentür drehte sich die agile Dame nochmals um. »Ich gebe schnell Vroni und Florian Bescheid. Die werden sicherlich erleichtert sein.«

Kapitel 25

In den Mannheimer Quadraten stieß zur gleichen Zeit ein grauhaariger Polizeiobermeister seine jüngere Kollegin an. »Eva, schau mal. Nimm das Fahndungsfoto unserer Heidelberger Kollegen heraus. Täusche ich mich?«

Eva Kalinke folgte mit den Augen der angezeigten Richtung. Dort sah sie einen jungen Mann, der aus einem Hauseingang gekommen war. Unschlüssig schien er sich umzusehen, bevor er sein

Telefon herausholte und sich eine Zigarette anzündete. Die Polizeimeisterin hatte daher genügend Zeit, den jungen Mann mit dem Bild auf ihrem Smartphone zu vergleichen. »Passt. Das könnte der Gesuchte sein«, pflichtete sie ihrem Vorgesetzten bei, während sie sich mit Schritttempo näherten.

Der Beobachtete schien sie bisher nicht registriert zu haben. Zögerlich wandte er sich in Richtung Paradeplatz. Schuster suchte eine Lücke in den geparkten Autos. Sie stiegen nahezu auf gleicher Höhe zu dem Verdächtigen aus.

Bestimmt, aber unaufdringlich versperrte Eva Kalinke dem Telefonierenden den Weg, der sie erst spät wahrnahm. Schuster kam um die Wagenfront herum.

»Entschuldigen Sie«, sprach die Polizeimeisterin den Mann an, »dürften wir Ihren Ausweis sehen?«

Mit ausdruckslosem Gesicht trat der Angesprochene nickend näher. »Warum?«, schaute er weder verärgert noch beunruhigt.

»Sie ...«

Mit einer kurzen schnellen Bewegung warf ihr der Mann seine brennende Zigarette direkt ins Gesicht. Während sie schützend die Hände nach oben riss, stürmte der Verdächtige an ihr vorbei.

Schuster war für einen Augenblick perplex. »Alles in Ordnung?«

»Geht schon.«

»Nimm den Wagen, ruf Verstärkung!«, rief er seiner Kollegin zu, um sofort darauf dem Flüchtenden nachzusetzen.

Eva Kalinke reagierte inzwischen ebenfalls so schnell wie umsichtig. Mit Blaulicht sowie Sirene folgte sie den beiden Männern entgegen der Einbahnstraße, nachdem sie den Wagen rasant gewendet hatte. Nur knapp vor ihrer Motorhaube kreuzte der Flüchtende die Straße und spurtete auf den Kapuzinerplanken weiter davon. Doch sie sah, wie ihr Kollege stetig aufholte. Deshalb entschied sie sich, dem Fliehenden den Weg abzuschneiden. Hundert Meter später bog sie auf den Platz ein, auf dem sie in der Laufrichtung des Flüchtenden anhielt. Entschlossen stieß sie die Tür auf.

Ein gehetzter Blick nach hinten verdeutlichte dem Gejagten, in die Zange genommen worden zu sein. Blitzschnell entschied er sich für den Eingang des Kaufhauses »Engelhorn«.

Die junge Polizistin sprang erneut in den Wagen. Sie raste im Fußgängerbereich um das Gebäude herum, während Ewald Schuster dem Flüchtenden in das Kaufhaus folgte. Kunden drehten sich nach den rennenden Männern um oder sprangen zur Seite, um nicht aus dem Weg gerempelt zu werden.

Er war bereits an den Rolltreppen vorbei, glaubte, sich aus der Klemme befreit zu haben, als er die Uniformierte plötzlich durch eine der Eingangstüren kommen sah. Ohne nachzudenken, drehte er um, eilte eine der Rolltreppen hinauf, dicht gefolgt von ihrem Kollegen. Er hatte ihn also nicht abhängen können. Während er in das nächste Stockwerk hastete, suchte er fieberhaft nach einer Lösung. Dieser Polizist kam ihm immer näher. Dabei hieß es doch, dass die alle fett und faul werden.

Der Polizeiobermeister hielt sich jedoch mit regelmäßigem Jogging fit und startete auch gerne mal bei einem Straßenlauf. Nur noch wenige Meter trennten ihn von dem Flüchtenden, der auf der Rolltreppe in den dritten Stock umzuknicken schien. Doch kurz bevor Schuster ihn ergreifen konnte, drehte dieser sich mit einem hasserfüllten Blick um. Es war zu spät, um den Fußtritt abzuwehren, der den Polizisten hart gegen die Brust traf. Ewald Schuster taumelte zurück. Nur mit Mühe konnte er sich am Laufband der Treppe festhalten. Das leise Knirschen sowie der folgende Schmerz zeigten ihm mindestens eine gebrochene Rippe an.

Während Eva Kalinke auf der parallel verlaufenden Rolltreppe weiter nach oben stürmte, rang ihr Kollege nach Luft. Lediglich von der Treppe wurde er dem nächsten Stockwerk entgegengeschoben.

Als der Flüchtende die Polizistin erblickte, verschwand er zwischen den Kleiderständern. Es gab für ihn nur noch einen Ausweg. Innerlich fluchend stieß er die Tür auf.

Kurz darauf folgte ihm Kalinke mit zwischenzeitlich gezogener Waffe. Niemand war zu sehen. Kein Geräusch war im Treppenhaus zu vernehmen. Unschlüssig stand sie da, lauschend. Klick, nur leise. Die Tür zur Damentoilette war ins Schloss gerutscht. Entschlossen trat sie die Tür auf. Aber niemand war dort, der sich ihr entgegenwarf. Sie eilte vor, doch alle Türen der Kabinen waren geschlossen, nur eine zeigte rot.

Sie schlug dagegen. »Kommen Sie sofort raus, Polizei!«

Stille. »Das geht gerade nicht«, meldete sich eine verunsicherte Frauenstimme.

»Bleiben Sie, wo Sie sind!«, wies die Polizistin die Frau an, während sie begann, die anderen Türen aufzutreten, bis sie in der letzten Kabine hörte, wie die Spülung betätigt wurde. Mit wenigen Schritten war sie dort und stieß die Tür auf.

Ewald Schuster rappelte sich unter Schmerzen auf, als ihn die Rolltreppe am oberen Ende ausspuckte. Eine Mitarbeiterin des Kaufhauses eilte ihm zu Hilfe. Doch er wollte nur wissen, wohin die anderen beiden gelaufen waren. Trotz der stechenden Schmerzen in seiner Brust rannte er zum Treppenhaus. Dort lauschte er. Eine Tür schlug, noch eine. Der Lärm lenkte ihn zur Damentoilette. Die Zähne zusammenbeißend zog er seine Waffe. Vorsichtig betrat er den Vorraum. Er hörte eine weitere Tür aufschlagen, gefolgt von einem Laut, als würde jemandem schlagartig die Luft aus den Lungen gepresst. Kurz darauf kam es ihm so vor, als schlitterte Metall über die Fliesen. Als er um die Ecke lugte, sah er, wie sich der Flüchtende von seiner Kollegin löste, die aus der Nase blutend schlaff an einer Wand zusammensackte.

»Stehen bleiben!«, befahl Schuster mit ziemlich großer Wut im Bauch. Doch der junge Mann stürzte sofort auf ihn zu. Hätte Schuster die Waffe nicht bereits im Anschlag gehabt, wäre er chancenlos geblieben. Ein Schuss dröhnte durch den kleinen Raum. In den Nachhall mischte sich ein panischer Aufschrei, der aus einer der Kabinen kam. Der Flüchtende knickte mit einer Fleischwunde im Bein unmittelbar vor dem Beamten ein, der ihm zusätzlich einen Schlag gegen die Schläfe verpasste, die den Getroffenen benommen zu Boden gehen ließ.

Besorgt stieg Ewald Schuster über den vor ihm Liegenden hinweg zu seiner Kollegin. »Alles in Ordnung?«

»So würde ich das nicht ausdrücken«, versuchte sie ein schwaches Lächeln, während sie ihre blutende Nase betastete. »Aber es sieht wahrscheinlich schlimmer aus, als es ist.«

»Gut gemacht«, lobte ihr Vorgesetzter sie, damit sie erst gar nicht anfing, an sich selbst zu zweifeln.

»Du machst Witze.«

Ewald Schuster reichte ihr die Dienstwaffe, die in eine Ecke gerutscht war. Danach warf er einen Blick in die Kabine. Zu seiner Zufriedenheit fand er ein Päckchen mit weißem Inhalt, das die Spülung noch nicht hatte beseitigen können. Triumphierend hielt er das, in die Hocke gehend, seiner Kollegin hin. »Gut gemacht«, drückte er ihr einmal fest die Schulter. »Über das Verbesserungspotenzial sprechen wir ein anderes Mal.«

Mit Schmerzen richtete er sich wieder auf. Dabei fiel ihm der Schrei wieder ein. »Sie können herauskommen«, klopfte er gegen die verschlossene Kabinentür.

Das Schloss klickte. Eine hagere Frau öffnete mit zittrigen Knien und kalkweißem Gesicht die Tür. Entsetzen spiegelte sich in ihren Augen, als sie die verletzte Beamtin an der Wand sitzen sowie den Verwundeten auf dem Boden liegen sah. Schockiert schlug sie eine Hand vor den Mund.

Ewald Schuster geleitete die Dame in den Vorraum. »Bleiben Sie bitte hier, bis die Kollegen kommen. Wir benötigen noch Ihre Aussage.«

Eine Viertelstunde später herrschte ein reges Kommen und Gehen diverser Männer durch die nun dauerhaft offen stehende Tür der Damentoilette des Kaufhauses.

Frau Stöckl schaute irritiert zur Seite. Durch die geöffnete Tür zu Sprengels Büro klang das Klingeln seines Telefons zu ihr herüber. Herr Jung hatte offensichtlich vergessen, auch dessen Telefon auf sie umzuleiten, bevor die drei Kommissare aufgrund der Verhaftung in für die Herren ungewöhnlicher Geschwindigkeit das Dezernat verlassen hatten. Da fehlte doch noch Routine. Ergeben seufzte sie und begab sich der Bewegung zuliebe in das Büro ihres abwesenden Chefs. »Stöckl, Morddezernat Kripo Heidelberg.«

Erst nach einem kurzen Zögern formulierte der Anrufer seinen Wunsch: »Ich hätte gerne Hauptkommissar Sprengel gesprochen.«

»Der ist im Urlaub«, sah die Sekretärin keinen Grund, daraus ein Geheimnis zu machen. »Momentan ist keiner der Kollegen anwesend. Kann ich etwas ausrichten?«

»Dann geben Sie mir bitte Hauptkommissar Sprengels Mobilfunknummer.«

Der Hauptkommissar schien dem Anrufer wichtig zu sein, fiel Frau Stöckl auf, genauso wie der Umstand, nicht zu wissen, mit wem sie telefonierte. »Mit wem spreche ich denn?«

»Das tut nichts zur Sache.« Nach einer kurzen Pause fügte der Unbekannte jedoch noch hinzu: »Ein wichtiger Zeuge. Ich muss Hauptkommissar Sprengel dringend erreichen.«

Das war der langjährigen Sekretärin im Morddezernat auch noch nicht passiert. Unentschlossen kaute sie auf ihrer Lippe. Auf der einen Seite missfiel es ihr, Sprengels Nummer einem Unbekannten zu geben. Auf der anderen Seite war es nur ein dienstlicher Anschluss. Doch sie blieb noch unschlüssig. »Am Nachmittag können Sie seinen Stellvertreter hier im Büro erreichen. Ich gebe Ihnen auch gerne seine Durchwahl.«

Dem Anrufer war keine Spur von Ungeduld anzuhören. »Sie verstehen mich nicht«, erklärte er ihr ein weiteres Mal, »ich muss unbedingt mit Hauptkommissar Sprengel sprechen.«

Sollte sie es bis zu diesem Morgen nicht gewusst haben, würde sie keinesfalls mehr vergessen, dass Thomas Sprengel Hauptkommissar war. »Na schön«, lenkte sie, erneut seufzend, ein. Ihrem Instinkt folgend gab sie dem Fremden die Mobilfunknummer ihres abwesenden Chefs. Nachdem sie aufgelegt hatte, nahm sie sich jedoch noch vor, dem Kommissar eine SMS zu schreiben, weil der Unbekannte beharrlich seinen Namen verschwiegen hatte.

Der junge Mann, bei dem es sich laut Ausweis um Lennard Pohl handelte, schwieg bisher beharrlich. Nachdem der harmlose Steckschuss versorgt worden war, hatte man ihn in die JVA Mannheim verlegt. Wenig später waren die Heidelberger Ermittler im sogenannten »Café Landes« eingetroffen. Jedes Mal wieder staunte Horst Jung das prächtige Torgebäude an, das sogar unter Denkmalschutz stand. Und jedes Mal ging dem jungen Kommissar durch den Kopf, dass die Insassen im damaligen großherzoglichen Landesgefängnis in einem Prachtbau untergebracht worden waren, vermutlich ohne die heutzutage üblichen Annehmlichkeiten.

Als sie das Vernehmungszimmer betraten, zeigte der Verdächtige keinerlei sichtbare Regung. Eher gelangweilt schaute er auf.

»Wir hätten ein paar Fragen an Sie«, begann Horst Jung das Gespräch ohne jedes Geplänkel.

»Ohne einen Anwalt sage ich gar nichts.«

Kommissar Jung nahm ihm gegenüber Platz. »Schön, dass Sie die geltenden Gesetze wenigstens in diesem Punkt respektiert wissen wollen«, gab er Pohl süffisant zurück.

Der ließ sich jedoch nicht aus der Reserve locken, zeigte weiterhin keine auffallende Reaktion.

Franz Hilpertsauer lehnte hinter ihm an der Wand. »Der Koks interessiert uns nicht. Aber Sie haben einen geklauten Streetscooter in Kassel umlackieren lassen. Fällt Ihnen dazu vielleicht etwas ein?«

Auch dieses Mal blieb eine Antwort aus, aber Heiner war eine minimale Veränderung in dem sonst ausdruckslosen Gesicht aufgefallen. Pohl war demnach überrascht von ihrem Kenntnisstand. Deshalb setzte der Kommissar noch eins drauf. »Zeugen haben darüber hinaus bestätigt, dass Sie am Tod einer Studentin im Heidelberger Tiergartenschwimmbad beteiligt waren.«

Erstmals schien die Fassade zu bröckeln. Die Augen verrieten die sich jagenden Gedanken des Inhaftierten.

»Kooperieren Sie!«, wollte Horst Jung die Chance dieser Verunsicherung nutzen. »Sie waren daran schließlich nur beteiligt.«

Pohl lachte verächtlich auf. »Sie haben ja keine Ahnung.« Doch er fing sich sofort und schaute wieder teilnahmslos vor sich hin.

»Sie dürfen uns gerne mehr erzählen«, setzte er nach, doch der Moment war vorüber.

»Ohne meinen Anwalt sage ich gar nichts.«

»Und der hieße?«, erkundigte sich Franz, während er um den jungen Mann herum an den Tisch trat und die Hände auf die Tischkante stützte, um physische Präsenz zu zeigen.

»Suchen Sie sich einen aus«, drehte Pohl ihm immerhin den Kopf zu.

»Sie haben also keinen.«

»Sehe ich so aus? Ich bin ein rechtschaffener Bürger. Da benötigt man normalerweise keinen«, verhöhnte er die Beamten, diese nun einen nach dem anderen musternd.

»Ah, ein harter Hund, den wir da haben«, stellte Heiner Janetzky fest. »Wohl zu viele Krimis im Fernsehen geschaut. Aber das können wir auch. Zwei von uns gehen gleich raus. Niemand wird also wissen, wie mein Kollege Sie zum Sprechen gebracht hat.«

Erheiterung machte sich auf Pohls Gesicht breit. »Wir sind hier in Deutschland«, spottete er, »und Sie sind weder bei der CIA noch beim FSB oder dem Mossad.«

Das Geplänkel nahm einen Verlauf, der Kommissar Jung missfiel. Dennoch konnte er seinen Kollegen vor dem Verhafteten nicht zurückpfeifen. Wo blieb nur Fatma Ünal? Auf der Hinfahrt hatte er Thomas Sprengel angerufen, um ihm kurz von der Verhaftung zu berichten. Der hatte ihm bei dieser Gelegenheit den Tipp gegeben, sich um Fatma Ünal als Pflichtverteidigerin zu bemühen, weil sich die junge Strafverteidigerin bei ihrem letzten Fall nicht nur als ausgesprochen kompetent, sondern als ebenso integer erwiesen hatte. Deshalb traute ihr der Hauptkommissar zu, ihren Mandanten von einer Kooperation überzeugen zu können, sobald sie zu dem Schluss kam, das sei für Pohl die beste Option. Sie hatte ihm sogar versprochen, umgehend in die JVA zu kommen. Missmutig schaute er auf seine Uhr.

»Wenn Sie aussagen«, unterbrach Horst Jung den Wortwechsel, »bekommen Sie möglicherweise eine Strafminderung. Die Kollegen vom BKA sind sicherlich weniger feinfühlig.«

»Kein Vergleich zu dem, der hinter mir steht«, kam es gelassen zurück. Doch Pohls Augen spiegelten für einen Sekundenbruchteil blanke Panik wider.

»Wie Sie meinen«, gab sich der junge Kommissar geschlagen.

Heiner Janetzky war erneut der Ausdruck in den Augen aufgefallen. Bis auf wenige Zentimeter näherte er sich Pohls Gesicht, nicht hörend, wie sich die Tür zum Vernehmungszimmer leise öffnete. »Wir könnten auch einfach verbreiten, Sie hätten gezwitschert wie ein Vögelchen«, fixierte er ihn kalt.

Pohl wurde leichenblass. »Das dürfen ...«

»Herr Janetzky«, fauchte Fatma Ünal den Kommissar an, die hörbar die Tür hinter sich zuwarf. Als alle Blicke auf sie gerichtet waren, fuhr sie mit drohendem Unterton in der Stimme fort: »Sollte ich den geringsten Anlass zu der Annahme haben, dass Sie das getan haben könnten, werde ich Sie wegen Anstiftung zum Mord anzeigen. Und ich werde alle mir zur Verfügung stehenden Hebel in Bewegung setzen, um den Beweis zu führen. Wir leben hier immer noch in einem Rechtsstaat, den *Sie* im Übrigen repräsentieren.«

Horst Jung stöhnte innerlich auf. Einen unpassenderen Zeitpunkt für das Erscheinen der Strafverteidigerin hätte es kaum geben können. Er ging dazwischen, bevor seinem Kollegen eine weitere wirklich dumme Bemerkung einfiel. »Guten Abend, Frau Ünal«, schlug er einen reuigen Ton an, »die Emotionen sind ein wenig hochgekocht. Es ist ...«

»Für *Sie*, meine Herren«, unterbrach ihn die zierliche Person, »Frau *Doktor* Ünal.« Ansonsten legte sie kaum Wert auf den erst jüngst erworbenen akademischen Grad. »Emotionen haben in einer Vernehmung nichts zu suchen«, fügte sie spitz hinzu.

Lennard Pohl schaute verblüfft. Nicht, weil die kleine Strafverteidigerin den drei gestandenen Kommissaren die Leviten las, sondern weil sie offensichtlich nicht gewillt war, unfaire Methoden durchgehen zu lassen.

Heiner Janetzky war immerhin so klug zu schweigen.

Franz Hilpertsauer setzte Horsts Erklärung unaufgeregt fort. »Wir haben den starken Verdacht«, übertrieb er ihre Annahme ein wenig, »ein kleines Mädchen könne in Lebensgefahr schweben. Und Herr Pohl ist unserer Ansicht nach in der Lage, die Situation mit einer Aussage zu entschärfen.«

»Was für ein Mädchen?«, hakte Fatma Ünal nach. »Davon weiß ich bisher nichts. Vielleicht lassen Sie mich erst mal in Ruhe mit meinem Mandanten sprechen!«

Erleichtert, aber zugleich enttäuscht angesichts der Ergebnislosigkeit der Vernehmung ergriff Horst Jung die Gelegenheit, aus der für sie unerfreulichen Situation herauszukommen. »Einverstanden. Wir treffen uns dann morgen früh wieder hier?«

»Das erscheint mir angemessen«, lenkte die Strafverteidigerin gleich milder gestimmt ein.

»Ich möchte Sie trotzdem bitten, Ihrem Mandanten ins Gewissen zu reden. Das Mädchen schwebt in Lebensgefahr. Wir treffen uns um zehn Uhr.« Ohne eine Antwort abzuwarten, warf der junge Kommissar die Tür hinter seinen Kollegen und sich ins Schloss.

Horst Jung fragte sich auf dem Weg zum Parkplatz, wie er Heiner Janetzky auf seinen Fehltritt ansprechen konnte, ohne einen Streit zu provozieren. Ihr Chef hätte dieses Gespräch viel einfacher führen können.

Doch Franz Hilpertsauer nahm ihm, am Passat angekommen, diese Aufgabe ab. »Würdest du uns bitte erklären, was du dir dabei gedacht hast?« Seiner Stimme war keinerlei Bewertung anzuhören, wie Horst mit Interesse feststellte.

»Wieso?«, schien ihr Kollege jedoch wenig bereit, Einsicht zu zeigen.

»Wir arbeiten inzwischen ... über fünfzehn Jahre zusammen. Aber so eine unmoralische Drohung habe ich bisher noch nicht von dir gehört.«

Heiner reckte das Kinn vor. »Das hält mir ausgerechnet der vor, der beinahe einen Straftäter aus seinem Gerechtigkeitsempfinden heraus erschossen hätte?«

Anders als Horst angesichts dieser Anspielung erwartet hätte, blieb Franz die Ruhe selbst. »Genau deshalb, mein Lieber. Es wäre ein nicht wieder gut zu machender Fehler gewesen. Und dir empfehle ich, zu klären, was zu klären ist. Oder glaubst du vielleicht, wir merken nicht, dass dir in den letzten Tagen eine Laus über die Leber gelaufen ist?«

Nach einem Moment des Zögerns stieg Kommissar Janetzky kommentarlos ein, nicht ohne die Autotür kräftig zuzuschlagen. Franz und Horst schauten sich kurz über das Autodach hinweg an, bevor sie ihrem Kollegen folgten. Schweigend fuhren sie daraufhin nach Heidelberg zurück.

Heiner Janetzky war sichtlich zerknirscht, auch wenn er das nicht unmittelbar hatte zugeben können. Doch er sah ein, während er sich in seinem Skoda durch den Heidelberger Verkehr quetschte, einen Schritt zu weit gegangen zu sein. Franz hatte den Zusammenhang im Übrigen treffend hergestellt. Er musste endlich ein Gespräch mit Theresa führen. Der Schwebezustand belastete ihn emotional zu sehr – und das durfte sich auf keinen Fall auf seine Arbeit auswirken. Als er das Karlstor passierte, stand sein Entschluss fest, seine Partnerin anzusprechen, sobald er zuhause war.

Doch je mehr er sich Neckargemünd näherte, desto stärker schwoll seine Angst vor dem Gespräch an. Als er seinen Wagen im Hof hinter dem Haus parkte, entschied er, sich nicht unter Druck zu setzen; auf einen Tag mehr oder weniger kam es doch nicht an.

»Hallo, Darling«, freute sich Theresa unübersehbar, ihn an diesem Abend früher zu sehen. »Eben habe ich einen Auflauf in den Ofen geschoben.« Sie kam auf ihn zu, schmiegte sich katzenhaft an ihn. »Es ist schön, dass du da bist.«

Wie gut fühlte sich das an, registrierte Heiner seine Empfindung sehr deutlich. Aber eine Frage funkte ihm garstig dazwischen: Bin wirklich ich gemeint? Er strich ihr über das volle Haar. Doch der Ärger über sich selbst gewann die Oberhand. Er wollte sich dieses beglückende Gefühl nicht selbst zerstören. »Theresa?«

Sie schaute ihn an.

»Kann ich dich etwas fragen, ohne dass wir uns streiten?«

Irritiert beugte sie den Oberkörper leicht nach hinten. »Sure. Es hat eher nicht mit deiner Arbeit zu tun?«

Es sprudelte aus Heiner heraus: seine Ängste, dieses Gespräch zu führen, seine Verwirrung angesichts ihres Verhaltens abends vor dem Fenster, seine Unsicherheit darüber, ob er das wollte oder nicht, sein Bedürfnis, ihren Wünschen gerecht zu werden, sein Glück, seitdem er sie kannte. »Ich möchte dich niemals verlieren«, schloss er seinen Monolog, nach Zeichen in ihrem Gesicht suchend, wie sie seine Worte aufgenommen hatte. Waren das Tränen, die sich in ihren Augen sammelten? Sofort ergriff ihn Panik.

»Darling«, wischte sie sich über die Augen, »eine so schöne Liebeserklärung hat mir noch nie ein Mann gemacht.« Sie drückte sich fest an ihn. Ihre Tränen der Rührung durchnässten dabei sein Leinenhemd.

Heiner wusste nicht, wie er ihre Reaktion einordnen sollte. Immerhin war die ganz anders ausgefallen, als er befürchtet hatte. Ein Teil seiner Anspannung löste sich, auch wenn er immer noch damit rechnete, von hinten angesprungen zu werden.

»Manchmal erregen mich ...«, gestand sie ihm schließlich, »ungewöhnliche Dinge. Das kann ich nicht leugnen. Wir sind aber zwei«, betonte sie. »Finde deine Meinung dazu. Ich nehme dich so, wie du bist«, strahlte sie ihn trotz ihrer verweinten Augen an.

»Dich nehme ich, wie du bist«, gab Heike ihrem Mann einen zärtlichen Kuss. »Aber der Blumenstrauß gefiele mir schon«, fügte sie hinzu, während sie wieder auf das Foto schaute, das Horst am Nachmittag von Schneiders Ehemann geschossen hatte.

»Ich brauche also keinen Imagewechsel?«, erkundigte er sich, während er sich im H&M-Modelook vor ihr aufbaute.

Heike kicherte. »So ähnelst du eindeutig mehr meinem Lieblingskommissar.«

»Wie kann ein Mensch nur so grausam zum Vater seines Kindes sein.«

»Ach, Bärchen«, besah sie sich erneut das Bild. »Der Mann ist ausgesprochen attraktiv, aber nicht meine Altersklasse«, beruhigte sie den bereits Protest Anmeldenden. »Zieh doch weiter an, was dir bequem ist. Du nimmst mich doch auch, obwohl ich fett bin.«

Sofort rückte ihr Mann ihr auf die Pelle und konnte seine Finger nicht bei sich behalten. »Du bist nicht fett, meine Hübsche«, rieb er seine Nase an ihrer, »du bist ein Fest für meine Sinne.«

Heike lachte. Aber wenn sie ehrlich war, konnte sie trotz all ihrer gemeinsamen Jahre nicht glauben, dass er das uneingeschränkt so sah. Ihre Oberweite, ja, aber der Hintern? »Charmeur«, hielt sie ihn auf Abstand.

»Das ersetzt den Blumenstrauß«, murmelte er.

»Dagegen hätte ich aber tatsächlich nichts einzuwenden«, vergaß sie nicht, dieses kleine Detail nochmals zu betonen.

Kapitel 26

Nicht das geringste Detail auf dem Parkplatz vor Dunkerbeeks Haus entging ihm. Das Fenster stand ein wenig offen, sodass er trotz der zugezogenen Vorhänge von ihrem Hotelzimmer aus ein freies Blickfeld hatte, ohne befürchten zu müssen, von umliegenden Gebäuden aus gesehen zu werden. Den Rest des Tages hatten sie vergeblich auf eine Chance gewartet, das Problem zu lösen. Das Mädchen musste endlich liquidiert werden. Aus ihrer Sicht grenzte es ohnehin bereits an ein Wunder, dass sich die Kleine immer noch nicht an den Unfalltag erinnerte. Zumindest gingen sie davon aus, nachdem für sie weiterhin keinerlei Anzeichen einer Ermittlung in dieser Richtung spürbar waren. Im Gegenteil, bisher bezweifelten sie sogar, ob überhaupt jemand realisierte, in welcher Gefahr das Mädchen schwebte. Seine Gedanken, die träge vor sich hin plätscherten, wurden durch eine Beobachtung schlagartig unterbrochen.

»Der Typ verlässt mit seinem Hungerhaken das Haus. Sie nehmen das Auto.«

»Na, dann los«, sprang sein Partner auf. »Wir müssen vor denen an der Aral-Tankstelle sein, wenn wir sie nicht verlieren wollen.«

Nur drei Minuten später verließen sie mit ihrem neu gemieteten Audi A3 die Parkgarage, von der aus sie mit deutlich überhöhter Geschwindigkeit durch den Ort Richtung Stanggaß fuhren, bis sie bei der Tankstelle einbogen. Gespannt warteten sie dort.

Nur wenige Augenblicke später sahen sie den Peugeot die im unteren Abschnitt noch Pflastersteine aufweisende Kälbersteinstraße herunterkommen.

»Wir sind mal wieder äußerst knapp dran«, merkte Lene nur der Ordnung halber an.

»Willst du mir damit andeuten«, verstand Thomas die Bemerkung nicht auf Anhieb, »ich soll schneller fahren?«

Seine Frau seufzte, doch eher zufrieden. »Nein, auf die paar Minuten kommt es auch nicht an. Es war so ein schöner Tag.«

Thomas streichelte zärtlich ihren Oberschenkel. »Schöner geht es kaum, wenn man die Ermittlungen außer Acht lässt.«

An der Kreuzung bog er in Richtung Zentrum ab, als sich ihm eine Lücke im noch dichten Verkehr bot. Den schwarzen Audi, der ihnen kurz darauf von der Aral-Tankstelle folgte, bemerkten die beiden überhaupt nicht.

»Du würdest gerne mitmischen, stimmt's?« Lene zog ihren Mann durchaus kräftiger am Ohr.

Der zuckte nur mit den Schultern, während er sich am Kurhaus auf den Verkehr konzentrierte. Ein Bus wollte abbiegen, jemand kam aus dem Parkhaus, Fußgänger liefen über die Straße, der Gegenverkehr wich auf seine Fahrbahnseite aus. In einer Großstadt hätte man geschrieben, das Leben pulsierte. Er war froh, als sie endlich im Tal an der Ampel standen. »Beruflich gesehen schon«, gab er offen zu. »Aber noch viel lieber habe ich Urlaub mit meinem Leuchtfeuer«, warf er ihr einen verliebten Blick zu.

»Schon gut. Das war mehr als Scherz gemeint. Man könnte denken«, wechselte Lene das Thema, »ganz Deutschland mache hier derzeit Urlaub.«

»Es ist aber auch herrlich«, schwärmte ihr Mann, während er an der Ampel anfuhr. Zwei Wagen hinter ihnen preschte ein Audi noch bei Rot über die Kreuzung. »Mit dem Wetter haben wir so ein Glück gehabt. Und es ist auch fein, dass die anderen ein paar Tage kommen.«

Lene horchte auf. Ihr Mann war sonst im Urlaub eher für Zweisamkeit zu haben. Doch der sprach erst einmal nicht weiter, weil der riesige Kreisverkehr vor dem Bahnhof mit der Zahl der ihn frequentierenden Autos überfordert war. »Immerhin haben wir eine Ausrede, falls wir zu spät kommen«, merkte er schelmisch an.

»Och, so schlecht liegen wir gar nicht mehr in der Zeit«, stellte Lene überrascht fest, als sie einen Blick auf die Uhr warf. »Wir sind schneller durch den Ort gekommen, als ich erwartet habe. Wenn du nach Schönau ein bisschen Gas gibst, bleiben wir im akademischen Viertel.«

»So?«

Als sie den Kreisverkehr passiert hatten, fuhren sie endlich antizyklisch. Kaum einer wollte noch Richtung Königssee. Der Kommissar beschleunigte in der Hoffnung, nicht geblitzt zu werden. Weiter hinter ihnen überholte ein Audi, schloss jedoch nicht auf. Auch dieser bog schließlich nach Schönau ab, überholte den Peugeot der Heidelberger Ermittler, um sich dann im Ort penibel an das Tempolimit zu halten. Erst als Thomas Sprengel den Blinker rechts setzte, folgte der Audi sehr spät der aufwärts führenden Straße.

»Die wollen Abend essen«, vermutete der Beifahrer des schwarzen A3. »Da vorne ist noch ein Parkplatz direkt vor dem Restaurant frei. Das ›Waldhauser‹ ist bekannt. Nimm den!«

Während der Fahrer bremste, setzte er den Blinker, um anzuzeigen, rückwärts einparken zu wollen.

»Du wartest im Auto und schaust, ob sie kommen«, verteilte der andere die Aufgaben. »Ich sondiere die Lage im Restaurant. Falls ich nicht zurückkomme, wartest du, bis die beiden reingehen.«

»Das gibt es doch nicht«, entfuhr es Thomas, als er langsamer werdend den Audi passierte, »der klaut uns den letzten Parkplatz.«

»Wir finden schon noch einen«, war Lene sicher. »Such mal da vorne auf dem kleinen Platz.«

»Da ist auch keiner mehr frei.«

»Fahr halt mal durch«, schüttelte Lene den Kopf.

»Die stehen doch schon in der Mitte«, murrte Thomas, folgte

aber dem Vorschlag seiner Frau. »Da ist ja doch noch einer im Eck.«

»Da ist ganz sicher kein Parkplatz mehr frei«, zog Lene ihn grinsend auf, während sie ausstiegen.

Thomas Sprengel schnaufte. Damit würde er für den Rest seines Lebens aufgezogen werden.

Von dort waren es kaum fünfzig Meter zum Restaurant. Der Kommissar warf missmutig einen Blick in den Audi, in dem der Fahrer, der ihm dermaßen dreist seinen Premiumparkplatz vor der Nase weggeschnappt hatte, im Handschuhfach kramte.

»Da ist alles besetzt«, staunte Lene, als sie an den Fenstern des großen Gastraums vorübergingen. »Gut, dass wir einen Tisch reserviert haben.« Kurz darauf betraten sie das Restaurant. Zielstrebig begaben sie sich nach rechts in die kleine Stube, die gemütlich mit allerlei Nippes dekoriert war, über eine gemütliche Theke verfügte und durch eine Wand mit Durchgang zweigeteilt war. Hier war es nicht mehr ganz so voll. Durch die Fenster konnten sie jedoch sehen, dass auf der Terrasse ebenfalls alles besetzt war. Auf einem Tisch im hinteren Teil des Raumes stand ein Schild, das diesen als reserviert auswies. Er grenzte an die Trennwand, in der sich dort eine Rundbogenöffnung wie von einem Fenster befand.

»Ist das unser Tisch?«, wurde Lene vom heimeligen Ambiente eingenommen.

»Ich denke schon.« Ihr Mann sprach einen vorbeieilenden Kellner an, der zu Lenes Freude ihre Frage bejahte. Sie setzten sich; nur wenig später kamen auch die Heidelberger Kurzurlauber, die ganz in der Nähe eine größere Ferienwohnung gemietet hatten.

Nachdem sie bestellt hatten, ließen sie ihre Erlebnisse Revue passieren. Danach begannen sie ihre Pläne für den folgenden Tag auszutauschen. Dass ihr Gespräch aufmerksam vom Tisch hinter der fensterartigen Öffnung verfolgt wurde, entging ihnen dabei.

»Wir müssen leider für morgen passen«, entschuldigte Lene sie. »Thomas hat der kleinen Annabel spontan versprochen, mit ihr über den Schneibstein zum Obersee zu wandern.«

»Wir sollten ohnehin erst einmal ausschlafen«, war Ariane nicht traurig darüber, dass ihr diese Tour erspart blieb. »Am Nachmittag gehen wir uns dann mal langsam einlaufen.«

»Wenn das so ist«, schaute Heiko Susanne auffordernd an, »könnten wir die Tour über den Hohen Göll machen.«

»Einverstanden«, stimmte Susanne zu, während sie von einer äußerst reschen Bedienung ihren scharfen Teufelstoast entgegennahm. »Danke. ... Wir wollen erst gar keine Couchpotatoes werden«, neckte sie Ariane und Kai.

»Angeberin.«

Kai fühlte sich hingegen stärker bei der Ehre gepackt, weil er ansonsten öfter mit Heiko joggte oder schwamm. »Ich würde gerne mitkommen, aber in den letzten Wochen war der Klinikalltag – sagen wir mal – sehr herausfordernd. Wollt ihr über den Schustersteig oder vom Kehlsteinhaus los?«

»Vom Kehlsteinhaus über den Göll zum Stahlhaus rüber«, erklärte Heiko den angedachten Plan.

»Das sind«, zog Ariane die Brauen nach einem Blick in ihren Wanderführer hoch, »locker sieben Stunden. Aus dem Stand heraus wäre das nichts für mich. Mir tun ohnehin schon die Füße weh. Wir werden ausschlafen und uns mal die Kugelmühle bei der Almbachklamm anschauen.«

»Ihr könnt unser Auto nehmen«, schlug Heiko vor. »Im Gegenzug dürft ihr uns abends am Königssee abholen, sobald wir wieder unten sind. Dann müssen wir nicht noch bis zur Wohnung laufen oder auf einen Bus warten.«

»Klasse«, war Ariane sehr erfreut, weil sie so viel einfacher nach Oberstein kamen. »Und morgen Abend können wir zusammen herausfinden, wer den spannendsten Tag gehabt hat.«

Darauf stießen die sechs Urlauber an. Die Unterhaltung setzte sich fort, änderte mehrfach die Richtung, um schließlich beim Zahlen zu enden. Als sie äußerst zufrieden das Lokal verließen, stand der Audi bereits nicht mehr auf Sprengels Premiumparkplatz.

»Sehr freundlich, dass die Herrschaften uns so offen mitgeteilt haben, was sie morgen vorhaben. Ich habe einen Plan«, wollte der Beifahrer seinen Komplizen nach längerem Schweigen einweihen, als eines seiner beiden Telefone klingelte. Angesichts des angezeigten Anrufers runzelte er die Stirn. »Was gibt´s? ... Gut – oder gar nicht gut.« Er legte auf. »Sie haben Pohl erwischt«, erklärte er ohne emotionale Regung seinem Fahrer.

»Das ist schlecht.«

»Können wir uns auf den verlassen?«

Der Jüngere schürzte die Lippen, während er versuchte, zu einer Einschätzung zu gelangen, die auf keinen Fall auf ihn zurückfallen konnte. »Grundlegend schon. Aber ich weiß nicht, wie er sich verhält, wenn er in einem Verhör hart rangenommen wird.«

Einzig ein Nicken war die Antwort. Wenige Minuten später tätigte er einen Anruf, um die Widerstandskraft des Inhaftierten zu erhöhen.

Kapitel 27

Lennard Pohl stand unter der Dusche, die Wunde gut abgedeckt. Mit geschlossenen Augen ließ er sich das heiße Wasser über seinen Körper laufen. Er verfluchte sich, in einem so ungünstigen Moment erwischt worden zu sein. Hätte er nicht noch mehrere größere Lieferungen Koks bei sich gehabt, wäre er vielleicht stehen geblieben. Das Wasser rann heiß über seine Haut, er drehte sich um. Ja, doch, musste er sich eingestehen. Er hätte versucht abzuhauen, aber eine Polizistin hätte er sicherlich nicht angegriffen – zumindest nicht in einer so aussichtslosen Lage. Unterschwellig nahm er wahr, wie sich die Tür zum Duschraum bewegte, achtete jedoch nicht weiter darauf, weil sonst nichts zu hören und er in Gedanken mit Fatma Ünal beschäftigt war. Ihn hatte ziemlich beeindruckt, wie resolut sie diesen dämlichen Kommissar in seine Schranken gewiesen hatte. Auch ihm hatte sie später deutlich klargemacht, was sie von ihm erwartete. Er nahm ihr aufs Wort ab, ihr Mandat ansonsten niederzulegen. Dennoch hatte er ihr das Wesentliche verschwiegen. Obwohl sie ihm versichert hatte, einer Schweigepflicht zu unterliegen, war seine Angst vor den Konsequenzen, falls etwas durchsickerte, zu groß.

Er war schließlich nicht verrückt. Und er war auch nicht verrückt genug zu glauben, eine Frau wie Fatma Ünal jemals bekommen zu können. Wie gerne würde er mal bei der knackigen Strafverteidigerin einlochen. Die Vorstellung begann ihn zu erregen. Seine Hand wanderte zu seiner Körpermitte, als ihn ein leises Geräusch dicht hinter ihm aufschreckte. Er kam nicht mehr dazu, sich umzudrehen. Mit enormer Kraft wurde er gegen die Wand gepresst und sein Kopf brutal dagegen geschlagen. Pohl fühlte sich benommen. Weil sich sein schmerzender Kopf außerdem wie in einem Schraubstock anfühlte, konnte er nicht erkennen, wer hinter ihm stand.

»Guten Morgen, Lenny«, hörte er eine Stimme, einschmeichelnd, die nicht zu dem Kerl hinter ihm gehörte.

»Was wollt ihr?«

»Nachsehen, ob du sauber bist.«

Ohne Vorwarnung wurden Pohls Beine weggetreten. Er fiel viel zu schnell, als dass er eine Chance gehabt hätte, sich mit den Armen abzufangen. Seine Stirn schlug auf dem Boden auf. Sterne tanzten vor seinen Augen. Rasend schnell wurde ihm etwas in den Mund gestopft und eine Tüte über den Kopf gezogen. Er bekam Panik. Hatte das »Gehirn« veranlasst, ihn zu liquidieren? Schmerzhaft drückte sich ihm ein Knie in den Rücken. Die Luft wurde knapper. Plötzlich spürte er eine Berührung, kurz darauf durchbohrte ein Schmerz sein Inneres, der sich bis in den Kopf zog. Der Knebel dämpfte den lauten Aufschrei. Den Rest übertönten die rauschenden Duschen. Niemand hörte ihn draußen. Erneut durchfuhr ihn eine Schmerzwelle und noch eine ... Seine Schreie wurden schwächer, weil ihm unter der Tüte die Luft ausging. Sein Bauch presste dennoch, bis er zunehmend erschlaffte. Wie durch Watte hörte er die Stimme dicht an seinem Ohr.

»So, lieber Lenny.« Ein sardonisches Grinsen schwang in dem Tonfall mit. »Wir haben dafür gesorgt, dass alles schön sauber ist. Jetzt liegt es an dir, sauber zu bleiben. Oder müssen wir dir auch noch die Zähne putzen?«

Ein Gegenstand wurde unter die Tüte geschoben, der nach Fäkalien roch. Lennard Pohl würgte es. Die Verzweiflung trieb ihn dazu an, seiner Kehle mit letzter Anstrengung einen verneinenden Laut zu entringen.

»Schön, dass wir uns verstehen.«

Augenblicke spater wurde sein Kopf grob zur Wand gedreht, bevor Tüte und Knebel rasch entfernt wurden. Bis er es schaffte, sich umzudrehen, sah er in dem völlig mit heißem Wasserdampf benebelten Duschraum nur noch einen Schatten, der verschwand.

Mühsam stand er auf. Eiskaltes Wasser dämpfte seine Schmerzen immerhin ein wenig. Er hatte die Botschaft bestens verstanden.

»Ich habe vielleicht eine Information für euch«, eröffnete ihnen Phillip Dunkerbeek, als die beiden Ermittler bereits in Wanderbekleidung zum Frühstück erschienen, um wie versprochen mit Annabel über den Schneibstein zum Obersee zu gehen. Allerdings fiel den Heidelbergern auf, dass Annabel nicht wesentlich aufgeregter wirkte wie ihr Vormund. Liebevoll strich er dem Mädchen über den Kopf. »Geh schnell noch zu Vika in die Küche. Die packt dir bestimmt noch etwas Süßes in deinen Rucksack«, zwinkerte er ihr zu.

»Au ja«, freute sich die Kleine, die mit jedem Tag mehr aufzublühen schien. Fröhlich lief sie zu ihrer »Großmutter«.

»Kommt mit«, bugsierte ihr Gastgeber sie unmittelbar danach in sein Arbeitszimmer, in dem mehrere Listen auf seinem Schreibtisch lagen. »Auch wenn ich euch aufhalte, aber mir hat eure Frage keine Ruhe gelassen, ob oder wie Interna an Dritte gelangt sein könnten. Leider habe ich eine Weile gebraucht. Setzt euch.« Er deutete auf die beiden Stühle vor seinem Schreibtisch.

Thomas schaute Lene an, weil er sich fragte, ob sie ihn auf den Abend vertrösten sollten, aber die schüttelte unmerklich den Kopf. Im Grunde genommen wusste er, dass sie recht hatte.

»Ich habe mich nie allzu sehr mit Computertechnik befasst«, hob er entschuldigend die Schultern, »aber so viel weiß ich doch: Man benötigt quasi eine Eintrittskarte, um einen Rechner zu infizieren. Mir ist nämlich wieder eingefallen, was für einen Ärger wir mit einem Virus im Intranet unseres Unternehmens gehabt haben.«

Thomas und Lene warteten gespannt auf die Pointe.

»Einer unserer Mitarbeiter hat einen Link in einem Warenangebot genutzt, das gefälscht war. Danach war erst einmal Schluss. Die Täter verlangten damals hunderttausend Euro für die Freigabe der Daten.« Philipp Dunkerbeek schüttelte den Kopf, angesichts der Erinnerung kurz den Blick senkend.

»Habt ihr gezahlt?«, rutschte es Thomas berufsbedingt heraus.

»Natürlich nicht«, sah er entrüstet hoch, »auch wenn uns das eine Menge Schwierigkeiten bereitet hat. Aber ...«, er hielt eine Liste hoch, »das hat mich heute Nacht auf die Idee gebracht, die verschiedenen Verteiler der PEP zu durchforsten, ob ich dort vielleicht etwas Auffälliges finde.«

»Du hast!«, versuchte Lene seine Erklärungen abzukürzen.

»Das könnte sein«, nickte der ältere Herr. »Im allgemeinen Verteiler, der für alle Interessierten offen steht, findet sich ein Konstantin Trojanowski. Der hat eine Mail verschickt, in der er darum bittet, einen Fragebogen auszufüllen. Angeblich hat er den im Rahmen seiner Masterarbeit im Fach Politikwissenschaften entwickelt, um den Prozess einer Parteiengründung zu untersuchen. Zugang zu dem Fragebogen erhält man über einen Link in besagter Mail.«

»Philipp«, kam es von beiden wie aus einem Mund, während Lene ihrem Mann den Vortritt ließ. »Hast du die E-Mail noch?«

»Bei mir geht so schnell nichts verloren«, lächelte er zufrieden.

»Hast du den Link genutzt?«, wollte Lene wissen.

»Nein, ich hatte keine Zeit. Später habe ich es schlicht vergessen«, er grinste verschmitzt. »Ehrlich gesagt fehlte mir die Lust, mich mit einem langen Fragebogen auseinanderzusetzen. Wissenschaft ist manchmal auch nur Gedöns, das den klaren Blick für praxisnahe und logische Lösungen verstellt.«

Elektrisiert kamen die beiden Ermittler um den Schreibtisch herum. Zusammen schauten sie sich die Nachricht noch einmal an.

»Trojanowski«, ließ sich Lene den Namen auf der Zunge zergehen. »Da war wohl ein Witzbold am Werk, der sich seiner Sache *sehr* sicher gewesen ist. Er hätte auch gleich Trojaner schreiben können. Das wäre jedenfalls ein Indiz, sobald man weiß, dass es Indizien geben kann.«

»Kommt ihr bitte«, schallte Viktoria Dunkerbeeks Stimme über den Flur zu ihnen in das Arbeitszimmer, dessen Tür nur angelehnt war.

Ihr Mann ging zur Tür. »Einen Augenblick noch«, rief er zurück.

Währenddessen hatte Thomas Sprengel sein Smartphone hervorgeholt, um es Hubers Nummer wählen zu lassen. »Servus, Herr Huber«, tat er so, als ob sie niemals Differenzen gehabt hätten. »Ich leite Ihnen gleich eine E-Mail weiter, in der sich ein Link befindet. Könnte ein Techniker herausfinden, ob er sich damit einen Trojaner einhandelt? ... Damit wäre euer Flodl endgültig aus dem Schneider«, erhöhte er die Motivation seines hiesigen Kollegen. »Danke. Melden Sie sich bitte, sobald Sie was haben, damit ich es an die Heidelberger Kollegen weitergeben kann.«

Sie waren noch beim Frühstück, als Sprengels Telefon läutete. Er entschuldigte sich, stand auf und ging ins Wohnzimmer herüber, dessen Fenster ihm einen traumhaften Blick auf eine in der Morgensonne liegende Alpenlandschaft boten. Aufmerksam lauschte er auf das, was Huber ihm berichtete. Anschließend wählte er innerlich fluchend Horsts Nummer, wollte er doch einfach der Kleinen einen schönen Tag ermöglichen. Aber das musste noch sein.

»Du bist aber früh auf«, wunderte sich Horst Jung über den Anruf seines Chefs.

»Wir wollen eigentlich eine längere Wanderung unternehmen«, lamentierte er nur kurz, »deshalb in aller Schnelle. Auf Stangassingers Rechner befindet sich ein Trojaner, der über einen Verteiler der PEP verbreitet wurde. Ich leite dir die betreffende E-Mail weiter. Du siehst sofort, wie das funktioniert. Ein Klick auf den Link zum Fragebogen eines angeblichen Politikstudenten und du hast dir nebenbei den Trojaner eingefangen.«

»Wie hinterhältig ist das denn!«

»Selbstverständlich könnte Winkler dahinterstecken«, ignorierte Thomas den Kommentar, »aber auch ein Komplize oder eben jede andere Person. Es muss sich also nicht unbedingt um einen Insider handeln.«

»Wie lautet der Name des Studenten?«

»Konstantin Trojanowski.«

»Der war nicht auf den Listen der Versammlungsteilnehmer.« Kommissar Jung stutzte. »Trojanowski – der hat Humor. Wir setzen sofort jemanden da dran.«

»Gut«, war Thomas Sprengel bereits gedanklich dabei, das Telefonat zu beenden. »Melde dich, wenn ihr ein Ergebnis habt. Ach, was ist mit Pohl?«, fiel ihm noch ein.

»Frau Ünal war da«, erwiderte er, Heiners Fauxpas auslassend. »Pohl verweigert bisher die Aussage. Mal schauen, was heute passiert, nachdem er sich mit ihr beraten konnte.«

»Vielleicht bewirkt unser Wissen über den Trojaner einen Meinungsumschwung. Viel Erfolg und ein schönes Wochenende.«

»Sehr witzig«, schnaubte Horst Jung in die bereits tote Leitung. Danach setzte er dennoch motiviert Heiner und Franz von der Entwicklung in Kenntnis. Angesichts seines Fehlgriffs vom Vortag bot Heiner Janetzky an, sich um den Trojaner zu kümmern, während die Kommissare Jung und Hilpertsauer sich darauf vorbereiteten, zur Vernehmung nach Mannheim zu fahren. Bevor sie aufbrachen, warfen sie noch einen Blick in Frau Stöckls Büro, die sich aufgrund des personellen Engpasses bereit erklärt hatte, am Samstag das Telefon zu hüten, damit ihnen auf keinen Fall ein Anruf entging.

Mit einem Handzeichen bedeutete ihnen die Sekretärin, kurz zu warten.

»Wo wollen Sie hin?«, erkundigte sie sich, nachdem sie das Gespräch beendet hatte.

»In die JVA zur Vernehmung von Pohl«, gab Horst Auskunft, den der Unterton in ihrer Stimme alarmierte.

»Das geht nicht«, beschied sie dem Interimschef lapidar. »In einer halben Stunde kommt ein Mann, der behauptet, über ein Video auf seinem Smartphone zu verfügen, das am Tattag im Tiergartenschwimmbad aufgenommen worden sein soll.«

Horst Jung blähte die Backen auf. »Erst passiert nichts und heute alles auf einmal. Wir müssen aber los.«

»Wie verlässlich schätzen Sie den Mann ein? Er meldet sich sehr spät«, war Franz Hilpertsauer mit dessen Potenzial beschäftigt.

»Könnten Sie sich das Video nicht erst einmal ...«

»Nein, könnte ich nicht«, unterbrach Frau Stöckl den jungen Kommissar. »Und ja, es könnte uns einen Schritt weiterbringen – so wie es klingt. Der Sohn hat sich einen Spaß mit seiner Schwester erlaubt, die er heimlich bei ihren ersten Versuchen ohne Schwimmflügel im Schwimmerbecken gefilmt hat. Durch die Aufregung an dem Tag hat der Junge nichts mehr davon erzählt – wie Kinder halt so sind. Das Filmchen muss wohl ziemlich verwackelt sein.«

»Heiner ist schon weg«, setzte Horst Jung an, der spontan mit der Situation überfordert war. Sollten sie Pohl warten lassen? Aber das würde Frau Ünal nur noch mehr gegen sie aufbringen, überlegte er. Warum musste ihr Chef auch ausgerechnet zu dieser Zeit im Urlaub sein. Während er noch nach einer handhabbaren Lösung suchte, legte sich die Hand seines Kollegen fest auf seine Schulter.

»Ich werde alleine rüberfahren. Du kommst dann nach. Falls wir Glück haben, wirst du auf dem Video den Herrn Pohl finden. Das dürfte unsere Chancen rapide erhöhen. Ich werde dafür sorgen, dass Frau Ünal uns gewogen ist.« Franz lächelte zuversichtlich.

»Mit Yoga durch alle Widerstände«, witzelte Horst sofort erleichtert, weil ihm sein Kollege die bestmögliche Lösung aufgezeigt hatte.

»Witzbold.« Seine Hand fuhr von der Schulter kurz, aber schnell durch Horsts gegelte Haare, der den Kopf nicht schnell genug wegziehen konnte.

»Hee.«

»Ciao, Frau Stöckl«, lachte der Ältere nur. »Haben Sie ein Auge auf unseren Trainee!«

»Aber immer, Herr Hilpertsauer. Er ist bei mir in guten Händen«, flötete die Sekretärin.

Kommissar Hilpertsauer wusste es natürlich besser. Sonst hätte sich ihm der Verdacht aufdrängen können, sie hätte tatsächlich ein Auge auf ihren Jüngsten geworfen, der zunächst seine Frisur wieder in Ordnung brachte.

So weit das Auge reichte, war kein Wölkchen am Himmel zu sehen. Thomas, Lene und Annabel waren mit der Seilbahn zur Bergstation am Jenner gefahren. Während die meisten Touristen von dort nur über einen breiten Pfad auf den Gipfel spazierten, waren sie Richtung Osten zum Stahlhaus gelaufen. In der auf einem Sattel gelegenen Hütte hatte Annabel eine Erfrischung bekommen, bevor sie den Aufstieg zum Schneibstein begannen.

Kaum waren sie zwischen den Latschenkiefern verschwunden, stellte ein Mann, den seine Kleidung als Mitarbeiter des Nationalparks auswies, zwei Pfosten links und rechts neben den Weg und sperrte diesen mit einem rot-weißen Band ab. Auf einem Schild war zu lesen, dass die Wanderwege 416 Schneibstein bis Seeleinsee sowie 497 bis Hirschenlauf wegen Jagdaktivitäten zur Tollwutbekämpfung bis zum folgenden Tag gesperrt seien.

Danach nahm er das Funkgerät aus der Brusttasche seiner Weste. »Viper an Falke. Die Taube ist unterwegs; der Käfig vorbereitet.«

Es knackte kurz. »Verstanden, Viper. Falke in Position. Viper ruht am Wegesrand. Over.«

Das Trio ruhte sich auf dem Gipfel des Schneibsteins aus. Sie waren noch in morgenfrischer Luft angekommen. Erst langsam hatte die Sonne begonnen, den Hang aufzuheizen. Oben brach der Berg zur österreichischen Seite steil ab. Ihnen bot sich ein grandioser Ausblick über die Bergwelt, während sie sich mit Obst und belegten Broten, die ihnen Viktoria vorbereitet hatte, stärkten. Als sie fertig waren, zog Thomas zwei Stangen aus seinem Rucksack, um die, auf einer Kette befestigt, bunte Stoffstücke gewickelt waren.

Das war also das Ergebnis seiner mysteriösen Besorgung, versuchte Lene zu verstehen, um was es sich dabei eigentlich handelte. Der Zweck erschloss sich ihr nicht unmittelbar.

»Sollen wir das hier oben aufstellen?«, wandte sich ihr Mann an Annabel.

Die wusste ebenso wenig wie Lene, was Thomas aus seinem Rucksack gezogen hatte.

Der entrollte, die Stangen haltend, die über einen Meter lange Kette. »Das sind Gebetsfahnen.«

»Was macht man damit?«, betrachtete das Mädchen neugierig die bunten Fähnchen, die sich sanft im Wind bewegten.

»Gebetsfahnen sorgen dafür, dass die Gebete der Menschen im Himmel gehört werden«, erklärte Thomas ihr. »Betest du manchmal?«

Annabel strich vorsichtig mit dem Finger über die Kette, auf der die bunten Stoffe aufgereiht waren. »Zu meiner Mama.«

Lene erschrak. Was hatte sich Thomas bloß dabei gedacht, das Kind ausgerechnet auf dieses Thema zu stoßen.

»Meinst du, wenn wir die aufstellen, hört sie mich noch besser?«, begannen die Augen der Neunjährigen entgegen Lenes Befürchtung zu leuchten.

»Ganz bestimmt«, versprach ihr Thomas. »Deshalb habe ich dir das mit hier hoch genommen.«

Ehrfürchtig nahm sie die Stangen entgegen. Kurz darauf umarmte sie den auf einem Stein Sitzenden. »Danke. Die sind so schön. Mama wird sich auch freuen, wenn sie die sieht.«

Ihrem Mann war tatsächlich ein Coup gelungen, wie Lene sowohl mit Verwunderung als auch Freude feststellte.

»Wo möchtest du sie denn auf...«

Das Klingeln von Thomas´ Smartphone unterbrach ihre Gipfelidylle in einer Lautstärke, die ihm hier oben direkt peinlich war.

»Einen Moment, Annabel.« Er entfernte sich mehrere Meter, Lene gleichzeitig signalisierend, mit dem Mädchen einen geeigneten Standort auszusuchen. »Was gibt es, Horst?«

Sein jüngster Mitarbeiter berichtete ihm von dem Video. »Es sind trotz der schlechten Aufnahmequalität zunächst vier Personen zu erkennen, die sich, wenn man noch zwei oder drei hinzudenkt, zu einem größeren Kreis aufstellen – exakt bevor die Studentin ins Wasser geht. Als diese schließlich losschwimmt, ziehen sie sich zusammen, wühlen das Wasser auf, sodass keiner mehr genau sieht, wie einer der Männer hinter der jungen Frau abtaucht und sie offenbar am Bein nach unten zieht. Zeitweise sind sechs Personen auf dem Film zu sehen, wobei die weiteren nicht zu identifizieren sind. Erst als der Untergetauchte wieder an die Oberfläche kommt, löst sich der Trubel blitzschnell auf. Man sieht noch, wie sich einige sofort von der Stelle entfernen.«

Thomas Sprengel war bis zur Abbruchkante des Gipfels gegangen. Der Abgrund unter ihm kam ihm in diesem Moment wie ein passendes Sinnbild für diese Tat vor. »Erschütternd. Wie gut sind die Gesichter zu erkennen?«

»Die Technik sitzt noch dran«, bedauerte Horst. »Der Junge hat ja in erster Linie versucht, seine Schwester zu filmen. Bei einem könnte es sich um Pohl handeln. Sollte der Techniker noch mehr aus dem Material herausholen, dürfte das seine Motivation zur Kooperation erhöhen. Bei drei anderen bestehen gute Chancen. Außerdem habe ich mich an etwas erinnert.« Er machte eine Pause.

»Ja?« Thomas verspürte keine Neigung, sich deshalb aufzuregen. Er beobachtete, wie Lene mit Annabel zusammen die Stangen der Gebetsfahnen unweit vom Gipfel auf einem kleinen Hügel hoch über der Königstalalm in den Boden trieb. Annabel schaute sich daraufhin ihr Werk von allen Seiten an, immer wieder vor Begeisterung die Hände vor der Brust zusammenschlagend.

»Zwei der Täter saßen vor ein paar Tagen im »Mallory« hinter mir an einem Tisch. Sie redeten darüber, ein Zimmer in Berchtesgaden zu benötigen. Ich habe damals nur Fetzen ihrer Unterhaltung aufgenommen, aber zuvor war die Rede von einem ›Mädchen, das bei einem älteren ...‹ Mehr habe ich nicht gehört. Aber das passt. Einen der beiden habe ich auf dem Video erkannt. Der andere könnte der sein, der die Studentin unter Wasser gezogen hat.«

»Hätten wir das damals bloß schon geahnt. Kannst du ihn beschreiben?«

»Älter als die anderen, um die dreißig vielleicht. Ich war bereits bei unserem Porträtmaler«, zog er die Anfertigung des Phantombildes ins Lächerliche. »Das ist gar nicht so einfach, musste ich feststellen. Ich schicke dir die Bilder. Die Kollegen in Berchtesgaden wissen bereits Bescheid und klappern die Hotels bei euch ab.«

»Super.«

»Wo seid ihr?«

»Auf dem Schneibstein. Traumhaftes Wetter ist hier. Wie ist es bei euch?«

»Wird noch regnen«, gab Horst nur knapp Auskunft, um entgegen seiner sonstigen Gewohnheit sofort auf das Ermittlungsgeschehen zurückzukommen. »Falls Winkler in Bezug auf die PEP beteiligt sein sollte, hat er auf jeden Fall Komplizen, die keine freundlichen Zeitgenossen sind. Seid bloß vorsichtig.«

Thomas Sprengel schaute sich um. »Hier sind reichlich Wanderer unterwegs.« Eine Gruppe brach auf, zwei weitere waren bereits auf dem Weg zum Seeleinsee. Dass niemand mehr den Berg hinaufkam, realisierte er hingegen nicht. »Es kann auch keiner wissen, wo wir sind. Wir haben das niemandem erzählt. Nur der Rodler kennt unser Ziel. Der hat dafür gesorgt, dass wir nicht an der Seilbahn warten mussten. Sollte uns bis dahin jemand gefolgt sein, hätte der – du glaubst nicht, wie viele Leute schon am frühen Morgen auf den Jenner wollen – mindestens eine halbe Stunde warten müssen. Da sind wir längst«, er lachte über sein Wortspiel, »über alle Berge gewesen.«

»Haltet trotzdem die Augen auf«, beharrte ihr Jüngster. »Dieses Mal kann ich dir nicht deinen Hintern retten.«

»Ein Mal reicht auch«, antwortete sein Chef leichthin. »Habt ihr schon etwas zu dem Trojaner?«

»Dazu wollte ich gerade kommen«, blieb Horst Jung ernst, dem die Situation in Berchtesgaden irgendwie nicht gefallen wollte. »Auf dem Rechner von Frau Schneider haben wir ihn auch gefunden. Wir haben uns außerdem Zugriff auf den Computer von Winkler verschafft. Dort war nichts; aber er hat sein Notebook mitgenommen. Da könnte er ebenfalls drauf sein.«

»Profis also«, schnaufte Thomas. »Hinweise zum Ursprung?«

»Die bei dem Mailanbieter hinterlegte Adresse war erwartungsgemäß falsch. Dort existierte nie ein Konstantin Trojanowski. Die Techniker sitzen dran. Aber das wird dauern.«

»Wie geht es weiter?«

»Ich werde gleich zu Pohls Vernehmung fahren. Franz ist bereits dort. Vielleicht hat er ja schon was erreicht.«

»Viel Erfolg. Halt mich auf dem Laufenden, falls es wichtige Neuigkeiten gibt. Das Telefon lasse ich an. Tschüs.« Nachdenklich unterbrach der Kommissar die Verbindung. Sah er ihre derzeitige Lage zu naiv? Aber da konnte niemand sein. Das war einfach unmöglich. Auf dem Weg zu Lene und Annabel rief er die Mail von Horst auf. Die Typen waren ihm hier nie begegnet. Er wurde in seiner Betrachtung von Annabels Anblick abgelenkt, die zunächst ganz aufgeregt um Lene und die Gebetsfahnen herumgesprungen war, nun aber still auf einem Stein davorsaß.

»Das hast du toll gemacht«, nahm Lene ihn in den Arm, die ihm die letzten Meter entgegengekommen war. »Sie spricht ein Gebet für ihre Mutter.«

Zufrieden spürte er den liebevollen Druck seiner Frau und freute sich daran, dem Kind eine Freude bereitet zu haben. Flüsterte dann aber Lene zu, was Horst ihm berichtet hatte. Anschließend zeigte er ihr die beiden Phantombilder. »Ist dir einer von denen hier im Markt aufgefallen?«

»Nee«, schüttelte sie den Kopf. »Wären sie aber mit der ausrasierten Frisur und dem scharfen Scheitel. Die sind bei den jungen Männern hier noch nicht angekommen.«

Thomas nickte.

Am Nachmittag standen sie auf dem Weg oberhalb des Seeleinsees. Sie waren die letzte Gruppe, die vom Schneibstein kam. Die Berggipfel spiegelten sich in dem kleinen, glatten Bergsee, der trotz der sommerlichen Temperaturen wirkte, als bliebe einem die Luft weg, wenn man ins Wasser springt. Auf einem zum See hin flacher werdenden Hang pausierten zahlreiche Frauen, Männer, aber auch Kinder, die sich zum Teil barfuß in den See wagten. Einzelnes Aufstöhnen war dabei bis zu ihnen herauf zu hören. Der Schall wurde wie in einem Amphitheater nach oben getragen. Einige der Wanderer brachen bereits wieder auf, als Thomas, Lene und Annabel das tiefer liegende Seeufer erreichten. Alle verließen den Ort in Richtung Tal, keiner folgte dem Weg zum Obersee, obwohl es noch nicht zu spät war, um die letzte Fähre zu erreichen.

Erneut legten sie eine kleine Rast ein. Während Annabel von Stein zu Stein hüpfte, saßen Thomas und Lene im Gras. Abwechselnd schauten sie auf das Kind und in die Berge.

Niemand konnte ihn dort oben am Berg sehen. Er saß gut verborgen hinter Fels oberhalb des Sattels, der hinter dem Seeleinsee auf dem Weg zum Obersee überschritten werden musste. Er war noch vor Sonnenaufgang aufgebrochen und hatte den Zustieg hinter dem Hirschenlauf genauso wie sein Komplize am Schneibstein gesperrt. Der Plan war aufgegangen. Den ganzen Tag war dort niemand hochgekommen. »Falke an Viper. Die Taube ist eingetroffen. Over.« Auch wenn er nur wenig geschlafen hatte, spürte er, wie das Adrenalin ihm einen zusätzlichen Schub verpasste, sodass auch der letzte Rest Müdigkeit schlagartig aus seinem Körper verschwand.

»Sie zeigt keinerlei Ermüdungserscheinungen«, war der Kommissar doch ein wenig erstaunt.

»Nicht im Geringsten.« Lene lehnte sich an seine Schulter. »Das ist so ein schöner Tag. Von mir aus könnte der ruhig länger dauern.«

Thomas gab ihr einen Kuss auf den Scheitel. »Da bin ich ganz deiner Meinung, mein Leuchtfeuer!«

»Warum sagst du ›Leuchtfeuer‹ zu Tante Lene?«, stand Annabel plötzlich hinter den beiden.

»Äh ...«, konnte Thomas den Grund schlecht einem Kind erklären, doch Lene half ihm. »Wegen meiner roten Haare.«

Annabel nahm ganz vorsichtig eine von Lenes gelockten Haarsträhnen und zog diese lang. »Die sind schön.« Sie ließ los, sodass sich die Haare wieder zu Locken zusammenzogen. Das wiederum brachte Annabel zum kichern.

»Sollen wir mal weitergehen?«, erkundigte sich Thomas. »Oder möchtest du noch ein wenig am See spielen? Wir können auch noch bleiben und direkt ins Tal absteigen.«

»Nein«, rief das Mädchen aufgeregt. »Es ist viel schöner, zum

Schluss Boot zu fahren.«

»Das finde ich auch«, pflichtete Lene ihr bei. »Also lasst uns aufbrechen, damit wir das Boot nicht verpassen. Sonst müssen wir alles wieder zurücklaufen.«

Annabel räumte ihren Rucksack ein. »Das schaffen wir gar nicht; alles wieder nach oben.«

Im Gegensatz zu ihnen hatte es ein junges Pärchen überhaupt nicht eilig. Zusammen saßen sie auf einem flachen Stein und ließen die Füße in das eiskalte Wasser des Seeleinsees baumeln. Sie reichten sich eine Plastikschale mit Weintrauben, während sie der Rest der Welt nicht zu interessieren schien. Als Thomas mit Lene und Annabel oben am Wegweiser angekommen war, sah er noch, wie sie ihm eine Weintraube zwischen den Lippen darbot, die er sich zärtlich abholte. Innerlich lächelnd wandte er sich wieder seinen Begleiterinnen zu. »Noch können wir uns anders entscheiden. Links hoch zum Obersee oder ab hier direkt runter ins Tal.«

»Zum Obersee«, hüpfte Annabel voller Freude von einem Bein auf das andere.

»Du hörst es, mein Lieber«, freute sich Lene an der guten Laune der Kleinen. »Außerdem bin ich gerne dabei. Ich bekomme heute eine himmlische Wanderung quer durch den Nationalpark mit abschließender Bootsfahrt über den gesamten See. Die ist für mich das Sahnehäubchen, wenn ich ehrlich sein soll.«

»Also los.«

Sie überwanden die letzten Serpentinen bis auf den südlich gelegenen Sattel. Während hinter ihnen der Seeleinsee zauberhaft in seiner Senke lag, an dem das verliebte Paar inzwischen heftiger schmuste, lag vor ihnen das abfallende Tal zwischen Kahlersberg und Laafeldwand. Am Talboden ging das Schotterfeld des Hangs, den sie als Erstes hinab mussten, in einen lauschigen Wald über. Parallel zum Weg zog sich dort gemächlich ein Bach dahin. Vereinzelt lagen Felsbrocken verteilt, als hätten Riesen damit Weitwerfen geübt. Farne tasteten sich aus dem Wald heraus vorsichtig an den Schotter heran.

»Pittoresk«, stellte Lene ergriffen fest, die der Übergang von kahlem Fels und Schotter in die saftig-grüne Vegetation dieses schmalen, aber wasserreichen Tals faszinierte.

»Hätten wir nur das Schotterfeld bereits hinter uns«, fehlte ihrem Mann der Blick für das Schöne, auf das sie zuliefen. »Annabel«, wandte er sich an das Mädchen, »weißt du, wie man in einem Schotterfeld abfährt?«

Sie schüttelte den Kopf.

»Du kannst doch bestimmt Ski laufen.«

»Ja«, nickte sie.

»So ähnlich fühlt sich das an. Du musst das Gewicht richtig auf den hinteren Teil des Fußes verlagern. Dadurch gerät das Geröll ins Rutschen und du gleitest ganz von alleine talwärts. Schau, so«, demonstrierte Thomas ihr die Technik.

Lene folgte und glitt vergnügt eine weite Strecke des steilen Hangs nach unten. Erst als das Gefälle abnahm, stoppte sie.

Annabel strahlte. »Das ist toll.« Sie versuchte es, verlor aber nach wenigen Metern das Gleichgewicht. Doch Thomas fing sie auf, der dicht neben ihr geblieben war.

Er fluchte. Sein Opfer befand sich quasi auf dem Präsentierteller, aber das knutschende Paar am See missfiel ihm, Schalldämpfer hin oder her. Erstens konnte er niemanden gebrauchen, der ihn unter Umständen beim Anlegen beobachtete. Zweitens war ein Schrei eines Getroffenen nicht auszuschließen. Würde das Paar aber aufmerksam werden, könnte es mit etwas Glück fliehen und vorzeitig die Polizei alarmieren. Außerdem müsste er dann gleichzeitig in zwei Richtungen agieren. In beiden Fällen wäre seine Situation inakzeptabel. Ihm blieb nicht mehr viel Zeit. Das Mädchen begann den Hang hinabzurutschen. Schnell, aber innerlich vollkommen ruhig blickte er nochmals zu dem Paar, das sich in diesem Moment innig küsste. Das war seine Chance, beide Köpfe lagen aus seiner Perspektive hintereinander – ein Schuss, das Problem war gelöst. Routiniert legte er an. Luft anhalten. Die Hand des jungen Mannes verirrte sich unter das Shirt der Frau. Abzug.

Er hatte sie leicht in die Lippe gebissen, um sie zu necken. Sie ruckte mit dem Kopf zurück, lachend protestierend. Ein hohes Zischen, ein dumpfes Geräusch, seine Augen wurden leer, Blut spritzte ihr urplötzlich ins Gesicht. Ihren Freund riss es aus ihren Armen. Sie schrie panisch auf. Nur eine Sekunde später erstarb der schrill wiederhallende Laut des Entsetzens, während ihr lebloser Körper zu Boden sank, getroffen von einem zweiten Projektil.

Thomas Sprengel hörte den abbrechenden Schrei. Im selben Augenblick fielen ihm wieder Horsts warnende Worte ein. Instinktiv zog er Annabel vor sich.

»Lauf, Kind«, schob er sie vorwärts, »so schnell du kannst.«

Lene stand nur noch wenige Meter von einem riesigen Felsblock entfernt, als der kurze Schrei zu hören war.

»Hinter den Felsen«, brüllte ihr Mann, während er mit dem Mädchen in großen Schritten den Hang hinabsetzte.

Zu ihrem Entsetzen nahm Lene für einen Wimpernschlag einen Lichtreflex oberhalb des Sattels in der Felswand wahr. Blitzschnell zog sie ihren Rucksack nach vorne und begann sich ungleichmäßig zu bewegen, in der Hoffnung, den Schützen abzulenken. Ohne darüber nachzudenken, wusste sie, wer das Ziel war. »Ändert die Laufrichtung«, rief sie Thomas zu. Für ihn musste ihr immer näher zum Felsen hin vollführter Tanz bizarr wirken.

»Geh in Deckung!«, brüllte er nochmals, während er ihre Anweisung befolgte. Eine Kugel zischte nur wenige Zentimeter an ihnen vorbei, die kurz darauf mit einem metallischen Geräusch von einem Stein ins Nirgendwo abgelenkt wurde.

Annabel schrie auf, lief aber konzentriert weiter. Thomas schob sich mehr auf ihre linke Seite. Es waren nur noch wenige Meter bis zu Lene. Er gab der Kleinen einen zusätzlichen kräftigen Schubs. Sie flog geradezu auf Lene zu, kam aber ins Stolpern.

Im selben Moment spürte Thomas einen deutlichen Stoß gegen den Rücken. Unkontrollierbar geriet er ins Rutschen. Eine weitere Kugel zischte knapp an seinem Kopf vorbei. Ihm zog es die Füße weg. Es fühlte sich für ihn an, als fiele er ganz langsam. Durch die

Dynamik drehte es ihn in der Luft, sodass er mit der rechten Seite hart auf Schotter und Steine aufschlug. Ein lautes Knacken drang an sein Ohr. Kaum hatte er Bodenkontakt, rollte er sich trotz des stechenden Schmerzes in Hüfte und Schulter in Bauchlage, drückte sich hoch, wirbelte herum, spürte einen weiteren harten Schlag im Rücken.

Lene fing die stolpernde Annabel im letzten Moment auf, riss sie in einer Drehung herum, sodass die Dynamik der Bewegung sie aufrecht hielt. Dabei hob sie sie an und schützte das Mädchen mit ihrem Körper, bevor beide mehr fallend die rettende Deckung hinter dem mannshohen Felsen erreichten, hinter dem sie unkontrolliert stürzten. Sofort wandte sich Lene zu ihrem Mann um, der zu einem waghalsigen Sprung angesetzt hatte. Sie sah, wie er sich auf dem Schotter abrollte, auf dem Rücken immerhin geschützt durch seinen Rucksack. Geistesgegenwärtig setzte Lene ihren ab. Sie warf ihn einem Instinkt folgend an ihrem Mann vorbei, als dieser erneut ins Straucheln geriet. Unmittelbar hinter Thomas´ Kopf wurde der Rucksack aus seiner Flugbahn gerissen. Mit einem letzten Sprung landete Thomas neben ihr hinter dem schützenden Felsen.

Fatma Ünals Aufgabe bestand erst einmal darin, Pohl von einer unbedachten Aussage abzuhalten. Deshalb hatte sie ihm vor der anstehenden Vernehmung nochmals eingeschärft, keine Frage ohne ihre Zustimmung zu beantworten. Sie hatten genau besprochen, inwieweit er sich äußern durfte. Aus ihrer Sicht gab es keinen Grund, etwas zu überstürzen. In ihrem Gespräch am vorhergehenden Abend hatte Pohl zugegeben, noch im Schwimmbad gewesen zu sein, aber lediglich mit einem Denkzettel gerechnet zu haben, keinesfalls mit der Ermordung der jungen Frau. Sie wusste noch nicht, ob sie das glauben sollte; und erst recht nicht, ob er, wie behauptet, bis auf den Diebstahl des Streetscooters über keine weiteren Kenntnisse des Geschehens verfügte – einschließlich des Mädchens. Ganz entschieden hatte er sich dagegen geweigert, seine Komplizen zu nennen. Nicht einmal die Niederlegung ihres Mandats oder der Verweis auf ihre Schweigepflicht hatten ihn umgestimmt. Da sie Pohl nur als Helfershelfer betrachtete, hatte sie seine Weigerung zunächst akzeptiert. Sollten die ermittelnden Beamten in der Vernehmung doch erst einmal zeigen, was sie noch auf der Hand hatten und – vor allem – was ihnen möglicherweise eine Kooperation wert war. Ohnehin war sie ziemlich perplex gewesen, als Horst Jung sie mit Hinweis auf die Empfehlung Sprengels angerufen hatte. Offenbar hatte der Chef des Morddezernats, dem sie zunächst sehr bestimmt hatte gegenübertreten müssen, sie unerwartet positiv in Erinnerung behalten.

Überrascht wurde sie schließlich an diesem Morgen, weil lediglich Kommissar Hilpertsauer erschien. Der begrüßte sie immerhin äußerst freundlich – ja beinahe galant. Sie mochte ihn, weil von ihm eine Ruhe ausging, die mit Achtung vor seinen Mitmenschen verbunden war. Ob es die dringenden Ermittlungen, die er für sein alleiniges Kommen anführte, tatsächlich gab, oder ob die eine Ausrede waren, um seinen Kollegen unauffällig von ihr fernzuhalten, konnte sie nicht einschätzen. Im Grunde war das aber auch unbedeutend. So hatte sie es jedenfalls leichter, sich im Hintergrund zu halten und zunächst das Geschehen zu beobachten.

Kommissar Hilpertsauer konfrontierte den blass wirkenden Pohl, der merkwürdig verspannt auf seinem Stuhl saß, erneut mit den Geschehnissen im Tiergartenschwimmbad.

Wie ihm Fatma Ünal geraten hatte, verweigerte Lennard Pohl hierzu weiterhin die Aussage.

»Es wäre hilfreicher für Sie, wenn Sie mit mir reden«, blieb Franz Hilpertsauer geduldig. »Wir haben Zeugen, die Ihre Anwesenheit bis in den Nachmittag bestätigen.«

Pohl sah Hilfe suchend zu seiner Strafverteidigerin.

»Bis zu welcher Uhrzeit können Sie die Anwesenheit meines Mandanten nachweisen?«, wollte sie vermeiden, mehr als notwendig preiszugeben.

Bisher ging das Kalkül ihres Chefs nicht auf, dachte der Kommissar. »Bis circa fünfzehn Uhr«, räumte er ertappt ein.

»Und die Tat erfolgte wann?«

»Zwischen sechzehn Uhr fünfzehn und sechzehn Uhr dreißig.«

Die kleine Strafverteidigerin schaute ihn nur mit hochgezogenen Brauen an. »Muss ich dazu noch etwas anmerken?«

»Nennen Sie mir den Namen des Mannes, der mit der Studentin in Streit geraten ist!«, änderte er seine Taktik, um sich neue Optionen zu eröffnen.

»Nein.«

»Aber wenn Sie mit dem Tod der Frau nichts zu tun haben«, versuchte er diese Verweigerungshaltung mit einer doppelbödigen Logik aufzubrechen, »können Sie uns doch den Namen nennen.«

»Sie haben keine ...«

Pohl wurde von seiner Verteidigerin schnell unterbrochen. »Herr Hilpertsauer, das ist ein netter Versuch meinen Mandanten auszutricksen. Aber was meinen Sie, warum ich hier bin?«

Der Kommissar musste sie unwillkürlich anlächeln. Er mochte die selbstbewusste junge Frau, obwohl sie ihm gerade das Leben schwerer machte – und auch, weil sie das konnte. Er hob entschuldigend die Hände. »Geben Sie zu, den Transporter gestohlen zu haben?«

Lennard Pohl nickte. »Ja.«

»Warum?«

»Ich brauchte Geld.«

»Wofür?«

»Das tut nichts zur Sache«, mischte sich Fatma Ünal erneut ein.

»Sie wissen, dass der Transporter bei einem Anschlag eingesetzt wurde? An wen haben Sie ihn verkauft?«

»An niemanden«, grinste Pohl spöttisch, weil er durch das Engagement seiner Verteidigerin Oberwasser fühlte.

»Sie sind sehr geistreich«, stellte der Kommissar süffisant fest, »aber das wird Ihnen sicherlich nicht helfen. Sobald mein Kollege eintrifft, werden Sie das einsehen.«

»Das sind nichts als leere Drohungen«, brach es so heftig wie unerwartet aus dem Verhafteten heraus, während er abrupt von seinem Stuhl hochkam, jedoch mit schmerzverzerrtem Gesicht in der Bewegung innehielt, sich verkrampft auf dem Tisch vor ihm abstützend. Schlagartig stand ihm Schweiß auf der Stirn.

Während Franz Hilpertsauer die Augenbrauen zusammenzog, eilte Fatma Ünal herbei, um den umgefallenen Stuhl aufzustellen, auf den sich Pohl langsam zurücksinken ließ. Irgendetwas war zwischen gestern Abend und heute Morgen passiert, ging es ihr durch den Kopf. Ihr Mandant hatte sich bereits zuvor seltsam bewegt.

Der Kommissar schürzte kurz die Lippen. »Nette Theatereinlage«, versuchte er mit einer Provokation, Pohl am Reden zu halten.

»Denken Sie, was Sie wollen«, keuchte Pohl. »Von mir erfahren Sie nichts. Ich muss doch nicht antworten?«, versicherte er sich, bewusst flacher atmend, bei Fatma Ünal.

»Sie haben ein Aussageverweigerungsrecht.« Nachdenklich ruhte der Blick ihrer fast schwarzen Augen auf ihrem Mandanten. Sie ahnte bereits, in einen weitaus schwierigeren Tatkomplex hineingezogen worden zu sein, als der erste Anschein hätte vermuten lassen.

»Frau Ünal«, seufzte Franz Hilpertsauer fast theatralisch, »sosehr ich Sie schätze ...«

»Ich muss Ihnen die Rechtslage nicht erklären«, schnitt sie ihm bestimmt das Wort ab. »Stellen Sie Fragen, die Ihnen bei der Aufklärung helfen, aber meinen Mandanten in keiner Form belasten oder unter Druck setzen.«

»Wie soll das denn gehen?«

»Das ist Ihr Job«, erwiderte sie mit dem sympathischsten Lächeln, das er sich in dieser Situation hätte vorstellen können. Er verstand in diesem Moment, dass es Männer gab, die dem Lächeln einer Frau erlegen waren, die ihnen gleichzeitig die Peitsche gab – bildhaft gedacht.

»Herr Pohl«, wandte er sich ergeben dem Verhafteten zu, »der Transporter wurde bei einem Anschlag auf Heidelbergs Oberbürgermeisterin eingesetzt. Das wissen Sie!«

»In der Zeitung ...«

»... wurde kein Streetscooter erwähnt«, unterbrach er ihn.

»... hat mein Mandant von dem Anschlag gelesen«, vollendete Fatma Ünal den Satz, »wusste aber nichts von dem Transporter.«

Franz Hilpertsauer hielt inne. Der hellwachen Verteidigerin war so nicht beizukommen. Wo blieb nur Horst? Er versuchte es noch einmal anders. »Der Schütze, der den Transporter eingesetzt hat, will ein neunjähriges Mädchen in Berchtesgaden töten. Sie könnten das mit einer Aussage vermutlich verhindern!«

Die Schweißtropfen auf Pohls Stirn waren wieder verschwunden. Dafür zeigte sich in seinen Augen für einen Moment eine Mischung aus Verzweiflung und Trauer, aber der Befragte schwieg.

»Soll ich das als ein Angebot auf Strafminderung interpretieren?«, erkundigte sich die Verteidigerin.

»Das ist Sache des Gerichts«, lehnte er jede Spekulation darüber ab. »Dennoch wäre es für Ihren Mandanten besser, sich keine weitere Schuld aufzuladen. Finden Sie nicht?«

»Was ich finde«, blieb Fatma Ünal ihrer bisherigen Linie treu und hinsichtlich ihrer Absichten undurchschaubar, »tut hier gar nichts zur Sache.«

»Sie haben natürlich recht«, musste er ihr leider zustimmen. »Dennoch möchte ich Herrn Pohl nochmals auf die Gefahr hinweisen, in der sich ein völlig unschuldiges Mädchen befindet, das bereits seine Mutter verloren hat und seinen Vater nicht einmal kennt. Ihrem Mandanten bietet sich hier die Chance, sich in eine bessere Position zu manövrieren. Was ...«

Der sich in einem starken Widerstreit befindliche Pohl fühlte sich wie zerrissen. Tatsächlich, er wollte den Tod des Mädchens nicht. Damit hatte er nichts zu tun. Aber er wollte auch nicht selbst für sein eigenes Ableben verantwortlich sein. Der innerliche Druck war kaum noch für ihn zu kontrollieren. »Sie wissen überhaupt nichts!«, schrie er, sich erneut ungelenk erhebend.

Fatma Ünal war erneut mit wenigen Schritten bei ihm. Während sie eindringlich auf ihn einflüsterte, schob sie ihn auf den Stuhl zurück, auf dem der verzweifelte Pohl vorsichtig Platz nahm.

Von seinem Platz aus hatte er immerhin alles unter Kontrolle. Der Moment der Fassungslosigkeit, mit welchem Glück ihm seine Opfer zunächst entkommen waren, war vorüber. Ein kurzer Blick zum See ließ ihn kalt. Am Kopf des Mannes pickte eine Rabenkrähe. Und sicher, um die hübsche Frau mit der süßen Stupsnase und den verheißungsvollen Brüsten war es schade. In der linken klaffte nun ein unschönes Loch, durch die er sie direkt ins Herz getroffen hatte. Er verbuchte es als Kollateralschaden. Doch seine volle Aufmerksamkeit galt dem Mädchen mit seinen Begleitern. Er hatte weder mit einer derartigen Geistesgegenwart gerechnet noch vorausgesehen, wie verzögerungsfrei sich die kleine Göre verhalten würde. Es galt das Beste aus der Situation zu machen. Sollte er Viper heranrufen? Noch nicht. An diesem Tag kam ganz gewiss niemand mehr hier hoch. Mit ihrer Wegsperrung hatten sie immerhin vollen Erfolg gehabt. Außerdem saßen seine Ziele hinter diesem Felsblock in der Falle. Die Erfahrung hatte ihn gelehrt, dass in eine Ecke getriebene Opfer Fehler machten. Noch konnte er abwarten. Sein Smartphone hatte, selbst wenn er den Arm ausstreckte, fast keinen Empfang angezeigt. Und Viper sollte ihn eigentlich rechtzeitig warnen, falls sich etwas tat.

Sichtlich lädiert griff Thomas Sprengel in die Seitentasche seiner Wanderhose, während Lene sich um das verstörte Mädchen bemühte. Dazu hatte sie sich an den Fels gelehnt. Dort hielt sie das weinende, am ganzen Leib zitternde Kind in den Armen, strich sanft über den Kopf, beruhigend auf sie einflüsternd. Was musste Annabel noch alles ertragen?, wollte ihr das Ausmaß des Unglücks nicht in den Kopf gehen. Besorgt schaute sie gleichzeitig zu ihrem Mann, der bis auf einige Schürfwunden heil geblieben war und soeben nach seinem Telefon griff.

Am liebsten hätte er vor Ärger losgebrüllt. Inzwischen wusste er, woher das Knacken bei seinem Sturz gekommen war. Er war mit voller Wucht auf das Telefon gestürzt, das ihn davor bewahrt hatte, schlimmere Verletzungen an seinem Bein davonzutragen. Zu ihrem Unglück hatte das technische Hochleistungsgerät dabei das Zeitliche gesegnet. Doch er beherrschte seinen Zorn dieses Mal nicht nur, weil er das Lene versprochen hatte, sondern auch um Annabel nicht zusätzlich in Panik zu versetzen. Auf den fragenden Blick seiner Frau schüttelte er nur stumm den Kopf. Nachdem er sich einen

Augenblick gesammelt hatte, suchte er sich an der Seite des Felsens einen geeigneten Platz, um ungesehen den Hang hinter ihnen im Auge zu behalten. Am Rand des Gesteinsbrockens wuchs eine Almrose mit ihren bewimperten, ledrigen Blättern, die ihm mit einem knapp halben Meter Höhe eine sichere Deckung verschaffte. Selbst die Wiesengräser, die sich von diesem Felsen neben einem Bach bis an den Waldrand zogen, boten ihm mit nahezu dreißig Zentimetern weiteren Schutz. Wären sie nicht in einer derartig prekären Lage gewesen, hätte er sich an dem lieblichen Anblick mit dem leise vor sich dahinplätschernden Bach, der direkt in einen Zauberwald zu führen schien, erfreut. Leider fehlte dem Kommissar jeglicher Sinn für die Schönheit der ihn umgebenden Natur. Er war ausschließlich damit beschäftigt, ob es ihnen gelingen könnte, den schützenden Waldrand zu erreichen, um am Obersee vorbei an den Königssee zu entkommen. Spätestens das Wirtshaus dort sollte ihre Rettung sein, zumindest wenn sie noch vor dem letzten Boot dort ankamen. Immer wieder wechselte sein Blick zwischen dem Hang und der kurzen Wegstrecke über die Wiese, die sie von dem vermeintlich rettenden Wald trennte.

Nachdem Annabel sich einigermaßen beruhigt hatte, wagte er ein Experiment. Er kroch auf die andere Seite des Felsens, die näher zum Wald lag. Dort stieß er seinen Rucksack am Tragegurt aus der Deckung in ihre einzig mögliche Fluchtrichtung. Kaum befand der sich in der Luft, hörte der Kommissar ein dumpfes Plopp. Sofort riss er den Rucksack zurück, erschüttert über das Ergebnis. »Das ist das dritte Loch. Ich würde sagen, ich habe mehr Glück als Verstand gehabt.«

Dankbar lächelte seine Frau ihn an, vor der sich Annabel zusammengerollt hatte, ihr Gesicht an Lenes Hals verborgen. Immerhin weinte und zitterte das Mädchen nicht mehr.

Thomas Sprengel kehrte auf seinen Beobachtungsposten zurück. »Noch sind wir hier sicher«, überlegte er. »Es dürfte sich nur um einen handeln, sonst hätte sich bereits etwas getan. Alleine kann er sich uns aber nicht nähern, ohne eine stabile Schussposition aufzugeben. Damit haben wir eine reelle Chance, den Waldrand zu erreichen, sobald er zu uns absteigt.«

Lene fühlte sich erschöpft. »Ist bei dir sonst alles in Ordnung?«

Er nickte müde. »Meine Schulter ist geprellt, das zerstörte Telefon hat immerhin mein Bein geschützt, die Hose ist kaputt, der Rucksack durchlöchert ...« Er hielt inne, weil Annabel ihn ängstlich anstarrte. »Aber deine Mutter«, blickte er ihr in die Augen, »hat uns beschützt und wird uns auch bei unserer Flucht helfen.« Er lächelte aufmunternd, obwohl ihm überhaupt nicht danach zumute war.

Ganz im Gegenteil, Annabels Nicken schürte seinen Zorn gewaltig. Am liebsten wäre er hinter dem Stein hervorgekommen und hätte den Schützen zu einem ehrlichen Kampf unter Männern aufgefordert. Aber das war leider – oder auch zu seinem Glück – keine realistische Option. Vielleicht kommt so spät doch noch jemand vom Obersee hier herauf? Forschend betrachtete er Lenes Gesicht. Sie wirkte zwar äußerlich ruhig; an einer für sie ungewöhnlichen Spannung um den Mund herum las er jedoch ab, wie fieberhaft sie nach einer Lösung für ihr Entkommen suchte. Gleichzeitig zeugten ihre matten Augen davon, bisher vergeblich danach zu fahnden. Wie sollte das bloß weitergehen?

»Wie soll das hier weitergehen?«, wandte sich Kommissar Hilpertsauer an Frau Ünal. »So ist das Zeitverschwendung. Wir wissen beide, dass Ihr Mandant über Informationen verfügt, die zur Aufklärung mehrerer Straftaten beitragen. Wieso unterstützen Sie uns nicht? *Das* wäre wirklich im Interesse Ihres Mandanten, wenn ich mir seine Motorik so anschaue.« Auch dem Polizeibeamten waren Pohls körperliche Reaktionen keineswegs entgangen.

Fatma Ünal zögerte, bevor sie antwortete. »Ich bin nicht hier, um Ihnen zu helfen, sondern meinem Mandanten juristisch zur Seite zu stehen. Bisher habe ich keine Anhaltspunkte gewonnen, die seine Kooperation lohnenswert erscheinen lassen.«

»Und das Leben des Mädchens lässt Sie kalt?«, schnaubte er. »Mein Chef hat Sie anders eingeschätzt, Frau Ünal«, sah er keinen Grund mehr, seine Enttäuschung zu verbergen.

Schlagartig verhärteten sich die hübschen Gesichtszüge der

Verteidigerin. »Die Existenz dieses Mädchens ergibt sich für mich bisher nur aus Ihren Behauptungen. Es könnte sich auch um eine Finte handeln, um meinem Mandanten zu seinem Nachteil eine Aussage abzuringen.«

Resigniert hob Franz Hilpertsauer die Hände. »Entschuldigen Sie den emotionalen Angang. Könnten Sie mich verstehen, falls Sie unterstellen, es gäbe dieses Mädchen tatsächlich?«

Die Strafverteidigerin blickte ihm direkt in die Augen; er fühlte sich regelrecht seziert, hielt ihrem Blick jedoch stand.

In diesem Moment wurde die Tür des Vernehmungszimmers aufgerissen, durch die Kommissar Jung hereinstürmte. Ruckartig wandten ihm die Anwesenden die Köpfe zu.

Horst Jung sah seinen Kollegen fragend an, nachdem er alle kurz begrüßt hatte.

»Wir sind dort, wo wir gestern Abend aufgehört haben«, flüsterte Franz ihm zu, gespannt darauf, was sich Neues ergeben hatte. Dass es einen Erfolg gab, war schwerlich zu übersehen, Mimik, Gestik und Dynamik waren eindeutig.

Der junge Kommissar blieb vor dem Tisch stehen, auf den Verhafteten hinunterblickend. »Wollen Sie vielleicht doch mit uns reden?«

Während Pohl verunsichert wirkte, war seine Strafverteidigerin weniger für Dramatik zu haben. »Was haben Sie?«, fragte sie leicht enerviert zurück.

Langsam faltete er ein Blatt Papier auseinander, das er den beiden auf den Tisch legte.

Lennard Pohl entglitten die Gesichtszüge. Franz trat heran und erkannte zweifelsfrei den Verhafteten im Schwimmbecken des Tiergartenschwimmbades. Frau Ünal nahm das Bild. Daraufhin schaute sie nachdenklich zu ihrem Mandanten, enthielt sich aber zunächst eines Kommentars.

»Möchten Sie vielleicht jetzt aussagen?«, erkundigte sich Kommissar Jung noch einmal bei Pohl.

Der blickte, kreidebleich im Gesicht, nervös zu seiner Verteidigerin hinüber.

Fatma Ünal erhob sich. Mit gesenktem Kopf schritt sie durch das Vernehmungszimmer. Bereits während ihres Studiums hatte sie im Gehen präziser denken können. Schließlich wandte sie sich den beiden Kommissaren zu. »Was haben Sie noch?«

Horst Jung entschied sich für volle Offenheit. Er berichtete von dem Trojaner auf den Rechnern der PEP, brachte die Ereignisse in Berchtesgaden mit dem Anschlag in Heidelberg sowie dem Streetscooter in Zusammenhang. »In einem brutalen Kalkül wurde Frau Sonnleitner geopfert, so der derzeitige Stand der Ermittlungen. Ihre Tochter hat den gezielt herbeigeführten Unfall immerhin überlebt, ihr fehlt jedoch nach wie vor die Erinnerung an diesen Abend.«

»Der Unfall – oder meinetwegen Anschlag – ist aber doch schon Monate her, wenn ich Sie richtig verstanden habe?«, war Fatma Ünal nicht so leicht zu überzeugen.

»Das Mädchen war bei Pflegeeltern, sodass niemand ihren Aufenthaltsort kannte«, Horst Jung drehte den Kopf kurz ärgerlich zur Seite, »bis ein dämlicher Journalist diesen öffentlich verbreitet hat.«

Frau Ünal zögerte noch einen Moment. Nach einem Blick auf Pohl, der auf seinem Stuhl förmlich in sich zusammengesunken war, straffte sie sich. Sie hatte eine Entscheidung getroffen. »Lassen Sie mich bitte kurz mit meinem Mandanten alleine!«

Das war keine Frage. Horst Jung nickte nur, bevor er mit seinem Kollegen das Vernehmungszimmer verließ.

Fatma Ünal setzte sich Pohl gegenüber. Waren ihm am gestrigen Abend noch ganz andere Gedanken zu der knackigen Strafverteidigerin in den Sinn gekommen, nahm er ihr anziehendes Äußeres in der derzeitigen Situation nicht einmal wahr. Selbst er hatte sofort realisiert, was das Bild bedeutete. Hatte er gestern noch Zweifel gehabt, ob die zierliche Frau den Schaden für ihn einzugrenzen vermochte, sah er inzwischen ganz unabhängig von ihrer Person keinerlei Perspektive mehr für sich.

»Ich bin der Meinung«, begann sie emotionslos, »es wäre ein guter Zeitpunkt, um endlich ehrlich zu mir zu sein.«

Der Schmerz in seinem Gesäß nahm zu. Nur das nicht, schoss es ihm durch den Kopf. Er musste schnellstens eine glaubhafte Geschichte erfinden. »Also gut.«

Sie öffnete ihre Umhängetasche, der sie Block, Stift sowie ein Diktiergerät entnahm.

»Können Sie mich vor dem Knast bewahren?«

»Das kommt darauf an, was Sie sich haben zu Schulden kommen lassen«, klärte sie ihn nüchtern auf. »Wenn Sie endlich die Karten auf den Tisch legen, dann sage ich Ihnen, was möglich ist.« Sie schaltete das Diktiergerät ein.

»Ich will nicht aufgenommen werden«, verschränkte ihr Mandant trotz seiner aussichtslosen Lage die Arme vor der Brust.

»Das erleichtert mir das Arbeiten.«

Pohl blieb störrisch. »Wenn das in die Hände der Bullen gelangt, nee.«

Fatma Ünal lehnte sich zurück, den jungen Mann nachdenklich musternd. »Ich unterliege der Schweigepflicht. Man müsste mir das Gerät schon gewaltsam abnehmen oder stehlen. Und selbst dann würde es als Beweismittel vor Gericht nicht zugelassen werden. Wollen Sie, dass ich das Maximum für Sie heraushole? Dann sollten Sie mich so arbeiten lassen, wie ich das für richtig halte – oder sich jemand anderen für Ihre Verteidigung suchen.«

Lennard Pohl sah ein, wer die Regeln bestimmte. Gestern hatte er sie aufgrund ihres Aussehens noch unterschätzt. Er begann einfach zu erzählen, wie es zu seiner Verhaftung gekommen war. Fatma Ünal unterbrach ihn erst, als er ihr von den Geschehnissen im Schwimmbecken erzählte.

»Wer hat die Studentin getötet?«

»Das«, Pohls Blick irrte ziellos im Raum umher, »das kann ich nicht sagen.«

»Das Gericht wird sie als Mittäter zur Verantwortung ziehen. Das bedeutet ein paar Jahre.« Auffordernd schaute sie ihn an.

Lennard Pohl wischte sich mit der Hand fahrig über sein Gesicht. »Ich habe nie geglaubt, dass die Studentin sterben könnte. Ich bin von einem Denkzettel ausgegangen.«

»So etwas sagten Sie bereits. Erzählen Sie weiter.«

Die folgende Geschichte zum Streetscooter kaufte sie ihm nicht ab. »Sie wollen mir ernsthaft erklären«, hakte sie nach, »Sie hätten den Transporter in Köln geklaut und in Kassel umlackieren lassen, um ihn dann in Mannheim zu verkaufen? An wen?«

Pohl wand sich. »Ich habe eine Anzeige von jemandem gelesen, der so einen gesucht hat. Bevor ich den kontaktieren konnte, wurde mir der Streetscooter auch schon wieder gestohlen. Wie gewonnen, so zerronnen«, versuchte er eine Ablenkung mit entschuldigendem Gesichtsausdruck, »hat meine Oma immer gesagt.«

»Ihre Oma«, wiederholte Fatma Ünal spöttisch. »Die Geschichte glaubt Ihnen keiner, einschließlich mir.«

Er schwieg. Der Schmerz war deutlich für ihn zu spüren.

Seine Verteidigerin schnaufte. »In welcher Zeitung haben Sie die Anzeige gelesen?«

»Das weiß ich nicht mehr. Ich lese verschiedene.«

»Wann haben Sie die Annonce gesehen?«

»Weiß ich nicht mehr genau«, lavierte er.

»Das ist doch Unsinn«, schüttelte sie den Kopf. »Kommen Sie endlich mit der Wahrheit rüber, falls ich Ihnen helfen soll.«

Nervös rieb sich Pohl über das Gesicht. »Ich kann nicht.«

Fatma Ünal sah ihn an. Was brachte es, hartnäckig zu insistieren?, überlegte sie. Jede Aussage zu diesem Punkt verschlechterte zweifellos seine Position. Es sei denn, er kooperierte mit den Ermittlern. »Man wird Ihnen unterstellen, auf Frau Dr. Schneider geschossen zu haben. Haben Sie?«

»Nein!«, wurde Pohl lauter, dessen Hände inzwischen sichtbar zitterten.

»Warum sollte ich Ihnen das abnehmen? Verraten Sie mir, wer geschossen hat!«

Da waren wir doch eben schon. Pohls Herz hämmerte in seiner Brust. Er konnte nicht – oder doch? Es schnürte ihm den Hals zu. »Dann bin ich tot«, presste er mit panischer Furcht in den blassen Augen hervor. Pohl wirkte völlig verzweifelt.

»Einer Ihrer Kumpel hat die Studentin getötet und einer auf Frau Dr. Schneider geschossen!«, blieb sie unerbittlich. »Wollen Sie sich wirklich für *Freunde* opfern, die Sie *so* behandeln?«

»Ich weiß nicht, was Sie meinen«, verstand Pohl die Anspielung nicht.

Sie schaltete das Diktiergerät aus. »Wenn man Sie bedroht haben sollte«, wurde die zierliche Frau sehr eindringlich, »kann ich Ihre Verlegung veranlassen.«

Lennard Pohl blickte mit Tränen in den Augen zur Seite.

Die Strafverteidigerin ließ ihm Zeit, sich zu sammeln. Vor ihr saß eine verlorene Seele, die sich in Angst verzehrte. Eventuell konnte sie so etwas wie ein Gewissen in der Glut finden. »Erzählen Sie mir von dem Mädchen!«

In Lennard Pohl tobte ein Kampf. Ihn hatte der Umstand, dass sie sich die ganze Zeit über für ihn eingesetzt hatte, innerlich aufgewühlt. Das war noch nie in seinem Leben vorgekommen. Vielleicht wollte sie sich aber auch nur Lorbeeren verdienen, wiegelte er seine positive Betrachtung ab; doch sicherlich nicht, indem sie einem Kommissar offen drohte. Er wusste gar nichts mehr. Bis zu diesem Morgen hatte er angenommen, vom »Gehirn« für seine Dienste geschätzt und beschützt zu werden. Das hatte sich als Illusion erwiesen. Wie immer! War es mit seiner Verteidigerin am Ende ebenso? Diese Unklarheit machte ihn fast wahnsinnig. »Warum tun Sie das?«

»Was?«

»Sich für mich einsetzen?«

»Sie sind mein Mandant«, suchte sie nach den für Pohl passenden Worten. »Auch wenn ich Ihre strafbaren Handlungen nicht billige, obliegt mir die Verantwortung, dafür zu sorgen, dass sie im Rahmen der geltenden Rechtsordnung behandelt werden. Es gibt nichts, das mich davon abhalten könnte, schon gar kein Kommissar mit Wildwest-Allüren – wie gestern Abend, wenn Sie das meinen.« Über eine kurze Pause akzentuierte sie den Nachsatz: »Es sei denn, ich komme zu dem Schluss, von Ihnen in manipulativer Absicht verladen zu werden.«

Er rieb sich gequält über die Stirn. Obwohl er spürte, ihr vertrauen zu können, sperrte er sich. »Ich kann nicht.« Völlig verzweifelt sah er sie an. »Es wäre mein Todesurteil.«

Fatma Ünal lehnte sich auf ihre Unterarme gestützt nach vorne. »Ich mache Ihnen einen simplen Vorschlag: Erzählen Sie mir, was tatsächlich passiert ist und was Sie sonst noch wissen. Danach können wir gemeinsam besser entscheiden, welchen Weg es für Sie gibt. Ich sehe Ihnen außerdem an, dass Sie kein Interesse an dem Tod dieses Mädchens haben, zu dem mir immer noch jegliche Information von Ihnen fehlt.«

Eine überlebenswichtige Information fehlte ihnen weiterhin. Hatte der Schütze inzwischen Komplizen zu Hilfe gerufen? Thomas und Lene diskutierten ihre Möglichkeiten. Während Lene immer noch Annabel an sich gedrückt hielt, die sie beruhigend streichelte, lugte Thomas hellwach durch die Almrose zum Hang zurück. Doch dort rührte sich bisher niemand. Selbst an der Stelle, an der er den Lichtreflex wahrgenommen hatte, ließ sich kein Anzeichen für die Anwesenheit einer Person erkennen.

»Er wird etwas unternehmen müssen«, stellte die Kommissarin fest. »Spätestens nach Einsetzen der Dämmerung könnten wir ihm entwischen.«

»Falls er kein Zielfernrohr mit Nachtsichtfunktion hat«, schränkte ihr Mann ein. »Selbst Philipp hat so eins.«

Lene schmiegte ihren Kopf an Annabels. »Stimmt auch wieder. Was willst du mir damit andeuten?«

»Das war nur eine Feststellung.«

»Wir sollten uns einen Plan zurechtlegen, falls der Kerl seine Position verlässt. Selbst dann wird sich nur ein kurzes Zeitfenster öffnen«, wollte Lene ein Problem nach dem anderen angehen. »An meinen Rucksack kommen wir nicht mehr heran, der liegt frei in seinem Schussfeld. Annabel wird durch die Sachen in ihrem Rucksack immerhin etwas geschützt und einer von uns bleibt zusätzlich hinter ihr, mit deinem Rucksack auf dem Rücken. Der andere muss wie ein Hase im Zickzack übers Feld hetzen.« Bei dieser Vorstellung musste sie trotz der Umstände sogar schmunzeln.

»Einverstanden«, fiel Thomas kein besserer Vorschlag ein. »Du bekommst den Rucksack. Ich laufe solo.«

Lene blickte lächelnd zu ihrem Mann, der angestrengt um die Felskante spähte. »Du willst es nicht begreifen, oder?«

Er wusste ganz genau, worauf sie anspielte. »Was denn?«, gab er trotzdem den Unwissenden.

»Du willst den deiner Meinung nach gefährlicheren Part übernehmen, um mich nach Möglichkeit zu schützen.«

Er sah sie kurz an. »Damit stelle ich deine Selbstständigkeit als Frau überhaupt nicht infrage. Ich würde alles für dich geben? Ist das falsch?«

»Nein, Schatz«, seufzte sie, »aber es gibt gute Gründe, es anders zu machen.«

»Welche denn?«

»Ich bin deutlich schmaler als du und damit schwerer zu treffen, während du Annabel mehr Deckung verschaffst.«

Was sollte er dieser simplen Logik entgegensetzen? Außerdem lief Lene schneller als er. Aber alleine bei dem Gedanken, sie könnte getroffen werden, wurde ihm schwummerig – bis er plötzlich ihren Gedankenfehler realisierte. Hinter Annabel war das Risiko trotz des Rucksacks viel größer! »Also gut«, brummte er. »Vielleicht haben die von Pohl inzwischen was erfahren und suchen uns schon«, fügte er hoffnungsvoll hinzu, auch um sie abzulenken.

»Vielleicht. Darauf können wir uns aber nicht verlassen«, ging Lene darauf ein. »Wir sollten uns für den Fall der Fälle vorbereiten. Annabel, du musst mich mal aufstehen lassen!«

Das verängstigte Kind löste sich von ihr. Mit angezogenen Knien lehnte sie sich gegen den Fels, während Lene sich den Rucksäcken widmete. »Wir sollten essen und trinken. Wasser ist noch ausreichend da. Dein Kaffee ist ausgelaufen, weil deine Thermoskanne ein Loch hat. Schöne Sauerei. In meinem Geldbeutel ist ebenfalls ein Loch. Das Kleingeld scheint die Kugel abgelenkt zu haben. Du hast vielleicht ein Glück gehabt.«

»Das verdanke ich nur dem Umstand«, stellte Thomas lapidar fest, »dass du so einfacher an das Geld kommst.« Er verließ kurz seinen Aussichtsposten, um gebückt zu Lene zu kriechen. Einen

Augenblick lang schaute er sie an, während er ihr Gesicht in seinen Händen hielt, bevor er sie fest umarmte. Die Nähe des anderen zu spüren, tat beiden gut. Unwillkürlich flammte die Erinnerung an eine Situation in ihm auf, in der es weit hoffnungsloser um sie bestellt gewesen war. Er spürte wie Lenes Nähe ihm neue Zuversicht verlieh. Als er die Augen wieder öffnete, sah er, dass Annabel zum Spähen an den Felsrand gekrabbelt war. Das wertete er als ein sehr gutes Zeichen. Er flüsterte Lene ganz leise ins Ohr, ihren Kopf zu drehen, ohne sie loszulassen. Danach schaute sie ihn erneut an, ihre Stirn sanft gegen seine drückend.

»Alles wird gut!«, stellte sie mit Nachdruck in der Stimme fest. »Etwas anderes akzeptiere ich einfach nicht!«

»Du hast recht, mein Leuchtfeuer.« Federleicht strich er über ihre elastischen Locken. »Lass uns essen und den Ablauf planen, solange wir zum Warten gezwungen sind.«

Das Warten hatte Horst Jung fast verrückt gemacht. Ununterbrochen war er über den Gang getigert, weil er das ungute Gefühl nicht loswurde, wenig Zeit zu haben. Er stürmte förmlich auf Frau Ünal zu, als die endlich in der Tür des Vernehmungszimmers erschien. Franz Hilpertsauer folgte ihm nicht ganz so gelassen, wie er den Eindruck vermittelte.

»Wird Ihr Mandant kooperieren?«, fragte Horst Jung bereits, als sein Kollege noch damit beschäftigt war, die Tür zu schließen.

»Ich will zumindest eine informelle Erklärung des Staatsanwalts, dass er das bei seinem Antrag zum Strafmaß berücksichtigen wird«, forderte die Strafverteidigerin.

»Das wird er bestimmt«, wollte Kommissar Jung darüber hinweggehen, um keine Zeit zu verlieren. Es konnte sich immerhin um Minuten handeln.

Fatma Ünal schaute ihn nur mit ausdruckslosem Gesicht an.

Er fluchte, zog aber sein Smartphone aus der hinteren Hosentasche, um den zuständigen Staatsanwalt auf seiner privaten Nummer anzurufen. Nach wenigen Sätzen reichte er das Telefon an die Verteidigerin weiter, deren Miene sich wenig später aufhellte.

»Gut«, sie reichte das Gerät zurück. »Aber mein Mandant muss umgehend nach dem Verhör verlegt werden.«

»Was wollen Sie denn noch?«, raufte sich der junge Kommissar die gegelten Haare.

»Ich werde noch heute alles Notwendige in die Wege leiten«, versprach Franz Hilpertsauer ihr. »Er hatte Besuch, richtig?«

»Richtig.«

»Wie ...?« Horst blickte zwischen den beiden hin und her, bis er begriff, wovon sein Kollege sprach.

Fatma Ünal berichtete den beiden Kommissaren, was am Morgen in der Dusche geschehen war. »Das ist letztlich auch ein Grund, warum Herr Pohl mit Ihnen reden möchte – oder andersherum, warum er so lange damit gezögert hat.«

Horst Jung sah sein schlechtes Gefühl bestätigt. Sie saßen an einer größeren, weitaus gefährlicheren Sache. Außerdem hatte er nicht den Eindruck, als hätte sein Chef seine mahnenden Worte angemessen aufgenommen. »Darf ich?«

Fatma Ünal nickte.

Lennard Pohl schwankte zwischen Angst und Erleichterung. Frau Ünal hatte ihr Versprechen eingehalten, sich um seine Sicherheit zu kümmern sowie auf eine Strafminderung hinzuwirken. Das war absolut neu für ihn: Sein Vertrauen, noch dazu in einen ihm völlig fremden Menschen, war belohnt worden.

»Was soll in Berchtesgaden geschehen und warum?«, war das Erste, was Horst Jung von dem Verhafteten wissen wollte.

Bedächtig legte Pohl die Hände auf die Tischplatte. »Ich weiß nicht viel darüber. Ich bin nur ein kleines Rädchen im Getriebe.«

War alles umsonst?, schoss es Horst Jung durch den Kopf. Enttäuschung machte sich breit.

»Das Mädchen muss die beiden an dem Abend des Autounfalls gesehen haben. Deshalb soll sie liquidiert werden.«

»Von wem – und wen hat sie gesehen?«

Pohl blickte auf seine Hände. Er zögerte. Wollte er wirklich die Weiche in seinem Leben so stellen, immer mit der Aussicht auf Rache leben? Unsicher blickte er zu seiner Anwältin.

Die verstand, was in ihm vorging. »Ich werde alles tun, was in meiner Macht steht, um Sie zu schützen.«

»Falk Rutz ist das ›Gehirn‹«, überwand er sich schließlich. »Bei ihm dürfte Stony sein. Seinen richtigen Namen kenne ich nicht. Der war auch am Abend des Autounfalls dabei.«

»Wer ist Falk Rutz?«, hakte Kommissar Hilpertsauer nach. Er setzte sich umgehend mit Heiner Janetzky in Verbindung, der Informationen über Falk Rutz zusammentragen sollte.

»Ein ehemaliger KSK-Soldat.« Pohl war kaum zu verstehen.

Nicht auch noch das! In einem ersten Impuls zog Horst Jung sein Telefon heraus, fluchte jedoch, nachdem er weder Thomas noch Lene erreichte. Er war sich absolut sicher, dass Thomas das Telefon auf keinen Fall ausgeschaltet hätte, denn der wartete auf seinen Anruf. Vielleicht haben sie keinen Empfang, versuchte er sich zu beruhigen.

»Erzählen Sie bitte weiter«, wandte er sich wieder an Pohl.

Zum Tod von Frau Sonnleitner wusste Lennard Pohl nicht viel, lediglich, dass an den Bremsen manipuliert worden war. Aber wie genau sie die Frau dazu gebracht hatten, die Fahrbahn verlassen zu müssen, konnte er nicht sagen. Im Verlauf der Vernehmung erfuhren die Kommissare schließlich, dass Falk Rutz auch derjenige war, der nach dem Streit die Studentin getötet sowie die Oberbürgermeisterin erschossen hatte. Pohl irrte zwar in diesem Punkt, doch die Ermittler wiesen ihn nicht auf den Misserfolg der Tat hin.

»Wozu der Anschlag?«, wollte Franz Hilpertsauer wissen.

»Ich war lediglich für den Diebstahl des Streetscooters vorgesehen«, gestand er ein, dazu nur über wenige Informationen zu verfügen. »Diese neue Partei sollte mit drastischen Mitteln boykottiert werden. Hat zumindest mal jemand erzählt.«

»Aber das ›Gehirn‹, wie sie sich ausgedrückt haben, ist nicht politisch aktiv – nehme ich mal an«, unterstellte der Kommissar, der mit der Antwort noch nicht zufrieden war.

»Sicher nicht«, bestätigte ihm Pohl. »Es geht einfach nur um Geld. Falk Rutz macht alles. Den können Sie ganz einfach im Darknet buchen.«

»Und Leute wie Sie helfen ihm dabei.« Kommissar Hilpertsauer klang nicht einmal vorwurfsvoll. Dennoch senkte Pohl den Blick.

»Wer ist der Auftraggeber des Mordes an der OB?«

»Das weiß ich nicht«, zuckte der Befragte mit seinen Schultern. »Alles sollte so aussehen, als wollte jemand vor Ort den Druck auf die Schneider erhöhen. Es muss ein ganz hohes Tier sein.«

»Woraus schließen Sie das?«

»Normalerweise wird über so etwas geredet. In diesem Fall war das Schweigen für alle sehr deutlich hörbar.«

Horst Jung hatte nicht den Eindruck, in diesem Moment weitere Informationen von Pohl zu benötigen. »Können Sie mir diesen Rutz beschreiben oder haben Sie ein Foto von ihm?«, unterbrach er seinen Kollegen in seinem Vorgehen.

»Frisur wie ich, ausrasiert, scharfer Scheitel, dunkle Haare, eins neunzig, sportlich, gebrochene Nase.« Er dachte nach. »Das wär´s.«

»Das ist eindeutig der Typ aus dem ›Mallory‹«, sah sich Horst Jung auch in seiner Sorge bestätigt. »Ich muss mich schnellstens um Thomas kümmern. Franz, mach du bitte alleine hier weiter!«

Kommissar Hilpertsauer nickte nur knapp.

Kapitel 28

Ein MEK hatte Rutz´ Wohnung in Seckenheim gestürmt, in der sich jedoch niemand aufgehalten hatte. Allerdings wurden zahlreiche Waffen sowie eine Computerausstattung vom Allerfeinsten sichergestellt. Inzwischen saßen dort gleich mehrere IT-Experten an der Auswertung, die angesichts der neuesten Hightech-Geräte beinahe vor Neid erblasst waren. Heiner Janetzky legte inzwischen ein Dossier zu Falk Rutz an, der unehrenhaft entlassen worden war. Während eines Einsatzes hatte er seinem Kommandoführer eine Waffe an den Kopf gehalten, um ein konsequenteres Vorgehen zur Rettung eines Kameraden durchzusetzen. Mit sehr viel größerer Wahrscheinlichkeit wäre der stark Bedrängte noch rechtzeitig unterstützt worden. So hatte ihn das Team nur tot bergen können.

Horst Jung hatte es inzwischen mehrfach bei Thomas und Lene versucht, aber stets nur einen Hinweis auf die Mailboxen erhalten. Während er auf den Bericht seines Kollegen wartete, rief er aus lauter Verzweiflung bei Ariane und Kai an, die deutlich weniger kriminalistischen Drang verspürten als Heiko.

»Horst?«, war Ariane Dreieich überrascht. »Was gibt's?«

»Ich kann weder Thomas noch Lene erreichen. Wisst ihr, wo die stecken?«

Ariane schaute auf die Uhr. »Die dürften noch unterwegs sein. Die sind doch mit dem Mädchen ...«

»Ich weiß«, unterbrach er sie ungeduldig. »Wenn ihr sie sehen solltet, richtet ihnen aus, dass sie mich *sofort* anrufen müssen!«

»Was ist denn los?«, beunruhigte sie seine drängende Stimme.

Horst erzählte in knappen Worten von Pohls Vernehmung. »Das ist kein Gelegenheitsgauner, der hinter dem Mädchen her ist, sondern ein Profi. Verstehst du, was das heißt?«

Sie schlug die Hand vor den Mund. »Oh nein.«

Kai wurde aufmerksam, der bisher eingehend eine der Wassermühlen am Eingang der Almbachklamm betrachtet hatte. »Was ist los?«

Sie hob die Hand, um Kai zu signalisieren, sich einen Augenblick zu gedulden. »Wir werden sie suchen.«

Hätte er doch bloß nicht angerufen, erschrak Horst Jung. »Das lasst ihr bleiben! Bringt euch bitte nicht auch noch in Gefahr. Ich verständige in den nächsten Minuten die dortigen Kollegen. Hast du mich verstanden?«

»Laut und deutlich«, rollte sie zu Kai gewandt mit den Augen. »Gut. Ciao.«

Umgehend berichtete sie alles ihrem Freund, der dafür plädierte, Horsts Anweisung zu befolgen.

»Ach«, wischte sie seine Sorgen weg, »du hast immer zu viel Angst um mich. Ich rufe wenigstens mal Susanne an.«

»Dann können wir auch gleich losfahren«, stöhnte Kai, der nur allzu gut wusste, wie Heiko reagieren würde. Nicht umsonst verspottete Susanne ihn, wenn auch liebevoll, des Öfteren als Sherlock

Holmes.

»Du sagst es«, erwiderte seine Freundin mit Bestimmtheit und eilte bereits in Richtung des Parkplatzes davon, während ihr Telefon wählte.

»Susi«, kam sie ohne Gruß zum Thema, »wo seid ihr?«

»Wir sitzen auf der Terrasse des Stahlhauses, trinken Buttermilch mit Heidelbeeren, teilen uns einen Kaiserschmarren und einen Ausblick, der alles übertrifft.« Kurz wirkte das Wohlgefühl nach, bevor ihr der erregte Tonfall ihrer Freundin ins Bewusstsein rückte. »Ist was mit dem Auto?«

»Quatsch. Horst hat angerufen. Er wollte wissen, ob Thomas und Lene bei uns sind.« Ariane begann zu erzählen.

Susanne hielt das Telefon geistesgegenwärtig zwischen sich und Heiko, sodass sie beide zuhören konnten; aber nicht die halbe Terrasse, die noch gut besucht war.

Heiko breitete nebenher ihre Karte aus.

»Wir können doch nicht einfach nichts tun«, stimmte Susanne Ariane entgegen Kais Meinung zu.

»Fahrt zur Mittelstation«, erklärte Heiko den anderen beiden. »Wir treffen uns an der Branntweinbrennhütte. Die ist auf der Karte eingezeichnet, oberhalb des Wasserpalfen. Dort beraten wir uns weiter. Kommt dir das entgegen, Kai?«

»Ihr tut gerade so, als wollte ich nicht helfen«, murrte der.

»Du sorgst dich um deine Liebste«, verstand Heiko ihn ohne Frage. »Schon gut. Vielleicht ist ja alles klar, bis wir dort sind.«

»Er ist halt mein Prinz«, zeigte sich Ariane durchaus durch seine Fürsorge geschmeichelt. »Also los. Bis gleich.«

Also los, gab sich Horst Jung einen Ruck, als er das Dossier zu Falk Rutz auf sein Remarkable übertragen bekam. Schnell überflog er die PDF-Datei. Heiner hatte ausgezeichnete Arbeit geleistet und sogar ein Bild eingebunden. »Super«, rief er in das Büro seines Kollegen durch die offen stehende Tür hinüber, während er die Nummer der Berchtesgadener Kollegen wählte.

»Polizeidienststelle Berchtesgaden«, meldete sich nach einigen

Klingeltönen eine sonore Männerstimme, »Berg am Apparat.«

Berg, Berg, der Name sagte ihm etwas, fiel Horst Jung nicht gleich der Zusammenhang ein. »Jung, Kripo Heidelberg. Wir haben ein Problem. Ich schicke Ihnen jetzt eine E-Mail.« In der Zwischenzeit erläuterte er dem Polizeihauptmeister die Zusammenhänge.

»I hob´s mitbekomma«, warf Berg ein. »Der Stangassinger ist der Freund meiner Schwester.«

Deshalb war ihm der Name geläufig. »Haben Sie die Mail?«

»Moment. ... Da schau her.« Berg pfiff beeindruckt durch die Zähne, als er sich den Anhang zu Rutz´ Vita durchlas. »Ich organisiere ein Team, das nach den drei Personen schaut.«

»Wäre nicht ein MEK besser?«

Berg blieb ungerührt. »Ich schicke erst einmal zwei Kollegen los. Wir wissen ja noch nicht, ob dieser Rutz überhaupt hier ist. Ihr Chef könnte auch einfach keinen Empfang haben. Außerdem geht das so schneller.«

»Wir verlieren Zeit«, beharrte Horst Jung, der sich nur mühsam beherrschen konnte.

»Ich melde mich wieder bei Ihnen«, beschied ihm Polizeihauptmeister Berg knapp, unmittelbar darauf das Telefonat beendend.

Nur vierzig Minuten später näherten sich zwei Polizisten in einem Allradfahrzeug den Hütten am Wasserpalfen.

Stony, der den Eindruck eines Wanderers erweckte, der sich am Ende einer Tour auf einer Bank unter einem Dachüberstand ausruhte, wurde durch das Motorengeräusch alarmiert. Sein Misstrauen resultierte auch aus dem Umstand, bisher nichts vom Falken gehört zu haben. Irgendetwas musste außerplanmäßig verlaufen sein. Aus reiner Vorsicht richtete er die Kamera seines Telefons auf das Fahrzeug der Nationalparkverwaltung, das er heranzoomte. Ein gehöriger Schreck durchfuhr ihn, als er die Uniformen der beiden Insassen ausmachte: Polizei. Das war sicherlich kein Zufall. In Sekundenbruchteilen schätzte er ab, was zu tun war. Routiniert griff er nach der SIG Sauer in seinem Rucksack, die er hinten in den Hosenbund steckte. Eilig sprang er danach auf und kehrte auf den Fahrweg zurück. In der Nähe war niemand sonst zu sehen. Er ging dem Wagen bergab entgegen. Kurz bevor der ihn passierte, knickte Stony um. Mit einem Aufschrei fiel er mitten auf dem Weg auf ein Knie.

Das Allradfahrzeug wurde abrupt abgebremst.

Stony richtete sich mühsam wieder auf, wobei er sich auf der Motorhaube abstützte. Langsam humpelnd kam er zur Fahrertür vor, deren Seitenfenster heruntergekurbelt wurde.

»Ist alles in Ordnung?«, sprach der Fahrer ihn freundlich an.

Mit dem linken Unterarm stützte sich Stony auf der Tür ab. »Mein Knöchel. Es zieht bei jedem Schritt bis in den Rücken.« Wie zur Verdeutlichung schob er gleichzeitig mit leidender Miene seine rechte Hand unter den Rucksack.

»Wir ...«

Blitzschnell zog er die Waffe, zwei gut gezielte Schüsse. Die beiden Polizisten waren tot, bevor sie überhaupt realisierten, was geschah. »Jetzt geht es mir gleich besser.« Er blickte sich noch einmal um, aber niemand war zu sehen. Energisch schob er den Fahrer zu seinem Kollegen auf den Beifahrersitz hinüber. Dabei störte er sich nicht daran, dass der Tote mit dem Kopf in den Fußraum rutschte. Ärgerlicher war das mit Blut bespritzte Seitenfenster. Zum Säubern fehlte ihm jedoch die Zeit. Jeden Augenblick konnte jemand kommen. Obwohl er bereits angefahren war, lehnte er sich über die Toten auf der Beifahrerseite, um das Fenster wenigstens herunterzukurbeln. Wenige Meter danach bog er auf einen sehr ausgewaschenen Weg ein, der über eine freie Kuppe in einen Wald führte. Er musste das Fahrzeug mit den Toten so schnell wie möglich loswerden und den Falken benachrichtigen, auch wenn der Funkstille angeordnet hatte.

»Viper an Falke. Bitte kommen.«

»Hier Falke. Was gibt´s?«

»Bei mir sind zwei Bullen aufgekreuzt.«

Schweigen. »Und?«

»Die schlafen für immer. Aber das ist bestimmt kein Zufall.«

Erneutes Schweigen. »Okay. Halte die Stellung, bis ich dir neue Anweisungen gebe. Falke over.«

»Hätte der uns nicht mitnehmen können«, zeigte Ariane auf ein grünes Auto, das den Weg auf der gegenüberliegenden Hangseite herauffuhr. Sie trugen beide nur Turnschuhe, die auf dem teils steinigen Pfad nicht sonderlich bequem waren.

»Das wär´s gewesen«, stimmte Kai ihr zu, der sich in sein Schicksal gefügt hatte. »Immerhin haben wir uns den Aufstieg vom Königssee bis hierher gespart.«

Sie waren bis zum Parkplatz auf Höhe der Mittelstation gefahren, der mehrere hundert Meter höher als der See lag. Derzeit ging es sogar leicht bergab. Nachdem sie eine Brücke überquert hatten, mussten sie dem Schotterweg nach links folgen.

»Oh Gott«, jammerte Ariane nun doch. »Wie steil ist das denn?«

Der Fahrweg führte ein gutes Stück direkt den steilen Hang hinauf. Als sie schwer atmend eine weitere Kehre durchschritten, sahen sie Susanne und Heiko fast im Laufschritt von oben kommen.

Selbst bei den beiden Frauen fiel die Begrüßung nur knapp aus. »Du bist ja völlig verschwitzt«, stellte Susanne fest, als sie sie kurz umarmte.

»Ihr kommt ja auch den Berg herunter.«

»Dafür haben wir bereits sieben Stunden Kletterei hinter uns.«

»Pah.«

»Habt ihr schon einen Plan?«, unterbrach Kai angesichts ihrer dringlichen Mission das übliche Geplänkel der beiden.

»Wir haben uns die Karte angesehen«, erläuterte Heiko ihnen, »und sind zu dem Schluss gekommen, dass wir zwei Routen abdecken müssen. Du kommst mit mir. Wir folgen nach der Gotzenalm dem Kaunersteig hinunter zum Königssee. Sollten wir sie dort nicht antreffen, gehen wir euch am Obersee vorbei entgegen«, schaute Heiko erst Ariane an, bevor er auf seine Uhr blickte. »Ein Boot fährt jedenfalls nicht mehr. Die Mädels ... aua!«, blickte er finster zu Susanne, die ihm angesichts dieses Ausdrucks einen kräftigen Schlag gegen den Oberarm verpasst hatte. »Du, Ariane, gehst mit Susanne zum Seeleinsee hoch. Von dort kommt ihr zum Obersee herunter. So müssten wir ihnen eigentlich begegnen. Selbst wenn sie auf den Reitweg ausgewichen sein sollten, dürften Kai und ich sie treffen.«

»Aha.«

»Am Stahlhaus haben wir gesehen«, berichtete Susanne, während sie sich Richtung Hirschenlauf aufmachten, »dass der Wanderweg über den Schneibstein wegen einer Jagd auf tollwütige Tiere gesperrt sein soll. Horst war sich aber absolut sicher, mit Thomas telefoniert zu haben, als die auf dem Gipfel waren. Das stinkt zum Himmel. Polizei sei unterwegs, hat er noch gemeint.«

»Uns sind keine Polizisten begegnet«, schüttelte Kai den Kopf.

»Vielleicht waren die das mit dem grünen Wagen, den wir vorhin gesehen haben«, äußerte Ariane eine Vermutung.

»Wo ist der hingefahren?«

»Zur Gotzentalalm, denke ich jedenfalls«, nahm Kai an. »Es sei denn, das war ein Bauer, der nach seinen Kühen schaut.«

Thomas schaute ein zweites Mal hin. Er war sich nicht sicher, ob es seine Hoffnung war, die ihn eine Bewegung hatte wahrnehmen lassen, oder ob sich der Schütze tatsächlich bewegt hatte. »Lene, komm bitte her. Vielleicht rührt sich was.«

Lene kam gebückt zu ihm. Kurzerhand legte sie sich auf seinen Rücken, um über seinen Kopf hinwegsehen zu können. »Wo?«

»Siehst du den pyramidenartigen Fels auf der Kante?«

»Ja.«

»Ein Stück unterhalb davon blitzte es kurz auf. Von dort sind aber nicht die Schüsse gekommen. Der Schütze hatte sich da noch weiter oben befunden. Er scheint zu uns abzusteigen«, folgerte Thomas mit hörbarer Anspannung in der Stimme.

»Falls er sich bewegt«, überlegte Lene, angestrengt die Bergflanke im Auge behaltend, »wird er sich so weit wie möglich knapp hinter der Flanke halten, um uns möglichst wenig Reaktionszeit zu geben.«

Noch konnten sie keine weitere Auffälligkeit erkennen.

»Mein Gefühl behauptet«, schob sie sich von ihrem Mann herunter, »wir sollten uns zur Flucht fertig machen. ... Annabel?«, wandte sie sich gedämpft an das Mädchen, das, nachdem sie selbst gespäht hatte, sichtlich stabiler als davor wirkte.

»Ja?«, kam es sofort sogar ein wenig entschlossen zurück.

»Setz deinen Rucksack auf und kauer dich in der Nähe der linken Felskante auf den Boden.«

Sie selbst holte den Rucksack ihres Mannes, den sie neben ihm abstellte. Danach kehrte sie nochmals zu Annabel zurück, die sie ganz fest drückte. »Lauf so schnell, wie du nur kannst, und denke daran, auf das zu hören, was dir Thomas zuruft. Das ist ganz wichtig, hörst du?« Mahnend sah sie ihr in die Augen, bevor sie ihr einen letzten Kuss auf die Stirn gab.

»Das mache ich«, nickte das Mädchen mit überaus ernstem Gesicht.

»Ich weiß.« Lene wollte sich bereits abwenden. Doch sie hielt inne, weil das Mädchen schüchtern nach ihrer Schulter griff. »Ja?«

»Ich hab dich lieb, Tante Lene.«

»Wir schaffen das, mein Schatz«, antwortete sie schnell, mit aller Kraft die Tränen unterdrückend, die ihr vor Rührung in die Augen schossen. Kaum hatte sie sich abgewandt, lösten sich zwei davon, die ihr über die Wangen rannen. Rasch wischte sie sich über die Augen. Sie durfte vor dem Kind auf keinen Fall Schwäche zeigen. Kurz darauf rieb sie Thomas über den Rücken. »Mach dich fertig! Wir haben lediglich einen Versuch.«

In einer flinken Bewegung setzte sich der Kommissar auf. Ganz fest drückte er seine Frau an sich, bevor er ihr nach wenigen Sekunden seinen Spähposten überließ. Danach nahm er seine abgezippten Hosenbeine aus dem Rucksack – die zu seinem Missfallen ebenfalls ein Loch aufwiesen –, um sie anzuzippen. Auch wenn es nicht viel brachte, war das steinartige Grau schwerer zu erfassen als seine doch eher blassen, eigenartig leuchtenden Beine. Als er fertig war, kauerte er sich seitlich hinter Annabel. »Alles klar?«

Sie nickte entschlossen. »Mama passt auf uns alle auf.«

»Genau.« Er würde nicht zulassen, dass diesem zauberhaften Kind etwas passierte; das Gleiche galt für Lene, der er einen Blick über die Schulter zuwarf, in dem alle guten Wünsche lagen, zu denen er in diesem Moment fähig war. Jetzt begann erneut das Warten. Vielleicht hatte er sich die Bewegung auch nur eingebildet. Eine Uhr hatte er zwar nicht, aber der Sonnenstand sprach eher dafür, dass das letzte Boot am Königssee längst abgefahren war. Irgendwo musste es noch einen Abzweig auf den Reitweg geben. Zu seinem Missfallen befand sich ihre Karte in Lenes Rucksack, denn er wusste nicht, wo oder wie sichtbar sich der Weg gabelte. Ihr Plan ging jedoch bisher nur bis zum Waldrand, der so nah war und gleichzeitig so unerreichbar schien. Mit jeder Minute, die verstrich, steigerte sich seine Anspannung, doch er unterdrückte jede Nachfrage bei Lene, weil das alle nur verunsichert hätte.

»Ich habe einen Schatten oder etwas Dunkles gesehen«, klang Lenes Stimme plötzlich aufgeregt, aber gedämpft durch die Stille, »fast ganz unten. Haltet euch bereit!«

Weitere Minuten nervenaufreibenden Wartens vergingen. Am liebsten wäre Thomas einfach losgelaufen, weil in seinem Bauch ein emotionales Chaos herrschte, das ihn vorwärtsdrängen wollte. Sein Verstand hielt ihn jedoch mit eiserner Disziplin zurück.

»Da ist er!«, wisperte Lene schließlich. »Er bewegt sich flink von Fels zu Fels. Gleich hat er das Schotterfeld erreicht. Bei drei laufe ich los!«

»Pass auf dich auf!«, beschwörte Thomas seine Frau.

»Wir haben schon andere Situationen überstanden.« Seitdem sie den Feind erblickte hatte, war sie mental vollkommen ruhig geworden, während ihr Körper wie eine Feder gespannt war.

Ihr Mann war dankbar für ihr Vertrauen, das sich nicht nur in ihren Worten, sondern auch in der Entschlossenheit ihrer Äußerung gezeigt hatte.

»Er trägt sein Gewehr vor dem Körper«, gab sie weiter. »Ihr müsst mit schnellen Schüssen rechnen.« Emotionslos beobachtete sie den Mann in seiner grauen Tarnkleidung, in der er sich kaum von dem Fels abhob. Geschickt bewegte er sich zwischen dem Gestein, bis er vor dem Schotterfeld stehen blieb und in die Hocke ging. Hätte sie ihn nicht bereits im Visier gehabt, wäre er ihr entgangen. Wenn du wüsstest, spürte sie für einen winzigen Augenblick ein Siegesgefühl, das sie sofort wieder verdrängte, um ihre Konzentration beizubehalten.

Vorsichtig arbeitete sich der Attentäter schließlich in dem Schotterfeld nach unten vor.

»Eins«, zählte Lene, um die anderen zu informieren. Sie wollte warten, bis der Mann sich einige Meter auf losem Terrain befand, damit er nicht einfach zu einem sicheren Standplatz zurückkehren konnte. Noch ein Meter, sie kam in die Hocke hoch. »Zwei.« Ein letzter Blick zurück, warte noch, warte. »Drei!«, zischte sie und schnellte nach rechts hinter dem Felsen hervor.

Wenige Sekunden später sprintete Thomas mit Annabel nach links direkt auf den Waldrand zu. Thomas hielt sich seitlich hinter Annabel, sodass sie maximal vom Schützen abgeschirmt war. Das Deckelfach seines Rucksacks hatte er nicht fixiert: Bei jedem Schritt wurde der darin befindliche Geldbeutel gegen seinen Hinterkopf geschleudert.

Lene schlug einen Haken. Eine Kugel zischte nur knapp an ihr vorbei. Auf einer ebenen Wiesenfläche rollte sie sich nach vorne ab, um anschließend mehrfach die Richtung zu ändern und danach ebenfalls auf den Wald zuzuhalten.

»Mehr links!«, rief Thomas Annabel zu, die seiner Anweisung sofort folgte. Kurz darauf spürte er einen stärkeren Druck gegen seinen Rücken. Eine Kugel, erschrak er heftig. »Nach rechts.« Der Wald kam zwar schnell näher, aber der Weg wurde zunehmend schmaler. »Nach links.« Irgendwo in der Nähe schlug eine Kugel ein. »Stopp. Ducken.« Sein Herz hämmerte immer stärker, je näher sie dem rettenden Waldrand kamen. »Und sofort nach rechts. Lauf!« Ein weiteres Geschoss wurde links vor ihnen mit einem metallischen Zischen von einem Stein abgelenkt.

Er sah Lene, die hinter einem Baum hervorlugte. Sie hatte es geschafft. Das Wissen darum gab ihm neue Zuversicht.

»Runter«, brüllte Lene, die registrierte, wie der Schütze einen festen Stand gefunden hatte und sich beim Anlegen Zeit ließ.

Blitzschnell glitt Annabel neben dem Weg in die Brennnesseln, die dort bereits hüfthoch wuchsen. Thomas bremste ebenfalls abrupt, unmittelbar in die Knie gehend. Das Verschlussfach seines Rucksacks erwies sich als träger, sodass es ihm hart gegen den Hinterkopf schlug. Einen Sekundenbruchteil später spürte er einen zweiten Schlag, eher ein Rucken des geöffneten Deckelfachs, sowie einen Lufthauch, der an seinem linken Ohr vorbeizog.

»Kommt, schnell! Er hat das Gleichgewicht verloren. Durch den Rückschlag muss sich ein Stein unter seinem vorderen Fuß gelöst haben.«

Annabel und Thomas sprangen blitzschnell auf. Auf direktem Weg hasteten die zwei in das schützende Dunkel des Waldes. Dort atmeten sie nur kurz durch.

»Wir müssen weiter«, trieb Lene sie an.

Annabel lief so schnell, wie eine Neunjährige nur konnte, doch sie waren viel zu langsam, um diesem Jäger zu entkommen.

Die vier Heidelberger Urlauber hatten keinen Blick für die in eine warme Abendsonne getauchte Berglandschaft übrig. Zwei Wandergruppen waren ihnen auf ihrem Weg bereits entgegengekommen. Als sie einem weiteren Mann begegneten, sprach der sie an.

»Wohin wollt ihr, zum Seeleinsee oder über den Hirschenlauf?«

Heiko druckste herum. »Das wissen wir noch nicht. Warum?«

»Direkt oberhalb vom Hirschenlauf gibt es eine Sperrung wegen einer Jagd auf tollwutverdächtige Tiere. Ich bin sehr früh über den Schneibstein gegangen und komme gerade über den Hirschenlauf zurück. Bisher war nichts. Aber vielleicht ist es für euch nicht so ratsam, dort noch durchzugehen.« Der komplett ausgestattete Mann, der mit Stöcken unterwegs war, wirkte kaum angestrengt. Das wertete Heiko als Zeichen von Routine und Vertrauenswürdigkeit. Es passte zudem zu dem Schild am Aufgang zum Schneibstein.

»Dir ist nichts aufgefallen?«, versicherte er sich.

»Nein«, schüttelte der junge Mann mit Vollbart ruhig den Kopf. »Vermutlich kommen die erst morgen. Das habe ich hier im Übrigen noch nie erlebt.«

»Wir wollten ohnehin über den Hirschenlauf zum Feuerpalfen«, verschwieg Heiko ihre Pläne weiterhin.

»Feine Idee«, nickte ihr Gesprächspartner, während er die vier musterte. »Passt aber mit den Turnschuhen auf«, wies er auf Arianes und Kais Füße. »Der Hirschenlauf ist feucht und rutschig.«

Prompt lief Ariane rot an. Wurde sie soeben als Flachländerin belehrt, in den Bergen nur mit angemessenem Schuhwerk unterwegs zu sein? »Ich habe eine Blase an der Ferse«, schwindelte sie.

»Er auch?«, deutete der Mann mit dem Kopf und einem fragenden Gesichtsausdruck zu Kai. »Passt halt auf«, hielt er sich jedoch nicht länger mit dem Thema auf. »Vom Feuerpalfen werdet ihr einen super Blick auf den Watzmann haben. Viel Spaß.«

Schon hatte er sich mit schnellem Schritt entfernt.

»Offensichtlich hat jemand das Gebiet dort oben systematisch abgesperrt«, stellte Susanne besorgt fest, während sie eilig ihren Weg fortsetzten.

»Aber«, fand Kai den positiven Punkt, »bisher scheint noch nichts vorgefallen zu sein.«

»Wir hätten ihn nach den dreien fragen sollen«, fiel Ariane zu spät eine naheliegende Option ein.

»Ich habe daran gedacht«, erwiderte Heiko, »aber ich wollte gar nicht erst einen längeren Erklärungsbedarf provozieren.«

Auf dem restlichen Wegstück bis zum Abzweig zum Hirschenlauf kam ihnen niemand mehr entgegen.

»So, da sind wir«, stellte Heiko fest. »Passt auf euch auf, *Mädels*«, grinste er Susanne breit an.

»Ihr auch, *Jungs*«, konterte sie schnippisch, gab ihm zum Abschied aber dennoch einen Kuss.

Lachend drückte er seine Freundin fest an sich. »Ich meine es ernst!«, betonte er nochmals.

»Uns passiert schon nichts«, wehrte Ariane ab. »Wer tut schon zwei so hübschen Frauen etwas an.«

»Möchtest du wirklich, dass ich dir aufzähle, was es alles für Psychopathen gibt?«, missfiel ihrem Freund die aus seiner Sicht zu leichtfertige Einschätzung der Lage.

Horst Jungs Auffassung zufolge schätzte dieser Berg die Lage viel zu leichtfertig ein. Aber ihm selbst waren die Hände gebunden. Weder Heiner noch Franz konnte ihn beruhigen, selbst Frau Stöckl war mit ihrer Weisheit am Ende. Auch die Ergebnisse der Techniker hatten ihn nicht abgelenkt. Inzwischen war klar, dass Falk Rutz die Trojaner auf den Computern von Schneider und Stangassinger platziert hatte.

»Bleibt die Frage, wer der Mann hinter Rutz respektive dessen Auftraggeber ist?«, warf Franz Hilpertsauer einen nicht unerheblichen Aspekt auf. »Pohl weiß nichts darüber.«

»Doch Winkler?«, runzelte Heiner die Stirn. »Es ergibt aber keinen Sinn, die Partei zu sabotieren, in der man Vorsitzender werden will. Davon ist unsere OB jedenfalls nach wie vor überzeugt.«

»Und wo steckt der?« Horst sprang wieder auf, nachdem er sich erst eine Minute zuvor gesetzt hatte. Es hielt ihn einfach nicht auf seinem Stuhl. Wie sollte das bloß bei der Geburt ihres Kindes werden? Hoffentlich dauerten die Wehen bei Heike nicht so lange. Erneut tigerte er durch den Raum.

»Der wird sich schon finden«, zuckte Franz mit den Schultern. »Derzeit haben wir andere Sorgen.«

Heiners Telefon klingelte.

Horst nahm das zum Anlass, nochmals in Berchtesgaden anzurufen.

»Polizeidienststelle Berchtesgaden, Berg.«

»Haben sich Ihre Kollegen bereits gemeldet?«, fiel er mit der Tür ins Haus.

»Sie schon wieder«, stöhnte der Angerufene. »Nein, aber was schätzen Sie, wie schnell die am Berg sind?«

Doch Horst ließ nicht locker. »Sie können sie doch sicher erreichen. Rufen Sie sie an! Tun Sie mir den Gefallen! ... Sonst melde ich mich alle fünf Minuten bei Ihnen.«

Der Polizeihauptmeister stöhnte unüberhörbar. Diese Heidelberger Beamten waren doch alle miteinander seltsam. Aber er wollte mal nicht so sein – und vor allem seine Ruhe haben. Deshalb nahm er sein Smartphone, mit dem er die Nummer seines Kollegen wählte, der den Anruf jedoch nicht annahm. Er ließ es läuten, bis er nach dem x-ten Klingeln schließlich mit der Mailbox verbunden war. Alarmiert versuchte er es mit der Telefonnummer des zweiten

Beamten. Dasselbe Ergebnis. »Moment!« Er legte den Hörer zur Seite, um sich ein Funkgerät zu holen. »Franzl, bitte melden.« Keine Reaktion. »Franzl, wo steckt ihr denn? Bitte dringend melden!« Er wartete noch eine Minute, ahnte aber schon, keine Antwort zu erhalten. Irgendetwas stimmte nicht. Rasch nahm er den Hörer wieder auf. »Herr Jung, hören Sie?«

»Ja?«

»Ich bekomme keinen Kontakt zu den Kollegen. Ich fordere ein MEK an. Augenblick!« Er hielt die Sprechmuschel zu. »Gerade teilt mir einer von der Kripo mit, dass sie das Hotelzimmer der beiden Gesuchten ausfindig gemacht haben. Dort haben sie unter anderem ein Fernrohr mit Stativ gefunden.«

»Was ... wofür?«

»Vom Fenster des Hotelzimmers kann man zum Haus der Familie Dunkerbeek hochschauen. Die wurden offenbar observiert.« Inzwischen klang Berg ehrlich zerknirscht.

»Ich habe es Ihnen doch gesagt«, blaffte Horst Jung den Polizeihauptmeister an. »Sie haben wertvolle Zeit vergeudet. Kommen Sie endlich aus dem Quark!«

»Ich werde das MEK anfordern«, blieb der Gescholtene die Ruhe selbst, legte aber kommentarlos auf.

Entgeistert starrte Horst sein Telefon an. »Der hat einfach aufgelegt«, berichtete er Franz. »Immerhin tut er endlich was.«

»Wundert dich das, bei deiner Tonlage?«

Irritiert sah Horst seinen Kollegen an. »Wie kannst du ...«

»Winkler ist aufgetaucht«, unterbrach Heiner den aufgeregten Cheftrainee.

Die anderen beiden schauten ihn überrascht an. »Wo?«

Kommissar Janetzky lachte auf. »Ratet mal!«

»Mach es nicht so spannend«, forderte Horst.

»Das sagt gerade der Richtige«, amüsierte sich Franz. »Warte, Heiner.« Er schob seine Unterlippe vor. »Hamburg?«

»Respekt, Herr Kollege«, nickte Kommissar Janetzky.

»Wie das?«

»Das ist komplizierter«, begann Heiner auszuholen. »Die Hamburger haben die Bankverbindungen dieses Studenten überprüft, nachdem sie den Tipp von uns bekommen hatten. Tatsächlich sind sie auf einen auffälligen Betrag gestoßen. Heute hat der Kerl schließlich gestanden, zwecks Anschuldigung der Professorin gekauft worden zu sein.«

»Und wann kommt Winkler ins Spiel?«

»Die Kollegen sind daraufhin bei Backhuis vorbei. Dort haben sie Winkler, aber nicht den Ehemann der Professorin angetroffen, der die gemeinsame Wohnung wohl am Tag zuvor verlassen hat.«

»Doch nicht wegen der Anzeige«, bezweifelte Franz.

»Keineswegs, wohl eher, weil ihm seine Frau eröffnet hat, seit Längerem ein Verhältnis mit Winkler zu haben.«

»Also doch eine Liebhaberin«, triumphierte Horst. Sogar ihn lenkte das Thema ab. »Aber hatten die sich nicht verkracht?«

»Schon«, grinste Heiner, »weil Winkler nicht hatte heiraten wollen. Später haben sie sich auf einem Kongress getroffen und so weiter. Zu dem Zeitpunkt war sie aber bereits verheiratet.«

»Drum prüfe, wer sich ewig bindet«, floskelte Franz. »Ist Winkler nur zur moralischen Unterstützung nach Hamburg?«

»Die beiden Turteltäubchen haben die Gelegenheit genutzt, reinen Tisch zu machen«, lieferte Heiner den eigentlichen Grund. »Sie waren der Meinung, der Partei unnötig zu schaden, falls ihre Liaison aufgedeckt würde.«

»Na, das sind doch mal zwei Politiker«, resümierte Franz sarkastisch, »die nicht erst leugnen wollen, um danach scheibchenweise den Zeitungsmeldungen hinterherzuhinken. Das scheint mir die bessere Taktik, falls ihnen die Mitglieder langfristig folgen sollen.«

»Folge mir über den Seeleinsee«, drang die verärgerte Stimme durch das Funkgerät. »Sie sind mir entwischt. Du musst den Weg hinter mir sichern, falls sie es schaffen sollten, mich zu umgehen – oder auch nur einer von denen, um Hilfe zu holen.«

»Verstanden. Wir müssen einkalkulieren, auf noch mehr Blauröcke zu stoßen, sobald das Verschwinden dieser Schnarchnasen auffällt.«

»So schnell wird das nicht passieren. Außerdem weiß niemand, wer wir sind.«

»Ich mache mich auf. Viper over.« Stony erhob sich von der Bank, auf der er nach getaner Arbeit erneut vor einer der Hütten am Wasserpalfen gesessen hatte. Das Allradfahrzeug der Polizisten hatte er kurzerhand tief in den Wald gefahren. Da würde es so schnell niemand finden. Seine SIG Sauer steckte er dieses Mal vorne in seinen Hosenbund, damit er sie schnell griffbereit hatte. Im Gegensatz zum »Gehirn« war er sich keineswegs sicher, wie viel Zeit ihnen noch blieb. Die ganze Aktion fühlte sich eher so an, als werde sie in einem Fiasko enden. Ergeben setzte er seinen Rucksack auf, um sich der Steigung zuzuwenden, die sich vor nicht allzu langer Zeit Kai und Ariane hochgemüht hatten. Es war der kürzeste Weg. Das Warten hatte endlich ein Ende.

Kapitel 29

Als sie für diesen Tag nur noch hatten warten können, waren die drei Ermittler in Heidelberg sich schnell einig darüber gewesen, das auch zuhause tun zu dürfen. Horst Jung hatte Jo Kühne ins Bild gesetzt, der darauf bestanden hatte, umgehend einbezogen zu werden, sobald sich neue Erkenntnisse oder Informationen zum Verbleib von Lene und Thomas ergaben. Danach hatten sie sich einer nach dem anderen von Frau Stöckl verabschiedet, die zwar ein ums andere Mal vehement ihr Vertrauen zum Ausdruck gebracht hatte, dass den beiden nichts passiert sei oder passieren werde. Doch insbesondere Franz Hilpertsauer hatte die Anspannung hinter der angeblich so intakten Fassade registriert.

Gleiches widerfuhr ihm, als er schließlich zuhause das Wohnzimmer betrat. Dort arbeitete Ekaterina noch an einem antiken Sekretär sitzend mit ihrem Notebook. Sie lächelte ihn wie meist an, als er zur Tür hereinkam, stutzte aber sofort: »Was ist los, Liebster?«

Franz trat neben sie, um ihr einen flüchtigen Kuss auf die Wange zu geben, bevor er antwortete: »Wir wissen nicht, wo Thomas und Lene stecken.«

»Und?«

»Ein Scharfschütze ist hinter ihnen her.«

Ekaterina stand der Schreck deutlich ins Gesicht geschrieben. »Wieso?«, fragte sie konsterniert, weil sie nach deren Einsatz für oder wegen Florian Stangassinger angenommen hatte, die beiden hätten ihren Urlaub fröhlich fortgesetzt. »Lene hat gestern noch eine vielversprechende Mail geschrieben. Da stand kein Wort von irgendeiner gefährlichen Situation.«

Sanft zog er seine deutlich jüngere Frau an sich. »Ich fürchte, sie hätte es dir selbst dann nicht geschrieben, wenn sie bereits geahnt hätte, in welcher Gefahr sie schweben. Meiner Meinung nach haben sie die Sache zu sehr auf die leichte Schulter genommen.« Zärtlich strich er ihr über den Rücken. »Allerdings wissen wir auch erst seit heute, dass wir es mit Profis zu tun haben.« Er seufzte. »Nein, davon war nach dem Anschlag auf Frau Schneider auszugehen. Aber mit einem Scharfschützen war nicht zu rechnen.«

Sie schmiegte sich fröstelnd an ihn. »Und es gibt bis jetzt keinerlei Informationen?«

»Leider nicht«, schüttelte Franz bedauernd den Kopf. »Unsere Kollegen aus Berchtesgaden sind aber schon unterwegs.« Er verschwieg ihr – aus seiner Sicht fürsorglich – den Umstand, dass der Kontakt zu den beiden Polizeibeamten abgebrochen war. »Außerdem ist ein MEK in Bewegung gesetzt worden. Die sollten demnächst vor Ort eintreffen, um die Suche aufzunehmen.«

Bestürzt löste sich seine wie immer elegant gekleidete Frau aus seinen Armen. Ekaterina setzte sich für einen Moment auf die Bank in ihrem Erker, nur um sofort wieder aufzustehen und den auf ihrem Sekretär stehenden Computer auszuschalten. Für den Fortgang ihrer Hausarbeit fehlte ihr unter diesen Umständen jeglicher Sinn. »Ich kann mich jetzt ohnehin nicht mehr konzentrieren«, erwiderte sie auf den fragenden Blick ihres Mannes. »Die Seminararbeit hat noch Zeit«, schob sie erklärend nach.

»Was würde dir denn guttun?«, erkundigte sich Franz, weiterhin seine besorgte Frau beobachtend. Doch auch ihm fiel es schwer, seine Gedanken vom Schicksal seiner Kollegen zu lösen. Normalerweise schalteten sich sämtliche Störfeuer aus, sobald er sich von Ekaterinas anmutigen Bewegungen in Bann ziehen ließ.

»Wir meditieren«, stellte sie entschlossen fest, »alles andere hilft mir jetzt nicht. Wir nehmen das Siri-Mantra. Danach können wir einen Wunsch ans Universum aussenden. Bist du einverstanden?«

Franz folgte ihr bereitwillig die Treppe in ihr Yoga-Zimmer hinauf, das sie sich in der Mansarde extra eingerichtet hatten. So gut wie ihm Yoga bisher schon geholfen hatte, war er auf die Kraft der Konzentration in dieser speziellen Situation gespannt.

Theresa nutzte die Kraft ihrer körperlichen Anziehung, um Heiner von seiner Sorge abzulenken. Gewiss, sie hatte ihm zunächst sehr empathisch zugehört. Danach hatte sie ihn davon überzeugt, dass niemand gewusst hatte, wo die beiden mit dem Mädchen den Tag verbringen wollten. Zu guter Letzt hatten ausführliche Berichte über Funklöcher in den schottischen Highlands ihre Beruhigungstaktik abgerundet, während der sie sich ihm immer zielstrebiger genähert hatte. Heiner hatte nicht einmal bemerkt, wie seine sorgenvollen Gedanken mit jedem abgelegten Kleidungsstück geschwunden waren. Mehr als nur seine Augen hatten von ihrem reifen Körper nicht genug bekommen, während sie sich mit ihren Händen auf seiner Brust abgestützt hatte, bevor sie sich nach nicht enden wollender Ekstase seitlich in seine Armbeuge schmiegte.

»Du bist eine Göttin«, flüsterte er ihr ins Ohr, während er ihren Rücken streichelte.

»So alt bin ich nun auch wieder nicht«, seufzte sie. »Das liegt nur an dir, Darling.«

»An mir?«

Zärtlich fuhr sie durch die Haare auf seiner Brust. »So eine Ausdauer«, schnurrte sie. »Davon könnte ich problemlos etwas abgeben, ohne zu kurz zu kommen.«

Heiner stutzte, weil er nicht wusste, wie er die letzte Bemerkung verstehen sollte. Aber er fragte nicht nach. Das war ihm zu heikel.

Der Moment war zu schön. »Ich bin wunschlos glücklich.«

»Das geht mir nicht anders!« Dennoch kam sie auf das drängende Problem des Abends zurück. »Sollen wir noch mal anrufen?«

Er schüttelte entschieden den Kopf. »Mein Telefon ist an. Wir hätten schon etwas gehört, wenn es Neuigkeiten gäbe. Danke für deine Nachfrage.«

»That´s a matter of course«, hob sie den Kopf, um ihm direkt in die Augen zu sehen. »Ich bin immer für dich da. Das weißt du hoffentlich.«

Er gab ihr einen Kuss. »Und bist dabei so aufregend. In der letzten Stunde habe ich völlig abgeschaltet.«

»Das ist alles so aufregend«, war Horst Jung begeistert, obwohl er unter seinen Händen gar nichts fühlte.

Minuten zuvor hatte Heike ihm das erste Mal mitgeteilt, ihr Baby gespürt zu haben. »Das stimmt«, lächelte sie ihn glücklich an.

Horst strich noch zärtlich über ihren Bauch – und eigentlich wäre das der Auftakt für ein Liebesspiel geworden. Doch plötzlich sprang er auf und schaute zum x-ten Mal auf sein Telefon, das, weil es bisher keinen Ton von sich gegeben hatte, keinerlei Nachrichten für ihn bereithielt.

Besorgt schaute Heike ihn an, nachdem sie ihr T-Shirt nach unten gezogen hatte. »Du hast echt Angst um die beiden, oder?«

Horst blickte zu ihr. »Mir geht es so wie damals am Neckar. Nur dort hatte ich eine Wahl. Heute bin ich zum Nichtstun verdammt.«

»Ich verstehe dich ja.«

»Dieser Falk Rutz war Jahrgangsbester«, steigerte Horst sich erneut in einen panikartigen Zustand. »Der trifft das Auge einer Fliege auf einen Kilometer, waren Mitglieder seiner ehemaligen Teams überzeugt.«

Heike musste trotz der dramatischen Lage auflachen, weil sie das für eine typisch testosterongesteuerte Aussage hielt.

»Warum lachst du?«, schaute er sie entgeistert an.

»Na ja«, wiegelte sie ab. »Es hätte vollauf genügt, von seiner außergewöhnlichen Treffsicherheit zu sprechen.«

»Das ändert doch nichts!«, fühlte Horst sich für einen Moment unverstanden. »Unsere Techniker haben inzwischen einen Teil seines Equipments ausgewertet. Du glaubst es nicht.« Horst schüttelte den Kopf. »Der bietet Liquidationen im Darknet an – nach Schwierigkeitsgrad gestaffelt.«

»Schwierigkeitsgrad?«, runzelte sie die Stirn.

»Je *prominenter* die Person ist, je *schwieriger* an sie heranzukommen ist, je *bedeutender* die Folgen ihres Ablebens sind«, zählte er akzentuiert auf, »desto teurer wird das Ganze.« Immer noch fassungslos hielt er inne. »Das geht bis in die Millionen.«

»Vielleicht sollte sich dein Gehalt *daran* orientieren?«, versuchte Heike, ihren Mann mit Sarkasmus zu beruhigen.

Irritiert blieb er an ihrem Vorschlag hängen. »Gute Idee«, kam nach einer Denkpause doch noch eine Reaktion von ihm, »aber wohl nicht durchsetzbar. Du findest mich albern, oder?«

»Keineswegs, Bärchen.« Sie streichelte ihm über die Wange. »Ich versuche eigentlich nur, dich ein wenig abzulenken. Es käme, glaube ich, nicht gut, wenn ich auch noch am Rad drehe. Und der Typ hat sich von der armen Studentin in die Weichteile treten lassen? Kaum vorstellbar.«

Horst nickte. »Wir haben drei von den sechs Männern inzwischen festnehmen können. Die Aussagen sind eindeutig. Sie haben alle anderen Badenden abgelenkt, damit Rutz die junge Frau unter Wasser ziehen und ertränken konnte. Im Gegensatz zu Pohls Behauptung sei allen klar gewesen, dass es Rutz nie darum gegangen sei, sie nur zu erschrecken.«

»Wie traurig ist das denn!«

»Der Typ muss ein echter Psychopath sein, der keinen Widerspruch duldet, sobald er von seiner Sicht der Dinge überzeugt ist«, erklärte er ihr. »Deshalb ist er auch unehrenhaft entlassen worden. Was soll´s. Hoffentlich haben die Landeier in Berchtesgaden nicht die entscheidenden Minuten vertan, bis sie endlich das MEK hinzugezogen haben.«

Hektisch nahm er zum wiederholten Mal das Smartphone auf, das er eine Nummer wählen ließ. »Hätte ich bloß nicht bei Ariane angerufen, um nach Lene und Thomas zu fragen«, haderte er. »Da geht auch keiner mehr dran. Am Ende hat Heiko sie doch überredet, sich auf die Suche zu machen.«

Heike stand auf, um ihrem angespannten Mann das Telefon aus der Hand zu nehmen. »Es bringt weder etwas, dieses Ding anzustarren, noch dir unangemessene Vorwürfe zu machen. Solltest du recht haben, wäre das immer noch deren Entscheidung gewesen.« Weiterredend trug sie das Telefon in den Flur auf die Kommode. »So, da bleibt es ab sofort, bis es klingelt!«

Horst hatte ihrer forschen Aktion nichts entgegenzusetzen. Er staunte sie nur an, als sie wieder in der Tür stand.

»Schau nicht so!«, blieb ihr Ton dominant. »Mir wäre auch lieber, wenn ich wüsste, wo die alle stecken. Aber erstens wird schon nichts passiert sein und zweitens darf man nicht zum Knecht seines Telefons werden. Wenn du dauernd daraufstarrst, vergeht die Zeit noch langsamer. Da musst du ja irre werden.«

Während er sich ihre Worte durch den Kopf gehen ließ, schürzte er die Lippen. »Einverstanden«, gab er schließlich nach. »Aber sobald das Telefon auch nur einmal piept, ...«

»... darfst du den kürzesten Weg zum Gral der Technik nehmen«, musste sie ihn doch noch ein wenig aufziehen, um der Situation die Dramatik zu nehmen.

Kapitel 30

»Der kürzeste Weg ... führt ... über den Reitsteig ... zurück an der Gotzenalm vorbei«, erklärte Thomas keuchend Lene, als sie vor dem Wegweiser standen. Es bedurfte einer schnellen Entscheidung.

»Ich wäre dafür, ... den Rucksack auffällig unauffällig ... in der Richtung zu platzieren ...« Sie musste erst wieder zu Atem kommen. »Vielleicht lässt ihn das annehmen, wir hätten den naheliegenderen Weg gewählt und Ballast zurückgelassen.«

Ihr Mann nahm die Flasche aus der Seitenhalterung, die er zunächst ihr hinhielt. »Dann trink noch was.«

Nachdem er nach ihr die Wasserflasche geleert hatte, deponierte er einige Meter weiter den Rucksack so hinter einem Baum, dass er gerade noch vom Weg aus zu sehen war. Dabei achtete der Kommissar darauf, den Eindruck zu erwecken, als seien die Perspektiven nur unachtsam missachtet worden. Anschließend eilte er sofort zu Lene zurück, ihr ein »Weiter« zurufend, noch bevor er bei ihr war.

Einige Minuten später erreichte ihr Verfolger dieselbe Stelle. Sein Atem ging ruhig. Er bewegte sich in dem Bewusstsein, seinen Opfern ohnehin überlegen zu sein – insbesondere wegen des Kindes. Daher blieb er lieber voll auf die Umgebung konzentriert, um keine Hinweise zu übersehen, falls sich die Zielpersonen sozusagen in die Büsche geschlagen haben sollten, um in seinen Rücken zu gelangen. Entsprechend fiel ihm das rote Material hinter einem Baum auf, das aus seiner Richtung zwischen Farnblättern zu sehen war. An der Weggabelung beschleunigte er seinen Schritt, um danach zu schauen. Nachdem er sich davon überzeugt hatte, in keinen Hinterhalt zu geraten, näherte er sich der vermuteten Position. Hinter dem zweiten Baum fand er schließlich einen rot-schwarzen Wanderrucksack, der mehrere Einschusslöcher aufwies. Ein schneller Blick zeigte ihm einen metallischen Gegenstand, den er hervorholte. Konsterniert schüttelte er den Kopf, weil er eine Thermoskanne in der Hand hielt, die ebenfalls angeschossen war. So viel Glück konnte es doch gar nicht geben – oder so viel Pech, verursachte dieser Gedanke beinahe einen Wutanfall in ihm. Schnell, aber nicht hastig sah er sich um, den Behälter achtlos fallen lassend. Mit geübtem Blick inspizierte er den Boden. Wies ihn der Rucksack darauf hin, dass sie den Reitweg genommen hatten? Oder handelte es sich um eine falsche Fährte? Rasch lief er zur Weggabelung zurück, von der aus er einige Meter aufmerksam in die andere Richtung ging. Seine Augen suchten den Boden ab, der an einigen Stellen noch feucht und weich war. Gezielt bückte er sich, fuhr einer Bodenlinie nach. Wenige Meter weiter wiederholte sich das Prozedere ein, zwei, drei Mal. Schließlich war er sich sicher. Auf diesem Weg war jemand gelaufen, nicht nur gewandert. Also war er auf der richtigen Spur. Erneut setzte er sich in Bewegung, locker, entspannt, fast beleidigt darüber, mit welchem Anfängertrick sie ihn hatten in die Irre führen wollen. Sie würden ihm nicht entkommen und dieser Göre würde er eigenhändig den Hals umdrehen. Den Schritt noch einmal beschleunigend behielt er seine Umgebung genau im Auge, auch wenn es für ihn einfacher wurde, weil eine weitestgehend bemooste Bodenbedeckung Büsche, Blumen und Farne abgelöst hatte.

Ohne einen Farn oder Busch, der ihr hätte Deckung geben können, erreichte sie den Sattel. Vorsichtig näherte sie sich diesem, weil sie Stimmen dahinter hörte. Einigermaßen geschützt spähte sie zwischen zwei Steinen hindurch.

In der Nähe des Wegweisers standen zwei Frauen. Die Blonde hielt sich in diesem Moment die Hand vor den Mund.

Die andere trug einen Rucksack. »Das sind nicht Thomas und Lene«, legte sie ihrer Begleiterin beruhigend einen Arm um die Schultern. Allerdings hätte sie nur allzu gerne auf den Anblick des jungen Paares unten am Ufer des Seeleinsees verzichtet. Die Tote damals im Sportinstitut hatte ihr vollauf gereicht.

»Du hast recht«, wandte ihr die Kleinere den entsetzten Blick zu. »Aber ist dir klar, in welcher Gefahr die zwei sich mit dem Mädchen befinden, wenn hier einfach so Leichen herumliegen?«

Susanne überlegte. »Das Paar stand vermutlich der Ausführung im Weg«, zog sie einen naheliegenden Schluss. »Oh Gott, mir wird übel, wenn ich mir vorstelle, was uns hinter dem Sattel erwarten könnte.«

»Die werden es schon geschafft haben«, hatte Ariane sich nach dem Anblick der Toten immerhin so weit gefangen, dass ihr grundlegend optimistisches Naturell die Oberhand gewann. Dennoch spürte auch sie ein nervöses Ziehen in der Magengegend. »Los, lass uns noch die paar Meter hochgehen.«

Als sie sich umdrehten, um dem Steig zu folgen, blieben sie abrupt stehen, weil ihnen ein kleines Mädchen mit dunklen Locken entgegenlief.

Annabel hatte die beiden Frauen davon sprechen hören, dass ihre Tante und ihr Onkel es bestimmt geschafft hatten. Da war sie überzeugt gewesen, den beiden vertrauen zu können. Erst kurz vor den ihr unbekannten Frauen blieb sie stehen. »Kennen Sie Tante Lene und Onkel Thomas?«

Verwirrt schauten sich die beiden Heidelbergerinnen an? Seit wann waren Lene und Thomas Tante und Onkel? Aber dennoch war klar, wen das Kind meinte. Sie gingen in die Hocke.

Susanne erklärte dem sichtbar aufgewühlten Kind: »Wir suchen nach Lene Huscher und Thomas Sprengel, die ein Mädchen bei sich haben, das demnach du bist.«

»Annabel«, brachte sie gerade noch heraus, bevor sie von heftigem Schluchzen ergriffen wurde. Die ganze Anspannung der letzten Stunden löste sich in der kleinen Person. »Onkel Thomas hat ...« Doch sie war nicht zu verstehen, sosehr sie sich auch bemühte, von den Ereignissen zu berichten.

»Beruhige dich erst mal.« Ariane legte ihr eine Hand auf die Schulter. »Bist du dir sicher, dass dir niemand gefolgt ist?«

Annabel nickte, während sie heftig schluchzte.

Ariane drehte sie an der Schulter vom See weg, damit ihr Blick nicht mehr auf das tote Paar fallen konnte. Gemeinsam mit Susanne führte sie das Kind ein Stück den Abstieg zum Königssee hinunter. An einem flachen Felsbrocken setzten sie sich, um zu warten, bis sich das Mädchen wieder einigermaßen fing.

Als die Tränen abnahmen, erkundigte sich Susanne noch einmal danach, wie es sein konnte, ihr hier zu begegnen, alleine.

Annabel erzählte rasend schnell, verhaspelte sich mehrere Male, ließ sich aber auch nicht bremsen. »Onkel Thomas und Tante Lene haben gedacht, wir sind zu langsam. Deshalb hat mich Onkel Thomas neben dem Bach auf einen großen Felsen gehoben, der so groß wie eine Hütte war und auf dem sogar Bäume wachsen. Dort habe ich mich versteckt. Ich sollte warten, bis jemand kommt, den ich an der Stimme erkenne.«

Ariane staunte. »Unsere Kommissare sind doch pfiffig. Das muss man ihnen lassen.«

»Aber wie kommst du dann hierher?«, hob Susanne die Augenbrauen.

Tränen sammelten sich erneut in den Augen der Kleinen. »Ich muss doch Hilfe holen, damit ihnen nichts passiert. Der Mann ist so böse.«

Gerührt drückte Ariane das Kind kurz an sich, das zu emotional aufgewühlt war, um sich – wie sie das sonst mit Sicherheit bei einer ihr fremden Person getan hätte – dieser Geste zu entziehen. »Alles wird gut«, sprach die Heidelbergerin ihr Mut zu.

Susanne holte derweil ihr Smartphone hervor, musste jedoch zu ihrem Unwillen ein im Grunde genommen nicht vorhandenes Netz registrieren. Sie bekam keine Verbindung. »Wir müssen los. Das Netz ist zu schwach.«

Nach kurzer Zeit hatten sie bereits die Baumgrenze erreicht. Zügig stiegen sie bergab, bis Susanne vor einer langgezogenen Kurve unerwartet stehen blieb.

»Ich muss ganz dringend«, erklärte sie ihren Begleiterinnen mit Nachdruck in der Stimme, aber dennoch von einem verlegenen Gesichtsausdruck begleitet. »Ich habe am Stahlhaus ordentlich getrunken – nach dem anstrengenden Tag.« Rasch nahm sie ihren Rucksack ab, den sie an Arianes Beine lehnte.

»Du brauchst dich nicht zu rechtfertigen«, wiegelte ihre Freundin ab. »Soll ich dich begleiten oder schaffst du es alleine?«

Ariane war einfach unverwüstlich, dachte Susanne. »Wenn ich mal ein Brautkleid tragen sollte, komme ich auf dein Angebot zurück«, konterte sie, bevor sie es doch eiliger hatte, sich ein Plätzchen im Grünen zu suchen.

Kurz nachdem ihre Freundin verschwunden war, tauchte weiter unten hinter der Biegung ein Mann mit einem Rucksack auf, der sehr schnell näher kam. Ariane wollte sich versichern, dass Annabel keine Angst hatte, stellte jedoch entsetzt fest, wie das Mädchen am ganzen Leib zu zittern begann. Reaktionsschnell bückte sie sich zum Rucksack herunter, dessen Seitenhalterung sie eine Trinkflasche entnahm. Gleichzeitig fragte sie Annabel, was los sei. Um den

Schützen handelte es sich schließlich auf keinen Fall.

»D... Den ... Den Mann ken...ne ich«, stotterte sie mit Panik in der Stimme.

»Wie?«, begriff Ariane nicht. »Woher?« Sie zwang sich, nicht zu dem Mann hinzusehen. »Sei ganz normal!«

»Am Abend ...« Das Mädchen war bemüht, sich zu beherrschen, obwohl ihr das unendlich schwerfiel, »Mamas Unfall. ... Ich habe ihn und noch einen am Auto ... auf dem Parkplatz ... ge... gesehen.«

Ariane setzte die Trinkflasche an. Dabei drehte sie sich unauffällig zu dem Wanderer hin. Annabels Erzählung hatte ein Bild aus ihrem Gedächtnis gelöst. Er war der Mann, den sie in dem grauen Audi beobachtet hatte, während sie am Chiemsee im Stau gestanden hatten. Das gab es doch nicht. Sollte sie mit Annabel einfach weglaufen? Lieber nicht. Es wäre aussichtslos.

»Da bin ...«

»Bleib, wo du bist!«, zischte Ariane ihr leise zu, während sie sich nochmals bückte, um einen Schnürsenkel fester zu ziehen. »Wir haben ein riesengroßes Problem. Da kommt einer!« Beim Aufrichten wandte sie sich an Annabel. »Reiß mir die Trinkflasche aus der Hand und wirf sie zornig ein paar Meter nach hinten.« Sie hielt sie dem Mädchen hin, als wollte sie ihr einen Schluck anbieten.

»Ich will nichts«, kreischte Annabel laut, während sie die Flasche mehrere Meter hinter sich auf den Weg warf.

»Spinnst du?«, brüllte Ariane zurück. Wütend hob sie den Rucksack auf, bevor sie das Mädchen an einem Arm zu der Flasche zog. »Heb die sofort auf.« Und leiser: »Falls ich ›lauf‹ sage, verschwinde blitzschnell im Wald. Aber lass dir erst mal nicht anmerken, dass du den Kerl kennst. Alles wird gut!« Hoffentlich. Lauter fuhr sie fort: »Aufheben oder wir übernachten hier!«

Hätte sie nicht gewusst, wer da auf sie zukommt, hätte sie sich vielleicht gewundert, wie schnell der Kerl bis auf wenige Meter an sie herangekommen war.

»Ganz ruhig«, fuhr er dazwischen.

Ariane drehte sich zu ihm. Entsetzt ließ sie den Rucksack zu Boden fallen. Der Mann richtete tatsächlich eine Pistole auf sie. Sie spürte, wie ihre Knie weicher wurden. Bleib lässig, zwang sie die aufkeimende Panik herunter. Einfach nicht die Nerven verlieren, dann fällt dir schon etwas ein. Würde er sie hier auf dem Weg erschießen? Eher nicht. Also hatten sie noch eine Chance.

»Hände hoch, schöne Frau!«

Das Blitzen in seinen Augen hatte sie schon so oft gesehen. Männer waren doch im Wesentlichen alle gleich – bis auf wenige Ausnahmen. Ihr Prinz, mit dem sie ihr Leben noch ein paar Jährchen teilen wollte, gehörte zum Glück dazu. Es war unübersehbar, wie ihr Gegenüber ihre beachtliche Oberweite taxiert und vermutlich gedanklich begrapscht hatte. Das nervte sie seit der Pubertät, als sichtbar wurde, wie gut es die Gene mit ihr gemeint hatten. Susanne hatte sie sogar einmal darauf hingewiesen, während sie mit ihren Eltern und ihrer Freundin in den Bergen zu einem Wanderurlaub gewesen waren, wie ein älterer Herr ihr vom Balkon ihrer Pension auf zehn Meter Entfernung in den weiten Ausschnitt ihres Tops geglotzt hatte – mit dem Fernglas! Unglaublich, aber wahr.

»Hände sofort hoch«, wurde der Ton herrischer.

Doch endlich waren die Dinger mal zu etwas nütze, hoffte sie jedenfalls. Ariane fasste über Kreuz an die Enden ihres T-Shirts und zog diese mit nach oben, als sie die Hände hochnahm. Da sie nicht mit einer anstrengenden Wanderung gerechnet hatte, trug sie einen normalen, recht dünnen BH, der, völlig durchgeschwitzt, transparent geworden war. Als ihr Kopf wieder zum Vorschein kam, sie nahm die Hände nicht herunter, sah sie angewidert, wie gierig dieser Widerling auf ihre sehr üppigen Brüste starrte, deren Brustwarzen sich hart durch den durchsichtigen Stoff drückten. Sie konnte förmlich hören, was der Kerl dachte. Der merkte nicht einmal, dass er unbewusst die Pistole ein wenig sinken ließ.

»Da werde ich heute doch noch viel Spaß ha...« Er brach ab. Sein Kopf fuhr herum, weil er im Augenwinkel etwas gesehen hatte. Doch er war zu langsam.

Nur einen Sekundenbruchteil später traf ihn ein armdicker Ast mit voller Wucht am Hinterkopf. Augenblicklich wurde es schwarz vor seinen Augen. Wie ein gefällter Baum fiel er nach vorne über.

Die Pistole, seiner kraftlosen Hand entgleitend, klapperte auf die Steine.

»Das hätten wir geschafft«, war Susanne mit ihrem Teamwork äußerst zufrieden.

Ariane zog sich ihr T-Shirt erleichtert wieder über. Danach kam sie wie eine Furie heran. Mit voller Wucht trat sie dem am Boden liegenden in die Seite. »Jetzt geht es mir besser. So ein …« Im letzten Moment schluckte sie angesichts des Mädchens einen unflätigen Ausdruck herunter. Dafür trat sie nochmals zu. Als kein Stöhnen zu vernehmen war, stellte sie fest: »Den hast du ausgeknockt.«

Annabel war ebenfalls herangekommen. Sie hatte vorsichtig die Pistole aufgehoben, die sie Susanne hinhielt.

»Danke.« Sie nahm die SIG Sauer. »Da muss es doch irgendwo einen Sicherungshebel geben.«

Er hatte das Gewehr wieder gesichert. Bis er einen stabilen Stand am Röthbach gefunden hatte, der den Steig in diesem Bereich mehrfach querte, war die Rothaarige hinter ihrem Partner, der einen erheblichen Vorsprung gehabt hatte, von der freien Wiesenfläche unterhalb des Fischunkels auf dem Weg am Obersee vorbei zwischen den Bäumen verschwunden. Sie mussten nacheinander gelaufen sein; zuerst die Göre, dann er, zum Schluss sie. Er hatte den Eindruck gehabt, als hätte sie leicht gehinkt. Innerlich triumphierend hängte er sich das Gewehr über den Rücken, um danach mit großen Schritten die Serpentinen abwärts zu laufen. Obwohl er sich konzentrieren musste, kehrten seine Gedanken auf die Wiese zurück. Das Mädchen hatte er nicht mehr gesehen. Nahm er am Ende nur an, sie sei als Erste gelaufen? Doch das war egal. Stony war hinter ihm.

»Falke an Viper. Bitte melden.« In rasantem Tempo nahm er die nächste Kehre auf dem Weg ins Tal. »Falke an Viper. Melde dich!« Als er auch nach dem dritten Mal keine Antwort erhielt, gab er es auf. Er konnte sich in dem sehr steilen Teil des Hanges keine Unaufmerksamkeit leisten. Es spielte in diesem Moment ohnehin keine Rolle, warum er keine Rückmeldung erhielt. So oder so musste er die Flüchtenden daran hindern, Hilfe zu holen. Die Schönheit des Abends mit dem spiegelglatt unter ihm liegenden Obersee, der am Fuß der Talwand eine kraftvolle Ruhe ausstrahlte, ließ ihn völlig kalt. Sein Jagdinstinkt trieb ihn voran.

Der blanke Überlebenswille trieb Lene voran. Ihr Knöchel schmerzte bei jedem Schritt höllisch, seit sich im Abstieg ein Stein unter ihrem Fuß gelöst hatte, wodurch sie heftig umgeknickt war. Aber es half nichts. Eisern biss sie die Zähne zusammen. Enttäuscht hatten sie feststellen müssen, dass die Wirtschaft verschlossen war, die nicht weit von der Anlegestelle am Königssee entfernt lag. Bis dort war ihr zudem klar geworden, kaum weiterlaufen zu können. Am Wartehäuschen des Anlegers blieb sie deshalb endgültig stehen.

»Thomas«, keuchte sie mit vor Schmerz verzerrtem Gesicht. »Es hat keinen Sinn. Ich kann kaum noch auftreten. Den Kaunersteig komme ich auf keinen Fall mehr rauf. Lauf du weiter. Ich verstecke mich hier irgendwo.«

Ihr Mann lehnte sich gegen die Holzwand. Sein Brustkorb hob und senkte sich schwer. »Ich lasse dich nicht alleine zurück. Hast du noch nie einen amerikanischen Agentenfilm gesehen?«, verzog er, um einen Scherz bemüht, gequält lächelnd das Gesicht.

»Sei nicht blöd«, fauchte sie ihn an. »Es hilft niemandem, wenn wir beide draufgehen.«

Thomas wandte sich ab. Seine Augen wanderten am Ufer entlang über den See. Der Fischer lebte doch dort. Um zur Saletalm am südlichen Seeende zu gelangen, mussten sie lediglich ein Stück am Ufer zurücklaufen und dem Schild folgen, das den Weg zum Einstieg in die Sagereckwand wies. »Zur Saletalm. Da ist bestimmt jemand«, deutete er zu den Häusern hinüber.

»Dann geh«, forderte sie ihn auf.

»Nur mit dir«, trat er dicht an sie heran, sie an den Oberarmen fassend.

In seinen Augen las sie, dass er ohne sie nicht gehen würde. Es bedurfte eines zusätzlichen Impulses, um seinen Widerstand zu brechen. Erst nach längerem Zögern nickte sie endlich.

Gemeinsam eilten sie den Weg am See zurück, so schnell Lenes lädierter Knöchel das zuließ. Sie hatten bereits einen Anlegesteg für kleinere Boote in der Nähe des Wirtshauses erreicht, als sie einen Mann um die Hausecke herumkommen sahen.

»Versteck dich an der kleinen Böschung neben dem Anleger«, flüsterte Thomas, seine Frau einfach zu Boden stoßend. Er selbst lief los. Keine zwanzig Meter von ihm entfernt lag ein Bootshaus, das ihm Deckung bot. Mit klopfendem Herzen hastete er an der Wasserlinie entlang an Büschen und Bäumen vorbei. Die erste Kugel platschte nicht weit von ihm in den See. Noch fünf Meter. Eine weitere Kugel schlug in die Wand des Bootshauses ein.

Mit Entsetzen beobachtete Lene, neben dem Anleger an der Böschung zusammengekauert, wie der eiskalte Jäger ihren Mann nicht mehr verfolgte, sondern sorgsam zielte. Ihr Verstand wurde ganz klar. Thomas hatte keine Chance mehr, es noch zu schaffen. In ihre Verzweiflung mischte sich ein tiefes Brummen, das ganz leise ihr Ohr erreichte. Nicht so knapp davor, schoss es ihr durch den Kopf. Ohne weiteres Nachdenken richtete sich Lene auf. Während sie den Steg betrat, schrie sie so laut, wie sie konnte: »Hiiiilfe!«

Sofort ruckte der Kopf des Schützen in ihre Richtung. Nur eine Sekunde starrte er sie an, bevor er sein Gewehr blitzschnell zu ihr herumschwenkte und abdrückte.

Lenes rechte Schulter wurde herumgerissen. Taumelnd drehte sie sich um die eigene Achse. Einen Wimpernschlag später kippte sie bäuchlings vom Steg.

Dank ihres aufopfernden Ablenkungsmanövers hatte Thomas es bis zum Bootshaus geschafft, hinter dem er bis zu den Hüften im See stand. Als er sich zu ihr umdrehte, sah er sie wie in Zeitlupe fallen und leblos auf das eiskalte Wasser aufklatschen. »Neeeeiin«, schrie er seinen tiefen Schmerz heraus, der ihn innerlich zerriss.

»Wir sind zu spät.«

Entsetzt wurden Heiko und Kai Zeugen, wie Lene in den See geschleudert wurde. Für einen Moment standen sie, sich völlig nutzlos vorkommend, am Wartehäuschen des Anlegers. Sie hatten alles gegeben, um rechtzeitig hier unten zu sein. Doch offensichtlich hatten ihnen am Ende ein paar Minuten gefehlt.

Heiko hatte den Schock schneller als Kai überwunden. »Thomas ist noch am Bootshaus. Lauf über den Kaunersteig zurück! Vielleicht flieht der Schütze, wenn er realisiert, nicht alle Zeugen beseitigen zu können.«

»Warum nicht du?«

»Du hast Turnschuhe an«, verwies Heiko auf einen wichtigen Punkt. »Außerdem habe ich bereits die gesamte Göllüberquerung in den Knochen. Ehrlich gesagt, ich bin alle.«

Kai zögerte noch. Er war durchaus bereit zuzugeben, der Vorsichtigste in der Gruppe zu sein. Aber feige war er dennoch nicht, wenn es darauf ankam.

»Lauf schon!«

Er ließ sich das Argument seines Freundes durch den Kopf gehen. Als ihm nichts Besseres einfiel, drückte er Heiko noch einmal kräftig. »Wir sehen uns! Ich zahle das Bier!«

»Abgemacht.«

Nachdem Kai kehrtgemacht hatte, sah sich Heiko nach dem Schützen um, der sich inzwischen auf das Bootshaus zubewegte. Dicht neben den Abschlussbalken des Häuschens gelehnt rief er zu dem Mann hinüber: »Geben Sie auf! Mein Freund holt bereits Hilfe. Sie werden auf keinen Fall uns alle erwischen. Polizei ist schon unterwegs.« Seine Stimme hallte so klar wie kräftig über das Seeufer.

Der in der untergehenden Abendsonne fast nicht mehr auszumachende Schütze hielt scheinbar irritiert inne. Nur Sekunden später schlug eine Kugel direkt neben Heiko in das massive Holz ein. Hastig zog er sich in den Schutz der Seitenwand zurück. Fünf, vier, drei, zählte er herunter, zwei, eins: Sein Kopf schnellte wieder vor. »Das hat doch keinen Zweck mehr!«, nahm er, wie er zumindest hoffte, psychologisch Einfluss. Der rasche Blick hatte ihm zumindest gezeigt, dass sich der Täter noch an derselben Stelle befand, offensichtlich unschlüssig, wie er unter diesen Umständen vorgehen sollte. Hatten sie am Ende doch noch Erfolg?

Erst in diesem Moment realisierte Heiko, nicht das Rauschen des

Blutes in seinen Ohren zu hören. Dafür war das Geräusch inzwischen zu laut geworden. Ein Motor dröhnte hinter der Uferbiegung, der sehr schnell näher kam. Als er in diese Richtung schaute, sah er ein voll besetztes Aluminiumboot heranpreschen, das bisher hinter den Bäumen der Kaunerwand verborgen geblieben war.

Nur der Fischer besaß ein Motorboot, wollte sich Heiko noch nicht allzu viel Hoffnung machen, bis er schwerbewaffnete Polizisten in dem schmalen Boot ausmachte. Er hätte jubeln können.

Auch Thomas erkannte, wer dort kam – die Kavallerie. Nichts hielt ihn mehr zurück. So schnell er konnte, watete er auf seine reglos im Wasser treibende Frau zu.

Wenig später stürmten die Beamten des MEKs am Fähranleger an Land. Im Wartehäuschen ließen sie sich kurz von Heiko Gans einweisen, der ihnen berichtete, wie der Schütze am Wirtshaus vorbei davongeeilt war. Daraufhin gab der Einsatzleiter über Funk die Lage an die anderen Gruppen seines Teams durch.

Noch bevor die Sonne endgültig untergegangen war, begegnete ein Zweierteam einem Jogger, der sich völlig verausgabt hatte. Außerdem wurden zwei junge Frauen mit dem kleinen Mädchen gefunden, die einen der Täter professionell an einen Baum gefesselt hatten. Den traurigen Höhepunkt bot die Sicherung des kaltblütig ermordeten Pärchens am Seeleinsee.

Kapitel 31

Die Mischung aus heller Aufregung und blankem Entsetzen hielt im Hause Dunkerbeek an, obwohl sich deren Wohnung inzwischen fast komplett geleert hatte. Da der Schütze bisher nicht gefunden worden war, gab es noch keine generelle Entwarnung. Nach längeren Beratungen mit Kommissar Huber waren sie zu der Entscheidung gelangt, Annabel in der Ferienwohnung der beiden Heidelberger Paare unterzubringen, weil sie dort nicht gefunden werden konnte. Huber war sich im Übrigen sicher, dass sich derzeit keine

Komplizen in der Nähe aufhielten, nachdem sie das Zimmer der beiden bekannten Täter im Hotel »Edelweiß« entdeckt hatten. Die Befragung der Angestellten hatte keinerlei Hinweise auf weitere Beteiligte ergeben. Der festgenommene Benjamin Steiner, genannt Stony, hatte bisher jegliche Kooperation verweigert und behauptet, lediglich zum Bergwandern in Berchtesgaden zu sein.

»Sind Sie sicher, Herr Sprengel«, hakte Huber beim Gehen noch einmal nach, ob der Heidelberger Kommissar an seinem Entschluss festhielt, »hier bleiben zu wollen? Hundertprozentigen Schutz kann es nicht geben.«

»Weglaufen hilft auch nicht«, erwiderte der niedergeschlagene Urlauber. »Dieser Psychopath würde uns nur irgendwann auflauern, wenn wir gar nicht mehr damit rechnen.«

»Aber das ältere Paar sollte besser abreisen.«

Resigniert schüttelte Thomas Sprengel den Kopf. »Wenn Viktoria sich etwas in den Kopf gesetzt hat, ist sie davon nicht abzubringen.«

»Ich werde darüber mit meinem Vorgesetzten sprechen«, zuckte Huber gelassen mit den Schultern. »In dieser Nacht passiert ohnehin nichts mehr. Vor morgen früh kann der nicht aus den Bergen zurück sein.« Er schaute auf seine Uhr. »Angesichts der Dunkelheit ziehe ich meine Leute in einer Stunde von der Suche ab. Dann steht eine Streife oberhalb der Einfahrt zum Haus. Dazu postieren wir ein Zivilfahrzeug auf dem Parkplatz vom Schloss Fürstenstein unterhalb des kleinen Pfades, der zum Eberweinweg führt. Damit hätten wir alles im Blick.«

»Perfekt«, bedankte sich Thomas Sprengel. »Bei dieser sichtbaren Präsenz dürften wir gut schlafen. Bis morgen habe ich mir etwas überlegt. Danach sehen wir weiter.«

Müde sowie emotional ausgelaugt kehrte Thomas zu den anderen ins Wohnzimmer zurück, nachdem er die Haustür hinter dem Berchtesgadener Kollegen sorgfältig abgeschlossen hatte. Gerührt sah er, wie Viktoria Lene den lädierten Fuß abtrocknete, den sie ihr nach ihrer Ankunft zunächst in eine Schüssel mit kaltem Wasser gestellt hatte. Mit geschickten Händen umwickelte sie nun das Fußgelenk mit einer stützenden Bandage.

»Danke, Viktoria«, wandte Lene sich matt an die ältere Dame, »ich kann das doch selbst machen. Meine Hände haben nichts.«

»Zier dich nicht so!«, erwiderte Viktoria barsch. »Das ist das Mindeste, was ich tun kann. Ohne euch wäre Annabel wohl nicht mehr bei uns.«

Philipp hatte eine Flasche Cognac geholt und jedem ein Glas eingeschenkt. »Lasst uns auf euer Wohl anstoßen.«

»Was hast du dir nur dabei gedacht?«, brach es aus Thomas plötzlich heraus. »Ich habe mich schon als Witwer gesehen!«

Umgehend kehrte Energie in seine total erschöpfte Frau zurück. »Hätte ich vielleicht zusehen sollen, wie mein Mann wie ein Hase abgeknallt wird?« Tränen standen ihr in den grünen Katzenaugen, das Gesicht eine Mischung aus Verzweiflung und Zorn.

»Ich habe immer noch nicht ganz verstanden«, mischte sich Philipp ein, bevor Thomas reagieren konnte, der sichtlich darum bemüht war, seine eigenen Emotionen unter Kontrolle zu bringen, »welches Kalkül du hattest.« Er reichte ihr ein Glas.

Sie schaute zu ihm auf. Aus ihrem Blick sprach das ganze Leid, das sie den Nachmittag über durchgemacht hatte. »Ein schneller Schuss nach einer Ablenkung ist weniger präzise. Ich musste mich nur entscheiden, ob ich mich über die linke oder die rechte Seite wegdrehe. Im dümmsten Fall hätte er mich am Arm getroffen.«

»Oder in den Kopf«, schnaubte Thomas.

»Den habe ich eingezogen, so gut es eben ging«, patzte sie ihn an. »Freu dich lieber über den gelungenen Plan, als über hypothetische Verläufe zu jammern!«

»Kinder!«, fuhr Viktoria dazwischen. »Jetzt ist aber Schluss. Ich bin heilfroh, dass ihr da mit Annabel weitestgehend gesund herausgekommen seid. Hört sofort auf!«

»Trinken wir auf euren Erfolg«, hielt Philipp auch Thomas ein Glas hin.

Der kniete sich jedoch zunächst neben den Stuhl, auf dem Lene saß, und nahm ihre Hände. »Du kannst dir überhaupt nicht vorstellen, wie kalt und leer es plötzlich in mir war, als es so aussah, als seiest du tödlich getroffen worden.«

Wieder milder gestimmt sah Lene zu ihrem Mann hinab. »Das lag nur an dem kalten Wasser, in dem du standest.« Sie lächelte matt über den Versuch ihres Scherzes. »Was glaubst du, ist in mir vorgegangen, als dir die Einschläge immer näher kamen?«

»Du hast natürlich recht.« Er gab ihr einen Kuss auf ihre sinnlich geschwungenen Lippen. Danach nahm er endlich das Glas, das er auch Dunkerbeeks entgegenhielt. »Auf Annabels Rettung!«

»Und auf euch!«, erwiderte Philipp gerührt von dem Anblick der beiden. Sie wirkten auf ihn wie sie selbst; damals, als sie noch jung waren und ihre Liebe gegen erhebliche Widerstände hatten verteidigen müssen.

Wenig später fiel Thomas Sprengel ein, dass sie die Rucksäcke im Auto vergessen hatten. Obwohl kaum eine Gefahr bestand, schloss er die Haustür sorgsam hinter sich ab. Aufmerksam, aber nicht unruhig ging er den Plattenweg zum Parkplatz hinunter, der von der Leuchte an der Wand der Garage nur schwach erhellt wurde. Als er den Kofferraum seines Wagens öffnen wollte, der nur im Zwielicht der Beleuchtung stand, hörte er ein eindeutiges Klicken hinter sich. Für einen Moment stand er starr, bevor er sich umdrehte. Erst da bemerkte er im Schatten vor dem Garagentor eine Person mit längeren blonden Haaren, die eine Pistole auf ihn richtete.

»Bitte bleiben Sie ganz ruhig, Herr Kriminalhauptkommissar«, wurde er mit einer samtweichen Stimme aufgefordert.

Innerlich fluchte Thomas, weil er sich zu sicher gefühlt und den Schatten hinter der Ecke der Garage nicht näher untersucht hatte. Was sollte er tun? Schreien, losrennen, kämpfen? All das waren angesichts der durchgeladenen Waffe keine sonderlich sinnvollen Optionen. »Was wollen Sie?«

»Sie treffen.« Sie schien zu lächeln. »Umdrehen, Hände auf das Wagendach und Beine auseinander«, wies ihn die Unbekannte mit stahlharter Stimme an. Jegliche Sanftheit war verschwunden.

Kommissar Sprengel begann zu schwitzen. So konnte dieser Tag doch unmöglich enden. Als er spürte, wie die Frau hinter ihn getreten war und ihm die Pistole in den Rücken bohrte, packte ihn Panik. Er wollte es riskieren, ihre Reaktionszeit nutzen, um die Waffe zur Seite zu schlagen. Das ist die einzige Möglichkeit, brüllte eine innere Stimme immer lauter in seinem Kopf, die jeglichen rationalen Gedankenversuch im Keim erstickte.

Doch die Unbekannte erfühlte bereits den Ansatz seiner Drehbewegung. Nach nur wenigen Zentimetern spürte Thomas Sprengel ihr Knie schmerzhaft in seinem Schritt. Mit einem dumpfen Stöhnen sackte er vor der Stoßstange des Peugeots zusammen.

»Das war nun wirklich unnötig, Herr Sprengel«, amüsierte sich die Frau, die sich in den Schatten des Garagenvordachs zurückzog.

»Sie werden damit nicht durchkommen«, presste er mühsam in der Hoffnung hervor, bei ihr Unsicherheit zu schüren.

»Womit denn?« Hätte er sie besser sehen können, wäre ihm das belustigte Funkeln in ihren Augen aufgefallen.

»Erschießen Sie mich doch einfach – oder soll ich mich über das Geländer stürzen?«, erkundigte er sich fatalistisch.

Ein gedämpftes, zugleich sympathisches Lachen drang leise zu ihm hinüber.

Als sich seine Augen an die Lichtverhältnisse gewöhnt hatten, fiel ihm zu seiner Überraschung auf, dass sie ihre Pistole nicht mehr in der Hand hielt. »Sie haben ja Ihre Waffe weggesteckt!«

»Warum schauen Sie so verwundert?«, fand sie seine Feststellung offenbar merkwürdig. »Ich benötige die nicht mehr.«

»Sie wollen mich nicht erschießen?«

»Ganz und gar nicht, Herr Kriminalhauptkommissar«, betonte sie erneut zu wissen, wer er war. »Ich wollte lediglich jegliche Diskussion, jegliches Gerangel oder Geschrei vermeiden. Ohne Drohung wäre es unnötig umständlich geworden.« Sie zuckte entschuldigend mit den Schultern.

Thomas lehnte sich erleichtert, aber mit einem flauen Gefühl im Magen gegen das Auto. »Da könnten Sie recht haben«, konnte er ihr in diesem Punkt nicht widersprechen. »Aber was wollen Sie dann von mir? ... Oder – wer sind Sie überhaupt?«

»Wer ich bin, ist unwichtig. Sonst hätte ich einfach klingeln können. Aber vielleicht fassen Sie einmal hinten in Ihre rechte Hosentasche!«

Aus der zog der Kommissar zu seiner Überraschung einen Computerstick hervor, den er für einen Augenblick ungläubig anstaunte. »Wann ...? Als Sie mir in die Eier getreten haben«, gab er sich selbst die Erklärung.

»Dass sich Männer immer so vulgär ausdrücken müssen«, stellte sie tadelnd fest.

Thomas Sprengel wollte aufstehen. »Was ...«

»*Bleiben Sie sitzen*, Herr Sprengel!«, befahl sie ihm scharf. »Lassen Sie sich besser nicht von unserer angenehmen Unterhaltung täuschen.«

Sofort stoppte der Kommissar die Bewegung. Ihm war immer noch nicht klar, wie er mit der Situation umgehen sollte. »Aber ...« Er hielt ihr den Stick entgegen.

»Sie haben diverse Probleme, die in Zusammenhang mit der Neugründung einer Partei stehen. Eine Oberbürgermeisterin ist angeschossen, der Hoffnungsträger vor Ort in eine unappetitliche Geschichte verwickelt worden. Das arme Mädchen, das bereits seine Mutter verloren hat, schwebt weiterhin in Lebensgefahr, falls ich mich nicht irre. Habe ich das zutreffend zusammengefasst?«

Er traute kaum seinen Ohren. »Die OB ist tot.«

»Seien Sie nicht albern«, verzog sie den Mund spöttisch. »Sie ist quicklebendig.«

»Woher wissen Sie das alles?«

»Sie stellen immer die falschen Fragen«, blieb eine Antwort aus.

»Was wären denn die richtigen?« Rätselraten konnte er so wenig leiden, wie von Horst Jung ständig auf die Folter gespannt zu werden. Aber das behielt er für sich. »Also gut«, lenkte er dagegen ein. »Was ist auf dem Stick?«

»Ich nehme an, dass auch Ihnen inzwischen ein Zusammenhang aufgefallen ist«, hob sie auffordernd nur ein wenig das Kinn.

»Ein politisches Motiv.«

»Die PEP soll möglichst im Keim erstickt werden«, nickte sie zustimmend. »Auf dem Stick finden Sie einen Hinweis auf die Auftraggeber der Aktionen.«

Der Kommissar vergaß einen Augenblick lang zu atmen, fing sich aber langsam. »Weshalb erzählen Sie es mir nicht einfach?«

Ein süffisantes Lächeln ging ihren Worten voraus. »Erstens würden Sie mir nicht glauben. Zweitens benötigen Sie ohnehin einen Beweis. Den habe ich Ihnen soeben ausgehändigt.«

Nachdenklich drehte Thomas Sprengel den kleinen Gegenstand in den Fingern. »Ich würde trotz Ihres Auftritts an Ihren Worten zweifeln?«

»Ohne einen überzeugenden Beweis, ja.«

»Sie sind bestens informiert«, setzte er an. »Also wissen Sie auch, dass ich im Urlaub bin. Warum geben Sie *mir* den Stick?«

»Ihr außerordentlicher Ruf, lieber Herr Hauptkommissar.«

»Welcher Ruf?«

Die blonde Frau lachte leise auf. »Sie haben sich selbst von einer Suspendierung nicht aufhalten lassen.«

Kommissar Sprengel fixierte sie bohrend. »*Wer* sind Sie?«

»Das wollen Sie nicht wissen«, schüttelte sie bedauernd den Kopf. »Sonst müsste ich Sie liquidieren.«

»Schon gut«, wehrte er mit den Händen ab, »der Schreck sitzt mir immer noch in den Knochen.«

»Erledigen Sie Ihre Arbeit!«, forderte ihn die blonde Frau auf. »Ich werde mich jetzt durch das Türchen hinten im Gartenzaun verabschieden. Versuchen Sie nicht, mir zu folgen. Das wäre ungesund für Sie. Schauen Sie auf die Kirchturmuhr. Der Blick von hier oben ist ausgesprochen reizend. Sie warten fünf Minuten, bevor Sie ins Haus gehen. Haben Sie mich verstanden?«

Ergeben nickte Thomas Sprengel.

Nachdem sie die ersten Schritte rückwärtsgegangen war, drehte sie sich schließlich um.

»Sehe ich Sie noch mal?«, rief er ihr einem Impuls folgend hinterher.

Die Frau mit der weiten Strickjacke und der Louis-Vuitton-Handtasche, dunkelblau mit rotem Innenfutter, hielt nicht einmal im Schritt inne. Sie wandte nur kurz den Kopf nach hinten. »Njet.«

Thomas Sprengel ging zum Geländer vor, das den Parkplatz des Hauses in luftiger Höhe umgab. Bezaubernd war der Blick auf den Markt mit seinen beleuchteten Häusern sowie dem Schloss und den Kirchtürmen im Hintergrund. Dennoch zitterten seine Hände leicht. In welchen Agentenkrimi waren sie da bloß hineingeraten? Während er darüber nachdachte, wich langsam das weiche Gefühl aus seinen Beinen. Erst das Schlagen der Kirchturmuhr holte ihn aus seinen Überlegungen zurück. Es war genug Zeit verstrichen. Nachdem er die Rucksäcke endlich aus dem Kofferraum geholt hatte, begab er sich eilig ins Haus – auch von der Neugierde getrieben, was sich auf dem Stick befand.

Kapitel 32

Horst Jung hatte trotz der späten Stunde fast fünfzig Minuten mit seinem Chef diskutiert, wie mit dem Inhalt des Sticks zu verfahren war. Letztlich hatte er sich Lenes Einschätzung angeschlossen. Die war von der Authentizität der Bemerkung dieser Frau überzeugt, Sprengel hätte gezeigt, auch ungewöhnliche Maßnahmen zu ergreifen. Das war gewiss notwendig, wenn die auf dem Stick befindlichen Informationen tatsächlich zutrafen. Einzig mit einem unkonventionellen Vorgehen war eine erfolgreiche Aufklärung der Taten denkbar, gemessen an konkreten Festnahmen. Für ungewöhnliche Maßnahmen war jedoch in diesem Fall die Rückendeckung des Kriminaldirektors wichtig. Folgerichtig hatten sie beschlossen, umgehend Kühne einzuschalten, bevor Horst Jung sich unnötig mit der Einhaltung von Zuständigkeiten beschäftigte. Danach hatte sich sein Chef angesichts der Uhrzeit in dem Wissen ausgeklinkt, dass sein Heidelberger Team überzeugende Arbeit leistete.

Eine halbe Stunde später waren auch Heiner Janetzky und Franz Hilpertsauer im Präsidium eingetroffen. Kurz darauf trudelte Jo

Kühne ein, der Horst Jung für einen Augenblick aus dem Konzept brachte. Der Kriminaldirektor wirkte hellwach, war leger gekleidet, mit gelbem Hemd auf stark gebräunter Haut, hellem Tuch um die Beine sowie italienischen Lederslippern. Sportlich-elegant, dachte der Interimschef des Morddezernats, der sich seit der Begegnung mit Frau Schneiders Mann Gedanken über sein Image machte.

»Alle da«, hob er interessiert-gespannt die Augenbrauen. »Wie sieht unser derzeitiger Faktenstand aus?«

Schweigen, alle schauten erwartungsvoll zu ihrem Jüngsten.

»Herr Jung?«

»Ich habe nur kurz überlegt«, war er angesichts seines Zögerns um keine Ausrede verlegen, »in welcher Reihenfolge wir Ihnen die Indizien vorlegen sollen. Also.« Er drückte die Wiedergabe seines Telefons. Daraufhin war eine Männerstimme zu hören: »Das Mädchen ist aufgetaucht. Es wäre sinnvoll, sie zu liquid...« Unterbrochen wurde der Anrufer durch eine Frau: »Sind Sie verrückt?« Danach endete das Gespräch abrupt.

»Das ist doch unsere ...«, setzte der Kriminaldirektor ohne jegliche Regung an.

»Genau«, versicherte Horst Jung. »Mir wäre nach der Stimmenanalyse fast das Telefon aus der Hand gefallen. Entweder hat sich jemand richtig Mühe mit einer Fälschung gegeben oder wir haben den Beweis für einen ausgewachsenen Skandal.«

Jo Kühne lehnte sich in seinem Bürostuhl zurück. »Wie sicher können wir sein, keiner Ente auf den Leim zu gehen?«

»Es stört eigentlich nur«, merkte Franz an, »worauf Lene hingewiesen hat. Das »Njet« der unbekannten Frau deutet auf eine russische Agentin hin. Sie brachte diese ungewöhnliche ›Amtshilfe‹ mit einer Schlagzeile zusammen, der gemäß die Bundeskanzlerin Sanktionen gegen Russland gefordert hat.«

Kühne runzelte die Stirn.

Horst spielte die Aufnahme nochmals ab.

Die Miene des Triathleten verdüsterte sich. »Hört sich absolut wie unsere Bundeskanzlerin Landruh an.«

»Sehen wir auch so«, bestätigte ihm Franz Hilpertsauer. Heiner

Janetzky nickte. »Genug Abhöranlagen werden die Russen in Berlin schon installiert haben.«

»Was ist mit der angegebenen Telefonnummer?«

»Verlflzlert«, erklarte ihm der junge Kommissar. »Es ist tatsächlich die von Christine Landruh.« Er legte eine dramaturgische Pause ein. »Und dieser Anschluss weist zur fraglichen Zeit einen zur Länge des Gesprächs passenden Anruf auf.«

Die Katze war gänzlich aus dem Sack.

Selbst der Kriminaldirektor schwieg zunächst angesichts der Ungeheuerlichkeit des daraus abzuleitenden Verdachts. »Die Russen wollen uns ernsthaft weismachen, die Bundeskanzlerin sei in ein Kapitalverbrechen verwickelt?«

»Um einen Erfolg der PEP mit allen Mitteln zu verhindern«, vollendete Franz die sich aufdrängende Schlussfolgerung.

»Auch wenn es in der Politik keine Skrupel gibt«, wollte Jo Kühne noch nicht daran glauben, »wäre das doch russisches Roulette.« Er stutzte. »Welch passender Ausdruck. Nochmals, wie sicher sind wir, dass es sich *nicht* um eine russische Intrige handelt?«

Horst Jung referierte die zeitlichen Zusammenhänge zwischen dem abgehörten Telefonat und dem Zeitungsartikel, in dem Annabel Sonnleitners Aufenthaltsort öffentlich verbreitet worden war. »Das passt alles zusammen.«

»Die Ermittlungen fallen damit in den Bereich des BKA«, merkte Kühne ohne Nachdruck in der Stimme an.

Kommissar Jung räusperte sich. »Thomas schlug vor, die Zuständigkeiten zunächst weniger genau zu erörtern.«

»Aha«, legte Jo Kühne den Kopf schief. »Und zwar warum?«

»Er befürchtet, dass jede Weitergabe der Information mit dem Risiko des Durchsickerns verbunden ist. Die Bundeskanzlerin könnte sich angesichts ihrer Immunität als Abgeordnete möglicherweise rechtzeitig einer Verhaftung durch Flucht ins Ausland entziehen.«

»Hmh!«

»Er brachte noch Heinz Jansen ins Spiel«, ergänzte Horst Jung, gespannt auf die Entscheidung des erfahrenen Amtsleiters.

Der lachte auf. »Warum? Weil der mit Lene zusammen eine Leiche aus Indien geklaut hat?« Doch man sah seinem Gesicht an, dass ihm dieser Gedanke durchaus gefiel. »Wie berührt unsere Entscheidung die Gefahrenlage in Berchtesgaden?«

»Schwieriger wird es erst«, gab Franz Hilpertsauer eine Einschätzung ab, »falls bekannt wird, dass in diese Richtung ermittelt wird.«

Und Heiner Janetzky fügte hinzu: »Vielleicht ist ein weiterer Versuch bei Pohl erfolgreich. Der dürfte das Strafminderungspotenzial erkennen – oder das Ausmaß seiner prekären Lage. Seine Beteiligung an der Sache ist immerhin eindeutig.«

»Gut«, gab Jo Kühne sein Einverständnis. »Wir könnten behaupten, viel später an die Informationen gelangt zu sein. Danach wäre erst grundlegend die Authentizität zu prüfen, um keine Pferde scheu zu machen. Bis dahin kann uns niemand einen ernsthaften Vorwurf machen, alleine schon wegen der Sicherheit des Inhaftierten sowie der Personen in Bayern und so weiter. Der Pfad ist natürlich schmal. Passen wir halt auf, dass wir nicht abstürzen«, zuckte er recht entspannt mit den Schultern. »Veranlassen Sie sofort einen zweiten Stimmenabgleich. Holen Sie dafür einen verlässlichen Experten aus dem Bett, der auf keinen Fall plaudert und, falls es hart auf hart kommt – sagen wir mal –, hinsichtlich chronologischer Gegebenheiten ein sehr schlechtes Gedächtnis hat.« Er schaute auf seine Armbanduhr. »Mitternacht durch. Ich werde trotzdem mal bei Heinz anklingeln, selbstverständlich ganz unverbindlich. Der geht eigentlich nicht früh ins Bett – und ist schließlich beim BKA. Aber ich weiß nicht, wo der überhaupt steckt. Vielleicht ist er gar nicht im Land. Alles klar, meine Herren?«

»Yep«, erwiderte Horst Jung zufrieden. Sein Job war wirklich nicht langweilig, seitdem er für Thomas Sprengel arbeitete.

Kapitel 33

Falk Rutz hatte noch eine gute Stunde gewartet, nachdem das Polizeiaufgebot endlich komplett abgezogen war. Während er dem unerwünschten Besucher im Wartehäuschen des Anlegers vorgegaukelt hatte, sich Richtung Obersee davonzumachen, hatte er mit einem Gefühl der Überheblichkeit hoch in der Krone einer Fichte verborgen beobachtet, wie zwei Teams eines MEKs losgezogen waren, um ihm auf seinem vermeintlichen Fluchtweg zu folgen. Dabei war doch hinlänglich bekannt, im Auge eines Tornados am sichersten zu sein.

Inzwischen hatte er sich an den Häusern der Saletalm vorbei auf einen alten, kaum noch begangenen Weg Richtung St. Bartholomä begeben. Mehrfach hatte er unterwegs erfolglos versucht, Stony zu erreichen. Angesichts der massiven Polizeipräsenz beunruhigte ihn dieser Umstand mehr als ihm lieb war. Was ihm schließlich ein Komplize aus Mannheim telefonisch berichtete, ließ seinen Zorn in bisher ungeahnte Dimensionen anschwellen. Nicht nur seine Wohnung war aufgeflogen. Es waren auch drei weitere Mitglieder der Gruppe verhaftet worden, die im Schwimmbad dabei gewesen waren. Nachdem er die Lage mit Christian Hauer eingehend besprochen hatte, sollte dieser umgehend mit seinem Pick-up in die Nähe der Kührointalm kommen, um ihn aufzulesen. Er schaute auf die Uhr. Sie benötigten beide knapp fünf Stunden. Zu der frühen Uhrzeit sollten noch keine Wanderer unterwegs sein.

Als er sich endlich St. Bartholomä näherte, spähte er durch sein Nachtsichtfernglas, um zu überprüfen, ob sich dort ein Polizeiposten befand. Doch es war alles ruhig. Trotzdem entschied er sich, die Gebäudeansammlung auf einem kleineren Umweg am Schulte-Gedenkstein vorbei zu umgehen, um jedes Risiko zu vermeiden. Schließlich begann er im Licht seiner Stirnlampe den Rinnkendlsteig hinaufzusteigen. Dort, oberhalb des Königssees, war er erneut alleine mit seinen Gedanken – und seinem Zorn. Er konnte immer noch nicht fassen, von diesem Pärchen hereingelegt worden zu sein. Die Kleine war eindeutig nicht bei ihnen gewesen, als er sie endlich am Ufer des Königssees gestellt hatte. Sie mussten sie irgendwo versteckt haben. Blieb die Hoffnung, dass die Göre geradewegs in Stonys Arme gelaufen war. Er versuchte es nochmals auf dessen Smartphone. Zu seiner Erleichterung wurde der Anruf dieses Mal angenommen.

»Ja?«

Reaktionsschnell unterbrach Falk Rutz die Verbindung. Die ihm unbekannte Stimme sprach für Stonys Verhaftung. Offensichtlich lief alles aus dem Ruder. Routiniert entnahm er die Sim-Karte des ausschließlich für den Auftrag verwendeten Telefons, um sie mit Hilfe eines Steines zu zerstören. Danach warf er sie achtlos ins Unterholz. Während er schließlich die Kührointalm umging, bemühte er sich vergeblich, trotz seines Ärgers klarer zu denken. Eines stand jedoch bereits fest, er musste sich absetzen. Aber zuvor galt es, die Rothaarige und ihren Typ zu liquidieren. Diese Schmach war für ihn einfach inakzeptabel.

Wenige Minuten später stieß er auf Christians Pick-up, der in einem schmalen Seitenweg geparkt stand. Wortlos rollten sie ins Tal.

Kapitel 34

Christian Hauer hatte Falk Rutz alles Notwendige mitgebracht. Mit einem Rucksack schlenderte er zur Mittagszeit mit langen Haaren und Vollbart über den Soleleitungssteg. Immer wieder blieb er stehen, um Markt und Berge zu betrachten, sodass ihn keiner der anderen Touristen überhaupt sonderlich zur Kenntnis nahm. Die Sondierung durch Hauer hatte einen Polizeiwagen oberhalb des Hauses sowie eine Zivilstreife am Übergang eines kleinen Pfades zum Fürstenstein ergeben. Solange sich keine Beamten im Haus aufhielten, sollte es keine Probleme geben. Mit hoher Wahrscheinlichkeit rechnete noch niemand mit seiner Anwesenheit. Ein letztes Mal versicherte er sich, unbeobachtet zu sein, bevor er im Stil einer Gämse oberhalb des beplankten Weges am steilen Hang zwischen den Bäumen verschwand. Er befand sich unterhalb seines Zielobjekts, das direkt über ihm am Rand eines steilen Wandstücks lag. Doch er hatte alles, was er benötigte, in seinem Rucksack, um den

Fels zu bezwingen. Immer noch mit Wut im Bauch stieg er in die Wand ein, um sich endlich Genugtuung für die Niederlage des Vortages zu verschaffen.

Zu dieser Zeit saßen Thomas und Lene mit dem Ehepaar Dunkerbeek auf deren Terrasse, die von unterhalb nicht einzusehen war. Die Streife auf der anderen Seite der Buchsbaumhecke, die sowohl den Zufahrtsweg als auch das hintere Gartentor im Blick hatte, vermittelte ihnen ein verhältnismäßig sicheres Gefühl. Kommissar Sprengel berichtete von den neuesten Entwicklungen, die er vor wenigen Minuten telefonisch erhalten hatte.

»Steiner hat gestanden«, teilte er den anderen sofort mit, »auch, wo er die beiden vermissten Beamten abgestellt hat.«

»So plötzlich?«, wunderte sich Lene. »Ich dachte, er sei nur zum Bergwandern hier gewesen.«

Die Zufriedenheit stand ihrem Mann förmlich ins Gesicht geschrieben. »Als er heute Morgen damit konfrontiert wurde, von Annabel am Abend des tödlichen Unglücks auf dem Parkplatz der Tabledance-Bar am Auto ihrer Mutter gesehen worden zu sein, ist er eingeknickt.«

»So hatte es immerhin etwas Gutes«, seufzte Viktoria, »dass eure Freundinnen mit Annabel auf diesen Widerling gestoßen sind. Dessen Anblick hat offensichtlich ihre Erinnerungen freigegeben.«

»Genau«, nickte Thomas. »Jetzt wissen wir auch, wie es zu dem Unglück kam. Falk Rutz ist ihrer Mutter immer dichter im Auto gefolgt, sodass sie sich genötigt sah, schneller zu werden. Hinter der Kurve wartete Steiner mit einer bekleideten – ihr werdet es kaum glauben – Sexpuppe, die er wenige Meter vor dem heranfahrenden Fahrzeug an einem Teleskoparm auf die Fahrbahn schwenkte. Aufgrund der manipulierten Bremsen führte das Ausweichmanöver unweigerlich zur Katastrophe.«

»Deshalb hast du die Mütze auf der Straße gefunden«, kombinierte Lene rasch. »Die muss den Tätern beim Verladen der bekleideten Puppe wohl versehentlich abhandengekommen sein. Vielleicht waren sie auch in Hektik, weil sie euren Golf bereits hörten oder das Fernlicht sahen. Es muss ja ziemlich knapp gewesen sein, wenn du noch den Schatten ihres Autos gesehen hast.«

»So war es wohl, Liebes.« Viktoria Dunkerbeek war die Niedergeschlagenheit sofort anzumerken, die sich einstellte, sobald sie an das Unglück erinnert wurde.

Lene drückte ihr den auf der Stuhllehne liegenden Unterarm.

»Mir tut das arme Kind so leid.«

»Mir auch«, verstand Lene die ältere Dame. »Sie ist ein wunderbares Mädchen. Die Welt ist manchmal schwer zu verstehen.«

»Ganz so schwer nun auch wieder nicht«, echauffierte sich Philipp Dunkerbeek. »Jemand wollte ein von der Verfassung gewährtes Recht zur Gründung einer Partei boykottieren und ein anderer nahm das zum Anlass, sich schlicht und einfach über kriminelle Handlungen zu bereichern. Das ist so empörend wie bestürzend. Leider folgt das den nicht selten dunklen Trieben des Menschen.«

»Leider«, pflichtete Thomas Sprengel ihm bei. »Nur deshalb bedarf es unserer Jobs.«

»Aber sagt mal«, fiel dem Senior noch ein. »Hat der – wie hieß er denn? ... Steiner – etwas Genaueres darüber gesagt, wie sie das mit den Computern hinbekommen haben?«

Der Kommissar nickte, während er nach einer knappen Antwort suchte. »Direkt nach dem Unfall ist er mit Rutz in Frau Sonnleitners Wohnung eingestiegen, um deren Computer zu präparieren«, erläuterte er. »Flodl haben sie den belastenden Ordner erst untergeschoben, nachdem du ihren Rechner durch einen Mail-Abruf aktiviert hattest. Deshalb hat auch das Hochfahren seines Notebooks so lange gedauert, als wir an dem Mittag bei ihm waren.«

»Woher stammen eigentlich diese ... freizügigen Aufnahmen?«, stellte sich Viktoria zum ersten Mal diese Frage.

»Das sind alles Mitschnitte«, erläuterte Thomas bedauernd, »eines kostenpflichtigen Webcam-Angebots, das der Betreiber der Bar lanciert hat, um auch über das Internet Umsatz zu machen. Glaubt man ihm, hat Frau Sonnleitner erst mitgewirkt, nachdem der Kredit für ihre Existenzgründung abgelehnt worden war.«

»Die Frau wollte doch nur alles für eine bessere Zukunft tun, auch für Annabel«, war Viktoria zutiefst betroffen. »Aber wie ...?«

»Wie sie auf die Verbindung der beiden gekommen sind?«, antizipierte der Kommissar. »Euer Flodl hat sich leider auch von seinem infizierten Rechner in seinen beruflichen Account eingeloggt. Der Rest ist einfache Recherche.«

Für einige Augenblicke herrschte bedrücktes Schweigen. Einzig eine Biene summte um den Kuchen herum, der auf dem Tisch stand, aber noch darauf wartete, angeschnitten zu werden.

»Gibt es bereits Neuigkeiten hinsichtlich der Auftraggeber?«, erkundigte sich Philipp schließlich, weil sich die Kommissare aufgrund der Brisanz der Informationen über den Inhalt des Sticks bisher nur vage geäußert hatten.

»Selbst Steiner wusste darüber nichts«, erklärte Thomas, der das Ende des Einsatzes für eine Offenlegung abwarten wollte, während Lene fortsetzte: »Aber Horst hat erzählt, Kühne, also unser Kriminaldirektor, habe mit Heinz Jansen gesprochen.«

»Wer ist Heinz Jansen?«

»Ein harter Hund beim BKA«, war Lene ihr Respekt anzumerken. »Ich war mit ihm in Indien; ihr wisst doch. Ohne ihn wäre die Leiche der Deutschen nie im Konsulat angekommen.«

»Und Heinz Jansen soll was genau erreichen?«

Heinz Jansen war mit zwei absolut verlässlichen Kollegen am frühen Morgen, ohne geschlafen zu haben, von Frankfurt aus mit einem Polizeihubschrauber nach Berlin geflogen. Die Diskussion mit seinem Freund Jo Kühne war rasch beendet gewesen, nachdem das zweite Gutachten die Echtheit der Stimme bestätigt hatte. Heikle Aufgaben waren aus Jansens Sicht das Sahnehäubchen in ansonsten sich teilweise endlos hinziehenden Ermittlungen. Es war mittlerweile zwei Uhr nachmittags, als sie vor dem Ristorante »La personalità«, die Prominenz, parkten, in dem Kanzlerin Landruh im kleinen Kreis speiste. Sie hatten doch länger gebraucht, um den aktuellen Aufenthaltsort ihrer Zielperson zu ermitteln.

Nach kurzer Absprache begab sich Heinz Jansen in das Restaurant. Anders als erwartet befand er sich urplötzlich im Ambiente einer sizilianischen Trattoria mit viel Holz, klassischer Tischdenke und Stühlen mit geflochtener Sitzfläche sowie hoher, gerader Lehne. Erst auf den zweiten Blick wurde anhand nobel wirkender Accessoires und großzügig bemessenen Platzverhältnissen klar, welche Zielgruppe angesprochen wurde. Das Empfangspult ignorierend steuerte er selbstsicher auf den Tisch der Bundeskanzlerin zu, wurde jedoch von einem Personenschützer aufgehalten.

Gelassen zog er seinen Dienstausweis. »Jansen, BKA«, stellte er sich vor. »Es handelt sich um eine Angelegenheit nationaler Tragweite.«

»Warten Sie hier!« Der Mann näherte sich dem Tisch und beugte sich zur Kanzlerin hinunter, die ihn fragend anschaute.

Kurz darauf musterte sie Jansen ausdruckslos, bevor sie ihrem Personenschützer Anweisungen gab.

Wenig später holte der ihn ab, um ihn in ein Nebenzimmer zu führen, in das sich wenige Augenblicke zuvor die Kanzlerin zurückgezogen hatte.

»Was gibt´s?«, verzichtete sie auf jede Form der Höflichkeit, ungehalten angesichts der unerwarteten Störung.

Jansen holte sein Telefon heraus, von dem er ihr den Mitschnitt des Telefonats vorspielte. »Ich möchte Sie zu einer Vernehmung mitnehmen!«

Tiefe Gräben zogen sich von den Mundwinkeln der Kanzlerin bis zum Kinn hinunter, während ihre Augen ihn kalt taxierten. »Soll das eine Verhaftung werden?«, höhnte sie. »Gemäß Artikel 46 Absatz 2 der Verfassung ...«

Jansen schnitt ihr das Wort ab. »... bedarf es dazu bei Abgeordneten der Zustimmung des Bundestages. Es sei denn, der Betreffende wird auf frischer Tat ertappt oder innerhalb der folgenden vierundzwanzig Stunden verhaftet. Der Anschlag auf das Mädchen wurde gestern nach achtzehn Uhr zum Glück erfolglos verübt.« Er schaute auf seine Uhr. »Das heißt, seither sind erst zwanzig Stunden vergangen. Das ist Fakt und unterliegt demnach nicht irgendeiner Meinung, die als alternativlos hingestellt werden könnte.«

Wortlos starrte ihn Landruh an, bis sie entschlossen einlenkte.

»Selbstverständlich werde ich zur Aufklärung dieser gegen mich geführten Intrige beitragen. Warten Sie bitte vor dem Lokal auf mich. Ich werde nur kurz am Tisch Bescheid geben, aus wichtigen Gründen *umgehend* gebraucht zu werden.«

»Diesen Wunsch kann ich Ihnen gewähren, Frau Bundeskanzlerin«, willigte der Mann vom BKA freundlich lächelnd ein, den Raum sowie das Restaurant anschließend verlassend.

Lässig lehnte er an seinem Wagen, während er seine Uhr im Blick behielt. Als die Kanzlerin nach fünf Minuten immer noch nicht erschien, betrat er erneut das italienische Restaurant. Ohne aufgehalten zu werden, begab er sich unter den kritischen Blicken des Personals zum Hinterausgang. Dort bot sich ihm ein Bild, das ihn schmunzeln ließ. Die Personenschützer lagen mit Handschellen gefesselt am Boden, während Kanzlerin Landruh mit hochrotem Kopf wie angewurzelt kaum einen Meter von der Tür entfernt auf dem kleinen Hof stand, nicht in der Lage, einen Entschluss zu fassen.

»Alles unter Kontrolle, Heinz«, signalisierte ihm einer seiner durchtrainierten Kollegen.

»Gut gemacht«, gab der zufrieden zurück, bevor er sich an die Politikerin wandte. »Haben Sie wirklich gedacht, ich wäre nach Ihrer Reaktion so naiv zu glauben, Sie würden mitkommen?« Wenn Blicke töten könnten, ging es Heinz Jansen durch den Kopf. »Sie sind hiermit festgenommen. Hätten noch Zweifel an Ihrer Mitwirkung bestanden, wären die spätestens durch Ihren Fluchtversuch ausgeräumt worden. Genau darin lag im Übrigen der Zweck unseres Vorgehens. Aber für Sie ist es ja Routine, Wahlgeschenke zu verteilen. Nur in diesem Fall muss ich Sie leider enttäuschen. Meine Stimme bekommen Sie sicherlich nicht.«

»Damit werden Sie nicht durchkommen«, hatte sie sich gefasst. »Sie können mir letztlich gar nichts beweisen. Ihre Anschuldigung ist viel zu ungeheuerlich. Kein Staatsanwalt wird sich daran die Finger verbrennen wollen.«

Jansen zuckte mit den Schultern. »Wir werden sehen. Ich dachte jedenfalls nicht, in einem Bananenstaat für machthungrige Autokraten tätig zu sein. Führt sie ab!«

»Ich werde Sie fertigmachen lassen«, zischte die Kanzlerin Jansen zum Abschied leise zu, damit es die anderen Anwesenden einschließlich ihrer Personenschützer nicht hörten.

Ich werde sie fertigmachen, lief es wie ein Werbebanner in einer Endlosschleife durch seinen Kopf. Noch hielt sich Falk Rutz hinter der Hausecke verborgen, um die Gruppe auf der Terrasse zu belauschen. Niemand hatte gesehen, wie er aus der Steilwand kommend hinter der Garage das Grundstück betreten und sich am Rand einer Kieseinfassung zu seiner Position vorgeschlichen hatte.

»Möchte jemand Kuchen?«, hörte er die Stimme einer älteren Frau. Auf die Zustimmung der anderen erfolgte das Scharren eines Stuhls, leise Schritte, ein Danke.

»Habt ihr denn schon eine Idee, wie ihr diesen …«, Philipp Dunkerbeek suchte nach dem passenden Wort, »ja, diesen Mörder in eine Falle locken wollt?«

»Das kommt darauf an«, zeigte sich Kommissar Sprengel angesichts dieser schwierigen Frage zunächst noch unentschlossen.

»Danke«, protestierte Lene. »Du sollst mir nicht schon wieder zwei Stücke geben.«

»Warum denn nicht, Liebes?«, tat Viktoria unschuldig. »In Heidelberg backt dir so schnell keiner einen …«

Das war sein Moment. Die Person, die sprach, stand unmittelbar hinter der vorgezogenen Hauswand mit dem Rücken zu ihm. Mit wenigen Sätzen tauchte er hinter Viktoria Dunkerbeek auf, der er blitzschnell seine Pistole an die Schläfe drückte, noch bevor einer der anderen drei überhaupt reagieren konnte. »Ein Mucks und die freundliche Dame, die so leckeren Quarkkuchen verteilt, segnet das Zeitliche.«

Thomas Sprengel schaltete am schnellsten. »Lassen Sie das ältere Paar gehen. Sie wollen doch nur uns.«

Der Blick ihres Widersachers hatte etwas Brutales. »Wir gehen jetzt *alle* gemeinsam ins Haus. Jeder Versuch, sich bei den Herren hinter der Hecke bemerkbar zu machen, wird diese charmante Lady unendlich bereuen, im wahrsten Sinne des Wortes.«

Philipp Dunkerbeek erhob sich zittrig. Ansonsten wies jedoch nur sein blasses Gesicht auf seine Angst um Viktoria hin. Lene hatte sofort erfasst, gar nichts unternehmen zu können, obwohl sie am nächsten saß. So begaben sie sich ins Haus. Dort setzten sie sich weisungsgemäß an den Esstisch, die Hände auf die Tischplatte gelegt, während Falk Rutz in aller Ruhe die Tür zur Terrasse schloss.

Eilig schloss sie die Tür hinter sich und begab sich schnellen Schrittes die Auffahrt hinunter. Mütterchen Russland konnte sehr großzügig sein, wenn man ihr Gutes tat.

»Oh, Grüß Gott, schöne Frau«, flötete der beleibte Polizist, der angesichts des schönen Wetters an der Seite des Streifenwagens lehnte, während sein Kollege gemütlich auf einem Baumstamm saß.

»Grüß Gott«, antwortete die blonde Frau, deren Gesicht hinter einer riesigen Sonnenbrille versteckt lag und die eine dunkelblaue Handtasche am Arm trug. Sie war bereits einige Meter vorbeigegangen, als sie sich noch einmal umdrehte. »Gerne würde ich mit zwei so schneidigen Herren einen Plausch halten, aber leider bin ich sehr in Eile. Ciao, ciao.« Dazu winkte sie noch neckisch, obwohl sie wusste, mit denen ohnehin nichts anfangen zu können.

Alois Stellwanger versuchte angesichts der Ansprache augenblicklich seinen Bauch einzuziehen, was ihm jedoch nicht nennenswert gelang. Am liebsten hätte er der attraktiven Blondine hinterhergepfiffen. Aber davon hielt ihn die Uniform dann doch ab.

Kurz darauf bog die blonde Frau für jeden außenstehenden Betrachter ganz unverfänglich zum Eingang der Pension »Belvedere« ab. Am frühen Nachmittag, so ihr Kalkül, war es zumindest nicht ganz unwahrscheinlich, dort niemanden anzutreffen, der in letzter Minute alles hätte vermasseln können.

»Sie haben mir alles vermasselt«, begann Falk Rutz. »Daher werden Sie meinen Ärger verstehen. Wo ist das Kind?«

Keineswegs eingeschüchtert antwortete Viktoria Dunkerbeek prompt, ohne mit der Wimper zu zucken: »Sie ist bei Freunden in Hamburg.«

Der Schalldämpfer reduzierte den Knall des Schusses zu einem leisen Plopp. Als die Kugel sich in seinen rechten Oberschenkel bohrte, ließ der Schmerz ihren Mann unterdrückt aufstöhnen.

»*Wo* ist die Göre?«, wiederholte der Schütze kalt.

Viktoria war keine Regung anzusehen. »In Hamburg, wie ich Ihnen bereits Auskunft gab – oder hören Sie schlecht?«

Amüsiert über die Courage der Alten huschte ein Grinsen über Falk Rutz´ steinhartes Gesicht. »Für wie dumm halten Sie mich eigentlich – Hamburg! Mein Finger ist nervös. Letzte Chance.«

Philipp Dunkerbeek presste sich ein Taschentuch auf die Wunde, unter dem kurz darauf Blut hervorsickerte. Nahezu gleichzeitig glänzte Schweiß auf seiner Stirn.

»Dun-ker-beek«, blaffte sie ihn an, »ist ein urbayrischer Name. Benutzen Sie Ihren Kopf auch mal zum Denken?«

Thomas Sprengel zuckte innerlich zusammen. Er hielt ihren Ton für ziemlich gefährlich, auch wenn Rutz bisher Spaß daran hatte, mit ihnen zu spielen.

»Name und Adresse!«

»Nie im Leben.«

»Ihr Mann wird einen zweiten Schuss kaum überleben«, folgte ein emotionsloser Kommentar.

»Störtebecker, Meckelfelder Weg 34, Harburg, um genau zu sein«, presste Viktoria hervor.

Falk Rutz versuchte in ihrem Gesicht zu lesen, ob sie ihn belog, aber ihre Miene blieb undurchdringlich. Im Grunde genommen war das für ihn ohnehin nur noch zweitrangig. Er wandte sich an den Kommissar. »Und wer sind *Sie*?«

»Wir haben uns auf Barbados kennengelernt«, mischte sich Lene in dem Bemühen ein, ihre Identität zu verbergen.

»Ich benutze mal meinen Kopf zum Denken«, gab sich Rutz selbstironisch. »Diese Information erklärt mir nicht, *wer* Sie sind. Meine Geduld ist begrenzt«, fügte er scharf hinzu.

»Sie töten uns doch sowieso.«

»Gut möglich«, sah er keinen Grund, seine Absichten zu verschleiern, »aber es kann für jeden Einzelnen von Ihnen schmerzhafter oder weniger schmerzhaft werden. Sie bestimmen.«

Lenes Smartphone klingelte, das sie neben ihren Händen auf den Tisch gelegt hatte. Ein schneller Blick zeigte ihr Heinz Jansen an. War es ihr möglich, unbemerkt den Anruf anzunehmen?

Auch ihr Mann erkannte diese Chance. Zwei Klingeltöne später stand ihm förmlich vor Augen, wie sie diese nutzen konnten. »Sie sollten sich mal umdrehen, Herr Rutz!«

Der lachte nur auf, während das Telefon weiterhin läutete. »Auf so einen alten Trick falle ich bestimmt nicht herein.« Dabei zeigte er sich sogar nahezu generös. »Aber netter Versuch.«

Da Falk Rutz für einen Moment abgelenkt war, wischte Lene in einer schnellen Bewegung mit dem kleinen Finger über das Display des Telefons.

»So nicht!« Wütend schwenkte der ehemalige KSK-Soldat seine Waffe bis zu Lenes Kopf herum, bereits den Druck auf den Abzug verstärkend.

Ein leises Klirren, wie von einem heruntergefallenen Glas, ging der Explosion in seinem linken Knie voraus. Er knickte ein. Sein Schuss verfehlte die Kommissarin nur um Haaresbreite. Ein zweites Klirren folgte. Lene warf sich zu Boden, während Thomas über den Tisch nach vorne sprang. Eine weitere Kugel zertrümmerte Falk Rutz das rechte Schultergelenk. Die Waffe glitt ihm aus der tauben Hand. Im Fallen drehte er den Kopf nach hinten. Ungläubig nahm er wahr, wie sich vor dem Fenster eine blonde Frau mit großer Sonnenbrille aus seinem Sichtfeld bewegte. »Wer zum Hen...«, erstarben seine Worte mitten im Satz.

»Wir benötigen einen Notarzt«, rief Viktoria, die sich mit Lene sofort um Philipp kümmerte, dem zwischenzeitlich das Kinn auf die Brust gesunken war. Gemeinsam zogen sie ihn von seinem Stuhl auf den Boden. Während Lene seinen Puls suchte, lagerte Viktoria vorsichtig seine Beine höher und presste ein Kissen auf die Wunde.

»Lauf auf den Balkon!«, wies Lene ihren Mann an. »Von dort siehst du die Beamten. Es geht schneller, wenn die den Krankenwagen anfordern. Beeil dich! Sein Puls ist schwach, aber er lebt noch.«

Kommissar Sprengel kickte die Pistole weg, die neben dem bewusstlosen Täter auf dem Boden lag. Keine halbe Minute später stand er auf dem Balkon, auf dem er mit ansah, wie die beiden Helden in Uniform damit beschäftigt waren, eine Blondine eingehend zu betrachten, die das Ende des Eberweinwegs hinaufkam.

»Hey, meine Herren«, brüllte er über die Hecke.

Verdutzt schauten Alois Stellwanger und sein Kollege zu ihm hoch.

»Rufen Sie einen Notarzt!«, platzte Thomas fast vor Zorn über diese Experten. »Wir haben zwei Verletzte, Schusswunden.«

Die beiden starrten ihn jedoch nur mit offenem Mund an.

»Not-arzt!«, brüllte er erneut, noch wütender als zuvor.

Nach einer kurzen Verzögerung kam doch noch Bewegung in die beiden Ordnungshüter.

Endlich. Für einen Moment stützte Thomas Sprengel sich ausgelaugt auf das Balkongeländer, als ihm bewusst wurde, wer da gerade die Straße hochgekommen war und sich inzwischen in der Auffahrt zum Haus gegenüber befand. »Warten Sie!«, rief er ihr zu.

Die blondierte Frau drehte sich tatsächlich zu ihm um.

»Woher wussten Sie …«, brannte er auf eine Erklärung, brach aber ab, weil er noch viel zu überwältigt von ihrem Eingreifen war.

Wortlos zeigte sie auf ein Fenster im ersten Stock eines urigen Ferienhauses, das auf der Kuppe ein Stück höher und hinter Dunkerbeeks Grundstück stand. Von dort folgte sein Blick ihrem Arm zum Küchenfenster der Pension »Belvedere«, das auf den Parkplatz hinausging, der auch zum Haus ihrer Gastgeber führte.

»Kann ich Sie später treffen?«

Die perfekt mit einem dunkelroten Lippenstift nachgezeichneten Lippen formten sich für einen Augenblick zu einem sehr sympathischen Lächeln.

Das bedeutete eindeutig nein, war der Kommissar überzeugt. Selbst hinüberzulaufen war keine Option, weil er Lene und Viktoria mit den Verletzten nicht länger alleine lassen wollte. Sollte er vielleicht Alois Stellwanger bitten, der noch den Notarzt anforderte? Dessen Kollege war bereits ums Haus gelaufen. Er zögerte, ohne sich bewusst zu sein, was genau ihn eigentlich zurückhielt.

Unerwartet nahm die vermeintliche Russin ohne jede Hast ihre Sonnenbrille ab, die sie am Bügel in den Ausschnitt ihrer Bluse hängte.

Thomas Sprengel schaute in ein fein geschnittenes Gesicht mit betonten Wangenknochen. Er hätte kleinere, kalt blickende Augen erwartet. Stattdessen traf ihn der warmherzige Blick aus dunklen Rehaugen, der ganz im Gegensatz zu einer Narbe stand, die sich nahezu senkrecht durch die linke Augenbraue zog. Einen größeren Beweis ihres Vertrauens hätte sie ihm nicht geben können, realisierte Thomas in einer Mischung aus Stolz und Dankbarkeit. Jeglicher Gedanke daran, sie zu stellen, verpuffte schlagartig. Zum Abschied winkte er der erstaunlich ambivalent wirkenden Frau nur zu.

Die drehte sich mit einem letzten Lächeln auf den Lippen ohne jede weitere Geste um. Ruhigen Schrittes begab sie sich zum Haus. Der Moment der Vertrautheit war vorüber.

Nachdenklich schaute Thomas Sprengel ihr noch einen Moment hinterher. Er wusste, was er ihr zu verdanken hatte. Sekunden später eilte er nach unten, um Lene und Viktoria zu unterstützen.

Epilog

Bundeskanzlerin Christine Landruh folgte in der Vernehmung dem Rat ihrer Anwälte, mit den Behörden zu kooperieren, um das erwartete Strafmaß zu reduzieren – und ihren Komplizen auf jeden Fall zuvorzukommen. »Kronprinz« Flößer von der CSU sowie dessen »Mätresse« Karst von den Grünen verpfiff sie ohne mit der Wimper zu zucken. Alle drei hatten Gelder aus schwarzen Kassen eingebracht, um einen Start der PEP von vorneherein zu verhindern. Ihrer Einschätzung zufolge wird die neue Partei das Gleichgewicht und die politischen Usancen empfindlich stören. Bisher fiel schließlich kaum jemandem auf, wenn Parteien zur Mobilisierung von Wählern in erster Linie ihre Kommunikationsstrategie anpassten, anstatt langfristig überzeugende Lösungen zu präsentieren. Da Landruh ihren Nachfolger in der CDU nicht für tauglich hielt, sollte Flößer im

Zusammenspiel mit der Grünen Karst den Machterhalt für die Schwarzen dauerhaft sichern. Letztlich schoben sich alle drei die Schuld zu, die anderen angestiftet zu haben. Ob sich aus den Verhaftungen ein Schaden für deren Parteien bei der nächsten Bundestagswahl ergeben wird, muss sich erst noch zeigen – ebenso, ob die PEP mit ihrer herausfordernden Offenheit überhaupt von den Bürgerinnen und Bürgern nennenswert angenommen wird.

Falk Rutz war noch vor Eintreffen des Notarztes vor Ort verstorben. Ein kollabierter Lungenflügel sowie der starke Blutverlust aus zwei zerrissenen Arterien waren auch für den durchtrainierten Rutz zu viel gewesen. Nachdem der Kopf der kleinen Organisation fehlte, berichteten die bereits inhaftierten Mitglieder alles, was sie über begangene Straftaten wussten, um die Voraussetzung für mildere Urteile zu schaffen. Da sie unabhängig voneinander befragt wurden, ergab sich schnell ein recht vollständiges Bild. Es war die Rede von Drogendelikten, Erpressung, Entführung und eben von Auftragsmorden wie dem letzten, der Falk Rutz schließlich zum Verhängnis geworden war. Das umfangreiche Material sollte zudem dazu führen, die eine oder andere Tat, bei denen Ermittler europaweit bisher im Dunkeln tappten, aufzuklären. Ungeklärt blieb hingegen, wer auf den ehemaligen KSK-Soldaten so treffsicher geschossen hatte. Dunkerbeeks gaben auf Kommissar Hubers Nachfragen wahrheitsgemäß an, ihm keinen Hinweis geben zu können. Lene Huscher erwiderte, die Person nicht gesehen zu haben, während Thomas Sprengel vorgab, rein gar nichts zu wissen. Da auch weder Alois Stellwanger noch sein Kollege eine Verbindung zu der attraktiven Frau mit der blauen Handtasche herstellte, blieben die Schüsse für Huber ein Rätsel, auch wenn er den Heidelberger Kommissar stark im Verdacht hatte, ihm etwas zu verschweigen.

Große Erleichterung stellte sich bei den Kollegen und Freunden in Heidelberg ein. Horst Jung schnappte sich umgehend seine Frau Heike, um mit ihr abends im »Mallory« zu essen; auch um die gute Nachricht mit den beiden jungen Indern zu teilen, die sich insbesondere mit Lene Huscher verbunden fühlten. Ekaterina beschloss spontan, einen Cocktail-Empfang zu organisieren, sobald die Urlauber zurück in Heidelberg waren. Franz Hilpertsauer freute das gleich doppelt, wusste er doch, wie hinreißend seine Frau in ihrem kurzen Schwarzen aussehen wird. Heiner Janetzky freute sich selbstverständlich ebenfalls, seinen Chef gesund und munter zu behalten. Allerdings hatte das Ganze einen kleinen Haken: Es gab keine Überstunden mehr, die ihn davon abhielten, mit Theresa den Stollenwörthweiher aufzusuchen.

»Das ist ja richtig lauschig hier zwischen den Bäumen«, war Theresa entzückt, als sie auf die freie Wiesenfläche am Ende des kleinen Weges traten, die an diesem Nachmittag gut besucht war.

Heiner hoffte hingegen inständig, dass Lieschen nicht anwesend war. Das wäre ihm zutiefst peinlich gewesen. Mit schnellem Blick scannte er die Anwesenden, erblickte zu seiner Erleichterung jedoch nirgends eine blaue Haarsträhne.

»Lass uns dort hinübergehen«, schlug Theresa begeistert vor.

Nach wenigen Metern blieb Heiner wie angewurzelt stehen, weil hinter ihm eine Frauenstimme rief: »Hallo, Herr Kommissar. Da sind Sie ja wieder.«

Sie drehten sich um. Eine junge Frau war eine schmale Steintreppe vom Ufer heraufgekommen. Splitternackt hielt sie nun mit nasser Haut und tropfenden Haaren auf sie zu.

Theresa schob ihre Sonnenbrille etwas nach unten. Über den Brillenrand hinweg musterte sie die blonde Frau neugierig. »Darling, du hast mir verschwiegen, *wie* attraktiv deine Zeugin ist.«

Heiner Janetzky wäre dagegen am liebsten im Boden versunken. »Hallo, Frau Faber«, war alles, was er herausbrachte.

»Möchtest du uns nicht vorstellen?!«, stieß Theresa ihn an.

»Ich bin Lieschen«, übernahm die junge Frau das unkompliziert selbst, sie offen anlächelnd.

»Theresa«, zierte sich auch Heiners Partnerin keine Sekunde. »Du bist doch nicht etwa alleine hier?«

»Doch«, antwortete die junge Frau, die völlig ungeniert vor ihnen stand. »Leider muss ich noch für eine Klausur lernen. Ich habe mich nur kurz abgekühlt.«

»Da wollen wir natürlich nicht stören«, versuchte Heiner sich zu verabschieden.

Aber Theresa ließ so schnell nicht locker. »Welche Klausur ist denn an so einem schönen Tag dermaßen wichtig?« Sie machte keine Anstalten, zu gehen.

»Mittelenglisch«, lachte Lieschen charmant.

»Du studierst Anglistik?«, freute sich Theresa. »Ich lehre Anglistik in Heidelberg.«

»Das ist ja ein Zufall«, zeigte sich die Studentin ebenfalls begeistert. »Wollt ihr euch mit zu mir legen?«

»Absolutely yes«, strahlte Theresa Heiner an, der sich mit einem inneren Aufstöhnen seinem Schicksal ergab. Die beiden schienen sich auf Anhieb zu verstehen.

Nachdem alles gut ausgegangen war, hatte Viktoria Dunkerbeek beschlossen, endlich verstehen zu wollen, warum dieser Junge Annabel so bösartig mitgespielt hatte. Während Thomas mit Annabel Philipp im Krankenhaus besuchte, ging sie mit Lene den Fürstenstein hinunter. Kurz vor dem Markt klingelten sie an dem kleinen Haus gegenüber dem Treppenaufgang.

Nach dem zweiten Klingeln wurde die Tür von einer ausgezehrt wirkenden Frau in den Dreißigern geöffnet, die mit dunklen Augenringen sehr müde aussah. »Ja?«

Viktoria Dunkerbeek erklärte ihr mit wenigen Worten den Grund ihres Besuchs.

»Kommen Sie doch herein«, hielt sie ihnen die Tür auf, mühsam darauf bedacht, die Fassung zu bewahren.

Kaum hatten sie sich in dem kleinen Wohnzimmer auf eine bereits zerschlissen wirkende Couch gesetzt, brach die Frau in Tränen aus. »Entschuldigen Sie«, schluchzte sie. »Es tut mir so leid für das arme Mädchen.« Es folgte eine Erklärung, die weder Viktoria noch Lene für möglich gehalten hätte.

»Unser Eheleben war nicht mehr sehr prickelnd«, gestand Frau

Angerer offen. »Ich bin wieder arbeiten gegangen, nachdem der Bub in die Schule gekommen ist, auch um das kleine Haus hier schneller abzahlen zu können.« Sie schluckte. »Irgendwann veränderte sich mein Mann. Er wurde mürrisch, war abends kaum noch zu Hause, wich mir aus. Unser Konto rauschte zunehmend ins Minus.« Erneut stockte sie und schaute ihren Besucherinnen scheu in die Augen. »Heute weiß ich es besser, aber es hat dem Jungen nicht mehr geholfen.«

»Was wissen Sie besser?«, ermunterte Lene sie, sich von ihrer psychischen Last zu befreien.

»Mein Mann verbrachte die meiste Zeit nur noch in dieser Porn..., nein, in dieser Tabledance-Bar, nachdem die wieder eröffnet worden war. Er war der Frau Sonnleitner total verfallen, gab dort Unsummen aus, die wir doch überhaupt nicht besaßen. Im Suff beschimpfte er mich als biedere, unerotische Langweilerin. Schlussendlich wurde er arbeitslos und verschwand.« Frau Angerer war bei dieser Erinnerung ihre Verblüffung immer noch im Gesicht abzulesen. »Von einem Tag auf den anderen. Da stand ich nun mit einem Pubertierenden – und einem Haufen Schulden.« Sie wischte sich erneut Tränen aus dem Gesicht. »Ich weiß bis heute nicht, wo er ist, ob er überhaupt noch lebt. Wie habe ich auf die Frau Sonnleitner geschimpft. Auch deshalb hat der Bub alleine ihr die Schuld für unsere Situation gegeben.« Sie presste die Lippen aufeinander, während ihr Blick förmlich um Vergebung bettelte.

Viktoria und Lene schwiegen bedrückt.

»Erst als ich von Frau Sonnleitners Tod gelesen habe«, gab sich Frau Angerer einen Ruck, »habe ich mich getraut, in dieser Bar nach meinem Mann zu fragen. Sie glauben nicht, wie beschämt ich war. Frau Sonnleitner hatte meinem Mann wohl mehrfach deutlich zu verstehen gegeben, wo die Grenzen einer solchen Bar liegen. Ihre Schuld war es jedenfalls nicht«, endete sie resigniert.

»Nachdem mein Mann ihrem Sohn eine Lehre erteilt hat«, klärte Lene sie auf, »ist er dem Mädchen immerhin aus dem Weg gegangen. *Das* Problem scheint zumindest gelöst zu sein.«

»Meinen Sie?«, trat ein Hoffnungsschimmer in ihre Augen. »Ich fürchte, ... er hört kaum noch auf mich. Außerdem bin ich den ganzen Tag nicht da. Ich arbeite als Verkäuferin; davor putze ich, abends helfe ich als Kellnerin aus. Sonst kann ich den Kredit für das Haus nicht abzahlen. Manchmal frage ich mich, ob Leute wie ich von den Politikern einfach vergessen werden. Was nützen mir Erleichterungen von ein paar Euros, wenn mir das Geld anderweitig in Hundertern aus der Tasche gezogen wird. Ich weiß nicht mal, wie ich die Kontoführungsgebühren bezahlen soll, die mir in wenigen Wochen drohen. Aber es wäre für mich das Schlimmste, hier auch noch rauszumüssen, verstehen Sie das?«

Eine Stunde darauf verließen Viktoria und Lene das Haus einerseits erleichtert angesichts Frau Sonnleitners überaus vorbildlichem Verhalten diesem Mann gegenüber. Andererseits rührte sie das Schicksal der armen Frau Angerer sehr an.

»Ich muss doch einmal herausfinden«, überlegte Viktoria laut, während sie über den Fürstenstein zurückgingen, »wie hoch die Schulden der Frau noch sind. Wir könnten ihr ein Darlehen mit Minizinsen geben, falls Philipp einverstanden wäre.«

»Das würdest du tun?«, war Lene nur mäßig überrascht.

»Ach, Liebes«, legte sie den Arm um Lenes Hüfte, »ich habe so viel Glück im Leben gehabt. Das Letzte, was wir haben, sind finanzielle Sorgen. Aber ...« Einen Augenblick zögerte sie. »Wir müssen eine so dauerhafte wie gute Lösung für Annabel finden. ... Darf ich dich etwas fragen?«

Verwundert schaute Lene die ältere Dame an, die wie eine Mutter für sie war. »Das weißt du doch!«

»Das weißt du doch, Annabel.« Philipp Dunkerbeek strich dem Mädchen zärtlich über den Kopf. Sein Kreislauf hatte sich bereits aufgrund von Lenes und Viktorias Bemühungen stabilisiert gehabt. Nach dem Anlegen einer Infusion sowie einer kurzen Versorgung der Wunde durch den Notarzt war er ins Krankenhaus hinter dem Lockstein gebracht worden, in dem man ihm routiniert die Kugel aus dem Bein herausoperiert hatte. »Am kommenden Wochenende darf ich nach Hause«, bestätigte er dem besorgten Kind aber gerne noch einmal.

Das kleine Mädchen strahlte über beide Backen, während es die Arme vorsichtig um den Hals des älteren Herrn schlang. »Ich bin so froh, dass du wieder gesund bist, Opa.«

Gerührt beobachtete Thomas die Szene. Beinahe hätte sie noch einen ihr lieben Menschen verloren. Zum Glück nicht.

Philipp nahm sie großväterlich in den Arm, während er den Kommissar anschaute. »Findest du nicht auch, dass sie das bezauberndste Kind ist, das man sich vorstellen kann?«

»Das ist sie«, stimmte er ohne Einschränkung zu. Doch irgendwo in seinem Hinterkopf wunderte sich ein leiser Gedanke über diese geradezu suggestive Frage in Annabels Gegenwart.

Am letzten Abend ihres Urlaubs kochte Viktoria schließlich für Thomas und Lene einschließlich ihrer Freunde aus Heidelberg. Es wurde ein vergnüglicher Abend, an dem zu sehen war, dass Annabel auch Vertrauen zu Ariane, Susanne, Kai und Heiko gefasst hatte, bei denen sie immerhin zwei Tage untergebracht worden war. Erst zu sehr fortgeschrittener Stunde löste sich die Runde auf und Thomas begleitete ihre Heidelberger Freunde noch bis nach draußen zu deren Auto. Als er zurück ins Wohnzimmer kam, hatte er plötzlich den Eindruck, alle würden ihn erwartungsvoll anschauen.

Kurz darauf räusperte sich Viktoria. »Thomas, wir möchten dich etwas fragen!«

Er zog die Augenbrauen zusammen. Sein Gefühl hatte ihn also nicht getrogen. »Ja?«

»Könntest du dir vorstellen, Annabel zu adoptieren?«

Wumms. Damit hatte er allerdings nicht gerechnet. Sein Blick streifte Lene, die keine Miene verzog, folglich gewusst hatte, womit Viktoria ihn konfrontieren würde. Knapp drei Meter entfernt von ihm schaute Annabel mit hoffnungsvollen Augen zu ihm auf. Ja, waren die denn total verrückt?!, ging es ihm durch den Kopf. Was sollte er darauf innerhalb von ein, zwei Sekunden antworten?

Ein klärendes Wort ...

Die Ökonomische Theorie der Politik analysiert politische Entscheidungen, indem sie sich ökonomischer Instrumente bedient. Dabei stellt sie zum einen die Frage, was normativ für eine Gesellschaft gut ist. Zum anderen will sie beobachtbare Phänomene erklären. Wie bei allen Modellen muss sie vereinfachen. Dennoch führt sie zu Erkenntnissen, die politische Entscheidungen zuweilen in ganz anderem Licht erscheinen lassen. Das im Text herangezogene, sehr einfache Zwei-Parteien-Beispiel zur Wählergewinnung wurde jedoch nur aus Gründen der Verständlichkeit gewählt.

Ob eine Partei die Wählergunst gewinnen könnte, die dringende Probleme nicht so lange aufschiebt, bis es offensichtlich wird, dass politische Verdrängung keine Option mehr darstellt, darf bezweifelt werden. Hierfür müsste sich der gesellschaftliche Grundkonsens verändern.

Als Autor habe ich mich bemüht, die politischen Meinungsäußerungen der einzelnen Akteure zumindest sinngemäß wiederzugeben. Diese sind nicht mit politischen Ansichten des Autors zu verwechseln! Ich habe mir jedoch im Sinne einer pluralistischen Meinungsbildung untersagt, Aussagen der Handelnden zu zensieren.

Mein Dank ...

gilt erneut meiner Frau, deren Kritik ich zwar zuweilen mit heftigen Protesten begegnet bin, die aber zu einer wesentlichen Verbesserung des vorliegenden Ergebnisses beigetragen hat. Zudem möchte ich mich zum wiederholten Mal bei Dr. Bettina Olker für ihr Interesse sowie ihr Lektorat bedanken. Aber ich möchte auch allen Leserinnen und Lesern danken, die den Hauptfiguren ihre Aufmerksamkeit geschenkt haben. Immerhin fällt es den Protagonisten inzwischen sehr viel leichter, von ihrem spannenden Arbeitsalltag zu berichten.